Dois Reinos Sombrios

Two Dark Reigns

KENDARE BLAKE

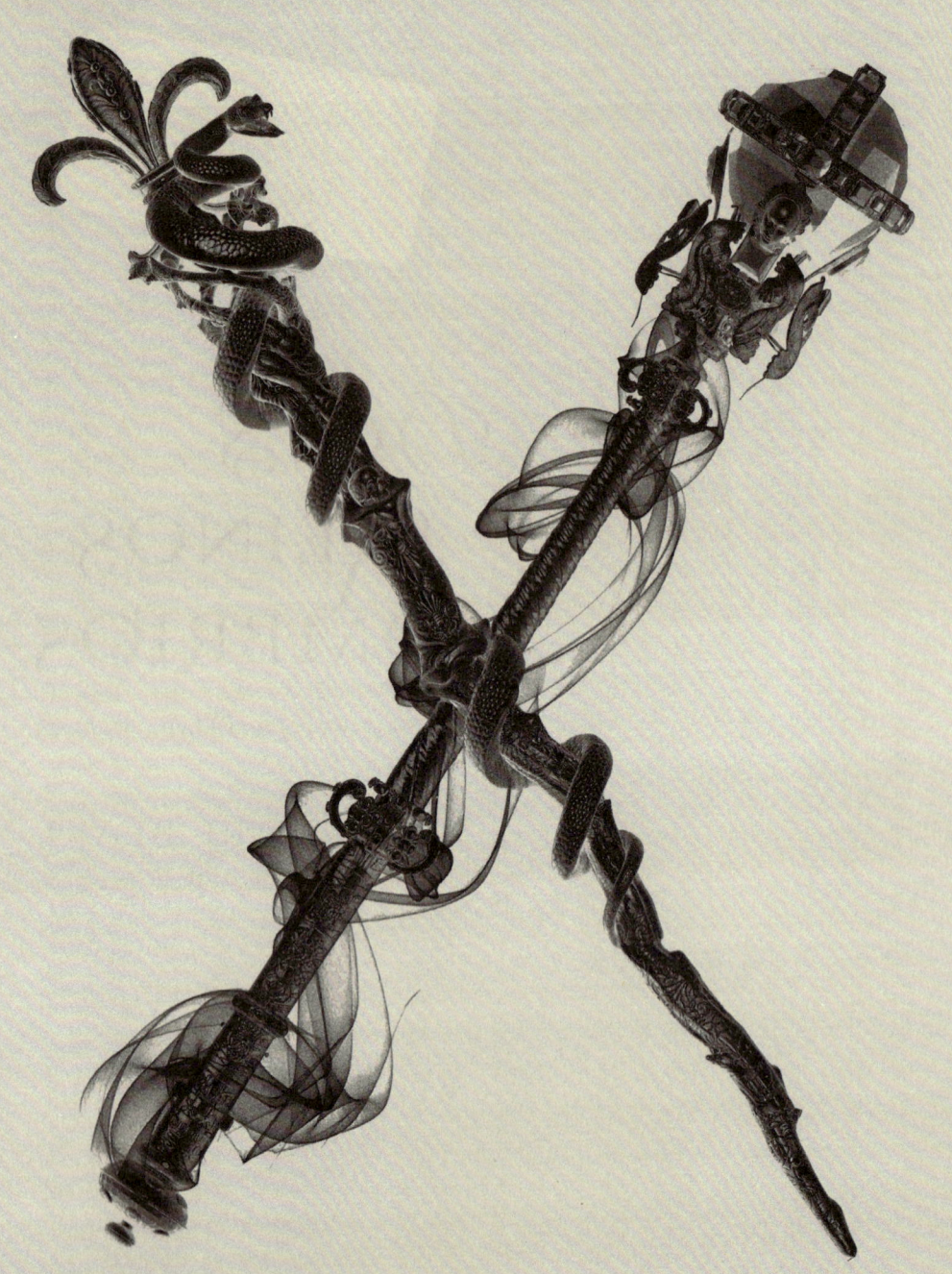

Dois Reinos Sombrios

Two Dark Reigns

KENDARE BLAKE

Tradução
Isadora Sinay

Copyright do texto © 2018 by Kendare Blake
Publicado originalmente pela HarperTeen, uma marca da HarperCollins Publishers
Direitos de tradução negociados por Foundry Literary + Media
Copyright da tradução © 2019 by Editora Globo S.A.

Todos os direitos reservados. Nenhuma parte desta edição pode ser utilizada ou reproduzida — em qualquer meio ou forma, seja mecânico ou eletrônico, fotocópia, gravação etc. — nem apropriada ou estocada em sistema de banco de dados sem a expressa autorização da editora.

Título original: *Two Dark Reigns*

Editora responsável **Veronica Armiliato Gonzalez**
Assistente editorial **Júlia Ribeiro**
Diagramação **Monique Sena (sitedosete.com)**
Projeto gráfico original **Laboratório Secreto**
Revisão **Isabela Sampaio** e **Maria Marta Cursino**
Capa **Aurora Parlagreco** e **John Dismukes**
Mapa **Virginia Allyn**

Texto fixado conforme as regras do Acordo Ortográfico da Língua Portuguesa (Decreto Legislativo nº 54, de 1995).

CIP-BRASIL. CATALOGAÇÃO NA FONTE
SINDICATO NACIONAL DOS EDITORES DE LIVROS, RJ

Blake, Kendare
    Dois reinos sombrios / Kendare Blake; tradução Isadora Sinay. –
1. ed. – Rio de Janeiro: Globo Alt, 2019.
    328 p.; 23 cm. (Três coroas negras; 3)

Tradução de: Two dark reigns
Sequência de: One dark throne
Continua com: Five dark fates

ISBN 978-85-250-6772-2
1. Ficção infantojuvenil americana. I. D'Elia, Alexandre. II. Título.

17-40192   CDD: 028.5
                                        CDU: 087.5

Vanessa Mafra Xavier Salgado – Bibliotecária – CRB-7/6644

1ª edição, 2019 - 2ª reimpressão, 2021

Direitos de edição em língua portuguesa para o Brasil adquiridos por Editora Globo S.A.
R. Marquês de Pombal, 25
20.230-240 — Rio de Janeiro — RJ — Brasil
www.globolivros.com.br

Lista de personagens

Indrid Down
Capital, lar da Rainha Katharine

Os Arron

Natalia Arron
Matriarca da família Arron. Chefe do Conselho Negro

Genevieve Arron
Irmã mais nova de Natalia

Antonin Arron
Irmão mais novo de Natalia

Pietyr Renard
Sobrinho de Natalia, filho de seu irmão Christophe

Rolanth
Lar da Rainha Mirabella

Os Westwood

Sara Westwood
Matriarca da família Westwood. Afinidade: água

Bree Westwood
Filha de Sara Westwood, amiga da rainha. Afinidade: fogo

Wolf Spring
Lar da Rainha Arsinoe

Os Milone

Cait Milone
Matriarca da família Milone. Familiar: Eva, um corvo

Ellis Milone
Marido de Cait e pai dos filhos dela. Familiar: Jake, um spaniel branco

Caragh Milone
Filha mais velha de Cait, banida para o Chalé Negro. Familiar: Juniper, um cão de caça marrom

Madrigal Milone
Filha mais nova de Cait. Familiar: Aria, um corvo

Juillenne "Jules" Milone
Filha de Madrigal. A mais forte naturalista em décadas. Amiga da rainha Familiar: Camden, uma puma (fêmea)

Os Sandrin

Matthew Sandrin
Mais velho dos filhos Sandrin. Antigo noivo de Caragh Milone

Joseph Sandrin
Filho do meio. Amigo de Arsinoe. Banido para o continente por cinco anos

OUTROS

    Luke Gillespie
    Dono da Livraria Gillespie. Amigo de Arsinoe. Familiar: Hank, um galo preto e verde

    William "Billy" Chatworth Jr.
    Irmão de criação de Joseph Sandrin. Pretendente das rainhas

    Sra. Chatworth

    Jane

    Emilia Vatros, *guerreira de Bastian City*

    Mathilde, *oráculo*

O Templo

    Alta Sacerdotisa Luca

    Sacerdotisa Rho Murtra

    Elizabeth, *inicianda e amiga da Rainha Mirabella*

O Conselho Negro

    Natalia Arron, *envenenadora*
    Genevieve Arron, *envenenadora*
    Lucian Arron, *envenenador*
    Antonin Arron, *envenenador*
    Allegra Arron, *envenenadora*
    Paola Vend, *envenenadora*
    Lucian Marlowe, *envenenador*
    Margaret Beaulin, *possui a dádiva da guerra*
    Renata Hargrove, *sem dádiva*

400 ANOS ANTES DO NASCIMENTO
DE MIRABELLA, ARSINOE E KATHARINE

Chalé Negro

O trabalho de parto, quando começou, foi difícil e cheio de sangue. Não se esperava nada diferente de uma rainha da guerra, especialmente uma tão calejada pela batalha como a Rainha Philomene.

A parteira pressionou uma toalha úmida contra a testa da rainha, mas ela a afastou.

— A dor não é nada — ela disse. — Eu aprecio esta última batalha.

— Você acha que não haverá mais guerra para você no país de Louis? — a parteira perguntou. — Mesmo que sua dádiva desapareça quando você sair da ilha, não consigo imaginar algo assim.

A rainha olhou na direção da porta, onde Louis, seu rei consorte, andava de um lado para o outro. Os olhos negros dela reluziam com a agitação do parto. Seu cabelo preto brilhava de suor.

— Ele quer que isso acabe. Não sabia no que estava se metendo quando se casou comigo.

Ninguém sabia. O reinado inteiro da Rainha Philomene havia sido marcado por batalhas. Em seu governo, a capital foi tomada por guerreiros. Ela construiu grandes navios e saqueou as cidades costeiras de cada Estado-nação, exceto pelo de seu rei consorte. Mas agora tudo isso tinha acabado. Oito anos de um reinado brutal e bélico. Um reinado curto, mesmo para os padrões de uma rainha da guerra, mas, ainda assim, a ilha estava exausta. Rainhas da guerra representavam glória e intimidação. Proteção. Não foi apenas seu marido que ficou aliviado quando a Deusa mandou à rainha suas trigêmeas.

Ela enrijeceu quando outra onda de dor a atingiu e, ao levantar um joelho, viu mais sangue escurecer os lençóis.

— Você está indo bem — a parteira mentiu. Mas o que ela sabia? Era jovem e nova em seu serviço no Chalé Negro. Uma envenenadora e, portanto, boa curandeira, mas embora tivesse auxiliado em muitos partos, não havia como se preparar para o nascimento de rainhas.

— Estou — Philomene concordou e sorriu. — É típico de uma rainha da guerra sangrar assim. Mas ainda acho que vou morrer disso.

A parteira jogou o pano de volta na água fria e o deixou à mão, pronto para caso Philomene a deixasse usá-lo. Talvez ela deixasse. Afinal, quem veria? Para a ilha, uma rainha estava efetivamente morta no momento em que suas trigêmeas nascessem. Os cavalos que levariam Louis e ela até a balsa no rio e, depois, ao navio, já estavam selados e à espera e, uma vez que tivessem partido, Philomene e Louis nunca mais retornariam. Até mesmo a devotada parteirinha esqueceria dela assim que as bebês viessem ao mundo. Ela fingia se importar, mas seu único objetivo era manter Philomene viva por tempo suficiente para parir as trigêmeas.

Philomene olhou para a mesa cheia de ervas, panos pretos e limpos e vidros de poções para amenizar a dor — todos recusados, é claro. Havia facas ali também. Para arrancar as novas rainhas caso a antiga se mostrasse fraca demais. Philomene sorriu. A parteira era uma criatura miúda e dócil. Vê-la tentando cortá-las para fora seria uma visão e tanto.

A dor passou e a rainha deu um suspiro.

— Elas estão com pressa — Philomene disse. — Como eu estava. Com pressa para deixar minha marca desde que nasci. Talvez eu soubesse que teria pouco tempo para isso. Ou talvez tenha sido o peso de correr tanto que encurtou minha vida. Você veio do templo, não? Antes de servir aqui, na solidão?

— Fui treinada lá, minha rainha. No templo de Prynn. Mas nunca fiz os votos.

— Claro que não. Estou vendo que não há braceletes tatuados nos seus braços. Não sou cega. — Ela se contorceu novamente e mais sangue jorrou. As dores estavam vindo mais rápido.

A parteira agarrou-lhe o queixo e puxou suas pálpebras para baixo.

— Você está ficando fraca.

— Não estou. — Philomene caiu de volta na cama. Ela colocou as mãos em cima da enorme barriga distendida, em um gesto quase maternal. Mas não perguntaria sobre as pequenas rainhas. Elas não eram suas. Pertenciam à Deusa e somente à Deusa.

Philomene lutou para se apoiar nos cotovelos. Uma expressão mórbida de determinação tomou conta de seu rosto. Ela estalou os dedos para que a parteira se posicionasse entre suas pernas.

— Você está pronta para empurrar — a parteira disse. — Vai ficar tudo bem, você é forte.

— Pensei que você tivesse dito que eu estava ficando fraca — Philomene resmungou.

A primeira rainha nasceu em silêncio. Respirava, mas não chorou nem quando a parteira lhe deu um tapa nas costas. Ela era pequena, bem-formada e rosada demais para um parto tão difícil e sujo. A parteira a levantou para que Philomene pudesse vê-la e, por um momento, sangue real fluiu entre as duas pelo cordão umbilical.

— Leonine — Philomene disse, nomeando a pequena rainha. — Uma naturalista.

A parteira repetiu em voz alta e levou a recém-nascida para ser limpa, colocada num berço e, depois, envolta em um cobertor de um verde vibrante, bordado com flores. Não demorou muito para que a segunda bebê viesse, desta vez aos berros, com os pequenos punhos cerrados.

— Isadora — a rainha disse e a bebê chorou, piscando seus grandes olhos negros. — Um oráculo.

— Isadora. Um oráculo — a parteira repetiu. Depois a levou para ser enrolada em um cobertor cinza-claro e amarelo, as cores das videntes.

A terceira rainha nasceu com uma torrente de sangue, como em uma onda. Era tanto e tão impactante que a boca de Philomene se abriu para anunciar uma nova rainha da guerra. Mas essas não foram as palavras que ela disse.

— Roxane. Uma elemental.

A parteira repetiu o último nome e se virou, limpando a recém-nascida antes de enrolá-la em uma manta azul e colocá-la no último berço. Philomene respirava pesadamente em seu leito. Ela havia acertado. Podia sentir. O parto a matara. Forte como era, talvez sobrevivesse para ser vestida e posta sobre uma sela, mas seria um cadáver que Louis levaria para casa, para ser enterrado na cripta de sua família, ou talvez jogado no mar. O dever dela para com a ilha havia terminado, e a ilha não controlaria mais seu destino.

— Parteira! — Philomene grunhiu quando outra onda de dor a atravessou.

— Sim, sim — a parteira respondeu, sua voz reconfortante. — É só o pós-parto. Vai passar.

— Não é o pós-parto. Não é...

Ela fez uma careta e mordeu os lábios ao dar um último empurrão.

Mais uma bebê escorregou do útero da rainha da guerra. Com facilidade e sem cerimônia. Ela abriu seus olhos negros e respirou profundamente. Mais uma bebê havia nascido. Mais uma rainha.

— Uma rainha azul — a parteira murmurou. — Uma quarta rainha.

— Dê ela para mim.

A parteira apenas a encarou.

— Dê ela para mim agora!

A mulher levantou a bebê e Philomene a tomou de suas mãos.

— Illiann — Philomene disse. — Uma elemental. — Seu rosto exausto se abriu em um sorriso. Qualquer decepção por não haver uma nova rainha da guerra desapareceu. Porque ali estava um grande destino. Uma bênção para a ilha inteira. E ela, Philomene, a trouxera.

— Illiann — a parteira repetiu, chocada. — Uma elemental. A Rainha Azul.

Philomene riu. Levantou a criança nos braços.

— Illiann! — ela gritou. — A Rainha Azul!

Os dias à espera de que alguém chegasse ao Chalé Negro foram longos. Após o nascimento da Rainha Azul, os mensageiros correram de volta para suas cidades com a notícia. Eles haviam estado no Chalé Negro com seus cavalos selados desde o início do trabalho de parto da rainha.

Uma quarta rainha. Era um acontecimento tão raro que alguns pensavam ser apenas uma lenda. Ao ouvir o anúncio da parteira, nenhum dos jovens mensageiros soube o que fazer. Ela, então, teve que gritar com eles.

— Uma Rainha Azul! — esbravejou. — Abençoada pela Deusa! Todos devem vir. Todas as famílias! E a Alta Sacerdotisa também! Vão!

Se tivessem nascido apenas trigêmeas, somente três famílias e um pequeno grupo de sacerdotisas teriam ido ao chalé. Os Traverse para a rainha naturalista. Os emergentes Westwood para a elemental. E os Lermont para a pobre pequena oráculo, para providenciar seu afogamento. Mas a chegada de uma Rainha Azul significava que os chefes de todas as famílias mais fortes, uma para cada dádiva da ilha, deveriam comparecer. O clã Vatros, que habitava a capital e a cidade guerreira de Bastian. E até mesmo os Arron, os envenenadores de Prynn.

Dentro do chalé, embaixo das vigas marrom-escuras que sustentavam o teto, quatro berços estavam encostados na parede leste para pegar o sol da manhã.

As rainhas estavam quietas, exceto a com o cobertor cinza-claro. A pequena oráculo se remexia quase o tempo todo. Talvez porque, sendo um oráculo, ela sabia o que a esperava.

Pobre pequena rainha oráculo. Seu destino sempre esteve traçado. Desde o tempo da Rainha Louca Elsabet, que usou sua dádiva de profecia para assassinar três famílias inteiras, alegando que estavam conspirando contra ela, rainhas oráculo eram imediatamente afogadas. Após tirar o poder de Elsabet, o Conselho Negro baixou o decreto. Eles não arriscariam outro massacre injusto como aquele.

Nos dias após o nascimento, a parteira queimou os lençóis usados pela antiga rainha. Eles não poderiam ser lavados, de tão ensopados de sangue. Ela não se perguntou onde estava ou o que fazia Philomene. Olhando para o estado dos lençóis, só conseguia presumir que a antiga rainha estivesse morta.

Pouco mais de uma semana depois do nascimento, a primeira das famílias chegou. Os Lermont, oráculos vindos de Sunpool, a cidade a noroeste mais próxima do Chalé Negro, embora eles afirmassem que tinham previsto a vinda da criança e já estavam prontos para partir quando o mensageiro os encontrou. Eles olharam por cima dos quatro berços negros. Observaram solenemente a pequena rainha oráculo.

Um dia depois chegaram os Westwood, novatos na liderança elemental. E tolos. Eles ninaram a rainha elemental e lhe trouxeram de presente um cobertor tingido de um vibrante azul.

— Nós mandamos fazer para ela — disse Isabelle Westwood, a chefe da família. — Não há motivo para ela não ganhá-lo, mesmo que sua vida vá ser tão curta.

Depois deles, vieram os Traverse, de Sealhead. Na mesma noite, os Arron e os Vatros, ótimos cavaleiros, chegaram com minutos de diferença para serem testemunhas silenciosas. Os Vatros, ricos e afortunados pelo reinado de uma rainha da guerra, trouxeram consigo a Alta Sacerdotisa da capital.

A parteira se ajoelhou diante da Alta Sacerdotisa e informou os nomes das rainhas. Quando disse "Illiann", a Alta Sacerdotisa juntou as mãos.

— Uma Rainha Azul — ela murmurou, andando em direção à bebê. — Eu mal posso acreditar. Achei que os mensageiros tivessem entendido errado. — Ela se abaixou e pegou a criança no colo, aconchegando-a entre os braços cobertos pela veste branca.

— Uma Rainha Azul elemental — disse Isabelle Westwood, e a Alta Sacerdotisa a calou com um olhar.

— A Rainha Azul pertence a todos nós. Ela não crescerá em uma casa elemental. Crescerá na capital. Em Indrid Down. Comigo.

— Mas... — a parteira deixou escapar. Todas as cabeças na sala se viraram para a mulher. Eles haviam esquecido que ela estava ali.

— Você, parteira, vai abater as irmãs da rainha. E depois virá conosco.

Ela baixou a cabeça.

A rainha naturalista foi deixada na floresta para a terra e para os animais. A pequena oráculo condenada foi afogada no córrego. Quando a rainha elemental foi colocada na pequena jangada e empurrada para o rio, em direção ao mar, tanto ela quanto a parteira choravam. Leonine, Isadora e Roxane. Devolvidas à Deusa, que havia mandado Illiann para reinar em vez delas.

Illiann, abençoada e Azul.

Volroy

A Rainha Katharine posa para seu retrato em um dos quartos altos voltados para o lado oeste da Torre Oeste, um andar abaixo de seus próprios aposentos. Na mão esquerda, ela segura uma garrafa vazia, que na pintura se tornará um belo frasco de veneno. Enrolada à sua direita está uma corda branca, que o pincel do pintor transformará em uma cópia de Docinho.

Ela vira a cabeça para a janela para olhar Indrid Down: telhados marrom-escuros das casas enfileiradas da ponta norte e estradas que desaparecem em colinas; o céu pontilhado com a fumaça das chaminés e cortado pelas altas e elegantes estruturas de pedra do centro da cidade. É um dia calmo e bonito. Trabalhadores trabalham. Famílias comem e riem e brincam. E, nesta manhã, ela acordou nos braços de Pietyr. Tudo está bem. Mais do que bem, agora que suas irmãs irritantes estão mortas.

— Por favor, levante o queixo, Rainha Katharine. E endireite as costas.

Ela obedece e o pintor sorri, um pouco temeroso. Ele é o melhor de toda a Indrid Down, acostumado a pintar envenenadores e seus itens habituais. Mas este não é um simples retrato. É o retrato da Rainha Coroada. E trabalhar nele faz até o melhor dos mestres suar.

Eles a posicionaram de forma que a vista da janela atrás de seu ombro direito mostrasse Greavesdrake Manor. Foi ideia dela, mas os Arron levarão o crédito. Katharine não fez isso por eles, mas por Natalia. Um pequeno gesto para honrar a grande chefe da família, a mulher que a criou como se fosse sua própria filha. Por causa dela, Greavesdrake sempre estará presente. Uma sombra de influência em seu reinado. Katharine queria ter colocado a urna com as cinzas de Natalia no colo, mas Pietyr a convencera do contrário.

— Rainha Katharine. — Pietyr entra no quarto, bonito como sempre, em uma jaqueta preta e camisa cinza, o cabelo loiro-gelo penteado para trás. Ele para atrás do pintor. — Está ficando bom. Você vai ficar linda.

— Linda. — Ela ajusta o vidro vazio e a corda nas mãos. — Eu me sinto ridícula.

Pietyr dá um tapinha no ombro do homem.

— Preciso de um momento com a rainha, se não se importar. Talvez uma breve pausa?

— Claro. — O pintor baixa o pincel, faz uma reverência e sai, os olhos movendo-se rapidamente pelo vidro e pela corda, para que saiba como reposicioná-los depois..

— Está bom mesmo? — Katharine pergunta depois que o pintor vai embora. — Não consigo olhar. Talvez devêssemos ter trazido um mestre de Rolanth. A cidade agora é minha também, e você sabe que eles têm os melhores artistas.

— Não podemos confiar que mesmo o melhor mestre de Rolanth não vá sabotar seu retrato tão perto de uma Ascensão controversa como esta. — Pietyr a segue até a janela com vista para o oeste e passa os braços por sua cintura. — Um pintor envenenador é melhor. — Os braços dele a apertam, os dedos deslizando pelo seu corpete. — Você se lembra daqueles primeiros dias em Greavesdrake? Parece que foi há tanto tempo.

— Tudo parece ter sido há tanto tempo — ela murmura. Katharine se lembra do seu quarto na mansão, da seda listrada e dos travesseiros macios. Como se sentava com aqueles travesseiros no colo, ouvindo as histórias de Natalia quando era criança. Ela se lembra da biblioteca e das cortinas de veludo que iam do teto ao chão, em cujas dobras costumava se esconder sempre que Genevieve aparecia para envená-la.

— Parece que Natalia ainda está aqui, não parece, Pietyr? Como se, caso procurássemos bastante, fôssemos vê-la de braços cruzados olhando pela janela do escritório dela.

— Parece, minha querida. — Ele beija sua têmpora, sua bochecha, e mordisca sua orelha, fazendo um arrepio percorrer o corpo dela. — Mas você não deve falar sobre isso com mais ninguém além de mim. Eu sei que a amava. Mas você é uma rainha agora. É *a* rainha, e não há tempo para nostalgia. Venha e olhe isso. — Ele a guia até uma mesa e indica um punhado de papéis para ela assinar.

— O que é isso?

— Ordens de trabalho — ele diz. — Para os navios que vamos oferecer à família do rei consorte Nicolas. Seis belos navios para aliviar a dor deles.

— Não são apenas navios — Katharine diz. Mas o que quer que eles oferecessem, ainda seria um preço baixo a pagar. Os Martel haviam enviado seu filho favorito para se tornar o rei consorte da Ilha de Fennbirn, e ele não havia durado uma semana antes de morrer ao cair do cavalo. Uma queda feia, jogado em uma ravina. Precisaram de mais uma semana para encontrar o corpo depois que o cavalo retornou sem seu cavaleiro e, a essa altura, o pobre Nicolas já estava morto havia muito tempo.

Se ao menos eles soubessem há quanto tempo. A história da queda era uma mentira. Uma fabricação, trabalho de Pietyr e Genevieve para que ninguém descobrisse a verdade: que Nicolas havia morrido após consumar o casamento com Katharine. Que ela é uma envenenadora no sentido mais literal da palavra, que seu corpo inteiro é tóxico ao toque. Ninguém nunca poderia saber disso. Nem mesmo a ilha, ou então eles saberiam que ela não pode ter filhos de um homem do continente. Que ela não pode ter as próximas rainhas trigêmeas de Fennbirn.

Sempre que pensa nisso, Katharine quase congela de medo.

— O que estamos fazendo, Pietyr? — A mão dela hesita sobre a assinatura pela metade. — Qual o ponto, se, no fim das contas, não posso dar novas rainhas ao meu povo?

Pietyr suspira.

— Venha olhar uma coisa, Kat. — Ele pega a mão dela e eles voltam para o retrato. Ainda não há muita coisa na tela. Formas e impressões. O preto de suas vestes. Mas o pintor é talentoso e, mesmo nesse estágio inicial, ela consegue imaginar como a pintura ficará.

— O nome será "Katharine, a quarta rainha envenenadora". Katharine, da dinastia envenenadora. Que segue os passos das três envenenadoras anteriores: Rainha Nicola, Rainha Sandrine e Rainha Camille. É quem você é, e nós temos tempo suficiente para ajeitar as coisas e garantir o futuro da ilha.

— Temos todo o meu longo reinado.

— Sim. Trinta, talvez quarenta anos.

— Pietyr. — Ela ri. — Rainhas já não reinam tanto tempo. — Katharine suspira e inclina a cabeça, olhando para a imagem não terminada. Mal-iniciada e desconhecida, assim como ela. Quem sabe o que ela fará durante seus anos como rainha? Quem sabe as mudanças que poderá implantar? Pietyr está certo. O povo saberá o que tem que saber. Eles não sabem que ela foi jogada na

Fenda de Mármore, salva da morte pelos espíritos das irmãs mortas que foram lançadas ali quando falharam em suas Ascensões. O povo não sabe que ela não tem dádiva e que a força que tem foi emprestada dessas rainhas mortas, que, mesmo agora, ainda correm pelo seu sangue em uma corrente apodrecida.

— Às vezes me pergunto de quem é essa coroa, Pietyr. Minha — ela sussurra —, ou *delas*. Eu não teria conseguido sem elas.

— Talvez. Mas você não precisa mais delas. Eu pensei... — ele começa, então pigarreia. — Eu pensei que elas teriam ido embora a esta altura. Que deixariam você em paz agora que têm o que querem.

O estômago de Katharine se contorce. Sua fome por venenos e sua sede de sangue diminuíram desde que as irmãs partiram, afogadas na névoa. Talvez Pietyr esteja certo, então. Talvez as rainhas mortas tenham terminado. Talvez agora elas fiquem quietas e satisfeitas.

Ela termina de assinar as ordens que Pietyr trouxe e, quando o pintor retorna, pega novamente o frasco vazio e a corda.

Ele enrola a corda em torno do pulso dela de novo, várias vezes, até estar exatamente como antes.

— Temos que trabalhar depressa agora, antes que eu perca a luz. — Ele levanta o queixo de Katharine com um dedo e ajeita a cabeça dela suavemente, ousando, por um momento, olhar em seus olhos.

— Quantos pares de olhos você vê? — ela pergunta. Ele pisca, confuso.

— Apenas os seus, minha rainha.

Na manhã seguinte, Genevieve para na porta dos aposentos de Katharine para acompanhá-la até o Conselho Negro.

— Ah, Genevieve — Pietyr diz. — Entre! Você já tomou seu café da manhã? Estamos terminando o nosso.

A voz dele é alegre e arrogante. O sorriso de Genevieve é forçado e se parece com uma careta. Mas Katharine finge não notar. O assassinato de Natalia deixou um vazio que precisa ser preenchido, e os Arron se bicarão até um deles preenchê-lo. Além disso, apesar do ódio que ainda sente por Genevieve, Katharine está determinada a dar a ela outra chance. Afinal, ela é a irmã mais nova de Natalia e, agora, a nova matriarca dos Arron.

— Eu já comi. — Genevieve estuda o prato vazio da rainha: uma bagunça composta por pedaços de queijo, restos de ovo cozido e manchas de geleia de alguma fruta venenosa. — Pensei que tivéssemos decidido limitar o veneno que ela ingere, depois do que aconteceu com o rei consorte.

— É só um pouco de geleia.

— Dois dias atrás eu a vi enfiando beladonas e escorpiões na boca mais rápido do que poderia mastigar.

Pietyr olha para Katharine e ela cora. As guerreiras mortas fazem suas mãos ansiarem por lâminas, e as naturalistas mortas a levam a caminhar pelo jardim. Às vezes, as envenenadoras mortas também têm seus desejos.

— Bem — ele diz —, limitar o que ela ingere pode não reverter o problema, de qualquer forma.

— Mas vale a pena tentar, já que temos tempo. E essa é a única coisa que temos, não é mesmo?

Katharine sai de fininho para alimentar Docinho enquanto eles discutem. A cobra-coral trocou de pele e cresceu, ganhando uma adorável jaula nova, cheia de folhas para se esconder e pedras para tomar sol. Katharine enfia a mão em outra pequena jaula e tira de lá um filhote de roedor. Ela ama observar Docinho correndo pela areia quente de sua jaula para capturá-los.

— Existe algum motivo específico para você ter vindo me buscar esta manhã, Genevieve?

— Sim. A Alta Sacerdotisa Luca retornou.

— Já? — Pietyr limpa a boca com um guardanapo e se levanta. Fazia apenas duas semanas que a Alta Sacerdotisa havia partido para Rolanth. Ela saíra de sua residência no Templo de Rolanth para ir até o antigo apartamento em Indrid Down. — Kat, precisamos ir.

Um de cada lado, Pietyr e Genevieve acompanham Katharine pelas muitas escadas da Torre Oeste, descendo e descendo até chegarem no andar principal do Volroy, onde fica a câmara do Conselho. Os outros membros já estão lá, conversando em voz baixa enquanto tomam chá. A Alta Sacerdotisa Luca está sozinha, sem beber e sem falar com ninguém.

— Alta Sacerdotisa Luca — Katharine a cumprimenta. Ela toma as mãos da velha mulher. — Você voltou.

— E tão rápido — diz Genevieve com o cenho franzido.

— Meus criados estão vindo em uma caravana — Luca responde. — Eu me adiantei um ou dois dias.

— Você deveria acomodar algumas de suas coisas aqui na Torre Oeste. — Katharine sorri. — Seria bom ter outro andar ocupado. De longe, tudo parece muito grandioso. Imagine minha surpresa ao descobrir quantos andares são ocupados por cozinhas ou depósitos.

Ela e a Alta Sacerdotisa fingem não perceber a expressão contrariada dos membros do Conselho, assim como se recusam a admitir o próprio desconforto. Katharine não pode dizer que gosta da velha mulher e, pela forma como os olhos de Luca a seguem, ela sabe que a Alta Sacerdotisa também não gosta nem confia nela. Mas Natalia conseguiu esse arranjo. Sua última barganha. Então Katharine a honrará.

Ela aponta para a mesa longa e escura, e os membros do Conselho Negro se sentam em seus lugares enquanto os criados deixam dois bules de chá fresco — um deles envenenado com as adoradas raízes de Natalia — e trocam as tigelas de açúcar e limão. Eles retiram copos vazios e pires com farelos de biscoito e acendem as lâmpadas antes de saírem e fecharem as pesadas portas. Um lugar extra foi acrescentado para Luca. Pietyr se senta no antigo lugar de Natalia, embora ele não a tenha substituído como líder.

Enquanto o Primo Lucian repassa as contas do dia — a arrecadação de impostos dos comerciantes no dia do Duelo das Rainhas foi mais alta do que o esperado, e há temores de falta de colheitas em Wolf Spring —, Katharine faz o melhor que pode para prestar atenção. Mas ninguém está pensando nos assuntos cotidianos da ilha.

— Ah, quanto tempo você nos fará esperar?! — Renata Hargrove exclama.

— Renata, fique calma — diz Genevieve.

— Eu não vou ficar calma! Natalia prometeu ao templo três cadeiras no Conselho. E você sabe de quem elas serão. — Ela olha para Lucian Marlowe, Paola Vend e Margaret Beaulin. Eles são os únicos outros membros do Conselho que não são Arron. Marlowe e Vend ao menos são envenenadores, mas Margaret tem a dádiva da guerra e, quanto à pobre Renata, ela é completamente sem dádiva.

— Como você pode saber de quem são essas cadeiras — Katharine responde suavemente — quando nem eu mesma sei? — Ela estuda Renata de seu lugar e esta se encolhe. É uma sensação boa poder causar tal reação. Katharine não tem uma aparência impressionante, pequena como é por conta de tantos anos de envenenamento. Sempre com cicatrizes e sempre pálida. Mas há mais nela do que parece. Mais nela até mesmo do que a força de milênios de rainhas derrotadas, e toda a ilha ainda saberá disso.

— No entanto, Renata tem um ponto. — Katharine se vira para Luca e sorri, um sorriso largo e cheio de dentes. — Você voltou. E deve ter pensado em suas escolhas enquanto esteve fora. — Ela esperava que a Alta Sacerdotisa não aguentasse olhar nos olhos da rainha que venceu sua amada Mirabella. Que Luca não fosse capaz de se curvar a ela e que nunca fosse voltar. Mas ela deveria ter sabido. Afinal, antes de Mirabella e Arsinoe navegarem para a névoa, Luca concordara em comandar a execução de Mirabella.

— Eu pensei — diz Luca —, e minhas escolhas são eu, a sacerdotisa Rho Murtra — ela levanta o queixo — e Bree Westwood.

Os primos, Lucian e Allegra, fazem sons estrangulados de sofrimento.

Pietyr desdenha.

— Nunca.

Katharine franze o cenho. A única surpresa é Bree Westwood. Ela esperava que Luca fosse escolher Sara, a chefe da família elemental. Não Bree, a garota frívola que brincava com o fogo. E, claro, melhor amiga de Mirabella.

— A Alta Sacerdotisa não pode servir no Conselho Negro — Genevieve cospe.

— É incomum, mas em tempos antigos não era impossível.

— O templo deve ser neutro!

— Neutro em relação às rainhas. Não em relação aos assuntos da ilha. — Luca olha Genevieve com desprezo, e os lábios da envenenadora tremem de raiva.

— Então — a Alta Sacerdotisa prossegue —, Rainha Katharine. Essas são minhas escolhas. Quais são as suas, quem será substituído?

Katharine olha para os rostos de seu Conselho. Mas eles não são realmente seu Conselho. São de Natalia. Alguns até da Rainha Camille. Ela sente a hostilidade emanando deles e, por baixo de sua pele, as rainhas mortas se agitam.

Os Arron esperam que ela os mantenha e tire três dos outros; os outros acreditam que ela deve mantê-los para representar melhor todos os interesses. Mesmo os sem-dádiva. Genevieve lhe diria para jogar as escolhas da Alta Sacerdotisa na cara dela. E, sem dúvida, todos pensam que ela deve substituir Pietyr. Katharine notou a forma como eles o olham, como seus olhos se apertam sempre que ele a toca.

Mas eles podem pensar o que quiserem. O Conselho Negro será dela e de mais ninguém.

— Lucian Marlowe e Margaret Beaulin, vocês estão liberados. Ambos serviram fielmente à coroa, mas Lucian, não nos faltam envenenadores aqui. E Margaret, tenho certeza de que você você entende como me sinto em relação à dádiva da guerra, dado o que aconteceu comigo nas mãos de Juillenne Milone.

Além disso, haverá uma sacerdotisa com a dádiva da guerra em nosso Conselho agora, para cuidar dos interesses de Bastian City.

Margaret se levanta e atira sua cadeira para longe da mesa. Ela não usa as mãos, e o movimento é rápido demais para Katharine dizer se ela usou a mente ou os pés.

— Uma sacerdotisa não tem dádiva — Margaret grunhe. — A voz de Rho Murtra representará o templo e apenas o templo.

— De fato — Lucian Marlowe diz. — Você pretende ter um Conselho formado apenas por Arrons e sacerdotisas?

— Não — Katharine responde, seu tom seco. — Renata e Paola Vend ficarão. Allegra Arron cederá o último lugar.

Allegra abre a boca. Ela olha para o irmão, Lucian Arron, mas ele não a olha de volta. Então, ela finalmente se levanta e inclina tanto a cabeça que Katharine consegue ver seu coque loiro-gelo inteiro, preso bem no alto do couro cabeludo. Ela se parece tanto com Natalia. E é por esse motivo, mais do que qualquer outro, que Allegra está saindo.

— Vocês ficarão — Katharine pergunta a eles — até os novos membros do meu Conselho chegarem?

Lucian Marlowe e Allegra fazem que sim. Mas Margaret bate na mesa com o punho fechado.

— Você quer que eu lustre minha cadeira para a sacerdotisa também? Quer que eu a leve em um tour pelo Volroy? Não é assim que se reina. Permitindo que o templo invada o espaço do Conselho. Mantendo seu garoto do lado como se fossem as opiniões dele que te interessam.

Katharine estica a mão para dentro da bota.

— Guardas! — Genevieve grita. Mas Katharine fica de pé com um salto e atira com força uma de suas facas envenenadas na direção de Margaret com tanta força que o objeto crava no tampo da mesa.

— Eu não preciso de guardas — ela diz suavemente, deslizando outra faca por entre os dedos. — A primeira foi um aviso, Margaret. A próxima irá direto para o seu coração.

Bastian City

Jules Milone apoia as mãos nas pedras da muralha da cidade. Sob seu toque, o cimento é áspero e aquecido pelo sol, mas agora, nas primeiras horas do crepúsculo, ele já esfria. À sua frente está o mar e a praia, cobertos de cinza pela sombra que se alonga. O som das ondas e o cheiro do ar salgado são familiares, mas nada além deles é. O vento em Bastian é menos selvagem, e a praia não é feita de areia escura e pedras negras onde as focas se deitam, mas clara e de pedrinhas brancas e vermelhas polidas pelas ondas. É bonita. Mas não é Wolf Spring.

Camden, sua Familiar felina, se esfrega nas suas costas com força suficiente para empurrá-la contra a muralha, então Jules enfia os dedos na pele macia e dourada da grande gata.

A companhia delas nessa caminhada é Emilia Vatros, a filha mais velha do clã Vatros, guerreiros que comandam Bastian City há mais tempo que alguém possa se lembrar. Emilia olha para Camden e franze o cenho. Ela preferiria que a puma tivesse ficado para trás, escondida. Mas Jules é uma naturalista, com a dádiva de fazer frutas amadurecerem e peixes nadarem até sua rede. E ela não gosta de ir a lugar nenhum sem sua felina.

Camden dá um salto e coloca sua pata dianteira boa em cima das pedras para ver as ondas, como Jules está fazendo. A menina faz um movimento rápido para puxá-la para baixo, tomando cuidado para evitar o ombro ruim da gata, machucado no inverno anterior por conta do ataque de um urso.

— Está tudo bem — Emilia diz. — Não tem ninguém aqui e, com o sol batendo atrás dela, qualquer um que olhasse a confundiria com um cachorro grande.

Camden inclina a cabeça como se dissesse *cachorro grande é a sua cara* e avança sem convicção na direção de Emilia, mas a menina guerreira salta para a borda da muralha. Jules arfa. A muralha é alta, e o poço abaixo dela é cheio de rochas pouco amigáveis.

— Não faça isso — Jules diz.

— O quê?

— Saltar ali desse jeito. Você está me deixando nervosa.

Emilia arqueia as sobrancelhas e salta de pedra em pedra. Ela gira sobre um pé só.

— Fique nervosa o quanto quiser. Eu corro por estas muralhas desde os nove anos. A dádiva da guerra dá equilíbrio. Você poderia fazer isso tão bem quanto eu. Talvez até melhor. Mais depressa. — Ela dá um sorriso convencido quando Jules faz uma expressão desconfiada. — Ou talvez você pudesse pedir para sua mãe naturalista não atar sua dádiva da guerra com magia baixa.

Emilia sai girando, fingindo dar golpes de espada e ataques de adaga com armas imaginárias. Ela tem a graciosidade de um pássaro. De um gato.

Talvez Jules pudesse fazer o que Emilia faz. Ela tem a maldição da legião, afinal. Amaldiçoada com duas dádivas: naturalista e guerreira.

— Se Madrigal não tivesse atado a maldição, eu teria ficado louca e sido afogada muito tempo atrás.

— Mas você pode usar sua dádiva da guerra agora. Está fraca, mas está aí. Então talvez você tivesse ficado bem. — Emilia gira de novo e enfia uma espada imaginária na garganta de Jules. — Talvez a loucura da maldição da legião seja só uma mentira espalhada pelo templo.

— Por que eles mentiriam?

— Para que ninguém fosse tão poderoso quanto você pode ser.

Jules aperta os olhos e Emilia dá de ombros.

— Eu vejo que você acha que não vale o risco. — Ela dá de ombros de novo. — Tudo bem. Você tem a dádiva da guerra, mesmo que enfraquecida, então vou te esconder pelo tempo que for. Até você não querer mais se esconder.

Na ponta dos pés, Emilia salta para outra pedra. Mas a pedra em que aterrissa está solta, e a garota balança perigosamente.

— Emilia!

Ela sorri e abaixa os braços.

— Eu sabia que estava solta — ela diz, rindo quando Jules fecha a cara. — Conheço cada passo dessa muralha. Cada rachadura no cimento. Cada estalo dos portões. E eu a odeio.

— Por que você a odeia? — Jules olha para Bastian City, luz e sombra difusas pelo pôr do sol. Para ela, a cidade é maravilhosa, fortificada e ordenada, com prédios altos de tijolo cinza e madeira. O mercado e suas barracas cobertas de tecido vermelho, as tonalidades tão variadas quanto os produtos em oferta, conforme a tinta desbotava com o tempo.

— Eu amo Bastian — responde Emilia. Ela pula para baixo. — Eu odeio a muralha. Hoje nós a mantemos em pé por causa da dádiva, porque estamos sempre preparados. Mas uma muralha não é necessária quando temos a névoa. Então ela só serve para nos isolar. — Ela fecha a mão e soca a pedra. — Até esquecermos o resto da ilha. A muralha faz as pessoas virarem as costas, preguiçosas e protegidas, e quem se importa se a dádiva está enfraquecendo? Quem se importa com outra envenenadora usando a coroa? — Ela observa Jules correndo os dedos pelas linhas de cimento. — Imagino que não haja muros em Wolf Spring.

— Não como estes. — Apenas cercas feitas de madeira ou lindas pedras empilhadas para marcar as fronteiras entre as fazendas. Facilmente puláveis por um cavalo, ou por uma pessoa com bom impulso. — Quando fomos a Indrid Down para salvar Mirabella de Katharine no duelo, nós passamos pelo que restou da muralha que costumava cercar a capital. Estava cheia de grama e de ervas daninhas. Meio enterrada. Não há mais nada assim na ilha. Nem mesmo a muralha que protege a fortaleza do Volroy.

— Ouvi dizer que eles ainda têm uma bela muralha em Sunpool. — Emilia suspira. — Oráculos. Eles são um povo paranoico. Você vai fazer o que veio aqui fazer ou o quê?

— Nós podemos ir até a praia?

— Hoje não. Não mandei ninguém lá para ver como está. Pode haver outros lá embaixo, nas dunas. Outros que podem reconhecer você e sua puma e avisar o Volroy. Quanto mais tempo a rainha envenenadora pensar que você fugiu com as irmãs dela naquele barco, melhor.

— Quanto mais tempo, melhor. — Jules pega a tesoura de prata de seu bolso traseiro. — Que tal para sempre?

— Nada dura para sempre. Por que você quer descer para a praia?

Jules puxa sua longa trança castanha por cima do ombro.

— Não sei. Para jogá-la na água, eu acho.

Emilia ri.

— Todos os naturalistas são sentimentais assim? — Ela aponta para a costa cheia de pedras vermelhas e brancas. — Jogue em qualquer lugar. As andorinhas provavelmente vão arrancar pedaços para construir seus ninhos. Isso deverá te agradar. Embora você não precise fazer isso. Essa trança é a última coisa que te denunciará. O mais provável é que sejam esses seus olhos de duas cores. — Ela aponta para Camden com a cabeça. — Ou aquilo.

— Eu nunca vou deixar Camden de lado, então pode parar de sugerir isso — Jules dispara.

— Não estou sugerindo nada. Eu gosto dela. Só uma naturalista com a dádiva da guerra teria um Familiar tão feroz. Agora vá em frente.

Jules toca a ponta de sua trança. Ela se pergunta quão longo deve ser o cabelo escuro de Emilia. Ela sempre o usa preso na altura da nuca, em dois pequenos coques.

Então Jules coloca a trança no meio da tesoura aberta, logo abaixo do queixo. Arsinoe costumava fazer isso. A cada estação, cortava o cabelo que havia crescido, tudo para evitar a beleza bem-cuidada e sofisticada que se espera das rainhas. Um ano ela cortou tão torto que parecia que sua cabeça estava o tempo todo inclinada. Sua Arsinoe. Ela ficaria tão orgulhosa.

Jules respira fundo e corta a trança fora. Atira-a o mais longe que pode, na direção do mar pelo qual sua amiga foi embora.

A casa do clã Vatros fica no quadrante sudeste da cidade, ao lado da muralha. É uma casa grande, com muitos andares e fileiras de janelas marrons. As telhas do telhado pontudo são de um vermelho profundo. E a casa é antiga, algumas partes mais antigas que outras, mas feitas da mesma pedra cinza da muralha. As novas partes foram construídas em branco. É uma das casas mais bonitas de Bastian City, mas todas elas parecem muito bonitas para Jules, que está acostumada com construções de madeira e tinta desbotada pela maresia. A dádiva da guerra pode ter diminuído ao longo dos séculos, mas eles fizeram o que podiam para não demonstrar: só se poderia notar com uma inspeção minuciosa nos tijolos remendados das paredes e nos remendos das roupas.

— Ataque a meia velocidade.

Emilia gira o bastão de treino nas mãos. É uma arma inteligente: dois pedaços de madeira forte e oleada, unidos no centro para formar um longo bastão, mas que pode ser separados rapidamente em duas partes mais curtas para um ataque duplo.

Jules faz o que é dito, embora sua arma pareça pesada e desajeitada. Ela se abaixa duas vezes para acertar as pernas da adversária, então bloqueia os ataques de Emilia e se desvia de uma tentativa dela de acertá-la no peito. Emilia aprova com a cabeça, o único incentivo que oferece.

— Você nunca me pede para usar minha dádiva da guerra — Jules diz. — Nunca me diz quando usá-la.

— Você vai usá-la quando usá-la. — Emilia separa o bastão em dois pedaços. — E você saberá a hora. — Ela avança, ainda a meia velocidade, mas mesmo assim os braços de Jules não conseguem acompanhá-la. Os bastões estalam um contra o outro.

— Mas seria mais fácil se fizéssemos sua mãe retirar a magia baixa.

Jules baixa o bastão. Flexiona os dedos e coloca o cabelo atrás das orelhas. Ela o cortou demais e, agora, ele escapa de sua faixa. Ela não gosta dele assim. Camden também não. A gata da montanha o lambe toda noite quando elas se deitam, como se tentasse arrumá-lo de volta em uma trança.

— Pare de pedir isso — Jules grunhe.

— Só estou brincando.

Mas ela não está. Ao menos não completamente. Jules esfrega os pontos doloridos em suas pernas por conta do veneno. Dádiva atada ou não, ela pode, por esse motivo, nunca se tornar a guerreira que Emilia espera que ela seja.

— Vamos — Emilia diz. — Nós não temos o dia todo.

As garotas começam de novo. Elas não têm o dia todo, mas têm a maior parte dele. O sol da tarde brilha e queima a cabeça de Jules. O cabelo escuro de Emilia reluz como um espelho, e dado o quão habilidosa ela é em combate, provavelmente pensará em um jeito de cegar Jules com ele.

Enquanto elas circulam uma a outra, o olhar de Jules se move para a árvore. Uma árvore solitária no pátio privado e cercado da casa, feito com tijolos irregulares. Não está tão frondosa quanto poderia estar, quanto *deveria* estar, no auge do verão. Mas ela poderia fazer isso acontecer. Fazê-la se encher de folhas naquele instante. Elas então teriam sombra e Emilia poderia se distrair o suficiente para que Jules conseguisse acertar um golpe decente.

— Eu nunca peço para você usar sua dádiva da guerra — Emilia diz e Jules desvia o olhar da árvore. — Mas você também nunca usa sua dádiva naturalista. Por quê? Você acha que as outras dádivas nos ofendem?

Ela ataca duas vezes e Jules a bloqueia.

— Talvez não.

— Talvez não — Emilia repete. — Talvez não normalmente, você quer dizer. Mas você acha que ofenderia, com sua maldição da legião. — Ela se move rapidamente e acerta Jules bem no meio dos olhos, sem esforço. Atrás dela, Camden começa a rosnar.

— Você pode me culpar? — Jules fecha a cara. — Minha própria família temia a maldição. Minha própria cidade se voltou contra mim por causa disso. Eu ainda não entendo por que você e os guerreiros não fazem o mesmo.

— Nós ignoramos isso por causa do que você fez. Por causa das grandes coisas que fará. Foi você quem ajudou a rainha fraca. Arsinoe — Emilia acrescenta quando os olhos de Jules se apertam. — E, mesmo atada, sua dádiva da guerra é tão forte quanto a minha. Você poderia usá-la agora. Empurrar meu bastão, se quisesse. Se tentasse.

Algo se endurece no olhar de Emilia e ela avança rapidamente na direção de Jules. Ela não está mais lutando a meia velocidade ou meia força, e faz Jules recuar ao usar sua habilidade superior para pressioná-la até que seus joelhos se dobrem. Quando seus calcanhares deslizam pelo caminho de cascalho, Jules sente uma faísca de um temperamento familiar.

Ela desvia e gira enquanto Emilia avança. Jules espera até que ela esteja na posição exata. Até que Emilia permita que ela coloque Camden em um ponto cego.

Jules dá um golpe forte com o bastão e Camden salta. A gata estava agachada, esperando para derrubar Emilia e segurá-la contra a grama.

— Ai! — Emilia exclama, rolando até seu rosto estar voltado para cima, enquanto Jules e a gata a olham. Por um momento, seu maxilar se tensiona e o rosto fica vermelho, mesmo por baixo do bronzeado profundo da sua pele. Então ela ri. — Tudo bem. — Ela agarra a pele de Camden carinhosamente e lhe dá tapinhas nas costelas. — Você não precisa da dádiva da guerra quando tem ela.

Emilia joga para Jules uma capa vermelho-clara, como as que os criados usam.

— Aonde estamos indo? — Jules pergunta. Depois de uma longa tarde de treinos, ela não está com vontade de ir a lugar nenhum; só quer uma tigela de ensopado quente e um travesseiro macio.

— Há uma barda na hospedaria. Meu pai disse que ela conhece a canção da Rainha Aethiel, e eu quero ouvi-la.

— Você não pode ir sem nós? Vou acabar pegando no sono com a cara na minha cerveja, e não quero ofender a barda.

— Não — Emilia responde —, não posso ir sem você. Camden terá que ficar aqui, é claro. Haverá muitas pessoas em quem não confiamos. Vamos trazer para ela uma bela e gorda perna de cordeiro.

Camden levanta a cabeça, mas só por tempo suficiente para bocejar. Uma perna de cordeiro e um quarto em silêncio parecem ótimos para ela.

Enquanto Jules anda ao lado de Emilia pela cidade, ela puxa o capuz de sua veste para esconder os olhos. Quase todos por quem elas passam demonstram reconhecer Emilia de alguma forma, com um aceno de cabeça ou um olhar para baixo. Toda a cidade reconhece a filha mais velha dos Vatros por seu queixo protuberante e seu andar. Eles a reverenciam, quase como as pessoas de Wolf Spring costumavam reverenciar Jules antes de saberem sobre a maldição. Agora, se ela voltasse, eles a levariam até Indrid Down de mãos amarradas.

Quando chegam na hospedaria, uma multidão já está formada e a barda já começou. Emilia franze o cenho de leve, mas as longas canções faladas são famosas por seguirem noite adentro, com pessoas indo e vindo para ouvir suas partes favoritas.

— Essa não é sequer a canção de Aethiel — Emilia diz. — É o verso da armadura da canção da Rainha Philomene. E dura *uma eternidade*. Vou pegar comida e cerveja para nós.

Jules deixa o capuz cair para trás no calor da hospedaria. Ninguém está prestando atenção nela, de qualquer forma. Todos olham para a barda, de pé perto da lareira, em uma linda túnica bordada com linha dourada. Ela é uma das bardas mais jovens que Jules já viu, embora não tenha visto muitas. Poucas passam por Wolf Spring, provavelmente cansadas de noites e mais noites da canção da Rainha Bernadine e seu lobo. Esta barda usa um capuz leve, parecido com a capa vermelha que Jules veste, e sua voz é melodiosa mesmo quando recita passagens sobre arsenais de guerra: caneleiras e facas e couro sendo afivelado, de novo e de novo, vestindo a rainha da guerra morta há muito tempo em seus trajes de batalha.

Jules encontra uma mesa vazia perto da parede dos fundos e se senta. No momento em que Emilia volta com duas canecas, a barda começa a contar sobre a bravura do exército da rainha.

— O que tem para comer? — Jules pergunta.

— Perna de cordeiro, como eu disse. E legumes cozidos. Vamos comer o que aguentarmos e levamos o resto para a gata. — Os olhos de Emilia correm pela hospedaria e voltam para a barda. — Ela nunca vai chegar em Aethiel neste ritmo. Talvez possamos trazê-la para nossa mesa quando ela parar para comer e arrancar alguns versos.

— Ou você pode esperar. Ela ficará enquanto a pagarem. Além do mais, não quero ela tão perto. Bardas viajam por toda a ilha. Ela pode me reconhecer.

— Mesmo que reconheça, ela não diria nada. Para um povo que fala tanto, bardas têm bocas de túmulo.

— Como você sabe?

Emilia arqueia as sobrancelhas.

— Bom, eu nunca tive que cortar a língua de nenhuma, para começar.

A comida chega em um enorme prato, uma perna de cordeiro inteira em uma cama de legumes e batatas assadas ao lado.

— Obrigada, Benji — Emilia diz ao criado, um rapaz de cabelo amarelo que um dia comandará a hospedaria.

— Uma perna inteira para duas — Benji nota. — Eu não imaginaria que uma coisinha tão pequena tivesse um apetite tão grande.

Jules levanta a cabeça e o vê sorrindo para ela. Ela baixa o olhar rapidamente.

— Meu estômago não é nada pequeno — diz.

— Bom, espero que gostem. Vou trazer outra jarra de cerveja.

— Ele está curioso a seu respeito — diz Emilia.

Jules não responde. Ela não é uma boa companhia, fingindo escutar a barda e falando só quando precisa. Ela desconfia de que tenha sido uma companhia ruim desde que chegou a Bastian City. Mas é difícil ser outra coisa quando cada prato de comida a faz pensar em Arsinoe e seu famoso apetite. Quando cada garoto com um sorriso torto poderia, olhando de relance, ser Joseph, antes que ela se lembre de que ele está morto.

Ela se força a olhar de volta para a barda e nota que ela a encara diretamente, olhos fixos enquanto os lábios se movem por sobre as palavras que contam de um saque a uma cidade queimada. Jules a encara de volta, com raiva, embora não saiba dizer por quê, e a mulher vira um pouco o rosto, mostrando a mecha branca que corre por seu cabelo. Os fios brancos foram reunidos em uma trança, que escorre como gelo pelas madeixas douradas.

Mechas brancas assim são uma marca comum entre as videntes.

— Ela não é uma mera barda — Jules sussurra. — Emilia, o que você está aprontando?

Emilia não nega. Sequer parece culpada.

— Os guerreiros e os oráculos sempre tiveram um laço forte. Foi assim que soubemos que deveríamos te ajudar durante o Duelo das Rainhas. E agora nós saberemos o que a Deusa reservou para você. O quê? Você achou que só te esconderíamos aqui para sempre, como uma prisioneira?

Jules observa a barda agradecer ao público e fazer uma pausa para uma refeição e um pouco de vinho.

— Você disse que eu era bem-vinda pelo tempo que fosse necessário — ela murmura.

A barda para em frente à mesa delas.

— Emilia Vatros. É bom ver você.

— É bom ver você também, Mathilde. Por favor, sente-se. Pegue um pouco de cerveja e comida. Temos bastante, como você pode ver.

— Vocês até se conhecem — Jules diz enquanto Mathilde se senta. Ela é linda de perto. Não deve ter mais do que vinte anos, e a trança branca se destaca tanto de suas ondas loiras que é incrível que Jules não a tenha notado logo de cara.

Emilia tira sua faca do cinto e corta um grosso pedaço de carne da perna do cordeiro, servindo-o em um prato junto com legumes e batatas. Benji chega com uma nova jarra de cerveja e um terceiro copo.

— Eu também gostaria de um pouco de vinho — Mathilde diz e ele faz que sim antes de buscá-lo. — É uma honra conhecê-la, Juillenne Milone.

— É? — Jules pergunta, desconfiada.

— Sim. Mas por que você está me olhando como se me odiasse? Nós ainda não conversamos.

— Não confio em muita gente ultimamente. Foi um ano ruim. — Ela olha para Emilia. — E ela está dizendo meu nome terrivelmente alto.

Emilia e Mathilde trocam um olhar pacífico. Se ao menos Camden estivesse ali para atacar o rosto das duas.

— Eu sei da necessidade de discrição — Mathilde diz. — Assim como sei que seu desgosto por oráculos vem da profecia que acompanhou seu nascimento. Que dizia que você tinha a maldição da legião. Mas isso acabou sendo verdade, não é?

— Que eu era amaldiçoada, sim. Embora a oráculo tenha dito que eu deveria ser afogada. *Isso* não é verdade.

Mathilde arqueia uma sobrancelha e inclina a cabeça como se dissesse *talvez não*. Ou só ainda não.

— E isso foi tudo o que te disseram?

— Há algo mais?

— Nós nunca soubemos dos detalhes da profecia. Olhamos pelos olhos de outra vidente e vemos apenas essa maldição nebulosa.

— Você nunca a conheceu, então? — Emilia pergunta. — A oráculo que jogou os ossos quando Jules nasceu?

— Eu ainda era criança quando Jules nasceu. Se eu a conheci em Sunpool, não me lembro. E pouca gente se lembraria, de qualquer forma. Porque essa oráculo nunca voltou.

— O que você quer dizer com isso? — Jules dispara.

— Que sua família encobriu bem a verdade sobre você.

Que eles mataram a oráculo, é o que Mathilde quer dizer. Mas, vidente ou não, ela não tem certeza. É apenas uma conjectura. Uma acusação. E Jules não pode imaginar Vovó Cait ou Ellis ou mesmo Madrigal esmagando a cabeça de uma velha oráculo com uma pedra.

— E qual é a verdade sobre mim agora? Não é para isso que você está aqui?

Mathilde puxa um pedaço de carne do seu prato. O cordeiro é suculento a ponto de não ser necessário cortá-lo. Ainda assim, ela mastiga por muito tempo. Enquanto espera, Jules jura que não vai acreditar em uma palavra que saia da boca da vidente. E, ao mesmo tempo, ela espera ouvir sobre uma visão, novidades de Arsinoe e Billy e como eles estão no continente. Arsinoe está feliz? Está segura? Fizeram um funeral bonito para Joseph? Parece uma eternidade desde que ela os deixou naquele dia, flutuando na direção do continente. O dia em que a névoa de Fennbirn a engoliu e a trouxe com Camden de volta para casa.

Ela aceitaria até notícias de Mirabella.

— A sua verdade ainda está por vir — Mathilde diz, por fim. — Só sei que você já foi uma rainha e pode voltar a ser. Essas palavras surgiram na minha cabeça como um mantra no momento em que te vi.

Continente

Ao ouvir o sino, os cavalos disparam, crinas e rabos voando. Arsinoe agarra a grade em frente a sua cadeira e quase salta por cima dela para vê-los passar como um trovão, todos lindos e brilhantes e com um homenzinho agarrando-se a cada um deles como se sua vida dependesse disso.

— Lá vão eles! — ela grita. — Eles estão rodeando o... aquela volta que você disse...

— Clubhouse. — Billy a puxa pela parte de trás do vestido, rindo. — Agora desça daí antes que você caia na fileira da frente.

Com um suspiro, ela põe os pés no chão de novo. Mas não é a única a saltar da cadeira, vários outros se levantaram para aplaudir ou levar pequenos binóculos aos olhos. Até Mirabella, sentada do outro lado de Billy, está de pé e, em sua animação, espremeu o garoto entre ela e a irmã, mal deixando-o respirar.

— Isso é divertido — Arsinoe diz —, mas seria ainda mais divertido estar lá embaixo, na pista. — Ela respira fundo, sente o cheiro de nozes torradas e seu estômago ronca.

— Talvez a visão não seja tão boa — Mirabella diz e Billy concorda. O pai dele paga uma fortuna todo ano por aqueles lugares, ou foi isso que Billy disse a elas no caminho para a corrida.

— E que tal do lombo de um dos cavalos, então?

— Eles não permitem que garotas cavalguem — Billy diz e Arsinoe franze a testa. Eles mudariam de ideia bem depressa se vissem Jules. A pequena e esguia Jules, que podia costurar com seu cavalo pelo meio de uma tropa como se eles compartilhassem o mesmo corpo.

Na pista de corrida, os cavalos cruzam a linha de chegada e tem início um coro de comemorações e grunhidos. É a última corrida do dia e nenhum dos cavalos nos quais eles apostaram ganhou, mas os três se levantam, sorrindo. Arsinoe toma a mão de Billy com a mão esquerda e puxa Mirabella com a direita enquanto descem das cadeiras, seu vestido cinza lhe caindo mal e subindo pela calça que ela insiste em sempre usar por baixo. Mirabella, ao contrário, está linda de branco, com mangas compridas e rendas adornando a garganta. Antes de deixarem a ilha, nenhuma delas havia vestido qualquer cor além de preto, com exceção de algumas joias coloridas de Mirabella. Mas ela, com sua beleza, consegue ficar à vontade com qualquer coisa.

Arsinoe respira fundo. É bom estar do lado de fora, mesmo que o ar quente de verão tenha cheiro de cidade em vez de mar. Às vezes, a casa de tijolos da família de Billy — por mais bonita que seja — pode ser sufocante. Quando eles viram na avenida em meio à multidão, ela esbarra em um pedestre. Antes que consiga se desculpar, ele recua ao ver suas cicatrizes, ainda de um rosa vivo e descendo por todo o lado direito do rosto. Billy fecha a mão em punho e Mirabella abre a boca, mas Arsinoe os puxa para trás.

— Não liguem. Só vamos. — Eles vão, mas se aproximam mais dela e andam logo a sua frente, seus ombros protegendo os dela e suas caras feias fazendo uma barreira contra qualquer um que pudesse ofendê-la.

— Minha Deusa — ela diz, rindo. — Vocês são tão ruins quanto a Jules.

Eles continuam, atravessando a multidão e observando coches e carruagens passarem. Ali é até mais movimentado que a rua principal de Indrid Down, e as coisas nunca parecem se acalmar. Um coche passa correndo, puxado por um pobre cavalo ossudo, as costas marcadas por chicotadas.

— Ei, pegue leve com ele! — Arsinoe grita, mas o cocheiro desdenha dela.

— Se ao menos eu tivesse toda a força do meu raio — Mirabella acrescenta.

— Ou do meu fogo. Eu começaria um agradável incêndio nos bolsos das calças dele. — Mas ela não o faz. Longe da ilha, as dádivas delas enfraqueceram e sumiram. Mesmo que Arsinoe fosse uma naturalista de verdade em vez de envenenadora, talvez não tivesse muita força sobrando para confortar o cavalo.

Billy sacode a cabeça.

— Não me digam que ninguém tratava mal os cavalos em Fennbirn. — Seus olhos perdem o foco ao tentar se lembrar de um exemplo. Mesmo na capital, o respeito pela dádiva naturalista controlava até o pior dos abusadores.

Arsinoe xinga quando alguém esbarra em suas costas. Ela não sabe se um dia vai se acostumar com a multidão. E, por algum motivo, é sempre nela que tropeçam. Algo em Mirabella ainda é régio o suficiente para que ninguém se aproxime.

— Ah, não — Billy diz. Eles chegaram ao fim da rua onde moram, uma fila de grandiosas casas de tijolos vermelhos com portões de ferro fundido e degraus de pedras brancas na frente. Mas, em volta da porta deles, está reunido um grupo de mocinhas com vestidos rosa, verde e amarelo-claro. Só pode ser Christine Hollen, a filha do governador, e a trupe de amigas da sociedade que está sempre com ela.

Arsinoe olha para a janela do quarto que divide com Mirabella, no terceiro andar. Com quatro andares cheios de quartos, elas não precisavam dividir. Mas quando ela e Mirabella chegaram no continente, as pernas tremendo e as roupas ainda ensopadas da tempestade, agarraram-se uma a outra e se recusaram a soltar. Então, a mãe de Billy, sra. Chatworth, as mandou, com os lábios trêmulos, para um dos maiores quartos de hóspedes.

— Não sei se tenho estômago para isso hoje — Arsinoe resmunga. Christine Hollen aparentemente havia "colocado Billy na mira" durante o tempo que ele passou na ilha, e nem a presença de Arsinoe parecia capaz de detê-la. Se Arsinoe tivesse que aguentar mais um chá com Christine em cima de Billy, ela provavelmente se comportaria de um jeito que a sra. Chatworth consideraria pouco digno de uma dama. Ou menos digno que de costume.

— Não tem como escalarmos os tijolos e entrarmos pela janela?

— Não sem sermos vistas — Mirabella responde com um sorrisinho. Ela toca o ombro de Arsinoe. — Vá. Suma um pouco até elas irem embora.

— O quê?

— É, o quê? — Billy pergunta. — Não quero ser deixado sozinho com a minha mãe e Christine. Se você for, Arsinoe, pode voltar e me encontrar amordaçado e noivo.

— Vá — Mirabella diz de novo. — Talvez... você devesse ir visitar o Joseph.

— Você está falando sério? — Arsinoe pergunta.

— Claro que sim. Por que estragar um dia perfeitamente agradável?

— E a srta. Hollen e as garotas do governador?

Mirabella se aproxima de Billy e passa a mão pela curva de seu braço. Apenas esse simples movimento e uma mudança de postura — uma leve inclinação nos quadris e uma sutil virada de cabeça — eram suficientes para qualquer um acreditar que ela e Billy estavam loucamente apaixonados. Se não fosse, é claro, pela expressão chocada no rosto dele.

— Deixe Christine Hollen comigo.

Arsinoe olha para o grupo no fim da rua. Todas elas são garotas que a sra. Chatworth receberia de bom grado em casa e de bom grado casaria com o filho. Garotas que não se parecem em nada com as estrangeiras que ela acolheu. Elas se vestem com lindas saias e não têm cicatrizes profundas no rosto. Christine Hollen, em particular, é uma das pessoas mais bonitas que Arsinoe já viu. Cabelo dourado e pele de pêssego, um sorriso fascinante. O fato de, além de tudo, ela ser bastante rica parece simplesmente injusto.

Arsinoe sorri para Mirabella, grata.

— A pobre Christine não tem nenhuma chance.

Arsinoe sai pela cidade, contornando as casas por vielas e ruas laterais. Ela está aliviada por não ter que encarar outro encontro tenso com Christine, que, quando se dá ao trabalho de notá-la, olha para ela como se fosse algum tipo de inseto. Mas quanto mais se afasta, mais esse alívio é substituído por ressentimento. Com seu vestido que parece um saco cinzento, sem amigos ou família, exceto por Billy e Mirabella, sem fortuna ou perspectivas, ela não tem como competir com Christine Hollen. Ela poderia, se as coisas fossem diferentes. Se ainda fosse ela mesma, com suas calças e colete pretos, com sua máscara vermelha e preta cobrindo as cicatrizes do rosto. Se ainda fosse uma rainha.

Suas pernas aceleram enquanto abre caminho pelas ruas, indo em direção a Joseph e ignorando os olhares das pessoas por quem passa. Olhares que ela atrai simplesmente por estar correndo, por ser uma garota sozinha na rua, sem um acompanhante ou uma sombrinha.

Ela não deveria ter saído sem ninguém. Deveria ter ficado e engolido seu chá. É só quando está sozinha que a dúvida aparece, o sentimento de que não pertence a este lugar e nunca pertencerá.

Quando chegaram, tanto ela quanto Mirabella tentaram conquistar a sra. Chatworth. Principalmente Arsinoe, que viera preparada para gostar dela, até mesmo amá-la. Ela era a mãe de Billy, afinal. Havia criado um garoto leal aos seus amigos. Então, quando elas se conheceram, Arsinoe esperava encontrar alguém como Cait Milone: um rosto sereno e um coração afetuoso, com braços fortes para segurar suas crianças. Ou mesmo alguém como Ellis: nunca sério, mas sempre munido de conselhos. Em vez disso, a mãe de Billy era, em alguns aspectos, até pior do que o pai. Faltava substância a ela, e sua expressão variava entre irritada e horrorizada.

Ao chegar no portão do cemitério, as pernas de Arsinoe estão queimando, mas a frustração não desapareceu. Ela diminui o passo, em respeito aos que descansam, mas não consegue evitar chutar as pedrinhas do caminho.

— Sombrinhas — ela resmunga. — Vestidos com babados e joguinhos idiotas. É só isso que as garotas têm para fazer aqui. Beber chá e rodar uma sombrinha até se casar. — E se casar, no continente, significa obedecer. Se há uma palavra no mundo que sempre irrita Arsinoe, é essa.

Graças à Deusa, Billy não quer isso. Seu Billy só quer que Arsinoe seja ela mesma e que ela e Mirabella fiquem felizes. O que de fato acontece, na maior parte do tempo. É só quando está sozinha que se lembra de que não é um deles. Nem mesmo Mirabella será aceita como um deles, e ela segue todas as regras.

Arsinoe para e respira. O cemitério onde Joseph está enterrado fica nos limites da cidade e é cercado por muros de pedra. É silencioso e ensolarado, com graciosas colinas, alamedas de árvores e vista para a água azul-escura da baía. É um lugar do qual Jules teria gostado. Arsinoe também gosta, porque está quase sempre vazio.

Ela segue o caminho pela entrada norte e passa pelos tijolos soltos perto das lápides da família Richmond, então corta pela grama até a alameda de ulmeiros. A sombra deles termina em Joseph, onde ele descansa, perto do topo de uma colina. Antes que chegue lá, ela desliza para a sombra da maior árvore do lugar e tira o vestido cinza disforme. Então sacode o cabelo mal cortado e arruma a camisa — uma antiga que ficou pequena em Billy — antes de pigarrear e dizer:

— Olá, Joseph.

Olá, Arsinoe, diz o Joseph da mente dela e, por um momento, seus olhos ficam embaçados. A lápide dele é simples. Sem adornos. Sem entalhes ornamentados feitos de hera. Sem esculturas de mármore. Não é um mausoléu chique, com vitrais e um portão próprio. É um pedaço de grama e uma pedra escura e redonda. Arsinoe pisca com força e corre o dedo pela inscrição:

Aqui jaz
Joseph Sandrin
Amado de Jules
Irmão para Billy
Amigo de rainhas e felinos

É o que ela disse para escreverem. Não importa que ninguém no continente entenda o significado, ou que, nos anos vindouros, visitantes fiquem confusos e pensem que é uma piada. A gravação levou algum tempo para ser feita e, quando o enterraram, a sepultura ficou sem marcas, exceto por um pedaço branco de madeira. Quando a pedra ficou pronta, eles voltaram e sofreram tudo mais uma vez.

Na ilha, ele teria sido queimado em uma pira e suas cinzas espalhadas pela Enseada de Sealhead. Eles teriam ficado juntos no dique do Whistler enquanto as pessoas de Wolf Spring jogariam pétalas e grãos das docas. Em vez disso, ele está aqui, debaixo da terra e longe de casa. Agora, porém Arsinoe fica feliz por isso. Ao menos, enterrado aqui, há um lugar onde ela pode vir para falar com ele.

— Nós fomos à corrida de cavalos hoje. Não ganhamos. — Ela se abaixa e embola o vestido cinza para ter algo em que deitar. — E então eu tive que fugir quando vimos Christine Hollen na nossa porta. Não que eu não viesse te visitar, de qualquer forma. Christine Hollen. A filha do governador. Você a conheceu? — Arsinoe vira a cabeça. — Tenho certeza de que sim. Ela provavelmente gostava de você antes, não? Devia desmaiar quando te via, não é tão difícil. Mas você não era daqui e não ia ficar. E Billy é rico e... — ela pigarreia — não é *feio*.

Em sua mente, ela ouve a risada de Joseph. E então um trovão ressoa baixo quando as nuvens começam a vir do mar.

— Vai chover. Eu me pergunto se isso significa que Mirabella está chateada com alguma coisa. Ela jura que sua dádiva foi praticamente embora, mas eu já a vi fechar os olhos e senti uma brisa gelada em seguida. E, além disso, os dias melancólicos dela sempre parecem coincidir com dias de tempo feio. — Ela faz um som de desdém. — Uma dádiva como a dela é forte demais para ser detida. Mesmo pelo continente.

Arsinoe olha para o céu. Ela tem todo o tempo do mundo agora. Tempo para esperar Billy construir uma vida para eles. Mas pensar que ele precise fazer isso dá um nó no estômago dela. Quem é ela aqui? Não é a Rainha Arsinoe, criada como naturalista e que descobriu ser envenenadora. Agora ela não é nada. Uma rainha fugitiva e sem coroa.

Ela se vira para a lápide de Joseph.

— Christine é muito mais bonita do que eu.

Muitas garotas são mais bonitas que você, Joseph responde em sua cabeça. *Mas nenhuma delas é você.*

Arsinoe sorri. É o que ele diria se estivesse aqui. Se pudesse passar um braço pelo seu ombro e apertá-lo. Se não estivesse em um caixão, enterrado.

— Eu sinto sua falta, Joseph — ela diz, a cabeça apoiada no vestido embolado. — Sinto tanto sua falta.

E então ela pega no sono.

Um bom tempo depois, Arsinoe acorda assustada. Ela abre os braços, certa, por um momento, de que encontrará à sua volta não o chão, mas a água da baía.

— Que sonho estranho. — Ela era uma garota, vestida como um garoto, em um barco. Era vívido, vívido como estar lá de verdade, mas quando fica quieta para tentar relembrá-lo, o sonho se desfaz, afastado pela luz laranja esvaída e pela dor nas costas por dormir no chão. Ela se apoia em um cotovelo, grunhindo, e olha para a lápide de Joseph.

Há uma mulher com um longo vestido negro parada atrás da pedra.

Arsinoe se ajoelha depressa e esfrega os olhos, pensando que ainda está sonhando. Mas a visão não some. A mulher de preto é mais escura que uma sombra. Arsinoe não consegue ver o rosto nem os detalhes da roupa dela. Apenas a silhueta e o longo cabelo negro.

— Quem é você?

A figura levanta o braço esquelético e estica um dedo longo, apontando.

Arsinoe se vira e olha por cima da colina, na direção do porto, para onde a mulher aponta. Não há nada ali, exceto navios ao entardecer. Pelo menos, nada naquela direção que alguém do continente pudesse ver.

— Não — Arsinoe diz e o dedo rígido da mulher se estende ainda mais.

— Não! — Ela aperta os olhos. Quando os abre de novo, a mulher sumiu. Se é que ela de fato esteve ali.

Volroy

— **Não tinha como ser uma reunião amigável** — Pietyr diz, sentado no sofá de Katharine. — Ninguém gosta de ter seu poder arrancado. E as escolhas de Luca foram... inesperadas.

— Inesperadas! — Genevieve desdenha enquanto anda de um lado para o outro, furiosa, com os braços cruzados. — Elas foram intencionalmente hostis.

Katharine suspira. Pietyr lhe fez uma xícara de chá e até colocou uma gota de leite de oleandro, mas ela não quer tomar. A rainha está ouvindo a discussão com Genevieve desde que eles voltaram aos aposentos reais depois da reunião do Conselho Negro.

— Intencional ou não — diz Pietyr —, você grasnou feito um pássaro nervoso. É assim que Natalia teria reagido? Você não tem nada da compostura da sua irmã, Genevieve. Absolutamente nada.

Genevieve se vira.

— Como ousa falar assim comigo? Eu sou a irmã dela. A irmã, não um sobrinho distante. E sou a chefe da família agora. Não seu pai.

— Eu nunca disse que seria meu pai.

— Ah, chega disso. — Katharine se levanta bufando e vai para a janela abrir as persianas para deixar o ar quente do verão entrar. Ela o aspira e olha para baixo. Todo aquele mar e céu. As copas das árvores e espaços de um verde brilhante. Todas as pessoas boas. Tudo dela. — Vocês não conseguem ver a beleza dos últimos dias? O dourado da luz do sol? A coroa tatuada na minha cabeça? — Ela se vira para eles com um grande sorriso. — Nós ganhamos! Vocês ainda estão imersos demais no caos da Ascensão para perceber, mas nós ganhamos. E meu reinado não será um tempo de amargor e disputas. — Ela anda na direção deles com as mãos estendidas. Pietyr franze as sobrancelhas; Genevieve fica pálida como se não tivesse certeza de que Katharine não está prestes a atirar uma faca em sua cabeça.

— Será um reinado de tranquilidade e prosperidade. — Ela segura levemente a mão de Genevieve para que ela não recue. — E de novos começos.

— Você está tão pronta assim para esquecer o passado? — Genevieve questiona.

— Estou pronta para deixar de lado velhos desentendimentos. E você deveria estar também. Vou precisar de vocês dois em harmonia para garantir que Bree Westwood não se meta em problemas.

Pietyr se levanta e arruma suas abotoaduras. Ele considera apertar a mão de Genevieve, mas muda de ideia no último momento, e os dois se limitam a um breve aceno de cabeça.

— A rainha deve ser elogiada por seu otimismo — ele diz. — Espero que esteja certa.

— Eu também espero — Genevieve concorda.

— Vocês verão. — Katharine fica na ponta dos pés para dar um beijo bem na boca de Pietyr, seu humor elevando-se junto com suas palavras, como se também pudesse ser mudado por sua simples vontade. — Para dar o tom, nós ofereceremos um banquete de boas-vindas na praça. Um gesto caloroso para a Alta Sacerdotisa e os Westwood. Para sinalizar ao povo que a coroa está firme.

Pietyr arqueia uma sobrancelha.

— Se Luca e os outros concordarem.

— Claro que concordarão — Katharine diz, rindo em seguida. — Eu sou a rainha.

Katharine convida a Alta Sacerdotisa Luca para fazer um tour pela capital e atualizá-la depois de ela ter passado tanto tempo fora. Uma oferta que poderia ser entendida como uma ofensa, ela imagina. A Alta Sacerdotisa isolada, com o coração ainda em Rolanth. Mas esta não é sua intenção.

Ao chegar no Templo de Indrid Down em seu belo cavalo negro, Katharine e sua guarda encontram Luca já montada, esperando ao lado de três sacerdotisas. Os olhos da rainha se demoram nas faixas de lâmina expostas na cintura de cada uma delas.

— Agora é regra que todas as sacerdotisas andem armadas?

— Não todas — Luca responde. — Mas certamente as que estão acompanhando a Alta Sacerdotisa e a Rainha Coroada. Rho insistiu.

— É mesmo? — Katharine engole em seco. Rho e sua dádiva da guerra. De alguma forma, Katharine sabe que, se o plano de cortar seus braços e sua cabeça depois da Aceleração tivesse sido bem-sucedido, teria sido Rho a responsável por seu desmembramento.

E agora ela serve no Conselho Negro.

Katharine desvia o olhar das facas e encara Luca.

— Você fica muito bem a cavalo, Alta Sacerdotisa.

Luca faz que sim e seu cavalo dança no lugar, como se também entendesse.

— Tentaram me colocar em uma mula branca — ela desdenha. — Mas ainda não estou tão velha. — Em vez de uma mula, a montaria dela é um grande cavalo branco. Agora Katharine terá que manter seu cavalo a uma certa distância para que os dois garanhões não briguem, o que talvez seja exatamente o plano de Luca.

— O que está achando de Indrid Down? — Katharine pergunta enquanto elas cavalgam, abrindo caminho pela rua principal e passando por sua loja de queijos favorita, bem como pela costureira preferida de Genevieve.

— Mais quente do que eu me lembrava — responde Luca. — E, quando o inverno chegar, tenho certeza de que a acharei mais fria do que me lembrava.

— Mas com certeza venta menos que em Rolanth, com o templo a céu aberto e as brisas do penhasco, não é? — Quantas vezes Natalia não desejou, com os dentes rangendo, que a umidade e os ventos finalmente acabassem com a velha Luca?

— Venta menos. — Luca inclina a cabeça. — Há menos claridade. Menos beleza. Falta graça e luz à capital. É bom eu ter indicado Bree para o Conselho. Ela tem ambas as coisas.

Elas descem pelo mercado de Dowling, onde não podem entrar com os cavalos, e Katharine aponta as excelentes barracas de lá enquanto Luca sorri e acena para o povo. Eles estão felicíssimos pela Alta Sacerdotisa ter voltado à capital, que é onde pertence. Aqueles que estão mais próximos esticam as mãos para tocar as bordas das vestes dela e pedir bênçãos. À Katharine não pedem nada. Apenas se curvam.

— Eles têm medo de você — Luca murmura.

— É claro que têm. Mas me amarão também. Natalia costumava dizer que a ilha ama uma Ascensão sangrenta. Eu fui a única que tentou proporcionar isso a eles.

Elas param no ponto em que a rua sobe para depois descer gradualmente até o porto, e os acompanhantes se apoiam em suas selas, admirando a vista do mar na luz da tarde. Longe, ao norte, ao longo da curva do porto, esqueletos de navios de madeira surgem na areia. São os navios que Pietyr e o Conselho ordenaram que fossem construídos para os Martel, como pagamento pela morte de Nicolas. Katharine não os menciona.

— Gostaria de oferecer um banquete de boas-vindas em sua homenagem. — Katharine se vira na sela enquanto Luca arqueia as sobrancelhas. — Para receber você, Bree Westwood e Rho Murtra na cidade. Para que o povo possa ver o novo Conselho Negro unido. Nós o faremos na praça.

— Que gentileza. — Luca desvia o olhar na direção do porto. — Bree vai adorar isso. Ela sempre dança até cansar em festas.

— Alta Sacerdotisa — uma das acompanhantes diz. — Olhe. A neblina.

Os olhares seguem o braço da sacerdotisa, que aponta para a água.

É a névoa, erguendo-se sobre a superfície. Não há tanta, e poderia ser facilmente ignorada por um olhar menos atento. Mas é espessa o suficiente para que Katharine possa vê-la rodando, e algo em seu sangue congela enquanto ela observa.

— Nem sempre está visível — ela se pega dizendo. — Não daqui, pelo menos. Ela é visível com frequência em Rolanth?

— Não. Não com frequência. — Luca suspira. — É só a Deusa.

— Sim — Katharine concorda. E o frio em suas veias é só as rainhas mortas, que já não têm amor por Ela.

— Só a Deusa — Luca diz mais uma vez. — Mantendo algo do lado de fora, ou algo do lado de dentro.

Bastian City

Uma noite e um dia depois de ter visto a oráculo na hospedaria, Jules não consegue parar de pensar na profecia.

Se é que ela pode ser chamada assim. Foi uma sensação, a oráculo disse. Palavras que surgiram na mente dela. *Só sei que você já foi uma rainha e pode voltar a ser.* Que monte de meias verdades vagas. Se a dádiva da visão for sempre assim, então Jules não a inveja.

— Eu não trocaria nem minha maldição da legião por isso — ela murmura para Camden, que levanta as orelhas.

A gata da montanha se sustenta sobre as patas traseiras, apoiando as dianteiras na única janela do quarto, tão suja e manchada de lama que mal é possível dizer se é dia ou noite. Jules dá um tapinha no ombro dela.

— Talvez nós devêssemos ter ido com Arsinoe para o continente, afinal.

— Como você pode dizer isso depois de ouvir o que Mathilde disse?

Ela se vira. Emilia está parada na porta. Jules não a escutou descendo as escadas. Nem a porta se abrir. O mais impressionante é que Camden também não.

— Eu não ouvi Mathilde falar nada além de coisas sem sentido. Mas notei que você não pareceu surpresa.

— Isso porque ela disse o que eu esperava. — Emilia aponta para o teto baixo, depois para a única janela. — Este não é o melhor quarto para uma rainha. Mas para uma rainha que precisa ser escondida, é a melhor escolha.

Jules faz um som de desdém.

— Eu não sou uma rainha. — Ela puxa as pontas do cabelo curto e castanho. — Olhe para isso. Castanho. E isso. — Ela aponta para os olhos. — Duas cores diferentes e nenhuma delas é preto. Você conheceu minha mãe. Madrigal. Nenhuma gota de sangue sagrado ali, eu te garanto.

— Eu não disse que você era da linhagem das rainhas. — Emilia baixa a cabeça, mostrando os coques na nuca. Mesmo andando pela própria casa, ela parece formal, com botas marrons e uma saia de pregas na altura do joelho. Na casa dos Vatros, as roupas parecem uniformes, não importa o corte ou o material.

— Então o que você está dizendo?

— Estou dizendo que o tempo dessas rainhas acabou.

Jules pisca. A linhagem das rainhas tem seu lugar em Fennbirn desde que a história começou a ser registrada.

— É mesmo? — ela murmura. — E a Rainha Katharine? A que está no trono, com a coroa tatuada na testa?

— Outra marionete dos envenenadores.

— Envenenadora ou não, ela é a Rainha Coroada. São os costumes da ilha.

Emilia cruza os braços.

— E se eu te dissesse que existe um movimento crescente de pessoas que se sentem traídas pela linhagem de sangue? Um movimento que não vai aceitar outra envenenadora reinando com um Conselho de envenenadores?

— Eu diria que você está mentindo. — Jules dá tapinhas no lombo de Camden e a gata salta para a cama. A felina se deita e encara Emilia com as patas cruzadas, como uma criança que espera uma boa história. — Rainhas sempre mataram rainhas, e a ilha aceita o resultado.

— Mas essa rainha não matou.

— Ela tentou. Eu estava lá.

— Ela falhou. Ela não é a Rainha Escolhida e a ilha sabe disso. Até mesmo algumas das sacerdotisas do norte sabem. — Emilia vai até a janela e olha através da lama. — A Ascensão desastrosa foi um sinal. O fiasco da Aceleração foi um sinal. Você mesma foi um sinal. Sinais demais para ignorarmos, e agora até as religiosas estão conosco.

— Conosco? Que "conosco"? Você acredita nesses "sinais"? Ou você acredita na vontade da Deusa?

— Eu acredito que é tempo de mudanças. E que a vontade da Deusa é que façamos essas mudanças.

Continente

Mirabella bebe o chá e seu olhar recai sobre o relógio. Já está completamente escuro e Arsinoe ainda não voltou da visita a Joseph no cemitério. A sra. Chatworth começou a bater o pé, impaciente, e a irmã de Billy, Jane, já arqueou as sobrancelhas e suspirou duas vezes. Até Billy se levantou para espiar pelas cortinas.

— Eu devia ter ido com ela — ele diz num tom de arrependimento.

— Não é como se você pudesse abandonar a srta. Hollen — Jane comenta, e Mirabella toma outro gole de chá. Arsinoe acha que a irmã se adaptou aos continentais com muita facilidade, que trocou suas plumas e se juntou à revoada. Na verdade, para Mirabella às vezes é tão difícil não gritar que ela quase trinca os dentes, forçando a boca a ficar fechada.

— Arsinoe está acostumada a correr solta. Eu sei que não tem sido fácil para vocês virem para este novo lugar, meninas — a sra. Chatworth por fim se pronuncia, embora seu olhar permaneça fixo na toalha de mesa. Ela nunca olha diretamente para Mirabella quando menciona a ilha ou o passado das duas hóspedes. Mirabella sequer tem ideia do quanto a sra. Chatworth sabe sobre a ilha. Billy diz que ela sabe tudo, mas, se isso é verdade, ela parece ter feito um belo trabalho esquecendo. — De fato, deve ter sido muito difícil — ela continua. — Mas vocês não podem esperar que nós... a domestiquemos.

— Domesticar? — Mirabella pergunta, áspera.

— Talvez o termo seja injusto. Mas o fato é que meu filho não poderá cuidar dela para sempre. Logo ele irá para a universidade. E ele precisa de um casamento vantajoso, formar sua própria família.

Billy estremece. Principalmente ao ouvir a palavra "casamento".

— Universidade — Mirabella diz a ele, arqueando a sobrancelha. — Você não contou isso a Arsinoe.

— Não fica longe daqui. Algumas horas de coche. Estarei em casa todo sábado e nas férias.

Mirabella se levanta da mesa. As outras mulheres a encaram por cima das xícaras de chá.

— Nos deem licença um minuto. Eu gostaria de falar com Billy a sós.

— Não, por favor — a sra. Chatworth diz, claramente irritada. — Por que minha hóspede tem que deixar o cômodo quando eu mesma posso fazer isso? Venha, Jane, vamos sair. Eu já esperei o suficiente e estou entediada.

Mirabella dá um passo para o lado e elas saem da sala, subindo as escadas com as costas eretas.

— Eu sei o que você vai dizer — Billy diz assim que ouve as duas portas dos quartos se fechando.

— Sabe?

— É só que eu não soube como contar a ela. Ou a você. — Ele a olha com uma expressão de culpa, mexendo no cabelo loiro. — Eu me sinto um idiota deixando vocês aqui assim. Mas eu preciso ir. Se nós vamos construir uma vida aqui, preciso de uma formação. Nós somos ricos, mas não tão ricos a ponto de eu poder simplesmente ser um homem desocupado.

Ele vai até a janela para procurar por Arsinoe de novo.

— Se ao menos meu pai voltasse para casa.

— Você está surpreso por ele ainda não ter voltado?

Ele dá de ombros.

— Depois da maneira como eu o desafiei em Fennbirn, não ficaria surpreso de saber que ele decidiu dar a volta ao mundo antes de voltar para casa. Com paradas em cada porto seguro. Ou ele pode voltar amanhã. E quando vir você e Arsinoe... Não é uma conversa pela qual estou ansioso.

— Parece que existem muitas conversas pelas quais você não está ansioso.

— Mira, você está brava comigo? Eu não via essa expressão no seu rosto desde o dia em que nos conhecemos, em Rolanth, e eu ameacei esfaquear seu pescoço.

— Não seja idiota. — Ela amolece com a lembrança. — Eu fiquei brava com você quase todas as vezes em que você cozinhou para mim.

— Eu impedi que você fosse envenenada, não impedi? — Ele sorri, mas o sorriso some depressa. — Bom, exceto por aquela última vez.

— Aquilo não foi culpa de ninguém. Mas não mude de assunto.

— Que assunto? Achei que estivéssemos só esperando sua irmã.

Mirabella vai até a janela e tira a cortina das mãos dele.

— Sobre a minha irmã — ela diz. — Quantas vezes já não ouvi sua mãe insinuar o quanto Arsinoe estaria mais feliz na casa de campo de vocês? Escondida de você e de qualquer um que pudesse vê-la como uma vergonha? Quantas vezes elas mencionaram Christine Hollen como sua possível noiva?

— Várias, eu acho.

— Então quando vai contar a elas sobre você e Arsinoe? Que ela não vai ser mandada embora? Que você não vai ser intimidado a se casar com outra?

Billy baixa a cabeça. Ele é um jovem bonito. Mirabella já pensou nisso muitas vezes. Sua aparência é menos caótica do que a de Joseph; ele se parece menos com uma tempestade. Ele é real e terreno. Ele é o que sua irmã precisa. Ou, pelo menos, era. Mas aqui no continente, Billy já não é o pretendente ousado que arriscava tudo por elas. Na ilha, ele era corajoso, com a bravura de um forasteiro. Aqui, quando as garotas o chamam de ambicioso, querem dizer apenas que ele está tentando dormir com várias ao mesmo tempo.

— Se você está arrependido de ter nos trazido aqui — ela diz com cuidado —, se não tem planos de ficar com Arsinoe, então vou levá-la para outro lugar. Não me falta habilidade ou inteligência. Eu posso nos sustentar.

Billy a encara, quase como se não acreditasse no que ela acaba de dizer. Mas então ele toma sua mão.

— Essa é a última coisa que eu quero. Vou dizer a elas. Você tem minha palavra. Não vou deixar Arsinoe desprotegida.

Antes que Mirabella possa dizer mais alguma coisa, ela percebe um movimento do outro lado das cortinas e exclama:

— Ela chegou!

Billy abre a porta e Arsinoe aparece na entrada, trêmula e encharcada, com o que parece ser um pedaço de pele suja enrolada embaixo do braço. Então Billy a abraça e a pele late.

— Eu o encontrei em um beco depois de alguns garotos o perseguirem com bastões. — Arsinoe segura o animal agitado contra o peito.

— Pobrezinho — diz Billy. — Mas ele está imundo, Arsinoe. Minha mãe vai ter um ataque se você o trouxer para dentro.

— Não, olha só — ela diz, passando a mão pelas costas do cachorrinho. — Por baixo de toda a sujeira, ele tem uma pelagem branca e marrom linda.

Pensei em limpá-lo e amarrar um lacinho nele. Dá-lo a sua mãe e a Jane como uma oferta de paz. — Ela entra no hall e Billy coça a cabeça, rindo. Distraído com o cachorro, ele não nota a expressão de assombro nos olhos de Arsinoe. Nem percebe que ela está tremendo demais para alguém que acabou de tomar uma chuva quente de verão.

— Vamos levá-lo ao banheiro, então — Mirabella diz. — Em silêncio.

Ao chegar no banheiro, Mirabella manda Billy esquentar a água para o banho e pegar algumas lamparinas extras. Quando ele sai, ela puxa um cobertor de uma estante e enrola a irmã nele.

— Agora — ela diz. — O que está acontecendo de verdade?

— Nada. Vi esse cachorro sendo perseguido e quis salvá-lo. Fui criada assim.

— Sim, sim. — Mirabella sorri suavemente. — Envenenadora de berço, naturalista de coração. Mas tem mais alguma coisa. Por que você ficou tanto tempo fora?

— Eu peguei no sono — Arsinoe responde, as sobrancelhas baixas, e Mirabella sabe que ela não está lhe contando tudo. Mas isso vai ter que ficar para depois. Billy está voltando com a água quente e as lamparinas. Então elas colocam o cachorro na bacia e Mirabella pega o sabão.

— Que bom que a sra. Chatworth e Jane já estão deitadas — Mirabella diz. — Elas ficariam fora de si se soubessem que você tirou seu vestido em público.

— Não foi em público. Eu estava no cemitério, atrás de uma árvore. E, além disso, eu estava usando estas roupas por baixo!

Eles terminam de dar banho no cachorro, que é mesmo adorável por baixo de toda aquela sujeira, e o secam antes que Arsinoe o leve de volta para o quarto. Billy não sai do lado dela até chegarem na porta, e então se inclina para lhe dar um beijo no rosto.

— Não me preocupe assim — ele sussurra.

— Então não fique preocupado tão fácil — Arsinoe sussurra de volta.

— Boa noite, Billy — Mirabella diz e fecha a porta. Ela vai até a cômoda de Arsinoe para pegar roupas secas enquanto a irmã acomoda o cachorro na cama.

— Aqui. Tire essa camisa e vista algo seco.

— Eu estou bem.

— Eu sou a mais velha. — Mirabella estende a camisa. — Faça o que eu estou dizendo.

— Ou o quê? Não estamos mais na ilha, você não tem mais os seus raios.

— Mas Arsinoe desabotoa a camisa e a tira, depois puxa a colcha da cama para se enrolar nela. — Este lugar vai nos deixar mimadas. É tudo tão rico e chique. Olhe este papel de parede. — Ela bate o dedo no veludo verde texturizado. — Parece uma tapeçaria, mas se você puxar, é papel! Descasca!

— Arsinoe, pare com isso. A sra. Chatworth vai cortar sua mão fora. Além disso, segundo você, eu sempre fui mimada. Criada em Rolanth, em uma enorme cama feita de sacerdotisas. — Ela olha para os ombros ainda trêmulos da irmã. — Agora me conte o que realmente aconteceu hoje.

— Nada. Eu peguei no sono e salvei um cachorro. Como foi o chá com Christine e as meninas do governador? Você conseguiu tirá-la de cima de Billy?

Arsinoe pisca inocentemente e pega o cachorro no colo. Algo aconteceu. Mirabella poderia saber pela eletricidade no ar, mesmo que não estivesse estampado no rosto assustado de Arsinoe. Mas ela também sabe, pela tensão no maxilar da irmã, que não vai conseguir arrancar mais respostas dela esta noite.

Centra

Quando Arsinoe adormece, tem o mesmo sonho que tivera ao dormir ao lado do túmulo de Joseph. O que é estranho, já que ela não se lembra de já ter sonhado a mesma coisa duas vezes. No sonho, ela está novamente em um navio, mas não um navio como os que está acostumada: esse é antigo, com um mastro, do tipo que mercadores costumavam usar e que saíram de moda há pelo menos um século. E, de novo, ela não é ela mesma, mas outra pessoa: uma garota com roupas de garoto.

Além disso, ela está no alto do cordame, observando as ondas, que se movem depressa e embrulham seu estômago.

— David! Desça daí!

Sim, sim, vamos descer daqui, Arsinoe pensa, com as próprias pernas fracas — embora suas pernas, no sonho, naveguem pelas cordas e redes sem problemas.

— Richard. Você nunca deixa eu me divertir.

A garota cujo corpo Arsinoe compartilha — e cujo nome na verdade é Daphne, não David — salta para o deque e puxa sua túnica por cima das calças. Roupas à moda antiga. Arsinoe nunca vestiu nada parecido, mas também não são muito confortáveis.

— Você nem deveria estar aqui, para começo de conversa — Richard diz. — Você sabe que mulheres em navios trazem má sorte.

— Fale baixo — Daphne diz, olhando para os outros marinheiros. — E não é como se você fosse ter coragem de roubar o navio sem mim.

— Pegar emprestado. Só pegar emprestado.

O vento sopra para dentro das velas e o navio se vira na direção do porto.

Daphne, e por extensão Arsinoe, olham para a popa, onde um garoto acaba de deixar o timão. Ele é Henry Redville — *Lorde* Henry Redville, de Centra — e vai até onde ela e Richard estão, lançando os braços em volta deles.

— Como vão meus dois protegidos favoritos? — Henry pergunta.

— Ela não é uma protegida — Richard diz. — É uma órfã. Uma órfã, pescada do mar, a última sobrevivente de um naufrágio, e que certamente vai presenciar outro graças ao seu gosto por navegar disfarçada.

— Sabe, Richard — Daphne diz —, quando você era pequeno, as enfermeiras diziam que você era doente e provavelmente morreria.

Arsinoe sente as próprias costelas se apertarem quando Henry os abraça, como se estivesse tentando reconciliá-los à força. E funciona. Richard e Daphne riem.

— Acho que ela não é uma maldição, afinal — Richard diz. — Como poderia ser? Ela já é um monstro marinho em pele de bebê.

— E nunca se esqueça disso. Agora, pare de me chamar de "ela". Eu ainda sou David, de túnica e calças. Nada de "ela" até estarmos no castelo de novo.

O sonho avança, indo além do ponto em que Arsinoe acordou da última vez. Mas a estranheza não some por completo. Ela ainda está desorientada e impressionada, olhando para os penhascos brancos que dão para a baía, com vista para um país em que nunca esteve e em uma época que não sabe qual é. Mas é só um sonho e, de qualquer forma, ela não consegue acordar.

Daphne e Henry (parece que eles deixaram Richard no porto) entram no castelo por uma passagem secreta nos penhascos, iluminando o caminho com lanternas até chegarem ao fim. Daphne se esconde atrás de uma cortina para vestir suas roupas de garota. Ela tira a túnica e a calça, que pinica, e põe um vestido vermelho de cintura alta.

Blergh. Mudei de ideia. Este vestido é ainda menos confortável do que a túnica.

Mas a peruca longa e preta é ainda pior.

— Daphne, sua peruca está torta. — Henry levanta a lamparina e a arruma, finalizando com um véu horrível. Presa dentro de Daphne, Arsinoe faz uma careta.

Enquanto Daphne mexe na peruca de novo, Arsinoe tenta olhar ao redor. Ela não consegue, claro, o que é frustrante. Mas ela está dormindo e tudo não passa de um sonho, então não se incomoda tanto.

— Desculpa, Daph — Henry diz. — O guarda-roupa feminino é um verdadeiro mistério para mim.

— As garotas na taverna dizem outra coisa — ela resmunga e o cutuca nas costelas.

Eu acho que gostaria de ouvir essa história. O menino é quase tão bonito quanto Joseph. Alto e esguio, com cabelo castanho, grosso e liso, da cor de uma casca de noz. Pena que não foi ele que trocou de roupa atrás do lençol.

No sonho, Daphne e Henry saem da passagem secreta. Pelo canto do olho, Arsinoe vê que eles vieram de uma porta escondida atrás de uma tapeçaria com cães de caça. Daphne arruma a cintura de seu vestido vermelho-escuro e Henry ajusta o caimento do véu branco. Ele afasta as mãos rapidamente ao ouvir uma voz.

— Meu lorde, sua mãe deseja vê-lo. Vocês dois.

— Certo. Onde ela está?

— Esperando em sua câmara pessoal, meu lorde.

Câmara pessoal. O que exatamente é uma câmara pessoal?

Arsinoe observa, carregada com facilidade dentro do corpo de Daphne enquanto eles vão até a câmara. Ela estuda a mulher para quem se curvam (*deve ser a mãe de Henry*), bem como a relativa simplicidade do quarto. A mulher é obviamente nobre, trajando um belo vestido prateado, mas o tapete sob os pés deles é mais fino do que Arsinoe está acostumada a ver, e as paredes de pedra são muito ásperas.

— Mãe, o que foi? Você parece absolutamente radiante!

— E estou — ela diz enquanto Henry se curva para beijar sua mão.

— São boas notícias, então — diz Daphne. — Que alívio.

— Nós recebemos uma carta do rei. Henry deve ir para a Ilha de Fennbirn. Ele deve ser o pretendente à coroa desta geração, o único de toda a Centra a ser enviado.

— Fennbirn! — *Fennbirn!* Henry olha para Daphne animado.

Ele é um pretendente. Mas por que estou sonhando com um pretendente e sua irmã? Arsinoe sente algo no jeito com que Henry pega a mão de Daphne. *Ou talvez* não *sua irmã.*

— Mas por que eu, mãe? Você tem certeza? Não houve nenhum engano?

— Não temos por que achar que houve — a mãe dele diz. — A carta foi assinada e selada pela própria mão do rei. E nós sempre estamos entre os seus favoritos da corte. Isso é uma recompensa ao seu pai, um pagamento por sua lealdade no passado.

Reis. Cortes centranas. Eu não sei nada sobre Centra. Mirabella é quem deveria estar tendo este sonho. Ela sabe tudo.

— Quando eu parto? — Henry pergunta.

— Em breve — a mãe dele diz. — Muito em breve. Richard, nosso jovem protegido acompanhará você até a ilha e ficará lá durante sua corte, como um aliado e protetor.

— E Daphne?

— Daphne ficará aqui.

Henry e Daphne olham um para o outro com olhos arregalados, e o coração de Arsinoe se parte por eles. Foi assim que ela olhou para Jules quando ela e Camden foram embora.

— Mas, mãe...

— Não. — A mãe dele respira fundo, o rosto se iluminando. — Agora vá se preparar para o jantar. Seu pai sente muito por perder a celebração desta noite, mas ele retornará da corte em uma semana para se despedir de você.

Eles se levantam e a mãe de Henry o beija nas bochechas. Daphne se apronta para sair com ele, mas a mulher segura seu braço.

— Gostaria de um momento com você, Daphne.

Daphne e Arsinoe afundam na cadeira novamente, embora os olhos de Arsinoe sigam Henry até onde conseguem.

— Você sempre soube que esse dia chegaria — a mãe dele diz. — Que algum dia Henry faria um bom casamento e aumentaria nossas terras e fortunas.

— É claro que sim. — E, mesmo sendo uma estranha, Arsinoe consegue sentir a dor na voz de Daphne. — Mas pensei que ele ficaria aqui. Que a noiva dele viria para cá, com suas terras e títulos, que ela e Henry viveriam aqui.

— E ela virá, se ele tiver sucesso. Ele voltará um rei! Com uma rainha, assim que o reinado deles em Fennbirn terminar.

Dentro de Daphne, Arsinoe desdenha.

— E o que eu vou fazer, Lady Redville? Sem Henry? Sem Richard?

— Você fará o que todas as mulheres fazem. Esperará homens fazerem suas conquistas pelo mundo.

Argh.

— Não se desespere. Você é órfã, sem sangue nobre, então não conseguirá um grande casamento. Mas sempre terá um lugar na minha casa, como uma de minhas damas. E tenho certeza de que a rainha de Henry fará o mesmo.

Acho que é melhor do que ser posta na rua. Que é o que aconteceria comigo e com minha irmã se não fosse por Billy.

Por sorte, a desconfortável conversa com a mãe de Henry, Lady Redville, não dura muito tempo, e logo Daphne pode levar Arsinoe para fora, para o corredor, onde Henry prontamente as embosca.

— E então? Você a fez mudar de ideia?

— Eu? Por que não você? Você é o filho dela! E você não disse uma palavra.

O cabelo dele está bagunçado por conta do vento e, embora os garotos parecessem ser mais velhos naquele tempo, para Arsinoe ele ainda parece muito jovem. Jovem demais para ser um rei consorte. E ignorante demais a respeito dos costumes da ilha. Ela consegue imaginar Billy no lugar dele, falando com a irmã, Jane, com uma expressão igualmente pensativa.

— Eu não sabia o que dizer — diz Henry. — Ela nunca tentou nos separar antes.

— É um bom momento para começar. Quando você vai ser mandado para tão longe, com uma nova proteção do rei. E a Ilha de Fennbirn... Quem sabe alguma coisa sobre esse lugar? Dizem que é cheio de bruxas e magia...

Cuidado com o que diz, órfã...

— Você não acredita nessas coisas — ele diz.

— Mas como podemos saber? Centra não tem um pretendente vencedor há gerações. Por que o rei vai mandar justo você embora? Ele tem vários filhos!

— Fennbirn é um prêmio para os nobres, Daph. Você sabe disso.

— Esse ar de esperteza no seu rosto... Você quer ser rei, não quer? Quer ser o rei da Ilha de Fennbirn.

— Daphne. — Ele ri. — Quem não ia querer? Vai ser uma grande aventura. Eu gostaria que você pudesse vir. Mas conto tudo quando voltar.

Eles ficam em silêncio por um momento, então uma expressão distante volta aos olhos de Henry.

Ele a ama. Ele a ama, mas vai embora mesmo assim.

— Eu não quero que você vá — ela diz subitamente.

— Não quer? Daph... — Ele estende a mão e ela rapidamente se afasta. — Por que você não quer que eu vá?

— Você sabe o porquê!

— Sei?

Sabe? Então diga de uma vez, Daphne. Arsinoe tenta se meter, fazer Daphne pensar mais depressa. Mas é só um sonho, e foi há muito, muito tempo. O que quer que tenha acontecido, não há como mudar.

— Você sabe que eu posso te proteger tão bem quanto Richard — Daphne diz e Arsinoe grunhe. — Eu deveria ir com você. Quem vai cuidar de você? Quem vai garantir que esteja seguro?

As mãos de Henry voltam para as laterais de seu corpo.

— Eu queria que você tivesse dito outra coisa.

— O quê?

— Você ainda me vê como uma criança. Como não vê o que me tornei? Como não vê que já não sou mais um garotinho inseguro?

— Henry...

— Bem, eu não sou mais um garoto. Sou um homem. Serei um rei e um lorde. O seu lorde — ele acrescenta, e Arsinoe gosta dele um pouquinho menos. — Daph. Desculpe. Não foi isso que eu quis dizer.

— Mas é assim que as coisas são — ela dispara. — Obrigada, Lorde Henry, por me lembrar disso.

Ele sai batendo os pés e ela se vira tão depressa que Arsinoe quase fica enjoada. Mas quando ela para de frente para um espelho, Arsinoe entende por que está tendo este sonho.

Os cabelos e olhos de Daphne são negros como a noite. Bem como seu cabelo natural, curto e escapando por baixo da peruca. Daphne pode ser uma órfã, mas é uma órfã rainha de Fennbirn.

Templo de Indrid Down

O estômago de Bree Westwood se revira de ansiedade quando a carruagem para em frente ao Templo de Indrid Down. A porta do veículo se abre e ela olha para cima, assimilando a visão: a grandeza da fachada, de um preto intenso, com gárgulas entalhadas rosnando para baixo. Não é tão bonita quanto o templo de Rolanth: falta a suavidade, os detalhes cuidadosos. Mas ela precisa admitir que é imponente. Cravada no centro da capital como uma enorme espada negra na terra.

— Precisa que alguém entre com a senhorita? — o cocheiro pergunta. — Que lhe anuncie?

— Não. — Bree sai do coche e endireita os ombros. — Estão me esperando.

As pernas dela avançam em longas passadas, aparentar confiança é fácil depois de anos de prática. Mas ela detesta o tremor nos joelhos e as borboletas no estômago. Detesta que a Alta Sacerdotisa Luca a tenha convocado para vir até aqui, mas, mais do que tudo, detesta ter se sentido obrigada a comparecer.

Quando as pesadas portas do templo se fecham atrás dela, abafando os sons da cidade e prendendo-a ali, junto com o vento, Bree quase foge. Ela não deveria ter vindo. Luca é que deveria ter ido até ela. Deveria ter ido de joelhos até a Casa Westwood depois do que fez a Mirabella. Em vez disso, a Alta Sacerdotisa indicou Bree para o Conselho Negro — junto com ela mesma e, é claro, seu monstro de estimação, Rho — e escreveu que elas deveriam tomar chá no templo antes de Bree aparecer no Volroy.

— Por aqui, srta. Westwood — diz uma sacerdotisa alta e magra, com uma trança loira escapando do capuz. Cabelo loiro platinado na capital: provavelmente uma Arron. O Templo de Indrid Down deve estar repleto deles. Bree olha para as sacerdotisas varrendo ou cuidando do altar, rezando em frente ao grande vidro negro que chamam de Pedra da Deusa. Suas capas brancas e braceletes pretos deveriam tirar delas seus nomes e dádivas. Mas ainda assim Bree se sente caminhando por um ninho de cobras.

Ela segue a sacerdotisa pelas salas interiores do templo, passando pelo pequeno claustro aberto e descendo uma escada até uma câmara iluminada apenas por tochas.

— Os aposentos da Alta Sacerdotisa não estão longe.

Bree para.

— Vou esperar por ela aqui.

— Mas...

— Só traga-a até mim. — Bree tira a capa de forma displicente e a pendura no encosto de uma cadeira. — E diga a ela para não demorar.

Ela não olha para a sacerdotisa antes de sair, então não sabe se a garota ficou de boca aberta ou não. Mas provavelmente ficou. Talvez dizer para a Alta Sacerdotisa não demorar tenha sido um pouco demais.

Bree considera se sentar na cadeira, fingindo uma pose entediada enquanto espera. Mas a cadeira está de frente para a porta e para o corredor de onde Luca virá, e mesmo irritada como está, Bree sabe que se ela e Luca precisassem se encarar por todo o corredor, seria ela a desviar o olhar primeiro. Então, em vez disso, caminha pelos confins da pequena e abafada câmara, estudando os fragmentos de um antigo mosaico no chão e as imagens penduradas nas paredes, retratos típicos dos envenenadores: mortes por fervura, uma cobra enrolada em flores venenosas. Há também tapeçarias de Familiares e batalhas, mas elas são bem, bem menores.

— Bree Westwood. Estou feliz por você ter vindo.

Bree se vira. A Alta Sacerdotisa está parada na porta com uma expressão de afeto no rosto, as mãos entrelaçadas.

— Claro que vim. Você me nomeou para o Conselho Negro. Minha mãe ficou animadíssima. Ela providenciou uma casa inteira para mim na ponta norte da cidade.

— Ótimo. E você a achou confortável? — Luca dá um passo para o lado quando uma sacerdotisa chega carregando uma bandeja com chá e biscoitos. Ela a coloca na mesa.

— Devo servi-las? — a garota pergunta.

— Não. — Luca a dispensa com a mão. — Eu a servirei. Quer se sentar, Bree?

— Não quero. — Ela levanta o queixo. É difícil recusar algo a Luca, que ela conhece e de quem gostou durante a maior parte de sua vida. A quem lhe foi ensinado por tanto tempo a reverenciar. — Uma xícara de chá e um lugar no Conselho Negro não vão tornar as coisas melhores.

— Entendo.

— Você se juntou a eles e ordenou a execução dela!

Luca faz que sim com a cabeça. Ela serve xícaras de chá para as duas e adocica a sua com mel.

— Mas ela não foi executada.

— Não graças a você. Você teria estado lá quando acontecesse. Teria ficado lá, parada, assistindo à Rainha Katharine assassiná-la.

— Eu sei — Luca diz. — E ela também sabia. É isso que me impede de dormir à noite, mais que qualquer coisa. Que ela foi para o mar sabendo que eu a tinha abandonado.

— Foi para o mar? Então você acredita que ela está morta?

— Uma tempestade se levantou da névoa e atacou o navio.

— Uma tempestade não seria capaz de matar Mira.

— Depende de quem provocou a tempestade.

Bree cerra os dentes. Claro. A tempestade da Deusa. É isso que eles dizem que atingiu as rainhas. E Luca é a serva mais importante da Deusa. Leal apenas a ela e à sua vontade.

— Você é uma velha terrível.

Os olhos de Luca disparam em direção aos dela e Bree se cala. Esses olhos não são nada velhos.

— Você está com raiva, Bree. Eu entendo. Mas morta ou não, Mira se foi, e nós precisamos fazer algo com o que ela deixou para trás. Com nós três no Conselho, será quase como se ela estivesse usando a coroa.

— Eu deveria me opor a você — Bree diz com amargor. — Eu deveria fazer isso por ela.

— Não é isso o que ela ia querer.

— Você não sabe o que ela ia querer.

Luca suspira.

— Então o que você quer? O que eu preciso fazer? Como posso me retratar? — Ela sorri. — Ou devo trocar você por sua mãe?

Bree sabe muito bem que Luca só a indicou para o Conselho Negro como um ato de reparação. E talvez porque ela seria uma pedra mais eficiente no sapato da Rainha Katharine do que a mãe. Isto é, se ela cooperar.

— Bom, então Elizabeth ficará conosco, sempre — Bree diz. — O templo não fará mais demandas a ela. E você permitirá que ela retome seu Familiar.

— Sacerdotisas não têm Familiares. Nós não temos dádivas. Ela fez a escolha dela. — Mas a expressão de Luca é suave. Ela não se importa de verdade com um pequenino pica-pau de topete.

— Rho a fez escolher entre fazer os votos de sacerdotisa naquele exato momento ou ver seu pássaro ser esmagado. Não foi realmente uma escolha. Pepper é pequeno. Ela o escondeu antes. Ela pode fazer isso de novo.

— Muito bem.

— Ótimo. — Bree se curva e pega sua capa.

— Você sabe por que eu fiz o que fiz, não sabe, Bree? — Luca pergunta.

— Sim, eu sei. — Ela olha ressentida ao redor do velho templo. — A ilha é o que importa.

Praticamente no momento em que Bree sai do templo, Elizabeth a agarra e a puxa para as sombras com sua mão boa, o bracelete negro aparecendo por baixo da manga.

— Elizabeth! Achei que você fosse esperar em casa. O que está fazendo aqui?

— Escutando — a sacerdotisa responde e sorri, covinhas se formando em suas bochechas. — E me misturando. Nenhuma das sacerdotisas aqui me conhece o suficiente para me reconhecer se eu ficar quieta e manter a cabeça baixa. — Ela faz uma demonstração, baixando o queixo e arregalando os olhos até que eles se tornem grandes, inexpressivos e simplórios. Então ela se anima. — Agora, o que a Alta Sacerdotisa disse?

— O que nós esperávamos. Ela quer fazer as pazes, então farei o que me disser.

— E o que você disse?

— Eu disse que sim. Desde que você possa ficar conosco. E desde que possa ter Pepper de volta.

Bree sorri, e Elizabeth solta um gritinho e joga os braços em volta dela.

—Ah, Bree, obrigada! Mas você vai? Realmente vai fazer o que Luca pedir, mesmo depois... Mesmo depois do que ela teria feito com Mirabella?

Bree olha ao redor, mas não há ninguém em volta para ouvi-las chamando Mirabella pelo nome.

— Talvez. Eu vou, por um tempo, pelo menos até me adaptar à capital. Mas ainda pretendo fazer todos os envenenadores sofrerem. Especialmente *ela*.

— Você precisa tomar cuidado. Ela é a Rainha Coroada. E talvez não seja tão terrível assim. Ouvi dizer que ela pretende te receber na cidade com um banquete.

— Um banquete?

— Que vai acontecer no fim desta semana, na praça que tem vista para o porto.

Bree olha por cima do ombro da amiga, na direção do mar, imaginando que problemas ela poderia causar em uma festa dada em sua honra.

— Você é uma garota melhor do que eu, Elizabeth, se acha que as cordialidades dela são genuínas. — Ela suspira. — Vamos voltar para casa.

— Encontro você lá mais tarde. — Elizabeth lhe dá um tapinha apressado no ombro e sai correndo, em uma tempestade de vestes brancas. — Primeiro vou ao bosque procurar por Pepper!

Volroy

Pietyr corre os dedos pelas costas nuas de Katharine, deitada em seu peito.

— Continue — ela sussurra. O toque dele é reconfortante. Gentil. Com as mãos dele sobre ela, Katharine talvez pudesse voltar a dormir, apesar da luz brilhante que entra no quarto. Ela dormiu só um pouco na noite anterior, incapaz de aquietar a mente, não importava o quanto Pietyr tenha exaurido seu corpo.

Hoje é o dia em que Bree Westwood chega para tomar seu lugar à mesa.

— Se eu continuar fazendo isso, vai levar a mais disso. — Ele rola para cima dela e beija seu pescoço.

— O que você sabe sobre Bree Westwood?

Ele para de beijá-la e suspira.

— Não mais do que você. Ela sempre está bem vestida. Definitivamente bonita, nunca séria. Ela voava ao redor da sua soturna irmã mais velha como uma borboleta idiota. — Ele se vira e sai da cama, atravessando o quarto, nu e esplêndido, antes de vestir um robe.

— Talvez uma pessoa tão séria como minha irmã precisasse dessa leveza — Katharine diz, apoiada em um cotovelo. — Talvez eu também precise, e Bree se torne minha amiga.

— Ou talvez ela realmente seja uma borboleta idiota, nunca consciente do peso do que se passa à sua volta. E agora teremos que aguentá-la no Conselho Negro. — Pietyr joga lenha no fogo, que está morrendo, e coloca um bule de água sobre ele para fazer chá.

Os olhos de Katharine ficam sem expressão, a voz vazia.

— Nunca confie nela. Ela sempre terá ódio e ressentimento de nós.

— De quem são essas palavras? — Pietyr pergunta. — Suas ou de Natalia? Minhas? — Ele ri, mas soa falso. — Ou de outra pessoa?

Ela sabe a quem ele está se referindo. Às rainhas mortas, que murmuram nervosas e ansiosas em seu sangue. As palavras vieram e foram embora tão rápido que nem mesmo Katharine consegue ter certeza.

Pietyr volta para a cama e se ajoelha ao lado dela. Ele toma o rosto de Katharine entre as mãos e desliza os dedos de seu pescoço até sua clavícula.

— Você ainda precisa delas?

— O que você quer dizer?

— Você é a Rainha Coroada. Conseguiu o que queríamos. O que elas queriam. Agora elas podem ficar quietas e desaparecer.

Desaparecer. Em sua mente, Katharine vê o pescoço de Pietyr se partindo, a cabeça virada demais. Ela quase consegue escutar os ossos quebrando. *Shh, shh, velhas irmãs. Eu sei que vocês não aguentam mais desaparecer.*

Ela toma a mão dele e a beija, então o empurra para poder levantar da cama.

— Eu só tenho a coroa por causa delas. — Ela veste a camisola e se senta na mesa para passar um creme calmante nas mãos secas e marcadas. — Foram elas que me trouxeram de volta, que me fizeram forte.

— Sou grato por elas terem te salvado. Mas agora é sua hora de reinar, Kat, e você sempre foi uma rainha, capaz e abençoada.

Pelo espelho, ela sorri para Pietyr. A jovem rainha refletida nele ainda é pálida, mas já não tão magra. Não tão esquelética, e o cabelo ondulado que cai em volta de seu rosto é de um preto brilhante.

— O que eu sou sem elas? Sem as rainhas mortas me dando amostras de suas dádivas, eu não tenho nada. Nenhuma dádiva própria. As rainhas da guerra mortas me deixam atirar suas facas. As envenenadoras me permitem devorar seus venenos. As naturalistas garantem que a Nova Docinho não se vire contra mim e me ataque.

— Nova Docinho — ele diz suavemente.

— Sim. Eu descobri isso. Então talvez elas também tenham me deixado mais inteligente.

— Você sempre foi esperta, Kat. Esperta e doce, na mesma medida. — Ele se aproxima por trás dela e aperta seus ombros. — Vou deixar você se arrumar.

— Claro. Não queremos nos atrasar para o primeiro dia de Bree.

Katharine encomenda rosas cor-de-rosa frescas para alegrar a sala do Conselho e bastante água fresca em jarras de prata. Ela faz com que encham o carrinho de chá de frutas vermelhas e suspiros e outras coisas que ela ouviu dizer que os elementais gostam de comer, e nenhuma gota está envenenada.

— É mais do que nós poderíamos esperar, se as coisas tivessem sido diferentes — Pietyr diz quando vê a preparação dela. Ele beija a mão de Katharine e os dentes dele arranham os nós dos dedos dela, causando-lhe um arrepio prazeroso pelo braço. Será difícil serem discretos quando Pietyr arranjar outro marido para ela.

O relógio bate e os outros membros do Conselho Negro começam a chegar. Genevieve faz uma mesura e beija Katharine no rosto, muito doce e gentil com ela desde a coroação. Primo Lucian se curva exageradamente, talvez temendo que seu lugar possa ser devolvido à Prima Allegra a qualquer momento. Renata, a sacerdotisa Rho Murtra e a Alta Sacerdotisa Luca entram juntas e se sentam sem dizer nada, embora os velhos olhos de Luca brilhem como estrelas.

Antonin cheira os pratos no carrinho de chá.

— Nenhuma gota de veneno? — ele pergunta. — Se é assim que vai ser agora, preciso começar a tomar um café da manhã mais reforçado.

Juntos, eles esperam, e esperam um pouco mais, alguns se levantando e conversando em voz baixa, outros sentados parecendo entediados. Pietyr está com a cabeça apoiada entre o indicador e o polegar, encarando a cadeira vazia e intocada, reservada especialmente para Bree.

— Talvez a carruagem dela tenha se atrasado? — Renata sugere e olha em volta, mansa. — Devemos mandar alguém atrás dela?

— Ela vai chegar. — Todas as costas se endireitam quando Rho fala. A voz dela é quase poderosa demais para ser contida pela câmara. — A casa dela não é longe. Se a carruagem falhou, ela e Elizabeth virão caminhando.

— Elizabeth? — Genevieve pergunta. — Quem é Elizabeth? Certamente os Westwood sabem que não é permitido um cortejo. Certamente ela tem coragem para vir sozinha.

— É claro que tenho! — Bree Westwood responde em um momento tão exato que Katharine se pergunta se ela estava esperando atrás da porta. Os saltos de suas botas ressoam e Katharine vê alguém atrás dela, esperando no corredor, com vestes brancas de sacerdotisa. Deve ser a sacerdotisa Elizabeth. A outra melhor amiga de Mirabella.

— Perfeito — Katharine sussurra, torcendo as mãos para aquietar os murmúrios das rainhas mortas quando Bree Westwood entra no Conselho Negro como uma corrente de ar frio. Ela teve semanas para se preparar para isso, sua grande entrada. E Katharine não pode fazer nada além de ser gentil. Bree faz uma meia mesura para Katharine e uma inteira para a Alta Sacerdotisa Luca, depois se joga em sua cadeira. Seu queixo está levantado, seus olhos, desafiadores, e o cabelo desce em ondas castanhas e brilhantes, enfeitado com pentes de prata.

Katharine acena com a cabeça para ela.

— Bem-vinda ao meu Conselho, Bree Westwood. Espero que sua jornada para a capital não tenha sido difícil. Se houver algo que eu possa fazer para facilitar a mudança de seus criados, não hesite em me pedir. — Bree não responde, então ela prossegue. — Pedi que preparassem um chá especial para receber você. — Ela aponta para o carrinho.

— Não, obrigada — Bree diz. — E, por favor, não se dê ao trabalho novamente. Eu duvido que um dia confiarei o suficiente neste Conselho para comer qualquer coisa nesta sala.

A sala fica em silêncio, exceto por Antonin, que faz um som de desgosto.

— Como, então, governaremos juntos?

— Conciliar um Conselho novo com o antigo é sempre difícil — a Alta Sacerdotisa Luca diz.

— Ou é o que dizem — Rho fala. — Os envenenadores o dominam há tanto tempo, quem é capaz de se lembrar?

Por um momento, Katharine deseja não ter dispensado Margaret Beaulin, para que pudesse ver uma briga entre dádivas da guerra e a cara de Rho amassada na mesa.

— Está tão escuro aqui. — Bree faz um gesto rápido com o pulso e as chamas em todos os candelabros aumentam tanto que Genevieve precisa mover um vaso de rosas para que elas não queimem. — E tão abafado, sem janelas.

— Há uma janela. — Katharine olha para cima, para as sombras do teto alto, onde janelas foram abertas nas pedras para que o ar pudesse circular caso as portas fossem trancadas.

— Bem, está tão longe que sequer faz diferença. — Bree retira o xale de verão dos ombros. O vestido dela é de um azul profundo, bordado de preto, muito elemental, a saia balançando a cada movimento. O decote do corpete é tão profundo que Pietyr precisa se segurar para não encará-lo.

— Se alguém... — Ela pausa. — Alguém com uma dádiva para o clima estivesse aqui, talvez... nós pudéssemos conjurar uma boa brisa.

Katharine nota o pulso delicado da garganta de Bree. Ela nota seus grandes olhos. O decote aberto do corpete expondo seu coração como um alvo. Tantos lugares em que ela poderia enfiar uma faca. Bree Westwood é realmente tola de falar assim quando as rainhas mortas estão ouvindo. Vendo. Elas fervem dentro de Katharine de tal forma que ela quase consegue sentir o gosto da carne podre delas no fundo da língua.

Quietas, quietas. Matar outra rainha é uma coisa. Matar um membro do Conselho... Bem, Bree realmente teria que merecer tamanha punição.

— Devemos passar aos assuntos reais do Conselho? — Pietyr arqueia a sobrancelha. — Há um alvoroço entre o povo a respeito dos corpos das rainhas traidoras. Continuamos esperando que eles apareçam na costa, embora eu tenha ouvido algumas sacerdotisas dizerem que provavelmente a Deusa ficará com os corpos. — Ele olha para Luca, cuja boca se tornou apenas uma linha fina.

— Isso pode ser verdade — Genevieve diz, bastante feliz com essa conversa. — Ainda assim, seria pedir demais que a naturalista com a maldição da legião emergisse? Ou o pretendente do continente? Eu até ficaria satisfeita com alguns pedaços do menino de Wolf Spring.

— Eu ficaria satisfeito com a puma — Antonin diz, fazendo o velho Conselho Negro rir.

— Já chega — Katharine intervém. Mas ela não consegue conter o sorriso. — Se isso vai acalmar as pessoas, preparem barcos e pequenas equipes para partirem em busca. Paguem bem e ofereçam uma recompensa extra para qualquer um que voltar com evidências. Inteiras ou em pedaços. — Ela se vira para Luca e Bree. — Agora... devemos planejar seu banquete de boas-vindas?

Bastian City

Naquela noite, Emilia leva Jules a um bar, prometendo-a que o lugar a fará se sentir em casa e que até Camden pode ir, já que os proprietários são leais ao clã Vatros. No momento em que Jules entra, porém, pela parte de trás de um beco, ela sente um arrepio. É menos um bar e mais uma sala subterrânea feita de pedra, com o chão parcialmente de terra. Nas muitas semanas que ela já passou em Bastian, Emilia nunca mencionara esse lugar. Ainda assim, é obviamente uma cliente assídua, já que toca o ombro de quase todo mundo por quem passa e acena com a cabeça para os dois homens atrás do balcão do bar.

— O que é este lugar?

— Nós o chamamos de "o Apito de Bronze" — Emilia responde. — Prove o frango e o vinho. Evite a cerveja, a não ser que Berkley a sirva.

Jules olha para os homens no bar. Ela não conseguiria adivinhar qual deles é Berkley, embora os dois pareçam legais o suficiente, suando um pouco e trabalhando duro. O alto, com a barba levemente ruiva, percebe que está sendo observado e pisca para ela.

— Eles têm comida aqui?

— Claro! Só demora um pouco para vir. Nós estamos debaixo de uma mansão. Se pagarmos, eles nos deixam passar pelos corredores e usar a cozinha.

— Então isto é mais ou menos um clube?

— Mais ou menos.

Emilia as guia pela sala iluminada por um amarelo brilhante de lampião a gás. Está mais quieto agora do que quando elas entraram, as pessoas parando de falar para ficarem boquiabertas ou sussurrarem a respeito da puma. Camden mia feliz com o cheiro de frango e pula em uma mesa. As garotas ali sentadas gritam "ei" e movem suas canecas para evitar a cauda da felina.

— Desculpa — Jules murmura e elas arqueiam as sobrancelhas. Ela convence Camden a descer e segue Emilia até uma mesa no canto, tirando o cabelo curto detrás das orelhas para cobrir o rosto. Não há tanta gente olhando para ela desde aquele dia na arena para o Duelo das Rainhas.

— O que você quer? — Emilia pergunta. — Quer dizer, além do frango?

— A cerveja boa, eu acho.

Emilia bate as mãos na mesa e se vira para um atendente.

— Três pratos de frango e duas canecas da cerveja de Berkley. E uma tigela de água para a gata.

Camden, que nunca se contenta com o chão, salta no banco para esperar seu jantar. Ainda há muitos olhos em cima delas, tanto em Jules quanto na puma.

— Quando eles vão parar de encarar?

Emilia paga o garoto que traz a cerveja.

— Talvez quando você dançar com eles. Você é uma bela garota, Jules Milone. Não pode pensar que seu lindo continental seria o único a notar isso.

— Joseph não era continental. Ele era um de nós. — E ele ainda está no coração dela. Qualquer um que a olhe dessa maneira é um tolo se não percebe que o fantasma de Joseph ainda está ao seu lado.

Emilia move a cabeça para a frente e para trás. Ela já deixou claro que não tem muita consideração por Joseph, que passou tanto tempo no continente com Billy, mas nunca falou nada contra ele. Por que o faria? Ele está morto e isso não importa mais.

Jules tenta ficar confortável em sua cadeira e apoia os cotovelos na mesa. O ar no espaço amontoado é denso, mas não sufocante, o frescor provavelmente existindo por conta da cozinha ser tão afastada.

— Ah, não — Jules grunhe.

— O quê?

Ela aponta com o queixo na direção da porta, onde Mathilde, a oráculo, está sentada olhando para elas, o cabelo loiro trançado com uma grande mecha branca no meio.

— Ah, Mathilde! — Emilia acena para ela. — Bom. Talvez eu consiga ouvir a canção de Aethiel, afinal.

— Ela é mesmo uma barda? — Jules pergunta.

— Claro. Ela é uma oráculo e barda. É possível ser várias coisas ao mesmo tempo, Jules Milone. Você, entre todas as pessoas, deveria saber disso.

Jules franze o cenho quando o frango chega, mas, ao sentir o cheiro, sua expressão se alivia. A ave foi cozida no molho e servida com uma grossa fatia de pão de aveia. Jules precisa puxar o prato de Camden para evitar que a puma o ataque enquanto ainda está quente demais. Ela sopra os dois pratos e dá uma garfada em um deles, a carne macia e deliciosa. Camden, cansada de esperar, agarra seu pedaço com a pata e derruba a maior parte na mesa. Então lambe a própria pele e a almofada queimada de sua pata.

Emilia ri e balança a cabeça.

— É um perigo tê-la por perto.

— Por quê?

— Eu vou começar a achar que posso tratar todos os gatos da montanha assim. E vou acabar com dez garras enfiadas nas minhas costas.

Jules faz um som de desdém. Pouco provável. Gatos da montanha são raros em lugares tão ao sul como Bastian City. Camden era única mesmo nas florestas de Wolf Spring, até onde ela sabe.

— Jules, cuidado!

A faca de cozinha que a tinha como alvo é grande e afiada. Jules se inclina para trás quando Emilia levanta a mão e usa sua dádiva da guerra para desviar a lâmina de curso. Camden se abaixa, mas não depressa o suficiente, e a faca corta suas costas.

Quando Camden se contorce de dor, Jules vê vermelho. Ela derruba a cadeira e se vira. Não é difícil encontrar quem atirou a faca. O homem atrás do balcão. O que lhe deu uma piscadela. Mas agora os olhos dele estão tão arregalados que parecem prestes a cair do rosto.

— Você! — ela grita. Sua dádiva da guerra emerge, desatada, e o faz voar contra a parede. Garrafas e copos caem no chão, quebrando. Camden, que não se machucou muito, salta por cima das mesas até o balcão, rosnando e derrubando coisas com a pata boa, o corte nas costas espirrando sangue na cerveja derramada.

— Pare! — Emilia grita. — Berkley, seu idiota. Você deveria ter esperado ela terminar de comer. E não era para machucar a gata.

— Foi você que machucou a gata. Você desviou a faca para cima dela. — Berkley se levanta e espana as calças. Ele xinga quando vê seus dedos sujos de sangue. — Eu acabei de remendá-las.

Jules se vira para Emilia.

— Você sabia? Isso foi planejado?

— Eles precisavam ver sua dádiva. Não fique brava. Te falta controle.

— Vou te mostrar o controle — Jules grunhe e todos os copos do bar começam a tremer.

Ninguém reage. Talvez porque seja a cidade da dádiva da guerra. Mas então os murmúrios começam, Jules gela e Camden engatinha do balcão até as pernas dela. Perto da porta, no canto da sala, a oráculo Mathilde se levanta.

— É como eu disse. Juillenne Milone um dia foi uma rainha. E ela pode voltar a ser.

Jules geme.

— Não fique espalhando esse absurdo por aí!

No entanto, no Apito de Bronze, ao menos, já é tarde demais, e agora ela sabe por que eles a encaravam desde que ela entrou ali.

— Emilia. Quem são essas pessoas?

Emilia sorri.

— Nós somos os rebeldes da rainha. E você, Jules, naturalista que tem também a dádiva da guerra, será aquela a nos unir e tomar o lugar da envenenadora.

Ela agarra Emilia pela manga da roupa.

— Há quanto tempo você vem planejando isso?

— Os videntes sabiam da sua vinda há muito tempo.

— Os videntes são uns tolos. Eles disseram que eu deveria ser afogada ao nascer. Agora dizem que eu sou uma rainha. Ou serei. Ou que já fui alguma vez.

Mas as palavras de Jules não trazem dúvida a nenhum dos rostos no Apito. Eles estão cheios de esperança. Nela, eles veem a chance que esperam há gerações. E Jules sabe que não há nada que um guerreiro ame mais do que correr para uma batalha com poucas chances de vitória. É onde está a glória, eles dizem. É onde nascem os heróis.

Jules nunca ouviu algo tão idiota.

— Profecias têm muitas interpretações — Mathilde diz, atravessando a sala para ficar ao lado delas. — Infelizmente, é difícil saber o que elas significam até que aconteçam.

— Mas essa diz que eu já fui uma rainha. Eu nunca fui.

— Em outra vida, talvez — Mathilde responde. — Ou em uma interpretação menos literal.

Como quando ela foi brevemente uma "rainha" ao usar sua dádiva para fingir que Arsinoe tinha o controle sobre o urso durante a Cerimônia da Aceleração. Claro que Jules não menciona isso. Essa loucura já foi alimentada o suficiente.

— As profecias já foram mais claras — Berkley se mete, evitando os olhos de Jules. — Antes de o maldito Conselho Negro começar a afogar todas as rainhas oráculo.

Murmúrios amargos de consentimento correm pela sala. Não importa que tenha sido um Conselho antigo a fazer esse decreto. Ou que esse mesmo conselho fosse cheio de pessoas com a dádiva da guerra. As palavras "Conselho Negro" se tornaram sinônimo de envenenadores, e é fácil culpar envenenadores.

— Eu não... — Jules começa, então aumenta a voz — Eu não sou a líder de vocês. Não posso ser. Tenho a maldição da legião, que é considerada uma maldição por um bom motivo.

— Por um motivo idiota. Você não enlouqueceu. — Emilia puxa Jules para perto. — Por que você achou que estava aqui? Achou que se passaria tempo suficiente e nós a mudaríamos para o andar de cima, com uma venda para esconder seu olho verde? Que diríamos que você é uma prima e Camden uma vaca de estimação?

— Eu não sei o que pensei. — O coração de Jules dispara conforme ela olha para os rostos no Apito de Bronze. A expectativa. A crença. Emilia toca o cabelo de Jules e o coloca gentilmente para trás da orelha.

— Eu sei que você está de coração partido. Sei que perdeu a Rainha Arsinoe e aquele garoto e que sente que não é nada sem eles. Mas você está errada. E mesmo que esteja certa, seu destino te encontrará de qualquer forma. Nossos espiões já nos disseram que as pessoas não têm fé na envenenadora e que os Arron estão brigando entre si como se disputassem os ossos de Natalia Arron. Quando cruzarmos os portões do Volroy, já teremos espalhado sua história, a história da nossa Rainha da Legião, pela ilha inteira. As pessoas gritarão seu nome. E nós colocaremos Katharine em correntes.

Indrid Down

Katharine supervisiona os arranjos do banquete de boas-vindas por conta própria. Tudo precisa estar perfeito. A comida, as flores, a música e, até onde ela puder controlar, as pessoas.

— Nós devíamos ter feito este banquete do lado de dentro — Genevieve resmunga. — No Highbern, como Lucian e eu sugerimos. Essas nuvens... e se chover?

— Então os elementais gostarão ainda mais — Pietyr responde. Ele orienta uma criada sobre onde colocar as cadeiras e quais arranjos de flores devem ficar na mesa principal. — E pare de cara feia, Genevieve. As pessoas estão vendo.

Katharine olha para cima e vê rostos curiosos parcialmente escondidos por janelas e cortinas. Ela aperta os pulsos marcados e os nós dos dedos por cima das leves luvas de verão. Eles estão doendo hoje, como não doíam há muito tempo. Como às vezes doem quando as rainhas mortas estão dormentes. Ela pede um copo d'água e, enquanto espera, toca a faixa de tinta preta já cicatrizada em sua testa. Sua coroa permanente, tatuada à moda antiga.

Pietyr se inclina para sussurrar.

— Vai ficar tudo bem, Kat. Você está fazendo a coisa certa. Não pode deixar que gente como Bree Westwood te atinja.

— Não é com ela que precisamos nos preocupar de fato. — Genevieve pega a água da criada e a leva até a rainha. — É com a Alta Sacerdotisa. Luca é esperta. Indicando a si mesma para o Conselho. Escolhendo a filha dos Westwood só para causar problemas.

— Se Natalia estivesse viva — Pietyr murmura —, ela não teria ousado.

Katharine levanta o queixo.

— Foi a própria Luca que tatuou minha coroa. Agulha depois de agulha, perfurando minha pele. Ela não pode querer acabar com o que ela mesma concedeu tão recentemente. Ela só quer aparecer e ver se consegue nos ofuscar.

— Ela quer ver até onde consegue te pressionar — diz Pietyr.

— Mas eu acredito... — Genevieve suspira — que é sempre assim depois de uma Ascensão. Depois de qualquer nova indicação ao Conselho. Se resistirmos, ela eventualmente vai desistir.

— Rainha Katharine.

Um criado com o cabelo coberto de farinha se aproxima rapidamente, ajoelhando-se.

— Perdão por interromper, minha rainha.

— Claro. Diga.

— O banquete está pronto. E me mandaram dizer... informar que a Alta Sacerdotisa está vindo. Não sei por que mandaram um criado da cozinha para isso. Nós estamos muito ocupados e...

Katharine toca a cabeça do homem.

— Está tudo bem. Quando o banquete estiver pronto, descansem. Comam. — Ela olha para o prédio à sua frente e aponta para os rostos escondidos atrás das janelas. — Todos são bem-vindos. Quantos couberem na praça.

Ela sobe na plataforma e fica em frente à mesa principal, limpando a farinha da palma da luva. Genevieve e Pietyr correm para arrumar os últimos detalhes: as últimas fitas brancas a serem penduradas nas lâmpadas, os últimos arranjos de flores rosas e roxas. Seu Conselho Negro aguarda nos cantos da praça, recebendo as primeiras pessoas que chegam. Não é algo que eles estejam muito acostumados a fazer, e as expressões forçadas de simpatia no rosto de Lucian e Antonin fazem Katharine rir. As mesas logo ficam cheias, e há tantas pessoas que é difícil para a Alta Sacerdotisa, Rho e Bree Westwood abrirem caminho ao desembarcar de sua carruagem.

De qualquer modo, elas não parecem ter pressa de chegar à mesa principal. Luca para e abençoa cada pessoa que passa. Até Rho tenta conquistar os convidados, embora alguns não se aproximem o suficiente para lhe apertar a mão e ela seja quase irreconhecível quando sorri. Para a sorte delas, Bree tem charme o bastante para as duas. Ela está mais bonita do que nunca, com o cabelo adornado com opalas. E seu vestido de verão verde realça o fato de que Katharine só pode usar preto.

— Espere. — Katharine para uma criada que passa com uma tigela de sopa. Ela mergulha uma colher e prova. — É bom que aquela pirralha coma algo hoje. Esta sopa é boa demais para ser desperdiçada.

***

O banquete progride como banquetes progridem até que alguém nota uma comoção no porto. Katharine está quase relaxada o suficiente para provar as sobremesas quando gritos de alarme começam a ecoar.

Pietyr acena com a cabeça para uma das guardas da rainha e várias soldadas abrem caminho pela multidão. Todos estão virados para o Porto de Bardon. Até mesmo as guardas.

— Pietyr, o que foi? — Katharine pergunta, levantando-se.

A névoa se ergue sobre a água, densa. Tão densa que poderia ser uma nuvem, se nuvens deslizassem rápida e deliberadamente em direção à terra. Ao vê-la se aproximando, os que estão mais perto das docas começam a recuar e fugir, subindo depressa a colina para ganhar vantagem. Katharine olha nervosa em volta da praça. Tantas pessoas reunidas. Se eles não tiverem cuidado, pode haver uma onda de pânico.

Ela estica o braço e estala os dedos para a Alta Sacerdotisa Luca.

— Eu e você precisamos ir agora. — Ela contorna a mesa e Luca já está fora de sua cadeira, seguindo-a. — Tragam cavalos para mim e para a Alta Sacerdotisa — ela diz alto. — E abram caminho para o porto.

— Abram caminho para a rainha! Deem espaço!

Em um minuto, a guarda real abre passagem para elas. O cavalo preto de Katharine está pronto, sempre próximo e selado para o caso de uma emergência. Então ela salta, se jogando nas costas dele.

— Bom trabalho — Luca diz quando está montada e cavalgando ao seu lado. — Nada contém o pânico como a coragem de uma rainha. Natalia ficaria orgulhosa.

— Estou ocupada demais com outras coisas agora para me perguntar se você está sendo sincera — Katharine responde. Seus olhos estão fixos na névoa que se aproxima à frente. Ela ouve atrás delas, na praça, Pietyr e o Conselho Negro montando cavalos para segui-las. Enquanto cavalgam para as docas, Katharine mantém o cavalo trotando para evitar que ele pisoteie as pessoas perto da costa, mas ela não precisava ter se preocupado. Sua imagem montada a cavalo é o suficiente para que saiam da frente, seu cabelo e vestido negros esvoaçando enquanto a multidão abre caminho como manteiga cortada por uma faca quente.

— Fique aqui. Não desmonte. — Luca estica o braço para segurar as rédeas do cavalo de Katharine. — A névoa não faz isso. Eu não sei o que isso significa.

— Eu sou a Rainha Coroada. — Katharine respira fundo e balança as pernas para pular para a terra. — Não tenho nada a temer. É a minha névoa. — Dela. Delas. A névoa é a protetora da ilha desde que foi criada pela última e maior das Rainhas Azuis. Não vai machucá-la. Ela não pode. Foi sua linhagem que a criou.

— Me ajudem, velhas irmãs. — Ela as busca em sua mente e sente um fluxo familiar nas veias. Katharine caminha em direção à orla enquanto as rainhas mortas enchem seus ouvidos de guinchos. Ela anda até a areia molhada pelas ondas, e então as rainhas mortas não lhe permitem continuar.

Uma muralha de branco e cinza se espalha pelo porto, de norte a sul. A névoa chega até a beira, mais perto do que ela jamais viu, e continua a avançar, se movendo como fazem as criaturas do mar: suave e rapidamente. Às vezes, a forma como avança a faz se lembrar de um tubarão atacando.

Katharine quer tanto fugir. A névoa é tão densa. Se invadir a costa, ela tem certeza de que vai derrubá-la e atropelá-la. Sufocá-la. Ela morrerá e encontrará os fantasmas de Mirabella e Arsinoe esperando por ela dentro da neblina.

— Não — ela sussurra. — Você precisa parar.

A névoa continua avançando, e as pessoas atrás da rainha gritam. Talvez até mesmo a Alta Sacerdotisa. Certamente Genevieve. Mas antes que a neblina toque a terra, ela recua e se afasta de volta para o mar, se dissipando e desaparecendo tão depressa que é difícil acreditar que esteve ali.

Katharine ouve passos e Rho para atrás dela, junto com Pietyr, acompanhados por uma dezena de guardas reais.

— Rainha Katharine, você está bem? — Ele a examina, mas ela empurra as mãos dele e o afasta. Ela não foi tocada.

— O que é isso? — Rho puxa sua faca e aponta para as ondas. Algo escuro e pesado se move na água. Uma forma escura, logo acompanhada de outras, balançando e indo na direção da costa.

Gritos e gemidos de terror ressoam de todos os lados enquanto Katharine caminha na direção da água para ver o que a névoa trouxe.

— Mantenha-os quietos — ela ordena. — Mantenha-os afastados! — As rainhas mortas rosnam e cospem, arranhando suas entranhas e se retraindo os cantos mais escuros da sua mente. Ela não se importa. Também não se importa quando entra na água e as ondas quebram em seus joelhos.

A névoa lhe trouxe corpos. Cadáveres desfeitos e inchados por conta da água, empurrados com força pelas ondas.

Katharine mergulha mais fundo. A Deusa atendeu suas preces. Ela lhe trouxe os cadáveres de suas irmãs e da naturalista amaldiçoada. Do pretendente continental e do garoto de Wolf Spring. Sua esperança de ver o que restou de Mirabella e Arsinoe é tão forte que ela se convence de que são elas, mesmo que sejam corpos demais. Muitos mais do que ela desejava. Ela se convence de que são elas até virar o primeiro e ver os olhos aquosos de um estranho encarando-a.

Enquanto os corpos encalham, Katharine procura pela areia, olhando um rosto morto após o outro, buscando reconhecer algum. Mas nenhum deles pertence a uma rainha.

— Recolham-nos. — Ela aponta para a água. Ela grita quando a guarda real hesita em se mover. — Recolham-nos e alinhem os corpos na areia.

Vários minutos se passam até a tarefa terminar. Suas soldadas fazem caretas e algumas se recusam a tocar os corpos ou entrar na água até Rho forçá-las com sua faca.

— Minhas sacerdotisas são mais corajosas do que vocês — Rho vocifera e várias sacerdotisas correm para a água para ajudar, molhando as vestes brancas até a cintura.

Katharine e Rho observam os corpos alinhados na praia. Partes de barcos apareceram também: pedaços de cascos e tábuas, um remo. Alguns na areia e outros ainda flutuando com as ondas. Pedaços espalhados.

— O que é isto? — Katharine pergunta e ninguém responde. — Tragam alguém que saiba.

Rho grita para a multidão reunida e um homem se aproxima, torcendo o chapéu entre as mãos. Em face de tanta morte, ele quase esquece de se ajoelhar.

— Você conhece bem o porto?

— Sim, minha rainha.

— Pode me dizer quem são estas pessoas, então?

— Eles são... — ele hesita, levanta os olhos e observa as formas molhadas estendidas. — São as equipes de busca. Eles partiram esta manhã a seu pedido, para procurar os restos das rainhas traidoras.

Katharine tensiona o maxilar.

— Estes são todos?

— Não sei, minha rainha. Parece... parece que sim. — Ele pressiona um lenço contra a cabeça suada e careca, depois contra a boca e o nariz. O fedor de carne podre é pesado no calor que faz. Mas, se eles partiram esta manhã, não deveriam ter esse mau cheiro. Katharine dispensa o homem e se aproxima dos corpos com Rho.

— Todos partiram hoje, ele disse — Rho diz em voz baixa. — Mas alguns destes corpos são muito mais velhos, como se...

— Como se tivessem se afogado semanas atrás.

Katharine encara a linha de corpos molhados e inchados, alguns grandes, outros pequenos, alguns com membros faltando. Homens e mulheres. Pescadores e marinheiros obedecendo suas ordens. Eles esperavam encontrar Arsinoe e Mirabella flutuando de barriga para baixo e pescar uma bela recompensa.

Agora eles parecem focas para Katharine, espalhados na areia quente, descansando. Uma gaivota mais corajosa pousa em um dos corpos mais distantes e começa a bicá-lo como um ladrão atrás de dinheiro. Então ela levanta a cabeça e vai embora. Alguém com a dádiva naturalista deve ter dito a ela para esperar.

— O que pode ter causado isso? — Pietyr se dirige ao homem careca. — Eles partiram juntos? Como uma frota?

— Não, Mestre Arron. As irmãs Carroway e seu irmão — ele aponta para os três — partiram em dois barcos pequenos, com uma tripulação. — Ele aponta para outros. — Mary Howe e sua tripulação estão ali, ela tem a dádiva elementar e jeito com tempestades. Nunca na vida aquela ali navegou com tempo ruim. — Mary Howe está virada para cima e morta há pouco tempo, sua camisa azul abotoada até o pescoço. Não há como saber o que ela usava na parte de baixo. Toda a metade inferior do seu corpo se foi. Despedaçada. Katharine anda até ela e se abaixa, afasta a camisa da mulher e levanta o torso para olhar melhor a ferida. É desigual e há marcas irregulares de dentes. Um tubarão. O resto do corpo está intacto.

— Estranho um tubarão tê-la deixado assim. Estranho um tubarão tê-la matado nestas águas, para começo de conversa.

Os corpos deitados na praia contam uma história estranha. Alguns claramente se afogaram, com seus lábios roxos e rostos inchados, enquanto outros têm sinais de ferimentos: um garoto com um lado da cabeça rachado, aparentemente por um objeto pesado e afiado, outro com o que parece ser uma facada no coração. Alguns corpos parecem mortos há tanto tempo que a carne se solta em pedaços esbranquiçados e encharcados. Já outros, como Mary Howe, estão tão frescos que poderiam ter morrido há apenas algumas horas.

Katharine se ajoelha e enfia as mãos enluvadas bem fundo na carne apodrecida de alguma pobre menina com o rosto irreconhecível.

— Rainha Katharine — Pietyr diz.

— O quê? — Ela passa para o próximo corpo, depois para o próximo, virando as cabeças para a direita e para a esquerda, inspecionando-os. *Eles são uma mensagem*, ela pensa. Eles devem ter algo a dizer se ela olhar com atenção suficiente. — Como... como vocês morreram...? — ela murmura e Pietyr toca seu ombro.

— Kat.

Ela para e ergue o olhar, vendo todos os rostos reunidos encarando-a. Eles lhe assistiram cutucar os corpos, agachada como um caranguejo, as luvas de seda preta molhadas de sangue até os cotovelos.

Relutante, Katharine se levanta.

— Eu sou uma envenenadora, Pietyr. Treinada por Natalia durante todos esses anos. O que eles acham? Que eu não sei o que a morte faz com os corpos? Que eu nunca vi entranhas abertas?

A boca de Pietyr se aperta em uma linha firme. Mesmo ele, um Arron, parece levemente esverdeado.

Katharine olha para o mar. Agora limpo, calmo e brilhante em uma tarde ensolarada. Reunidas na praia, as pessoas sussurram. Sussurros e vozes demais para identificar, mas ela consegue ouvir uma palavra que se sobressai.

— Morta-viva.

Continente

A princípio, quando Mirabella ouve Arsinoe murmurar durante o sono, ela acha que a irmã está tendo algum sonho indecente com Billy. Mirabella ficou acordada, deitada no escuro ouvindo a respiração lenta de Arsinoe. Ouvindo-a pegar no sono. Cuidando dela como uma irmã mais velha deve fazer depois que a irmã mais nova volta assustada de um cemitério. Então, ao ouvir Arsinoe sussurrando feliz, ela sorri, em dúvida se ouve mais de perto ou se coloca um travesseiro sobre as orelhas. Ela está pegando o travesseiro quando Arsinoe diz:

— Centra.

Mirabella senta na cama e se vira para a irmã. Ela conhece essa palavra, por isso ouve com mais cuidado conforme o sonho progride. Arsinoe resmunga cada vez mais depressa, suas palavras se tornando mais difíceis de compreender. Às vezes são só um ronco. Vários roncos, na verdade. Mirabella morde os lábios para não rir.

De repente, depois de um momento em silêncio, Arsinoe se senta em um salto, as costas retas como uma tábua. Então ela relaxa e esfrega o rosto com as duas mãos.

— Que sonho — ela sussurra.

—Arsinoe. — Ela se contrai quando Mirabella chama seu nome. — O que foi isso?

— Foi… Por que você está acordada? Eu te acordei?

— Eu não estava dormindo. — O quarto está tão escuro que Arsinoe é apenas uma silhueta. Vestígios de seus braços nus escapam de sua camisola clara. Mirabella sai de debaixo dos lençóis e vai se sentar ao pé da cama de Arsinoe, pegando a vela do criado-mudo.

O fogo parece próximo. Mirabella quase consegue sentir o calor, se enrolando em seus tornozelos como um bicho de estimação quente e fiel. Um animal pequeno agora, depois de semanas no continente. Ela olha para o pavio da vela e chama o fogo. Nada acontece. É tão lento e tímido. Leva cada vez mais tempo para o fogo se manifestar, e o músculo em sua mente começa a ficar fraco.

— Você sempre pode usar um fósforo — Arsinoe diz.

— Elementais com dádivas de fogo não usam fósforos. — Mas ela desiste da vela. — Com o que você estava sonhando?

— Nada.

— Você está escondendo alguma coisa?

— Não. Só não tenho certeza se estou pronta para dizer que estou enlouquecendo.

Mirabella toca a ponta do pavio. Não está nem morno, e a vergonha sobe por sua nuca.

— Você disse "Centra". É com isso que estava sonhando?

— Você sabe o que é? — Arsinoe pergunta. — É claro que sabe. Então, o que você sabe a respeito?

— Não muito.

— A maioria das pessoas na ilha sequer reconhece esse nome.

Mirabella pensa nas suas aulas. Nas tardes com Luca no templo, cercada de pilhas de livros. Sua memória vai ainda mais longe, para Willa e o Chalé Negro.

— Eu sei que Centra é o nome do aliado de Fennbirn ao norte. Antes da névoa. Só isso.

— Só isso?

— O que mais importa? Todas as nações que não são Fennbirn fazem parte do continente agora.

— Você sabe alguma coisa sobre a história deles? — Arsinoe pergunta.

— Nada — ela responde.

— Pense bem. Nada sobre uma rainha perdida de Fennbirn chamada Daphne?

— Uma rainha perdida de Fennbirn? Claro que não. Arsinoe, com o que você anda sonhando?

— E Henry Redville?

— Arsinoe... — Ela se vira para a irmã, no escuro, para exigir respostas. Mas esse nome. Henry Redville. — Redville, de Centra — ela diz. — Eu acho que ele foi o rei consorte da Rainha Illiann. Rainha Illiann, a última Rainha Azul.

— Rainha Illiann.

— Sim — Mirabella confirma. Ela até falaria mais, mas todos conhecem Illiann, a última e maior Rainha Azul, que ganhou uma grande guerra com o continente e cuja dádiva era tão forte que foi capaz de criar a própria névoa que as envolve e protege até hoje. Todos conhecem essa lenda. Até os que resistem aos estudos tanto quanto sua irmã.

Arsinoe se levanta e começa a andar de um lado para o outro, empurrando o cachorrinho, de quem Mirabella já havia praticamente se esquecido, para o pé da cama.

— Seu rei consorte. Mas ele ama Daphne. E se Daphne não está em nenhum dos livros de História... Ela ficou para trás ou voltou à ilha para ser morta? E se Henry Redville foi uma pessoa real, então estou mesmo... — Ela para e se vira para Mirabella no escuro — Sonhando através dos olhos dela.

— Sonhando através dos olhos de quem?

— Daphne.

— Daphne — Mirabella diz, desconfiada. — A rainha perdida de Fennbirn?

Arsinoe fica quieta e Mirabella finalmente risca um fósforo para acender a vela, cansada de tentar decifrar as expressões da irmã no escuro. Uma luz amarelo-alaranjada cintila pelo quarto. Ela coloca a vela na lamparina sobre o criado-mudo de Arsinoe e todo o espaço se ilumina.

Os olhos de Arsinoe estão amedrontados. Mas, mesmo assim, o canto de sua boca está virado para cima como se estivesse se divertindo.

— Me conte o que você sonhou.

— Sonhei que estava dentro de alguém. — Arsinoe toca as pontas do cabelo, que já passa dos ombros. Ela toca o próprio peito e o rosto, como se estivesse se certificando de que ainda lhe pertencia. — Alguém que navegou por Centra com Henry Redville e tinha cabelos e olhos pretos como os nossos.

— Por Centra — Mirabella diz. — Com Henry Redville. Arsinoe, isso foi há mais de quatrocentos anos.

— Quatrocentos... — Ela se senta na cama, ao lado de Mirabella, puxando o cachorro para o colo quando ele começa a ganir. — O que isso quer dizer? Por que estou sonhando com isso?

— Não pode ser real. Não deve ser. Talvez seja só a lembrança de um livro que você leu faz tempo.

— Talvez — Arsinoe sussurra, mas Mirabella percebe que ela não concorda realmente. — Exceto que eu vi algo antes. No cemitério.

— O quê? — Mirabella prende a respiração. Finalmente a irmã está pronta para contar o que aconteceu. Ela foi paciente, mas sua paciência estava começando a se esgotar.

— Uma figura escura. Como uma sombra. Ela usava uma coroa feita de prata e pedras azuis brilhantes. — Arsinoe vai até a escrivaninha e procura por papel e tinta. O som do arranhar da pena no escuro causa um arrepio desconfortável descer pela espinha de Mirabella. Arsinoe estende o papel para a irmã, que o observa à luz da vela.

— A coroa da Rainha Azul.

— Eu vi a sombra da Rainha Azul — Arsinoe diz. — E ela apontou para Fennbirn.

Durante todo o café da manhã, Mirabella tenta comer como se nada de errado estivesse acontecendo. Ela passa manteiga em sua torrada e coloca açúcar em seu chá. Finge escutar a sra. Chatworth e Jane fofocarem sobre a festa de aniversário da esposa do governador ou elogiarem o cachorrinho, que está com uma fita amarrada na coleira. Apenas Billy parece perceber que algo está errado, seu olhar indo e voltando dos círculos escuros sob os olhos de Arsinoe para os dedos tensos de Mirabella.

Elas mal dormiram. Simplesmente se sentaram lado a lado na cama de Arsinoe até as velas se tornarem tocos. Por fim, nas primeiras horas do amanhecer, Arsinoe se deitou e deixou os olhos se fecharem. No entanto, no momento em que os fechou, o murmúrio recomeçou. Mirabella a acordou, mas sempre que ela pegava no sono, começava de novo.

Mirabella não sabe o que os sonhos significam, se são visões verdadeiras ou apenas pesadelos. Não sabe se Arsinoe realmente viu a sombra da Rainha Azul, embora suas mãos estejam doendo de tanto se agarrar ao papel amassado com o desenho da coroa. Tudo o que sabe é o que consegue sentir: a ilha chamando-as de volta.

— Uma festa na casa do governador! — exclama Jane, como se elas já não estivessem falando disso há meia hora.

— De fato — a sra. Chatworth diz, quebrando a casca de um ovo mole e dando um pouco para seu novo bichinho de estimação. Pelo menos a ideia de Arsinoe parece ter funcionado. — Precisaremos comprar um paletó novo para você, Billy. Vi um numa loja que vai servir. E Jane, você tem que usar seu novo vestido de seda lilás. Vários solteiros cobiçados estarão lá, talvez eu consiga casar meus dois filhos em uma tarde!

Ao ouvir sobre o casamento de Billy, Arsinoe para de comer, e Mirabella se vira para ele com uma sobrancelha arqueada.

Ele pigarreia.

— Não estou procurando uma esposa, mãe.

— Christine Hollen é uma boa escolha. Todo mundo na cidade sabe que ela está de olho em você.

— Mãe, você não ouviu o que eu disse?

— E você não ouviu o que eu disse? — a sra. Chatworth pergunta. — Seu pai, ao que me parece, não está com pressa de voltar... — ela olha de lado para Mirabella e Arsinoe — *daquele* lugar, e, sem ele, nossos credores virão cobrar. Os sócios nos colocarão para fora e, antes que você perceba, teremos perdido a casa de Hartford, esta casa e o nosso negócio. Estaremos arruinados! E tudo que você precisa fazer para nos salvar é pedir a mão de Christine Hollen em casamento.

— Se eu pedir o pé dela em vez disso, você acha que eles nos dão um empréstimo? — Billy pergunta e Arsinoe dá uma risada esganiçada de surpresa, abafada por seu guardanapo.

— Podem nos dar licença? — Mirabella pergunta e a pega pela mão. — Temo que minha irmã e eu tenhamos dormido mal. Talvez um pouco de ar fresco...

— Eu vou com vocês — Billy diz e começa a se levantar.

— Não vai, não. Você vai ficar aqui, vai fazer compras comigo e com Jane e vai tirar as medidas para seu novo paletó. E você. — A sra. Chatworth fixa o olhar em Mirabella. — Você e sua irmã são minhas convidadas, e o modo como se comportam se reflete sobre minha família. Lembrem-se de levar suas sombrinhas. E certifique-se de que ela use um vestido.

Mirabella garante que vai fazer isso, embora seja mais fácil falar do que fazer, e empurra gentilmente Arsinoe escada acima. Menos de dez minutos depois, Billy bate na porta do quarto e enfia a cabeça para dentro.

— Consegui fazer minha mãe desistir da ideia do paletó por enquanto — ele diz e olha para Arsinoe, que ainda está usando calças e uma das camisas velhas dele.

Mirabella aponta para a irmã, impotente.

— Ela enfiou na cabeça que deveria começar a fingir que é um garoto.

— É culpa minha, eu acho. — Ele fecha a porta suavemente. — Por ter deixado ela ficar com tantas roupas minhas.

— Não falem de mim como se eu não estivesse aqui — Arsinoe diz da cômoda, revirando as gavetas. — Billy, você me empresta um par de meias? Sei o quanto é apegado a elas, mas você tem várias dezenas de pares.

— E já te emprestei pelo menos cinco. O que você fez com eles?

— Você acha que eu sei? — Ela joga meias 7/8 brancas e finas e outras roupas de baixo com babados para fora da gaveta, no chão. — Só me dê as meias, vamos, Henry.

Ela para.

— Quem é Henry? — Billy pergunta.

Arsinoe se vira e passa rapidamente por ele para procurar meias debaixo da cama de Mirabella.

— Ninguém — ela diz. — Não é seu nome do meio? William Henry Chatworth Junior? — Ela se levanta, balançando meias pretas no ar.

— Você sabe que não — Billy retruca. — Então, quem é Henry?

— Ela vai explicar mais tarde. — Mirabella puxa Arsinoe pelo ombro, empurrando-as em direção à porta enquanto a irmã luta para calçar o sapato. — Se eu não a tirar de casa agora, sua mãe vai mudar de ideia e nos prender no quarto.

— Essa foi por pouco — Arsinoe sussurra quando elas descem os degraus da frente da casa.

Mirabella a agarra pelo cotovelo.

— Você está num humor muito melhor do que eu esperava, considerando tudo o que está acontecendo.

— Bom, eu dormi mais do que você. — Arsinoe arrisca um sorriso, mas ele some quando Mirabella permanece imóvel. — Não consigo explicar. Os sonhos são bons. Eu me sinto segura.

— E a sombra da Rainha Azul? Ela fez você se sentir segura?

Arsinoe engole em seco.

— Não, ela parecia uma ameaça.

— Então, o que vamos fazer?

— Eu não sei. Talvez nada. Talvez não aconteça de novo.

Mirabella segura o braço da irmã.

— Nem você nem eu acreditamos nisso — ela diz. — Então é melhor você me levar para onde tudo começou. Vamos voltar para o túmulo de Joseph.

— Você ainda não tinha voltado aqui, tinha? — Arsinoe pergunta enquanto guia Mirabella pelo cemitério.

— Não. — Não desde o dia em que colocaram a lápide. Mirabella pensou nele muitas vezes, mas nunca o visitou. — Não sinto que tenho o direito se ela não tem.

— Eu não acho que a Jules teria rancor de visitas.

— Talvez não. Mas esse não é o único motivo. Eu não gosto de pensar nele apodrecendo debaixo da terra quando deveria ser cinzas ao vento. Cinzas na água.

— Quando ele deveria estar vivo.

— Sim — Mirabella concorda. — Quando ele deveria estar vivo.

Elas chegam ao túmulo de Joseph e se dirigem à sombra dos olmos. É difícil acreditar que ele realmente esteja ali, debaixo da terra, debaixo de um pedaço macio de grama verde. Mirabella não consegue senti-lo. Mas, é claro, eles passaram poucos dias juntos. Às vezes ela não confia na lembrança que tem dos olhos ou do sorriso dele. Do som de sua voz. Mas ela o amou. Ele amava Jules, mas, naqueles poucos dias, Mirabella o amou.

— Por que aqui? — Mirabella pergunta quando Arsinoe se agacha ao lado da lápide. — Por que no túmulo de Joseph?

— Eu acho que começou aqui porque ele é um pedaço da ilha. — Arsinoe toca a terra. — Acho que, com nós dois juntos, ela conseguiu me encontrar. E talvez porque... — Ela fecha as mãos em punho.

— O quê?

— Madrigal disse certa vez que a magia baixa é o único tipo de magia que funciona fora da ilha. E, talvez por eu ter feito tanta magia baixa, a ilha consiga me achar. — Ela puxa a manga da roupa e estuda suas cicatrizes. — Talvez eu brilhe como um farol.

O olhar de Mirabella passeia pelos vergões rosados no braço da irmã. As marcas nas palmas de suas mãos. Elas são diferentes das marcas do urso em seu rosto. Há algo nelas. Algo perturbadoramente útil.

— Se isso é verdade, então gosto ainda menos disso — Mirabella murmura. — Magia baixa nunca foi confiável.

— Me salvou várias vezes — Arsinoe diz.

— Não sem nenhum custo. E não só para você. — Os olhos de Mirabella desviam para a terra sob a sepultura de Joseph. Foi um movimento inconsciente, mas Arsinoe nota e faz uma careta. — Eu não quis dizer isso, Arsinoe. Só quis dizer que... devemos acreditar que sonhos são apenas sonhos.

— E a rainha de sombras é apenas o quê?

— Outro sonho.

— Mira, eu estava acordada.

— Mais ou menos. — Arsinoe fecha a cara e Mirabella suaviza o tom. — Me conte com o que você sonhou esta manhã, quando adormeceu de novo.

Arsinoe hesita, como se preferisse guardar para si. Quando finalmente conta, ela mantém os olhos no chão.

— Sonhei que eu era ela de novo.

— Quem?

— Daphne. — Arsinoe inclina a cabeça e dá de ombros, um gesto que pegou dos continentais. — A rainha perdida de Fennbirn.

— Não há nenhuma rainha perdida de Fennbirn.

— Você quer ouvir ou não?

Mirabella expira e faz um sinal para que ela continue.

— Sonhei que nós fugimos para Fennbirn em um navio. Para ajudar Henry Redville em sua corte. — Ela fecha os olhos como se estivesse relembrando e fareja em busca de fragmentos do sonho, como se eles pudessem voltar à memória. — O plano dela é fazer amizade com a rainha. Tornar-se sua confidente para influenciá-la a gostar de Henry. Mas acho que ela quer Henry para si...

— E depois? — Mirabella interrompe. — Depois que ela fugiu, o que aconteceu?

— Depois voltamos para Fennbirn. Nós saímos do barco vestidas de menino e fomos até a rainha.

— Você conheceu a Rainha Illiann? Você conheceu a Rainha Azul?

Arsinoe faz que sim, solene.

— Eu estava de volta. De volta à ilha. De volta às docas do Porto de Bardon e ao Volroy.

Mirabella se vira e sacode a cabeça. Isso não pode ser real. Quanto mais Arsinoe fala, mais próxima a ilha parece, como se Mirabella pudesse olhar para além da baía e a ilha estivesse ali, encarando-a de volta.

Ela aperta os olhos.

— Então essa... rainha perdida... ela conheceu a Rainha Azul e não foi reconhecida? Como? Ela realmente acreditou que Daphne era um garoto?

— Não. Isso Illiann desmascarou logo. Mas Daphne age como uma continental. Fala como uma. E, segundo todos da ilha, as irmãs de Illiann estavam mortas havia muito tempo. Ela nunca precisou ser cuidadosa e proteger sua coroa. Ela era Rainha Coroada desde que nasceu. Não como nós.

— E essa Daphne... ela não sabe de nada?

— Não — Arsinoe diz com tristeza. — Ela nem sabe que é uma elemental. Sua dádiva está debilitada há muito tempo. Mas já vi o humor dela afetar o clima. Mudanças sutis. Sua dádiva está dormente por conta de todos esses anos longe da ilha, mas ainda existe.

— Espera. Se Daphne realmente é... foi... uma rainha elemental perdida, então por que ela está falando com você? Por que não comigo?

Uma faísca de irritação cruza o rosto de Arsinoe.

— Não estou dizendo que deveria ser eu — Mirabella explica —, que eu deveria ter sido escolhida para essa revelação. Só que iguais falam com iguais. Elemental com elemental.

Arsinoe concorda.

— Eu não sei por quê. Talvez ela seja mais parecida comigo do que com você. Ela fugiu de Centra vestida de menino, entrando escondida em um navio que ia para Fennbirn junto com os cavalos de Henry. Eu nunca senti tanto cheiro de esterco na minha vida. E há o fato de ela ser basicamente uma órfã à mercê da bondade da família de Henry.

— Isso faz com que ela se pareça com nós duas — Mirabella diz, o cenho franzido.

— Talvez seja outra coisa, então. — Arsinoe fica de pé e desliza a mão pela lápide de Joseph. Ela para na inscrição, na linha que diz "amigo de rainhas e felinas". Então ela cerra os punhos. — A magia baixa. Tem que ser a magia baixa. E eu estou marcada.

Ela se vira para Mirabella com um brilho demoníaco nos olhos.

— Talvez se te marcássemos também...

— De jeito nenhum.

— Bom, então o que você quer que eu faça? Pare de sonhar? Pare de dormir?

Mirabella suspira. Ela não pode pedir essas coisas. E, além disso, conhece sua irmã. Arsinoe seguirá essa rainha até conseguir alguma resposta e é isso. Não importam os riscos.

— Só me prometa que você não vai guardar segredo. Que vai me contar tudo, não importa o que seja.

Volroy

Katharine anda pelo jardim de flores do lado leste do castelo. Um espaço pequeno e fechado, bastante privado, com roseiras de todas as cores. Tem sido difícil achar um momento de paz desde que a névoa trouxe os corpos. Todos estão com medo. E ninguém tem respostas. O exame dos corpos não trouxe explicações, e a névoa continua a agir de forma estranha, erguendo-se quando não deveria, mais grossa e mais próxima da costa do que o normal.

Katharine estica o braço para aninhar, na palma da mão, uma grande flor vermelha. Foram as rainhas naturalistas mortas que a atraíram para o jardim, ansiando pela luz do sol e pelo cheiro de coisas verdes crescendo.

Mas ela não pode fazer a rosa florescer. Ela não pode fazê-la crescer nem murchá-la e fazê-la morrer. As dádivas emprestadas não são dádivas de verdade, afinal. A dádiva naturalista emprestada a ajuda com os cavalos e cães do reino, mas ela não consegue comandá-los. A dádiva da guerra emprestada a torna hábil com facas, mas não a torna capaz de movê-las sem tocá-las. As envenenadoras mortas a permitem ingerir veneno, mas não o impedem de corroê-la.

— Rainha Katharine.

Katharine solta a rosa e se vira. É a Alta Sacerdotisa Luca e Genevieve, surpreendentemente.

— Um par improvável — ela diz enquanto as duas fazem uma mesura.

— Improvável, de fato — diz Luca. — Genevieve não saiu de perto de mim desde o momento em que coloquei os pés fora do castelo. Quase como se ela não confiasse em me deixar sozinha com a rainha.

Genevieve suspira, mas não diz nada. Não vale a pena negar.

— Nós decidimos liberar os corpos para serem queimados — Luca informa.

— Mas — Katharine diz — nós ainda não sabemos por que ou como...

— E talvez nunca saibamos. Mas os corpos não revelarão nenhum outro segredo. E as famílias já esperaram demais. Quanto mais tempo os mantivermos aqui, mais tempo as pessoas terão para cochichar teorias malucas e criar uma onda de pânico.

Katharine franze a testa, uma chuva de imagens do dia do banquete em sua mente. Tantos corpos na areia, comidos por peixes, mutilados ou intocados e pálidos. Enquanto ela pensa, uma abelha pousa no dorso de sua mão e os olhos de Luca se voltam para ela. Katharine deixa que ela fique por um momento e então a afasta.

— Ainda existem perguntas sem resposta, perguntas que as pessoas não vão simplesmente esquecer.

— O povo vai aceitar a explicação do templo. Que aquelas pessoas sofreram um acidente trágico no mar.

— E a névoa?

— A névoa os trouxe para casa. — Luca olha para Genevieve em busca de apoio e, para a surpresa de Katharine, ela concorda.

— As pessoas querem uma resposta reconfortante — Genevieve diz. — Elas querem uma resposta que permita que elas sigam em frente com suas vidas. Deixe que o templo solte um comunicado. Deixe que a Alta Sacerdotisa use a influência que tem. É por isso, afinal, que damos a ela um lugar no Conselho.

— Bem colocado — Luca afirma, com uma expressão amargurada.

— Vá em frente — Katharine responde, o maxilar tenso. — Mas, mesmo que as pessoas esqueçam, eu não vou. Não vou esquecer que as equipes de busca encontraram um fim violento. Que eles partiram e morreram há alguns dias, embora alguns pareçam mortos há semanas.

A Alta Sacerdotisa olha para a linha de roseiras. Ela as observa por tanto tempo que Katharine pensa que ela vai mudar de assunto e comentar sobre as flores e o tempo.

— Eu me lembro de quando sua irmã tentou fugir pela névoa — diz Luca. — Você se lembra? Vocês já estavam separadas àquela altura, claro, mas você deve ter ouvido a respeito, vivendo aqui com os Arron. Eu estava lá quando encontraram ela e Juillene, flutuando no barco. Não devia ter passado mais do que uma noite desde sua partida da Enseada de Sealhead. Mesmo assim, seus rostinhos estavam esquálidos. E elas haviam bebido toda a água que tinham.

Katharine engole em seco quando a Alta Sacerdotisa volta o olhar para ela.

— Ninguém falou sobre isso na época. Havia muitas outras coisas, coisas urgentes, nos distraindo. Mas mesmo aqueles que a névoa permite que a atravessem notam isso. Aqueles que vêm do continente. Os comerciantes. O tempo e a distância não são os mesmos dentro da névoa. Nada é igual dentro dela. Por mais que queiramos saber o que aconteceu com os grupos de busca, provavelmente nunca saberemos.

E, com isso, a Alta Sacerdotisa se curva e vai embora.

— Ela é uma velha irritante — Genevieve diz depois que Luca se vai. — Mas acho que está certa. É melhor deixar esse acidente para trás. As pessoas veem a névoa como a guardiã da ilha. E para ela agir de forma tão alarmante assim... Nós temos sorte por ela estar quieta desde então. E quem sabe? Essa história que a Alta Sacerdotisa conta sobre a névoa trazendo os corpos de volta para você talvez funcione. Talvez até seja verdade.

— Caso não seja — diz Katharine —, vou aprender mais sobre a névoa. Talvez até sobre a Rainha Azul que a criou. Você cuida disso para mim, Genevieve? Discretamente?

— Se é o que você quer. — Uma das abelhas voando nos arredores das rosas chega perto demais do cabelo de Genevieve e ela a afasta com a mão. Então grita quando seu dedo é picado.

— Agora você a matou.

— Ela me picou!

— E quantas vezes você me machucou quando criança? Pare de agir como um bebê.

Genevieve faz uma mesura e sai do jardim, colocando o dedo ferido na boca. Por ser uma envenenadora com dádiva forte, o veneno da abelha sequer causará inchaço. Não passa de uma dor momentânea.

Katharine volta o olhar para as rosas. As rainhas naturalistas mortas sempre a fizeram se sentir mais calma, levando-a até as flores ou empurrando-a até os estábulos para cavalgar. Mas a conversa sobre a névoa deixou todas as irmãs mortas aflitas.

— Vocês sabem tão bem quanto eu — Katharine diz a elas. — A névoa ainda não terminou.

CONTINENTE

De manhã, Arsinoe e Mirabella se arrumam para a festa de aniversário da esposa do governador.

— Temos que tentar ser educadas — Mirabella diz, parada atrás de Arsinoe na penteadeira, tentando prender o cabelo preto e curto da irmã para o lado. — Temos que tentar sorrir para a sra. Chatworth e para a srta. Jane.

— Vou tentar. — Arsinoe tosse enquanto Mirabella passa pó por cima de sua cicatriz vermelha, mas, quando termina, fica apenas parecendo uma cicatriz com pó. A marca do urso se recusa a ser escondida.

— Nós estamos aqui pela boa vontade delas. Pela caridade delas.

— Eu sei. É só que... é mais difícil seguir em frente para algumas de nós.

No espelho, Mirabella fica séria.

— Não foi o que eu quis dizer — Arsinoe diz. — Só quis dizer que você é melhor fingindo ser mais uma no meio da multidão.

— Só porque já estou acostumada a usar vestidos. Aliás, nós devemos correr e escolher um para você. O cinza não. Parece um saco de batatas. Que tal o azul? Com a fita preta na bainha?

— Não — Arsinoe retruca. — Nada de vestidos. Um paletó e um colete servem.

Mirabella suspira e para de mexer no cabelo de Arsinoe.

— O que você sonhou noite passada? Não minta.

— Eu sonhei com organizar encontros secretos entre Henry Redville e a Rainha Illiann. Para dar a ele uma vantagem antes que a rainha conheça os outros pretendentes no Desembarque.

— Antes de ela *ter conhecido* — Mirabella diz com o cenho franzido. — *Ter conhecido.* Isso tudo aconteceu no passado. Nada pode mudar. É só algum truque da ilha, algum resquício de controle que ela tem sobre nós. E você era a garota de novo? Daphne?

— Era. — Arsinoe lança um olhar semicerrado para a irmã pelo espelho. — Você sabia que há passagens secretas escondidas atrás de tapeçarias no Volroy?

— Como eu saberia? Nunca estive lá, exceto pela masmorra. Nem você.

— Mas foi assim que eu fiz Henry entrar sem ser notado.

— Aconteceu mais alguma coisa nesse sonho? — Mirabella pergunta. — Algo importante? Você viu alguma dica de por que a Rainha Azul lhe enviaria essas visões? Você disse que achava que a própria Daphne estava apaixonada por Henry. Mas nós sabemos que ele foi o rei consorte da Rainha Illiann. Parecia que Daphne tentaria traí-la?

— Não. Ela e Illiann já são muito amigas. Será por isso que Illiann está me mandando esses sonhos? Ela está tentando me ensinar uma lição?

— Eu não sei. — Mirabella se vira para se vestir. — Mas até a festa do governador acabar, vamos tentar esquecer isso.

A mansão do governador Hollen fica fora da cidade, em uma grande propriedade cercada de árvores. Enquanto a carruagem se aproxima pela longa entrada circular, Arsinoe se lembra do Chalé Negro. Os prédios são parecidos, com o exterior branco e de madeira escura, embora os tijolos da casa de Hollen sejam de um laranja brilhante.

— Nada mal — ela diz e dá um assovio.

— Psst. — A sra. Chatworth estica o braço e dá um tapa no ombro de Arsinoe. Ela não lhe dirigiu uma palavra desde que Arsinoe desceu as escadas usando calças e um colete preto.

— Ela estava fazendo um elogio, mãe — diz Billy. Ele pega a mão de Arsinoe.

— Só a mantenha para trás. Coloque a srta. Mirabella na frente. Pelo menos ela sabe se vestir decentemente.

Usando renda marfim com uma fita verde, Mirabella mal se parece com uma rainha. Mas a moda da ilha exige isso. A sra. Chatworth só reclamou do cabelo. Ela queria cachos, mas Mirabella se recusou a usar o ferro quente. Com sua dádiva enfraquecida, ela poderia se queimar, e Arsinoe imagina que não poderia haver nada pior para uma garota que costumava dançar com o fogo.

— Sermos vistas não era metade do motivo pelo qual vocês foram convidadas para esta festa? Christine teria convidado apenas Billy, mas você e Jane foram incluídas para acompanhar as visitas estrangeiras.

— Qual o seu ponto, srta. Arsinoe?

— Meu ponto é que eu estou te fazendo um favor me vestindo assim. — Ela puxa suas lapelas e tira o cabelo de cima das cicatrizes. — Vestida assim, sou uma atração melhor.

Criados os ajudam a descer da carruagem, e eles são levados pela porta principal até um enorme foyer com pé-direito alto. Alguma parente do governador — uma de suas filhas menores, sua sobrinha, talvez — dá um passo à frente para recebê-los.

A sra. Chatworth inclina a cabeça.

— Deixe-me apresentar a srta. Mirabella Rolanth — ela diz — e sua irmã, a srta. Arsinoe.

Com a apresentação, os olhos da garota se arregalam.

— Nós ouvimos falar tanto de vocês! Que maravilhoso finalmente conhecê-las.

Arsinoe e Mirabella acenam, fazendo uma leve mesura, e a garota as leva pela casa.

— Não sei por que temos que ser Mirabella e Arsinoe *Rolanth* — Arsinoe sussurra enquanto elas prosseguem.

— Não poderíamos ser Mirabella e Arsinoe *Wolf Spring* — Mirabella sussurra de volta.

A parente do governador as deixa na parte de trás da casa, onde portas abertas levam todos à festa. Arsinoe assovia de novo. Há uma pequena fonte e um labirinto bem-cuidado no extenso gramado dos fundos. As mesas foram postas e decoradas com flores de verão, e há até uma pista de dança com um pequeno grupo de músicos. Na ilha, uma celebração dessas seria destinada a uma rainha ou a um festival importante.

— Que aniversário — Arsinoe comenta, observando os convidados rirem ou se juntarem com copos de bebida nas mãos. Muitas damas escolheram usar chapéus de abas largas em vez de sombrinhas.

— Não seja amarga — reclama Mirabella. — Nossos aniversários eram grandes festividades também.

— Nós éramos rainhas. — Ela suspira. — O que eu não daria por uma caneca de cerveja como as que tomávamos no Lion's Head.

— Achar algo do tipo por aqui é improvável — Billy diz, pegando-a pelo braço. — Chá com certeza. Ou champanhe.

— Qualquer coisa que eu possa colocar na frente da minha cara. Nós somos uma novidade estrangeira, mas espero que eles não nos façam conhecer *todo mundo* nesta festa.

— Billy! Aqui, Billy!

Eles se viram. Christine Hollen está no centro de um grupo de jovens mulheres. Arsinoe faz uma careta.

— Ah, ótimo, é a srta. Christine.

— Vão — a sra. Chatworth diz, empurrando-os sem muita gentileza.

Billy pigarreia.

— Acho que temos que ir. — Ele abre caminho e Arsinoe se vira para Mirabella, movendo os lábios silenciosamente para dizer *socorro*.

— Ela não vai chegar nem perto — Mirabella diz, passando o braço pelo de Billy. — Faça o mesmo do outro lado.

Arsinoe o faz, embora pareça estranho. Ela não consegue deixar de notar que o andar de Mirabella ficou perceptivelmente mais ondulante. E que, com as duas se pressionando contra ele, Billy sorri como um idiota.

— Dê seu melhor sorriso — Mirabella diz, animada, entredentes.

— Como um cavalo — Arsinoe responde do mesmo modo.

Quando elas alcançam Christine, ela oferece a mão para que Billy a beije, mas, com os dois braços dele ocupados, os dedos dela pairam inutilmente no ar por alguns segundos, antes que ela os puxe para a lateral do corpo. Mirabella olha para Arsinoe e levanta o queixo, triunfante.

— Estou tão feliz que você e as senhoritas Rolanth puderam vir.

— Obrigado pelo convite — diz Billy. — É uma festa adorável.

O sorriso de Christine não está tão radiante quanto o normal. Ela não consegue parar de olhar para a forma como Mirabella se apoia em Billy e, com Mirabella ali, a pobrezinha parece ter encolhido três vezes. Arsinoe sente pena dela e tenta atrair seu olhar para lhe dar um sorriso sincero, mas um garoto se aproxima para estender a mão para Mirabella e a expressão de Christine se acende.

— Srta. Rolanth — ele diz. — Aceita dançar?

— Ah, sim, você precisa! — Christine exclama antes que Mirabella possa responder. — A banda que meu pai escolheu é completamente encantadora.

Mirabella olha do menino para Arsinoe.

— Por favor — Christine insiste. — Billy não pode achar que vai ter você só para ele!

Mirabella solta o braço de Billy e pega a mão do garoto.

— Eu já volto. — Mas ela não vai voltar tão cedo. Outros garotos já estão fazendo uma fila ao lado da pista de dança.

Arsinoe se pergunta se Mirabella vai se sair bem. A música do continente é muito diferente da música de casa. Não há cordas e madeiras sombrias como em Rolanth, nenhum violino alegre como os que Ellis e Luke tocavam em Wolf Spring. Aqui a música é composta principalmente por metais, tocada por músicos que vestem camisas listradas parecidas com um caramelo.

Quando Mirabella se vai, Christine não perde tempo. Ela pega o braço disponível de Billy e o puxa para seu lado, deslizando um olhar significativo pelas calças e pelo colete de Arsinoe. Então dá um tapinha no ombro dele.

— Tem uma pessoa aqui que eu quero que você conheça. — Ela estica o pescoço, um pescoço perfeitamente suave e elegante, Arsinoe nota, e aponta para um menino jovem correndo pelo gramado. — Ali está ele! Meu priminho. — Eles riem quando a criança cai e se levanta logo depois, vestindo um terno pequeno e bonito. — Ele é o tipo de menino que terei um dia. Um bom filho, do qual um pai pode se orgulhar. Ele não é um querido?

— Ele é — Billy concorda.

— Ele com certeza é — Arsinoe diz.

— Não é o tipo de menino que você quer ter um dia, Billy? Um bom menino e uma boa mulher para criá-lo?

Arsinoe faz um som de desdém sem querer e o belo sorriso de Christine vacila.

— Talvez você também deva ir dançar, srta. Arsinoe. Quer dizer, se alguém aqui estiver disposto.

— Talvez eu deva te acertar na...

— Eu estou disposto. — Billy se solta de Christine e passa o braço pela cintura de Arsinoe. — E quanto a ter filhos, Christine, acho que eu preferiria uma garotinha. Com uma língua afiada. E que só use calças.

Os dois vão embora juntos e Arsinoe não consegue resistir a olhar para trás. O rosto inteiro de Christine fica vermelho de raiva.

— Bom — Billy diz, com nervosismo. — O que ela está fazendo?

— Ela parece a ponto de gritar. — Arsinoe ri. — Sua mãe não vai ficar feliz com isso.

— Minha mãe vai se acostumar. Ela vai ter que se contentar com o fato de eu ter concordado em ir para a universidade no outono.

— Universidade?

— Sim — Billy confirma. — Eu devia ter contado antes.

— Me conte agora.

Ele faz que sim e se desvia da pista de dança, procurando algum lugar tranquilo. Demora um pouco, em uma propriedade tão grande, mas finalmente os sons da festa ficam para trás e eles param em um pedaço macio de grama entre os estábulos e a cocheira.

— Assim é melhor. — Arsinoe se joga sobre o paletó de Billy depois que ele o estende. — Algumas daquelas pessoas estavam me encarando tanto que achei que os olhos delas fossem cair da cara.

— Aqui. — Ele dá a ela uma taça de champanhe que pegou quando passaram por uma bandeja. — Não é cerveja, mas é melhor que nada.

Ela olha intensamente para as bolhas.

— Você acha que pode estar envenenado?

— Não é provável.

— Que pena.

— Eu achei que sua dádiva não funcionasse aqui — ele diz.

— Eu acho que não funciona. — Ela vira a taça de uma vez só. — Continua sendo uma pena.

Ele se senta ao lado dela e, por um momento, eles apenas aproveitam o conforto da presença um do outro. Mas não dura muito.

— Você entende por que eu preciso ir para a universidade — ele diz.

— Sim. Claro. É o que se faz aqui, certo? Ir para a universidade e depois entrar para o negócio do seu pai.

— A menos que eu seja deserdado — Billy diz, rindo sem muito humor.

— Você acha que é por isso que ele ainda não voltou?

— Na verdade, não. O fato de ele ainda não ter voltado me faz pensar que ainda tenho esperanças. Se ele está longe para me punir, então é um bom sinal. Se ele fosse me deserdar, voltaria logo para casa para arrumar os papéis.

— Você e sua família vão ficar bem mesmo? — Arsinoe pergunta. — Em relação ao dinheiro, digo.

— Sim. Não. Não sei. — Ele dá um sorriso melancólico e coloca a taça de champanhe na grama. — Vai dar tudo certo. Eu vou dar um jeito.

— Eu queria poder te dar tudo isso. — Ela faz um gesto para a propriedade. — Mas não tenho como. Você foi para a ilha em busca de uma rainha e uma coroa e voltou com duas bocas para alimentar. Pelo amor da Deusa, estou até usando suas roupas.

— E você fica bem melhor nelas do que eu. Escuta. Não se preocupe. Meu pai é um babaca, mas não vai ficar longe por tempo suficiente para nos arruinar. Se tem algo em que você pode confiar, é no senso de autopreservação dele.

— Admito que tenho um certo medo do retorno dele.

— Vai ficar tudo bem. Mas, nesse meio-tempo, vou para a universidade para agradar a minha mãe. — Ele toca o queixo de Arsinoe. — Eu prometi a Joseph e a Jules que cuidaria de você, não prometi?

Ela se desvencilha.

— Jules nunca deveria ter pedido isso. Ela estava tão acostumada a cuidar de mim que não podia ir embora sem que outra pessoa assumisse o lugar dela. Você deveria ter dito não.

— Eu nunca diria não, Arsinoe. Jules nem precisava ter pedido.

— Mas talvez assim ela tivesse ficado. — Claro que, agora que está aqui, porém, ela sabe que Jules nunca poderia vir para o continente. O controle e as regras ridículas a teriam deixado louca. E o que teria sido de Camden se a dádiva de Jules enfraquecesse? Ela teria se tornado um animal selvagem, deixado de ser um Familiar, em um lugar em que teria sido caçada ou posta em uma jaula.

— Junior, você seria capaz de fazer parte da ilha?

Ele arqueia as sobrancelhas.

— Eu não sei. Por você, talvez.

— Mas você ficaria esperando o momento de voltar para casa.

— É isso que você está fazendo? Esperando o momento de voltar para casa?

Ela sacode a cabeça. Não há mais um lar para ela em Fennbirn.

— É só que… é muito diferente aqui. Tem muitas coisas para me acostumar.

Billy passa os braços em volta dela e a puxa para si. Ela descansa a cabeça em seu ombro e joga as pernas por cima dele.

— Eu também sinto falta de Fennbirn, sabe — ele diz. Então ele faz uma pausa antes de perguntar, alarmado: — Você acha que os Sandrin comeram minha galinha?

Arsinoe ri.

— Eles têm muitas outras galinhas para comer além de Harriet. Tenho certeza de que ela está bem. Quem sabe até está sendo mimada. Talvez ela passe alguns dias com os Milone, seguindo Cait e Ellis por aí. Talvez ela tenha conhecido Hank, o galo de Luke, e eles tenham te dado adoráveis netos pintinhos.

— Netos pintinhos. — Ele ri e a puxa para mais perto. — Eu acho que ia gostar.

Arsinoe aconchega o rosto no pescoço dele. Mesmo em um dia quente de verão, ela parece não conseguir chegar perto o suficiente. Apesar de estarem morando na mesma casa, eles tiveram muito pouco tempo juntos.

— Sabe, se sua mãe nos vir assim, vai dizer que é um escândalo.

Billy rola por cima dela e sorri.

— Então é melhor sermos escandalosos.

Depois de um momento bastante prazeroso, Arsinoe e Billy cochilam sob o sol da tarde. E Arsinoe sonha.

Ela entra no corpo de Daphne e se vê em Innisfuil. E só há um motivo para que tantas pessoas tenham se reunido ali: o Festival de Beltane.

No sonho, Daphne se olha no espelho grande e polido. Ela sempre se veste como um menino em Fennbirn. Sempre como quer. Ela corre as mãos com carinho por seu gibão, por suas calças e pelas pontas de seu cabelo curto. O povo de Fennbirn sabe que ela é uma garota, mas mesmo assim não a trata diferente de como a trataria se ela parecesse ser um menino. O que sempre acontece quando encontra alguém de seu país, Centra, de Valostra ou Salkades. Em Fennbirn, ela pode se vestir como quiser e se locomover livremente em todos os espaços. Pela primeira vez na vida, Daphne se sente inteira.

Arsinoe assiste a tudo através dos olhos de Daphne, que está ao lado de Illiann, a Rainha Azul. Illiann faz Arsinoe se lembrar de sua irmã, Mirabella. Para começar, ambas são elementais, e Illiann é quase tão bonita quanto Mira, com seu longo cabelo escuro e brilhante indo até a cintura e olhos inteligentes emoldurados por grossos cílios negros. Ela também é tão elegante e segura de sua coroa quanto Mirabella era quando elas se conheceram. Tão certa de que suas irmãs haviam sido mortas quando bebês que ver uma garota de Centra com olhos e cabelos negros não causou sequer uma fagulha de curiosidade.

Mas ela ainda não é tão forte quanto minha irmã, Arsinoe pensa enquanto criadas vestem Illiann para o festival, passando por Daphne e ela tão rapidamente que é um milagre as duas não acabarem dentro do mesmo vestido. A dádiva elemental de Illiann abrangia o clima e a água. Um pouco de fogo e nada de terra. Nem mesmo a grande Rainha Azul era mestre de todos os elementos como Mirabella.

— Você tem certeza de que não posso tirar Henry escondido do navio dele? — Daphne pergunta no ouvido da Rainha Illiann. — Os pretendentes perdem tanta coisa do festival. E Henry ama ver os jograis.

Jograis. Arsinoe busca a palavra antiquada em sua memória. *Atores*.

— De jeito nenhum. — Illiann sorri. — Os pretendentes devem ficar em seus navios até esta noite, até a Cerimônia do Desembarque.

— Até o Henry? Mesmo ele já tendo te encontrado tantas vezes?

Illiann coloca a mão sobre a boca de Daphne, rindo.

— *Você* nem deveria estar aqui — Illiann diz enquanto as criadas saem do caminho, sorrindo e revirando os olhos.

Dentro da cabeça de Daphne, Arsinoe ri com elas. Ainda é uma sensação estranha estar sem corpo mesmo dentro de um corpo, seus sentidos tão aguçados que ela pode sentir até mesmo o perfume doce da mão de Illiann.

— Tantos segredos. — Daphne solta os dedos da rainha. — Não vejo qual o problema, se ele logo será seu marido.

— Talvez. E talvez não. Ainda há outros pretendentes para conhecer esta noite.

— Outros pretendentes. Mas o que são eles em comparação ao meu Henry? Nenhum deles será tão inteligente ou terá o coração tão bom. Nenhum deles consegue acalmar um cavalo com uma palavra e um toque.

— Henry tem sorte de ter uma amiga que acredita tanto nas virtudes dele.

Uma amiga. Que tipo de amiga o chamaria de "meu Henry"? E que tipo de amigo é ele para olhar para Daphne como ele olha? Fique atenta, Illiann. Não seja feita de boba.

Daphne suspira. Ela olha para o vestido formal de Illiann. A Rainha Azul é chamada de "azul", mas, ainda assim, só pode vestir preto.

— Está pronta, então? Podemos ir ver os atores, para eu contar a Henry mais tarde?

Com um sorriso, Illiann arruma o véu transparente, protetor, por cima do rosto e abre caminho.

Argh. Véus. Pelo menos não precisamos usar isso. Ou um gibão e essas calças bufantes. Que a Deusa abençoe a garota que inventou calças compridas.

Elas saem da tenda e Arsinoe olha ao redor, curiosa. O Vale de Innisfuil não mudou muito nos quatrocentos anos entre Daphne e Illiann e a sua época. Os penhascos e a vista do Monte Horn continuam os mesmos, assim como a exuberância do gramado. As árvores, porém, são diferentes, menores e de tipos que já não existem nessa parte da ilha. Elas fazem uma sombra de outra cor, que se move de um jeito diferente — até as árvores sugerem que essa parte da história da ilha foi um tempo mais feliz do que a época de sangue e segredos na qual Arsinoe nasceu.

Illiann puxa Daphne para cima de um estrado. Bem em frente a ele, um círculo se abriu na multidão e um palco improvisado se formou. Enquanto elas observam, atores vestindo roupas coloridas se preparam para apresentar uma peça para que a rainha se divirta.

A atriz principal dá um passo à frente e se curva.

— Somos uma trupe da cidade oráculo de Sunpool. E apresentaremos uma peça em homenagem ao nascimento da Rainha Illiann.

A encenação começa. Três meninas enroladas em panos verdes, cinzas e azuis fingem nascer de uma mulher que interpreta a rainha, uma grande coroa amarela em sua cabeça. Outra mulher, toda vestida de um preto reluzente e com laços prateados nos cabelos, se abaixa sobre a rainha e a envolve nos braços.

A *Deusa*, Arsinoe pensa.

A Deusa traz com ela mais um bebê, uma linda menina vestida de azul brilhante e preto, que emerge de onde estava se escondendo, nas saias da Deusa.

— Illiann! — os atores gritam. — Illiann, abençoada e azul! — A multidão aplaude com força, assim como a própria Illiann, que ri suavemente. A garota que faz o papel da rainha rodopia com animação em círculos, toca cada uma das irmãs "recém-nascidas" na testa e elas caem mortas no chão.

Se ao menos fosse assim tão fácil. Tão limpo. A peça termina e Illiann coloca uma guirlanda de flores em volta do pescoço da atriz que ela julgou ter sido a melhor: a garota que interpretou a rainha mãe. E, mesmo que não tenham recebido guirlandas, as outras atrizes se aproximam para beijar as vestes da Rainha Azul.

— Por que você está me olhando assim? — Illiann pergunta e Arsinoe sente Daphne corar.

— É só que... você é tão diferente do que eu esperava. Eles realmente te amam. E você realmente os ama.

— Ser rainha é isso.

— Não de onde eu venho.

— Centra é um lugar tão terrível assim? Você raramente fala de lá com carinho. Devo temer me casar com Henry, já que, depois do meu reinado, iremos para lá? — Illiann olha de canto de olho para Daphne. — Sabe, Daphne, mesmo que eu não escolha Henry para ser meu rei consorte, você sempre será bem-vinda aqui.

— Você me deixaria ficar? — Daphne pergunta.

— Claro. Você parece pertencer à ilha, de qualquer forma. Talvez seja por isso que eu tenha gostado tanto de você e tão rápido. Você tem a novidade e as histórias de uma moradora de Centra, mas o espírito da ilha. Embora eu não saiba se você escolheria ficar, caso Henry precise ir.

Arsinoe deseja ter um espelho para ver o que a expressão de Daphne revela, mas então o sonho avança em seu próprio ritmo, como esperado, o tempo se dobrando de modo que o dia se torna noite, deixando Arsinoe desorientada com a mudança brusca.

Agora elas estão nos penhascos. No topo dos penhascos, olhando a baía. E pelas fogueiras e tambores, Arsinoe sabe o que está prestes a testemunhar. Ela já viu isso antes, quase do mesmo lugar, usando sua máscara preta e vermelha.

A Cerimônia do Desembarque.

Por que Daphne está ali, Arsinoe não sabe. Talvez porque ela já estivesse na costa. Talvez porque tenha se tornado a nova favorita de Illiann. Não importa. Daphne fica atrás da rainha, tão perto que a saia preta de Illiann roça a borda do gibão dela. Mas elas não estão sozinhas. Tantas criadas e sacerdotisas vestindo preto e branco as cercam que Arsinoe fica surpresa com o fato de nenhuma delas ter caído das pedras.

— Está quase na hora — uma delas diz e dá uma risadinha. Mesmo na escuridão, iluminada apenas pelas chamas, é fácil notar que suas bochechas coram.

Tantos nomes passam pelos ouvidos de Arsinoe: pretendentes de Bevelet e Valostra e Salkades. Quase uma dúzia, muito mais do que os cinco que ela teve que enfrentar em sua própria cerimônia.

— Marcus James Branden — diz uma das criadas. — Ele chamou a atenção de todos. É o duque de Bevanne, um principado menor de Salkades, mas a família dele é bem próxima do rei e tira grande lucro das minas. Ouro e prata, eu acho.

— Marcus James Branden, o duque de Bevanne. — Illiann faz uma careta. — Ele tem tantos nomes.

— E quem é um duque sem importância comparado a Henry?

— Um duque de Salkades — a criada insiste. — Que comanda a melhor frota de navios do mundo.

— Então ele é rico e tem uma frota marítima. Ele deve caminhar pela praia em roupas de veludo e curvado pelo peso das moedas em seus bolsos.

Há empurrões e cutucões apressados quando as criadas mudam de ideia a respeito de uma das pulseiras de Illiann e a trocam por uma de lápis-lazúli. Nenhuma delas para de fofocar, cochichando sobre os olhos penetrantes desse ou daquele pretendente, com seus corações batendo de amor.

Arsinoe fica feliz por ser apenas um sonho e por seu estômago não estar ali se revirando de verdade.

— Quando eles te olharem essa noite — alguém exclama —, sua dádiva pegará fogo.

Arsinoe sente Daphne contrair os lábios.

— Como alguém que frequentou os círculos íntimos de homens e mulheres — Daphne diz —, eu posso afirmar que os homens naquele navio não estão falando de Illiann tão poética e inocentemente.

Do topo dos penhascos, todos os onze navios são visíveis no porto, com suas bandeiras hasteadas. É o vento nervoso de Illiann, as criadas dizem, mas Arsinoe não tem certeza se isso é verdade. Illiann está com a aparência de sempre. Composta e focada. Uma rainha nascida para reinar.

Então Illiann estremece e, do outro lado da baía, raios finos como teias de aranha estouram no céu. Daphne engasga e a rainha olha envergonhada para ela.

— Acho que estou um pouco nervosa. Eu pareço bem, Daphne?

— É claro que sim. Você é linda. Henry disse muitas vezes que você é a garota mais bonita que ele já viu.

Ele realmente disse isso? Por algum motivo, eu duvido.

Os barcos seguem na direção da costa, iluminados com tochas e lanternas e adornados com guirlandas de flores que não servem para nada, já que mal podem ser vistas na escuridão. Eles atracam e os pretendentes desembarcam, passando pela praia abaixo delas; garotos nervosos fazendo mesuras erradas, alguns bobos risonhos como Michael Percy e Tommy Stratford, os pobres pretendentes que Arsinoe envenenou acidentalmente.

Os que vieram de Bevellet vestem capas pretas e douradas e carregam rosas vermelhas e volumosas. Os de Valostra estão vestidos cada um com diferentes roupas listradas de lã fina.

Então é a vez de Henry. Ele chega em um bote iluminado por nove lanternas.

— Uma lanterna para cada condado de Centra — Daphne sussurra para Illiann.

— Ele está muito bonito nessa capa preta e carmim. Embora alguém devesse ter dito que vermelho é usado em funerais. Devo acenar?

Daphne ri.

— Acho que ele quase piscou para você.

Illiann também ri, mas logo para. Abaixo, na praia, surge o pretendente final. Branden, o duque de Bevanne.

Arsinoe sente Daphne engolir em seco e ficar inquieta enquanto Illiann e Branden se encaram. Ele é bonito, com certeza. É um dos garotos mais bonitos que Arsinoe já viu, e ela cresceu com rapazes como Joseph Sandrin. Mas há algo a mais nele, além da aparência, que a impressiona.

— Illy? — A rainha não responde e Daphne pigarreia. — Illy? O que foi? Henry deve se preocupar?

Henry deveria ficar mais do que preocupado, Arsinoe pensa. Porque há algo nos olhos de Branden que a lembram distintamente do maldoso rei consorte de Katharine, Nicolas Martel.

— Arsinoe? Arsinoe!

Ela acorda em um salto e nota as mãos de Billy em seus ombros. Eles ainda estão no pedaço de grama entre os estábulos e a cocheira do governador e, a julgar pelo sol, não se passou muito tempo. Ainda assim, Billy olha feio para ela, como se Arsinoe tivesse dormido a festa toda.

— O quê? O que aconteceu?

— Você disse "Henry" de novo.

Arsinoe se senta e tira a grama de suas roupas.

— Hmmm? — Ela tenta parecer inocente, ou talvez confusa, mas o vermelho toma seu rosto. As cicatrizes devem estar escuras.

— Não se faça de boba. E não me faça de bobo. Você me chamou de Henry outro dia quando queria pegar meias emprestadas. Quem é ele?

— Não deveríamos voltar? — Ela se levanta e vê Mirabella se aproximar, vindo da casa. Billy se levanta também e para ao seu lado.

— Aí estão vocês! — Mirabella diz.

— Arsinoe, pare de brincar comigo. Você conheceu alguém chamado Henry?

— Não, claro que não. Por que você está tão chateado? Foi só um sonho!

Mirabella chega no meio da discussão e olha de um para o outro enquanto Billy tira a grama de seu paletó.

— Se eu sonhasse e começasse a murmurar e gemer "Christine, Christine" — ele diz —, ia acordar com as suas mãos em volta da minha garganta.

— Ah, não, Billy. — Mirabella toca o ombro dele. — Não é nada disso.

— Mira. — Arsinoe sacode a cabeça. — Fique quieta.

— Nós combinamos de não guardar segredos, irmã.

Arsinoe expira com força e se vira, o gesto mais próximo de uma permissão que ela consegue articular.

— Ela tem tido visões do passado.

— Visões? — Billy pergunta. — Eu não achei que você tivesse visões. Isso não é... outro tipo de dádiva?

— Não são visões. Eu me expressei mal. São sonhos. Ela tem sonhado através dos olhos de outra rainha. Uma rainha da época da Rainha Azul. E ela viu... — Ela faz uma pausa, como se buscasse uma palavra. — Um espectro, uma sombra, ao lado do túmulo de Joseph. Uma sombra que se parecia conosco.

Arsinoe observa Billy de canto de olho. Ele está completamente confuso.

— Mas por que ela está sonhando com isso?

— Eu amo quando vocês dois falam de mim como se eu não estivesse aqui.

Arsinoe olha feio para eles. Então, antes que algum dos dois possa fazer mais perguntas, ela volta correndo para a festa.

Bastian City

Não demora muito para as notícias da névoa, vindas da capital, chegarem a Bastian City. No Apito de Bronze, Emilia dá um soco na mesa.

— A névoa se levanta e cospe corpos afogados na praia. Bem aos pés da Rainha Morta-viva.

Mathilde se inclina para a frente, uma taça de vinho nas mãos.

— Dizem que os corpos estavam destroçados. Mutilados. Aparentando estar decompostos há anos, mesmo a tripulação tendo partido apenas há dias.

— É outro sinal — Emilia diz.

— É bobagem — Jules responde. — Os pescadores ficaram presos numa tempestade e os tubarões foram atrás dos destroços depois. Uma tragédia, com certeza. Mas não é um sinal.

— E o envelhecimento? A decomposição avançada?

— Exagero e medo. Ou um simples mal-entendido. O mar pode fazer coisas estranhas com um corpo. Eu mesma já vi, onde morava. E vocês também deveriam saber disso, estando tão perto da água.

Emilia e Mathilde se olham, cansadas, e Emilia bate o punho na mesa de novo.

— Sinal ou não, este é o momento de agir. Metade das pessoas já considera Katharine uma rainha ilegítima, e a outra metade dirá o mesmo, nem que seja só para se livrar de outra envenenadora.

— Metade e metade — Jules desdenha. — Então ninguém a apoia? A ilha toda está do lado de vocês?

— Até a névoa está do nosso lado — Emilia diz, rindo, e olha para Mathilde. — Chegou a hora. Finalmente é hora de começar.

— Sim — Mathilde diz. — Um chamado às armas.

As duas se viram e olham para Jules com expectativa. Como se ela fosse se levantar e empunhar uma espada, dar um grito de guerra entusiasmado e sair correndo da taverna.

— Não olhem para mim — Jules fala. — Eu já disse o que penso dessa profecia. E onde vocês podem enfiá-la. — Ela joga algumas nozes na boca e mastiga com força.

Emilia e Mathilde trocam olhares mais uma vez e Mathilde desliza suavemente a mão pela mesa.

— Jules, entendo sua relutância. Mas não há como se esconder disso. Nem como escapar. Vai ser mais fácil para você e para todo mundo se escolher nos apoiar.

A vidente parece muito confiante. A expressão nos olhos dela é meiga e suplicante, como se achasse que Jules é boba e que, se falasse mais devagar, ela fosse entender. Como se Jules não entendesse perfeitamente a dimensão desse plano ridículo. Iniciar uma rebelião em seu nome. Em nome da naturalista com a maldição da legião. Ela sente uma irritação subindo pela garganta e sente ódio, dessa parte dela que vem com a dádiva da guerra.

— Vamos lá, Jules — Emilia diz. — Eu não fui uma amiga para você durante todo esse tempo? Não te ajudei a salvar as rainhas traidoras do Volroy?

— Não as chame assim.

— Eu não te escondi e te alimentei durante todas essas semanas?

— Então é assim? — Jules pergunta. — Eu devo alguma coisa a você? Bom, talvez eu deva mesmo, mas consigo pensar em meios mais razoáveis de retribuir do que liderar um exército. — Ela escolhe as palavras seguintes com cuidado. — Você não pode tirar o trono da linhagem de rainhas que têm direito a ele.

— Uma linhagem que está falhando — Emilia retruca e aponta um dedo para o rosto de Jules. — Uma linhagem enfraquecida. O que ela nos deu desta vez? Duas desertoras e uma envenenadora incapaz. Nenhuma rainha de verdade.

Jules não pode negar. Mesmo quando Arsinoe estava determinada a lutar pela coroa, ela só queria sobreviver. Nunca quis reinar.

— Enfraquecida ou não — Jules diz —, a ilha nunca conheceu nada além disso, nada além das rainhas.

— E isso significa que está certo? — Mathilde questiona.

— Por que não mostrar algo novo a eles? — Emilia faz um gesto na direção do teto, indicando o céu. — Você pode fazer parte disso, Jules. Você pode nos levar até lá.

— Levar até onde? — Jules ri. A paixão de Emilia, ainda que não seja exatamente contagiante, é algo a se assistir.

— A uma ilha em que vozes fora da capital sejam ouvidas. Com um Conselho formado por pessoas de Sunpool e Wolf Spring, de Highgate, de todos os lugares. A Rainha da Legião não será outra rainha como as trigêmeas. Ela será diferente. Ela protegerá todos nós.

— Ela é uma ideia — Jules diz. — E você quer que eu seja o rosto dela.

— Eu quero que você perceba que você é ela.

— Você quer que eu reine.

— Não. — Emilia e Mathilde balançam a cabeça. — Queremos que você lidere. Queremos que você lute. E então queremos que você seja uma parte do futuro de Fennbirn.

O futuro de Fennbirn sem as rainhas trigêmeas. É difícil imaginar, embora Jules não sinta nenhum amor por Katharine nem pelos envenenadores.

— Katharine foi coroada — ela sussurra. — A ilha não vai se opor, não importa quão impopular ela seja.

— Deixe-nos mostrar que você está errada — pede Mathilde. — Deixe-nos provar a você. Venha conosco até as vilas e cidades. Fale com as pessoas.

Jules sacode a cabeça.

— Ou considere o seguinte — Emilia diz casualmente. — Sem Katharine e sem os envenenadores no poder, você não será mais uma fugitiva. Você e sua gata poderão voltar para Wolf Spring.

Jules olha para ela, uma pontada de esperança surgindo em seu peito.

— Voltar para Wolf Spring? — Ela poderia voltar para casa. Para a vovó Cait e para Ellis. Para Luke, e até para Madrigal. E tia Caragh… com a deposição dos envenenadores que a baniram, tia Caragh também ficaria livre.

— Mesmo que eu pudesse voltar, ainda seria excluída por causa da maldição — ela sussurra, mas a tentação é nítida em sua voz.

— Não por sua família. Pode ser que você leve uma ou duas pedradas na cabeça, mas você não seria acorrentada e levada embora. E, no fim das contas, eles mudariam de ideia. Veriam que você não mudou, que não há nenhuma maldição.

Os cantos da boca de Jules se viram para cima. Pensar em voltar para casa é mesmo um sonho.

— As pessoas nunca vão me apoiar. Ninguém lutará ao lado de alguém com a maldição da legião.

Emilia cerra o punho e o sacode, como se a coroa já tivesse sido ganha.

— Deixe-nos lidar com isso.

No fundo do Apito de Bronze, a porta que leva ao beco abre e fecha. O trio fica quieto, escutando os passos e esperando para ver se quem entrar virará na direção da casa e as deixará em paz. Mas, quando o som atravessa o último corredor, o menino da cozinha exclama:

— Srta. Beaulin! Nós não esperávamos pela senhora!

— Srta. Beaulin — Mathilde sussurra. — Margaret Beaulin? Do Conselho Negro?

Emilia olha para Jules, depois vira a cabeça subitamente na direção do bar. Mathilde agarra Jules e a arrasta depressa para trás do balcão, onde elas ficam agachadas e escondidas. Ela pressiona um dedo contra os lábios quando os passos param na entrada, pedindo silêncio para Jules.

Margaret Beaulin. Jules se pergunta o que ela está fazendo ali. O que ela pode querer?

Apesar da mão firme de Mathilde em seu braço, Jules se inclina na lateral do bar e olha ao redor.

Margaret está parada na porta, vestida de preto e prata, como uma soldada da guarda real, suas roupas ainda sujas da estrada. Uma mulher alta, que ocupa quase todo o espaço da porta. Emilia continuou sentada e até inclinou a cadeira para trás para apoiar as pernas na mesa. Mas seus dedos roçam as longas facas que ela sempre traz amarradas ao corpo.

— Margaret. Você não demorou muito para me encontrar.

— Foi bem fácil adivinhar onde você estaria. — Margaret dá mais um passo para a frente, seus olhos percorrendo o Apito de Bronze com carinho. — Dizem que você tomou conta deste lugar.

— Quem? — Emilia pergunta. — Para eu saber quais línguas preciso arrancar.

— Está do mesmo jeito de quando sua mãe e eu vínhamos aqui. Quando te trazíamos.

— O que você está fazendo aqui? Por que não está na capital lambendo as botas dos Arron?

— Você não soube? — Margaret pergunta, amarga, a boca se contorcendo. — A nova rainha me substituiu no Conselho Negro. — Ela anda até a mesa de Emilia. — Me substituiu por uma sacerdotisa com a dádiva da guerra, ainda por cima.

Emilia puxa uma das facas.

— Se você ousar se sentar, enfio isto na sua garganta.

Jules fica tensa, pronta para ajudar, embora não saiba como. Emilia está perdendo a compostura, a ponta de sua faca treme e sua voz falha.

— Você achou que seria fácil? Achou que eu te ajudaria a lamber suas feridas agora que eles finalmente se viraram contra você?

— Emilia — Margaret diz suavemente. — Eu vim te ver antes de qualquer outra pessoa, porque eu...

— Porque você sabe que se eu te encontrasse, você não sairia viva. — Ela chuta a mesa e se levanta, a faca ainda apontada para o peito de Margaret. — Você não é bem-vinda aqui. E não vai se dirigir a mim. Você nos trocou por eles. Agora viva com isso.

Ela passa rapidamente por Margaret e sai. Jules quase a segue. Mas Margaret ainda está parada no meio do salão.

Ela fica ali por um longo momento, então se vira e sai em silêncio. Mathilde espera até que os passos desapareçam por completo antes de sair detrás do bar, cuidadosa como um coelho saindo da toca.

— Vista isso — Mathilde diz e enrola Jules em uma capa vermelha. — Fique de cabeça baixa e volte para a casa dos Vatros. Eu vou seguir Beaulin e ver aonde ela vai. E depois vou procurar Emilia.

— Você não acha que Emilia foi para casa?

Mathilde sacode a cabeça.

— Quando Emilia está aflita, ela sai em busca de silêncio. Não há muitos lugares para onde ela iria, não se preocupe. Eu vou encontrá-la.

— Por que Margaret Beaulin veio aqui? Como ela conhece Emilia?

— Antes de entrar para o Conselho Negro, Margaret era a mulher-adaga da mãe de Emilia. Sua esposa de guerra. Sua amante — Mathilde explica quando Jules continua impassível. — Houve um tempo em que elas eram uma família.

Antes que Jules possa perguntar mais alguma coisa, Mathilde sai, dando rápidas passadas com suas pernas longas e deixando Jules na taverna vazia. Ela sabe que deve fazer o que Mathilde disse. Mas, quando passa pelo garoto da cozinha, não consegue deixar de perguntar:

— Emilia foi para qual direção?

— Para aquela — ele diz, apontando. — Na direção do templo.

— Do templo?

O garoto faz que sim, com uma expressão de compreensão, e Jules baixa o capuz. Ela agradece com a cabeça e coloca uma moeda na mão dele.

***

Não leva muito tempo para Jules chegar ao templo. Mesmo mantendo a cabeça baixa e andando somente nos becos, ela não pode deixar de avistá-lo: sua altura impressionante e suas paredes de mármore preto e branco são impossíveis de ignorar. Emilia a levou até lá uma vez, pouco depois de ela ter chegado na cidade. Ainda assim, ao entrar, o lugar ainda faz seu queixo cair de admiração.

O templo de Bastian City é tão diferente do templo de Wolf Spring que Jules quase não consegue conceber que eles tenham o mesmo propósito. Em Wolf Spring, o templo é um pequeno círculo com um andar só, feito de pedra branca e com apenas alguns bancos e um altar em seu interior. A beleza está em sua simplicidade e nas plantas selvagens que se espalham pelos portões e paredes. O templo de Bastian City, ao contrário, é um grande salão, com o teto alto demais para ter afrescos. O altar fica ao fundo, como se fosse uma caverna, e é salpicado de ouro; então, quando as velas sagradas se acendem, todo o altar parece brilhar. Fúria e fogo, prontos para entrar em combustão.

Jules vê Emilia parada diante de tudo isso, dentro da enorme câmara que precede o salão principal, encarando a estátua da Rainha Emmeline. Rainha Emmeline, a grande rainha da guerra, com seus braços de mármore levantados, armadura esculpida por cima das dobras esvoaçantes de seu vestido. Sobre a cabeça, lanças e flechas de mármore flutuam, prontas para rasgar o coração de qualquer um que tente entrar no templo para fazer algum mal.

— Você foi rápida — Emilia comenta. — Pensei que Margaret fosse te prender no Apito de Bronze por mais tempo. Onde está Mathilde?

Jules caminha devagar até ficar ao lado de Emilia, embaixo da estátua.

— Ela a seguiu.

— Ah, Mathilde — Emilia lamenta. — Sempre tão correta.

— Você nunca me disse que conhecia um membro do Conselho Negro.

— E? Existem várias pessoas que você conhece e nunca mencionou. — Ela suspira e aponta para a Rainha Emmeline. — Ela não é maravilhosa? Uma guardiã. Uma saqueadora de cidades. Estranho como a Rainha Morta-viva é boa com facas, não é? Se eu não soubesse, diria que ela tem a dádiva da guerra também.

— Se ela tivesse, você a deixaria manter a coroa?

Emilia pensa por um momento.

— Não.

— Mathilde me contou de sua mãe e Margaret.

— Ah, é? — Ela se vira, puxa as facas que ficam presas ao seu corpo e as gira, pegando-as ora pelo cabo, ora pela lâmina. — Mas ela contou tudo?

— Só que elas eram... mulheres-adaga? Não sei exatamente o que isso significa.

— É sobre o laço entre guerreiras. Margaret Beaulin foi como uma mãe para mim.

— Onde estava... onde estava seu pai?

— Ele também estava lá.

— Ele também estava lá? — Jules exclama. Depois pigarreia. — Desculpa. Eu nunca tinha ouvido falar disso.

— Não estou surpresa. Vocês naturalistas são tão conservadores. Vocês não têm o fogo que nós temos.

— Sabe, você só se refere a mim como uma naturalista quando lhe é conveniente — Jules retruca, estreitando os olhos.

— Sim. E cada vez que eu os insulto, é sua dádiva da guerra que responde. — Ela suspira. — Meu pai estava lá. Também. Uma mulher-adaga não substitui um marido, o pai dos seus filhos. É um tipo diferente de laço.

— Existem homens-adaga?

— Sim. Embora maridos-adaga sejam mais raros. Mas você não está entendendo, Jules. Mathilde não te contou tudo.

— O que há além disso?

— Quando Margaret foi embora para servir aos envenenadores, minha mãe ficou com o coração partido. Foi esse coração partido que permitiu que ela adoecesse. Foi esse coração partido que a matou. — Ela gira as facas no dorso das mãos. — E Margaret Beaulin sequer foi à cremação. Ela nem mandou uma carta.

— Eu sinto muito — Jules diz e Emilia cospe no chão. — É por isso que você odeia tanto os envenenadores? Porque eles roubaram Margaret de você?

— Eu não preciso de um motivo para odiá-los — Emilia responde. — E eles não a "roubaram". Ela quis ir.

— Eu sei. Só quis dizer que sei algumas coisas sobre ser abandonada. Aprendi bastante quando Madrigal me trocou pelo continente.

— Nós vamos partir em breve — Emilia diz, cortando o ar com sua faca. — Para começar o chamado às armas. Você não pode ficar em Bastian agora que ela está aqui. O Conselho Negro pode tê-la mandado embora, mas ela ainda vai aproveitar qualquer chance de fazê-los mudar de ideia, entregando a eles sua fugitiva favorita. — Ela alinha a ponta da faca com o peito de Jules e sorri de leve. — Além do mais, se eu ficar aqui, posso acabar cortando as tripas dela no meio da rua.

— Em breve — Jules sussurra. — Quão breve?

— Hoje à noite. Chegou a hora. A chegada de Margaret é outro sinal.

— Talvez um sinal de que você devesse ficar e resolver as coisas com ela.

Emilia sacode a cabeça.

— O caminho está traçado. Nossas bardas já começaram a cantar sua história nas cidades e vilas do norte.

— Minha história?

— A história da naturalista mais poderosa em gerações, a história da guerreira mais poderosa também. A história de uma garota que tem a maldição da legião mas não é louca, e que unirá a ilha sob uma nova coroa e uma nova sociedade. Você já tem soldados, Jules Milone. Agora eles só precisam te ver em carne e osso.

Soldados. Guerreiros. Uma profecia. Jules respira fundo quando suas mãos começam a suar. Todo seu sangue parece descer até os pés.

— Hoje à noite parece cedo demais.

Emilia suspira.

— Cedo demais — ela repete. O olhar de Jules corre até ela quando as lanças e flechas sobre a estátua da Rainha Emmeline começam a tremer. — Quando as rainhas traidoras fugiram, elas levaram sua coragem embora?

— Não me falta coragem — Jules grunhe. — Mas também não me falta cérebro. Essas histórias que você espalhou devem ter criado muitas expectativas. Qualquer um que me encontrar ficará decepcionado.

— Eu não fiquei decepcionada quando te vi no Duelo das Rainhas.

— Pessoas relutantes não são os melhores exemplos.

— Relutante. — Emilia avança e aperta seu antebraço contra o pescoço de Jules, forçando-a contra a parede. — Relutante, mas curiosa. Você se questiona sobre a veracidade da profecia. Até você quer saber até onde pode ir, se pressionada.

— Não, não quero. — Jules se desvencilha e empurra Emilia contra a parede com tanta força que ela desliza para cima, os pés balançando no ar. — É uma boa história. Algo novo. Os envenenadores fora do trono. Mas é só uma história, sonhos que já sonhei antes. Eles não se realizam.

Eu no Conselho dela e você na guarda. Jules consegue ouvir as palavras de Joseph com tanta clareza que é como se ele estivesse ali, sussurrando-as em seu ouvido. Ela se afasta de Emilia e fica surpresa ao sentir a mão dela tocando seu rosto.

— Venha conosco, Jules Milone. Deixe-nos mostrar a você o que podemos fazer. E eu prometo que você vai voltar a acreditar.

Volroy

Katharine está sentada na cabeceira de uma longa mesa de carvalho enquanto seus criados do Volroy lhe apresentam amostras de tecido. Novas cortinas, eles dizem, para os aposentos do rei consorte.

— Eu gosto desse brocado — ela diz, tocando em um pano repleto de fios de ouro. Na verdade, eles já lhe mostraram tantos que ela mal consegue diferenciá-los. E Katharine não se importa tanto assim para escolher. Mas quase todos os quartos da Torre Oeste precisam de novos ares e mobílias depois de terem ficado fechados por tanto tempo. Além disso, redecorar parece acalmar os criados.

Ela estica o pescoço para olhar atrás deles, pelas janelas que dão para o leste. É apenas uma pequena abertura, uma mera fenda na pedra, mas ela consegue ver o céu e um pouco do mar ao longe. O mar, extenso e vazio. Desde a estranha morte dos marinheiros enviados para procurar o corpo de suas irmãs, poucas pessoas têm desafiado as águas. Agora, só os mais corajosos deixam o porto, e apenas nos dias mais claros. Esses poucos têm conseguido grandes lucros, mas sua pesca e mercadorias não são suficientes para satisfazer as necessidades de toda a capital. Bens em trânsito começaram a congestionar as estradas. E o preço do peixe está tão alto que Katharine ordenou que o Volroy deixasse de comprá-lo, para deixar que o que chega no porto vá para o seu povo.

Infelizmente, esse gesto não impediu que sussurros nervosos corressem pelos mercados todos os dias: boatos de que os corpos que a névoa trouxe foram um aviso, ou que foram um presente macabro para a Rainha Morta-viva. De qualquer forma, agora que Katharine está no trono, as pessoas temem que esse seja um sinal de mais mortes a caminho.

— Rainha Katharine. Seu retrato está pronto. O mestre pintor gostaria de mostrá-lo a você.

— Chame-o aqui. — Ela se levanta e os criados levam os tecidos embora.

— Que surpresa boa — Pietyr diz. Ele passou o dia sentado no canto, debruçado sobre correspondências vindas do continente. Mais pagamentos para a família de Nicolas, com certeza. — Achávamos que o retrato fosse demorar pelo menos mais uma semana.

Eles esperam em silêncio enquanto o pintor e seu aprendiz entram e fazem uma mesura, colocando o cavalete com o retrato coberto no centro do quarto.

— Mestre Bethal. — Katharine dá um passo à frente para cumprimentar o pintor e segurar as mãos dele. — Que bom ver você.

Bethal se apoia sobre um joelho.

— A honra é toda minha. Foi um grande prazer pintar uma rainha tão bela. — Ele se levanta e faz um gesto para que o aprendiz remova o pano do retrato.

Katharine encara a pintura e fica em silêncio por tanto tempo que o sorriso no rosto de Mestre Bethal começa a desaparecer.

— Algo errado? — Ele olha para o retrato e de volta para ela.

Pietyr se vira na direção dela.

— Kat?

O retrato é perfeito. A rainha na tela tem o mesmo rosto pálido que ela, as mesmas bochechas fundas, o mesmo pescoço elegante. Ele conseguiu, de alguma forma, retratar sua pequenez e a delicadeza de seus ossos. Mesmo a pequena cobra-coral, que durante a pintura era apenas uma corda, foi transformada em uma versão quase real de Docinho.

— Minha rainha? Se não estiver satisfeita...

— Não — ela diz, enfim, e Bethal respira aliviado. — Você me representou perfeitamente. É tão real que fico tentada a perguntar se minha cobra também posou para você em segredo. — Ela dá um passo à frente, olhando nos olhos de sua imagem. Os olhos são a única parte que ele não acertou. Os da rainha no retrato são serenos. Pensativos. Talvez um pouco brincalhões. Não há nada espreitando por trás deles.

— Ele será pendurado na sala do trono imediatamente. — Pietyr aperta a mão do pintor. O retrato irá para a sala do trono até que o reinado de Katharine termine. Então ele será levado para o Corredor das Rainhas.

A última de uma longa linhagem, ela pensa, tocando a barriga sem perceber.

Sua barriga e seu útero envenenados, cheios do sangue envenenado que matou seu primeiro rei consorte e pode matar todos os que vierem depois.

— O que é isso? — Ela aponta para o fundo da pintura, para uma mesa onde há um banquete envenenado: frutinhas brilhantes de beladona, escorpiões confeitados e uma ave assada coberta com um molho roxo sinistro.

Mas comida envenenada não é tudo o que está na mesa. Há ossos no meio do banquete. Longos fêmures e costelas manchados de sangue e sombra. E, ao fundo, bem visível, um crânio humano.

— É para você — Bethal gagueja. — Nossa Rainha Morta-viva.

Katharine franze o cenho, mas antes que ela possa reclamar, Pietyr acaricia seu rosto.

— Aceite. É o que separa você das outras. É seu legado.

— Um reinado próspero e pacífico é o único legado de que preciso. — Mas ninguém a escutará. *Rainha Katharine, da dinastia envenenadora*, a placa do retrato dirá. E embaixo: *Katharine, a Morta-viva*.

No caminho para a câmara do Conselho, Bree Westwood a alcança.

— Bom dia — Bree cumprimenta, tentando, sem sucesso, fazer uma mesura enquanto caminha.

— Bom dia, Bree. — Os olhos de Katharine correm pelas ondas castanhas do cabelo da elemental, que usa um vestido azul-claro bordado de lírios. — Você está sempre tão bonita, e sem esforço algum. Eu me pergunto se aprendeu esses truques com a minha irmã.

Os olhos de Bree se arregalam, mas só por um momento.

— Ou talvez, minha rainha, ela tenha aprendido comigo.

Katharine sorri. A garota tem senso de humor.

Na frente delas, as portas da câmara do Conselho Negro se abrem. Katharine consegue ver Pietyr lá dentro, as sobrancelhas arqueadas pela surpresa de vê-las andando juntas. Ela ouve os murmúrios entrecortados dos dois lados discutindo. De repente, tudo é exaustivo demais para aguentar.

— Me acompanhe um pouco, Bree?

— É claro.

Elas se viram. Dentro da sala, Genevieve se levanta, alarmada, e Katharine a detém com um dedo. Ela sabe que todos estão ansiosos para discutir as descobertas das autópsias feitas nos corpos das vítimas da névoa, mesmo que nada tenha sido de fato descoberto. Nada. Sem respostas. Sem soluções.

— Um pouco de ar, perto da janela, talvez — Bree sugere.

A janela de vidro foi reformada, assim como algumas outras nos andares mais baixos do Volroy, e seus painéis foram abertos para permitir que a brisa de fim de verão entrasse. Katharine sente muita falta de Greavesdrake. A mansão é muito mais confortável. Mais luxuosa em vários aspectos. Mas não é tão grandiosa, nem de longe. Não é o monumento que é o Volroy.

Katharine e Bree olham juntas pela janela, confortáveis como se fossem velhas amigas. No pátio, sob as árvores, a pequena sacerdotisa de Mirabella está agachada perto de uma cerca-viva, alimentando um bando de pássaros.

— Ela passa bastante tempo com pássaros — Katharine comenta. — Eu sempre vejo um ou outro voando perto dela. Pássaros pretos com topetes bonitinhos na cabeça. — Bree fica tensa. — Ela deve ter tido uma dádiva naturalista forte antes de ganhar os braceletes, para durar tanto tempo assim.

Bree se vira, com força demais para alguém com tão pouca substância.

— Estou tentando entender por que você queria falar comigo.

— Talvez eu esteja cansada das briguinhas do Conselho.

— Já? Você mal começou. Devemos torcer para as suas trigêmeas nascerem ainda mais cedo que as da Rainha Camille?

As rainhas mortas se agitam dentro dela. *Quebre seu pescoço.*

Katharine se tensiona até que elas fiquem quietas.

— Talvez eu esteja com medo.

— Medo?

— Claro. Você deve pensar que sou muito insensata se acha que não temo o significado dessa névoa. Ela matou minha gente. Todos nós estamos com medo.

— Todos nós estamos. — Bree olha na direção da sacerdotisa Elizabeth. — Ouvi boatos na praça. Notícias assim se espalham pela ilha como um alarme de emergência. Queimam feito uma tocha. Mas por baixo disso…

— O quê?

— As pessoas esperam que não seja nada. Que tudo isso passe. Eles querem deixar o problema na sua mão e ignorá-lo.

Katharine ri suavemente.

— Bem. Não os odeie por isso. É o meu trabalho. — Ela se apoia no parapeito. — Me ocorreu, agora que você e… Elizabeth estão aqui, que eu nunca tive uma amiga como minhas irmãs tiveram. Eu tive Pietyr. Eu tenho Pietyr. Mas não acho que seja a mesma coisa.

— Isso... — Bree diz e olha para baixo. — Com certeza não é verdade, Rainha Katharine. Há tantos Arron... tantos envenenadores aqui na capital.

Katharine inclina a cabeça.

— Não. Eu tinha Pietyr. Eu tinha Natalia. — Em suas veias, as rainhas mortas tremem. Elas se levantam como se quisessem aquecer o sangue de Katharine com seus dedos frios e mortos. *E sim*, ela pensa, *eu tenho vocês*.

— Rainha Katharine!

Ela e Bree se viram. Três de suas guardas reais lutam com um homem de camisa marrom no fim do corredor.

— O que houve agora? — Katharine suspira. Ela se aproxima e faz um sinal para acalmar as guardas antes que elas acertem o homen atrás da cabeça e o deixem inconsciente.

— O que está acontecendo?

— Ele diz que vem de Wolf Spring, minha rainha. Diz que precisa falar com você.

O homem olha para Katharine, sua respiração pesada. Sangue escorre por seu queixo e pescoço, vindo do lábio inferior, provavelmente um ferimento causado pela briga.

— Vocês não precisavam ser tão duras com ele. — Bree dispara atrás de Katharine. — Ele é um só. E está desarmado.

— Nós não arriscamos a segurança da Rainha Coroada.

Katharine se aproxima. Ela se inclina e não consegue resistir à tentação de limpar com os dedos o sangue no rosto do homem. As rainhas mortas gostam disso mais do que de qualquer outra coisa. Sangue de veias vivas. Dor de corpos vivos.

— Eu estou aqui — Katharine diz. — E você pode falar comigo.

O homem lambe o lábio ferido e a olha com raiva por baixo das sobrancelhas.

— Eu venho de Wolf Spring. Sou pescador. Dez dias atrás, parti com minha equipe e estávamos subindo a costa à procura de peixes. E a névoa... — Ele para e engole em seco. — Levou uma das nossas.

— Levou?

— A névoa surgiu do nada e deslizou pelo deque. Nunca vi nada assim. Em um minuto a moça estava lá, de repente não estava mais, e a expressão nos olhos dela... Não consigo esquecer.

Outro desaparecimento. Outro alguém levado pela névoa. E, dessa vez, ela chegou até Wolf Spring.

Atrás de Katharine, o restante do Conselho saiu para o corredor atraído pelas vozes.

— Mais alguém foi levado? — Renata Hargrove pergunta, aflita. — Mas por quê? Por que só uma pescadora? Ela estava procurando as outras rainhas? Ela tinha alguma coisa a ver com os Milone?

— E existe alguém que possa confirmar essa história? — Genevieve questiona. — O que você quer que façamos, pescador? Que enviemos navios para ajudar em sua busca por uma pescadora sumida? Quem garante que este homem não a jogou do barco e agora quer se esconder por trás dos rumores sobre a névoa?

— Não me parece provável que ele tenha vindo de Wolf Spring até aqui para isso. — As vestes brancas de Rho aparecem. — Seria bem mais fácil dizer que foi um acidente no mar. Por que vir até aqui, na capital, procurar uma rainha que Wolf Spring despreza, se não fosse verdade?

— Eu não teria vindo se tivesse outra escolha — o homem diz com raiva. — Ninguém queria que eu viesse.

Katharine semicerra os olhos enquanto eles discutem, agrupando-se em suas pequenas facções. O antigo Conselho separado do novo. Envenenadores separados dos sem dádiva. Os sem dádiva separados dos elementais, e todos eles separados de Luca, Rho e do templo.

— Você velejou até aqui? — Katharine pergunta, bem alto. As vozes atrás dela silenciam, e a rainha abre os olhos. — Pescador, você navegou de Wolf Spring até aqui?

— Sim.

— Quero ver seu barco.

Uma sela é colocada no cavalo de Katharine, e ela cavalga na direção do Porto de Bardon. Pietyr a acompanha de um lado; do outro, está o homem de Wolf Spring, Maxwell Lane. Outros membros do Conselho Negro também a acompanham: Paola Vend, Antonin, Bree e, claro, Rho Murtra, como testemunha do templo. Os outros, incluindo Luca, ficaram no Volroy para reclamar e fofocar, e Genevieve, determinada a ser os olhos e ouvidos de Katharine, para ver e escutar.

— Isso vai servir de quê? — Pietyr pergunta enquanto eles cavalgam pelas ruas. — O que você acha que vamos encontrar?

— Eu ainda não sei, Pietyr. — Na verdade, ela não espera que o barco lhe dê resposta alguma. Mas o porto está tomado pelo medo e tem estado assim desde que a névoa cuspiu a equipe de busca na areia. As pessoas precisam ver que sua rainha não tem medo.

À frente deles, o porto está cheio de barcos ancorados, mas quase sem ninguém. Apenas alguns marinheiros se ocupam de seus barcos, fazendo e refazendo nós, checando velas, limpando deques e afastando algumas aves marinhas que parecem perplexas pela falta de movimento. Em contrapartida, os pássaros estão por toda parte, empoleirados no topo de mastros, em grandes grupos de penas esvoaçantes ou voando sem rumo pela costa.

— Qual dos barcos é o seu? — Katharine pergunta, então Lane aponta para um pequeno barco pesqueiro com o deque verde-escuro coberto de redes.

Eles saltam dos cavalos na colina e descem até as docas. Aqueles que estão trabalhando no porto param para assistir, e as pessoas do mercado começam a se reunir por ali também, atraídas pelos rumores da presença da rainha.

— Este é o barco de onde ela foi levada?

— É o único que eu tenho. — Ele os guia pela doca e sobe no barco.

— Onde está o restante da sua tripulação? — Rho questiona. Não é um barco grande, mas é grande demais para ser conduzido sozinho por uma distância tão longa.

— Eu os mandei para terra firme. — A voz de Lane é áspera. Ele checa alguns nós e corre a mão pelo casco do barco. — Eles não queriam ficar perto da água.

Katharine também não quer. Cada tábua que range sob seus pés a deixa menos corajosa. E uma olhada no barco diz que ela estava certa: ele não trará respostas. O que ela esperava encontrar? Restos da névoa ainda agarrados ao mastro? O sangue da pobre garota esparramado pelo deque?

— Bree — Katharine sussurra e ela se aproxima. — Você sente algo estranho aqui? Na água?

Bree olha para baixo, pela lateral da doca que vai até onde as ondas se chocam contra a madeira e as rochas. Ela sacode a cabeça.

— Minha dádiva está ligada ao fogo. A água nunca falou comigo. Talvez se minha mãe estivesse aqui...

— Olhem!

Na orla, a multidão reunida olha para o mar. Mais vozes surgem e uma cacofonia de gritos faz as gaivotas ali perto voarem alto. Katharine se vira para ver o que chamou a atenção deles, embora as rainhas mortas dentro dela já saibam.

No horizonte, a névoa se levantou como uma muralha.

— Ah, Deusa. — Bree faz um gesto devoto, tocando a testa e o coração. — O que ela quer?

— Ela não quer nada — Rho responde. — É só a névoa. Nossa protetora desde os tempos da Rainha Azul.

Só a névoa. Mas Katharine pode senti-la olhando para ela. Observando. A névoa falaria, se pudesse. Ela falou quando colocou aqueles corpos aos seus pés.

— Ei! — alguém grita da terra firme. — O que é isso?

— O que está acontecendo? — Pietyr agarra a mão de Katharine ao sentir a água abaixo deles se agitar. — As ondas... a corrente está ficando mais forte.

O barco balança quando a maré o atinge, e as cordas que o seguram se tensionam e rangem. Rho, que subiu a bordo para inspecionar melhor o deque, é lançada contra o mastro.

— Sacerdotisa — Lane diz, tentando ajudá-la. O nariz dela bateu no poste e está sangrando.

As rainhas mortas dentro de Katharine a puxam, desta vez em direção à água. Não demora muito para que ela perceba o motivo. Há um cadáver flutuando na direção do barco, a barriga virada para baixo.

— Tire-o dali. Paola, Pietyr. — Katharine aponta para o corpo com a cabeça. — Antonin, ajude-os.

Eles usam ganchos para perfurar o corpo e puxá-lo para mais perto. É desagradável vê-lo subindo e descendo com as ondas, mais lentas agora que o cadáver chegou na parte rasa. Também é desagradável vê-los puxando a mulher com os ganchos. Mas o pior de tudo é encarar seus olhos cinzentos e aquosos quando ela é virada de barriga para cima.

— Allie? — Ao ver o rosto dela, Lane se afasta de Rho e quase cai do barco. — Allie! — Ele puxa a garota morta para seus braços e retira os ganchos dela.

— Ela é sua amiga? — Antonin pergunta, ácido. — Aquela que desapareceu na costa de Wolf Spring dez dias atrás? Que tipo de piada é esta? Que truque naturalista é este?

— Um truque incrível, de fato, se permite que um naturalista manipule a neblina e a água. — Rho fala enquanto seu sangue escorre, os dentes manchados de vermelho. Então ela coloca o nariz de volta no lugar.

— Coloque-a aqui — Pietyr diz fazendo uma careta e estendendo os braços para puxar o corpo para a doca.

Rho olha para a costa e para a agitada multidão de observadores.

— Bree. — Ela inclina a cabeça. — Bloqueie a visão deles.

— Como ela me seguiu até aqui? — Lane pergunta, incrédulo. — Eu a perdi na ponta de Sealhead. Essas correntes não estão certas... para carregar...

Mas há mais uma coisa. Embora a carne esteja um pouco inchada e o rosto tenha sido mordido por peixes, o cadáver de Allie está muito mais fresco do que se esperaria depois de uma jornada tão longa atravessando um mar agitado.

— Ela está igual aos outros — Pietyr sussurra.

Katharine se agacha. A menina deve ter sido muito bonita. A rainha toca o queixo da garota morta.

— Nós vamos mantê-la aqui por um tempo, para examinarmos o corpo e descobrirmos o que for possível a respeito da morte. Depois disso, ela será devolvida a Wolf Spring sob o estandarte real, com dinheiro suficiente para pagar pela cremação. Você conhece a família?

Lane faz que sim com a cabeça.

— Então eles receberão melhor a notícia se vier de você.

A mão de Katharine paira sobre a cabeça do homem, mas ele precisa de respostas, não de abraços. Ela faz um gesto de cabeça para Rho e caminha de volta pela doca até os cavalos. Lá na frente, a multidão aumentou, e as pessoas franzem o cenho quando ela se aproxima.

— Nós deveríamos dispersá-los — Pietyr sussurra. — Vou notificar a guarda real.

— Foi você!

Katharine pisca para Maxwell Lane. Ele se levantou e agora aponta para ela, na frente de todos.

— Você! Rainha Morta-viva! Você é a maldição!

Pietyr pressiona o corpo contra o dela, como um escudo. Rho salta com agilidade do barco e, com uma mão, faz Lane se calar, rápida demais para que Katharine note. Talvez a sacerdotisa o tenha deixado apenas inconsciente. Talvez ela tenha quebrado o pescoço dele. De qualquer maneira, é tarde demais. A multidão aderiu ao coro.

— Rainha Morta-viva! Envenenadora! Ladra!

Eles avançam descontroladamente sobre Katharine. Alguns apenas com os punhos. Outros com facas. Foices. Ou pequenos e sólidos bastões.

— Guarda real! — Antonin grita, embora as soldadas já estejam correndo para intervir, abrindo caminho com suas espadas pela multidão. Elas formam um muro com seus corpos e lanças cruzadas.

— Está tudo bem, Kat. Passe por elas e vá até os cavalos. — Pietyr a empurra para a frente, puxando Bree para seu lado. Rho desapareceu com Lane no barco. Esperta. Para que a multidão se esqueça dela. Ela vai ficar bem.

Katharine mantém a cabeça erguida. As pessoas não a odeiam de verdade, ela diz a si mesma. Elas só estão com medo. Como deveriam estar. Como ela está. Mas, quando ela salvá-los, quando acalmar a névoa, eles se lembrarão disso.

— Rainha amaldiçoada!

Uma bola de lama e sujeira voa pelo ar e atinge o queixo dela, escorrendo pelo pescoço e pelo corpete do vestido.

— Prenda-os! — Pietyr ruge. — Como ousam!

Mais lama voa. E pedras. Bree grita e Pietyr levanta os braços para tentar protegê-las.

Katharine toca a lama em seu peito. Ela escuta os gritos do povo, cheios de ódio.

— Katharine! Corra! A guarda não consegue controlá-los!

O primeiro da multidão abre caminho empunhando um bastão erguido. Katharine saca uma de suas facas. Ela empurra Pietyr para o lado e pega o garoto pelo pescoço quando ele se aproxima, enfiando a faca da garganta até a língua. O sangue dele encharca sua luva, e Katharine o levanta com força, ela muito mais forte do que ele. As rainhas mortas emergem, e Katharine sente que dobrou de tamanho, triplicou, que ela e elas são infinitas.

Quando o garoto para de se debater, a rainha o solta, o corpo produzindo um baque alto ao tocar o chão. O barulho cessa, a multidão está em silêncio. Os que estão mais à frente caíram de joelhos, espiando por entre as pernas das guardas, lágrimas de medo escorrendo pelos rostos.

— Kat.

Ela olha para Pietyr. As mãos dele estão erguidas, as palmas viradas para a frente. Ela olha para baixo, para o garoto, tão jovem e morto, o sangue dele esfriando em seus braços.

— Pietyr — ela sussurra. — O que eu fiz?

CONTINENTE

Na noite seguinte à festa na casa do governador, Mirabella e Billy estão sentados na cozinha depois que todos já foram dormir.

— Não gosto de encontrar você desse jeito. — Ele empurra a vela solitária para o centro da mesa e fica atento, pronto para apagá-la ao primeiro som de passos. — Você sabe como Arsinoe odeia quando falamos dela como se ela não estivesse aqui. Mas às vezes...

— Às vezes nós precisamos falar dela quando ela não está aqui. — Mirabella encara a pequena chama, determinada. Mas não diz mais nada. Assim como Billy, ela também não gosta disso.

No andar de cima, Arsinoe está na cama, dormindo, sonhando através dos olhos de outra rainha. Uma rainha de gerações atrás, centenas de anos atrás.

— Não podem ser... só sonhos? — Billy pergunta.

— Não parecem ser "só sonhos".

— Mas você nunca ouviu falar sobre isso acontecer com outra rainha?

— Ninguém sabe mais nada sobre uma rainha depois que ela deixa a ilha. Talvez seja comum. — A chama da vela estremece com a respiração dela. É difícil resistir à tentação de testar sua dádiva, ver se consegue aumentar o fogo, torná-lo mais forte. Mas ela já tentou e falhou tantas vezes que não tem mais coragem de tentar. — Além disso, Arsinoe e eu somos diferentes. Nosso destino era a morte. Então ninguém sabe o que nos espera.

— Eu ainda acho que podem ser pesadelos. — Billy esfrega os olhos. — Vocês duas foram... desenraizadas... são estranhas em um lugar novo. Além do mais, ela tem tido dificuldades com minha mãe e com Christine.

— Billy, eu não acho...

— E antes disso, aquele ano sangrento e traumático. Esses sonhos podem desaparecer sozinhos, se deixarmos.

Ele está tentando fazer isso se tornar verdade por meio de suas afirmações. Ela já o ouviu usando esse tom com a mãe e com rapazes mais novos. Mirabella chama isso de voz "continental" de Billy. Mas esse é um assunto de rainhas. Um assunto de Fennbirn. Apesar disso, quando ela desliza a mão até o outro lado da mesa, ele fica feliz em segurá-la.

— Pelas coisas que ela me contou, Arsinoe não é uma historiadora. Ela diz... — Mirabella para e sorri com a lembrança. — Ela diz que Ellis Milone é que era o historiador, então tudo de que ela precisava saber ficava guardado na memória dele. E, ainda assim, ela se lembrou do nome do rei consorte da Rainha Illiann, Henry Redville, e sabia de onde ele veio.

— *Henry Redville* — Billy grunhe. — E que tipo de homem ele era?

— Ele era um rei consorte. Um dos bons. Permaneceu fiel à rainha até o fim. Liderou uma frota de navios até a última batalha.

— Ele morreu?

Mirabella franze o cenho. Ela faz um gesto na direção da mesa vazia.

— Eu pareço ter uma pilha de livros sobre a história de Fennbirn aqui? E por que tenho a impressão de que você quer que ele tenha morrido?

Billy se inclina para trás, arrastando o antebraço pela mesa.

— Você está ficando rabugenta. Acho que está passando tempo demais com sua irmã.

Ela inspira.

— Não, eu não acho que Henry Redville morreu. A Rainha Illiann reinou por mais vinte anos depois que a guerra acabou.

— Não quis ser grosso — ele diz. — Só estou preocupado com Arsinoe.

— Eu estou preocupada com todos nós. — Ela pega a mão de Billy de novo. — Se os sonhos são só sonhos, então como ela sabia do rei consorte? Como ela sabia o nome da Rainha Illiann quando a ilha toda só se lembra dela como Rainha Azul?

— Talvez Ellis tenha contado alguma história. Ou talvez ela tenha ouvido em outro lugar. Não é possível que você seja a única rainha que conhece a história da Rainha Azul. Os poetas devem escrever sobre isso. Suas... bardas devem cantar sobre isso!

— Isso é verdade. Pode ser isso. Mas não consigo parar de pensar... — Ela sacode a cabeça. — Não consigo parar de pensar que a ilha está alcançando

Arsinoe, que está pronta para levá-la de volta. — Encarando a vela de novo, Mirabella observa as chamas tremularem e enfraquecerem, brincalhonas, enquanto os olhos de Billy brilham de curiosidade.

— Me conte mais sobre a Rainha Azul — ele pede. — Me conte tudo. Por que ela é tão importante?

— Ela criou a névoa. — Mirabella dá de ombros. — Esse é o legado dela. Para ganhar a guerra, ela criou a névoa que envolve e protege a ilha. Foi ela que nos escondeu e nos transformou em uma lenda.

— E agora ela está atrás de Arsinoe.

— Arsinoe acha que os sonhos querem lhe mostrar algo sobre Daphne, a irmã perdida da Rainha Azul. Ela se sente segura nesses sonhos. A única ameaça vem da sombra da própria Rainha Azul.

Billy se inclina para trás e passa as mãos pelo cabelo, agitado.

— Isso é loucura. Achei que tivéssemos deixado tudo isso para trás.

— Parece que não. Há magia baixa em todos os lugares, e a ilha nos rastreou justamente pela ligação de Arsinoe com esse tipo de magia. A última mágica possível no mundo continental.

— Magia baixa em todos os lugares. Você sempre diz isso. Mas eu nunca vi.

— Você não sabe onde procurar. — Ela respira fundo. — Arsinoe diz que se eu a deixasse fazer um feitiço de magia baixa comigo, os sonhos também chegariam até mim.

— É uma boa ideia? Deixar que a ilha encontre você também?

— Magia baixa não é para rainhas. Ela foi tola de usá-la, para começo de conversa. Mas se for para proteger Arsinoe, então vou deixar…

Eles congelam ao ouvir um som no andar de cima. A escuridão da cozinha parece uma caverna, e os dois se juntam em torno de seu pequeno círculo de luz. Mas cada movimento na casa provoca um rangido. Em noites de vento, as paredes parecem grunhir.

— Se você também tivesse os sonhos — Billy prossegue, com a voz mais baixa —, poderia ajudá-la a…

Outro baque no andar de cima, seguido de um grito abafado. Mirabella se levanta em um salto, com Billy logo atrás.

Ela ergue a saia, para subir as escadas, mas ele a ultrapassa, saltando os degraus de dois em dois. Eles correm pelo corredor o mais depressa possível, passando pelo quarto de Jane, de onde Mirabella ouve um ronco suave.

— Arsinoe. — Ela abre a porta. O grito da irmã se tornou um ataque. Ela chuta e se revira no escuro, e Billy geme ao ser atingido por um cotovelo voador inesperado.

— Eu não consigo ver nada. Acenda uma vela. Arsinoe. — Ele a sacode. — Ela não acorda!

Mirabella corre até o criado-mudo. Sua mão agarra uma vela, mas os dedos derrubam os fósforos. Malditos. Ela se ajoelha e os procura no tapete.

— Mira, rápido!

— Estou tentando — ela sussurra. Mas os fósforos desapareceram. Ela se vira para a irmã em perigo, mas está escuro demais para enxergar. — Fósforos idiotas — ela sibila e sente sua dádiva acordar, uma onda inesperada em seu sangue chegando até a ponta dos dedos.

A vela se acende. A chama ganha o dobro da altura habitual, tão brilhante que ilumina até os cantos do quarto.

— Eu... — Mirabella expira. O que a chama revelou quase a faz derrubar a vela.

A sombra está na cama com Arsinoe, agachada sobre os ombros dela. É como uma mancha de tinta derramada, as pernas longas dobradas sobre os pés, afundando as bordas do travesseiro. Uma mão escura e ossuda está em volta da cabeça de Arsinoe, segurando-a com força enquanto seu corpo se contorce.

— Você está vendo isso? — Billy pergunta.

— Você também consegue ver?

Sem resposta. A palidez em seu rosto responde por ele.

Devagar, o corpo de Arsinoe relaxa e ela começa a acordar. A sombra continua ao seu lado até ela abrir os olhos. E, quando ela desaparece, desaparece por completo: estava ali em um minuto, no outro já se foi.

— Mira? — Arsinoe se apoia em um cotovelo. Ela aperta os olhos por conta da claridade da vela, que só agora começa a diminuir, junto com as batidas de seu coração. — Billy? O que vocês estão fazendo aqui? Eu estava fazendo barulhos de novo?

Mirabella e Billy se entreolham. A sombra era real. Não era um sonho ou uma visão. E, na cabeça dela, havia o rascunho de uma coroa, a mesma que Arsinoe desenhou e que Mirabella reconhece de dezenas de pinturas, dezenas de tapeçarias. Prata e pedras azuis. A coroa da Rainha Azul.

— Onde ela está? — Arsinoe pergunta. — O que ela quer?

— Mirabella — Billy diz em voz baixa. — Acho que você precisa dar uma chance à magia baixa.

Mirabella se arrasta para a frente e pega a mão da irmã, que está confusa.

— Eu acho que você está certo.

Billy, a sra. Chatworth, Jane e Mirabella estão sentados na mesa de jantar improvisada, na sala ao lado da cozinha, em uma refeição bastante desconfortável. Mirabella sequer encostou no presunto fatiado e, em vez disso, está rabiscando em um pedaço de papel. A única coisa em sua mente é a ilha, e ela não consegue ignorá-la nem para agradar a sra. Chatworth.

— Não consigo parar de desenhá-la. — Mirabella pega um pedaço de giz azul, o único material para desenhar que achou nessa cor, embora o tom esteja todo errado. Ela vira o papel e o estuda intensamente. A rainha fúnebre feita de sombras, seus dedos longos e ossudos agarrando o ar, suas pernas grotescas encolhidas na parte de baixo do corpo. Embaixo desse desenho há uma pequena pilha com outras ilustrações: a rainha sombria em outras poses, todas ameaçadoras, todas monstruosas. Tão monstruosas que a mãe de Billy escolheu fingir que elas simplesmente não estão ali.

— Onde está a srta. Arsinoe? — ela pergunta.

— Resolvendo uma coisa — Billy responde.

— Sozinha?

Nem Billy nem Mirabella se dão ao trabalho de responder. É uma pergunta estúpida. Quem, além dos que estão na mesa, estaria com Arsinoe?

— É como se eu estivesse tentando guardá-la na memória — Mirabella diz. — Ou talvez tentando me convencer de que ela era de fato real. Que nós realmente a vimos. — Ela desliza o desenho do topo da pilha pela mesa. Billy o pega, segurando-o pelas pontas.

— Não sei por que você se dá ao trabalho de fazer isso. — Ele o abaixa de novo, para que a mãe possa parar de olhar para o outro lado. — O que isso quer dizer? Por que outra rainha de Fennbirn estaria te assombrando?

— Nos assombrando. Você também a viu.

A sra. Chatworth faz um barulho de desagrado e Jane dá um tapinha em seu braço.

— E você está certa de que é a Rainha… — Ele tenta lembrar o nome. — Illiann? A Rainha Azul?

Mirabella aponta para o desenho. A coroa não está perfeita. A prata deveria ter um trabalho muito mais intrincado e as pedras deveriam ser de um azul muito mais brilhante. Tendo sido feito apenas com caneta e giz, porém, não está ruim.

— Eu já vi essa coroa em retratos. Não há outra igual.

— Se ela era uma elemental, então por que não estava em um dos murais do templo? Ela deve ter sido uma das rainhas elementais mais impressionantes e reverenciadas de todos os tempos.

— William Chatworth Junior, esta não é uma conversa apropriada para a mesa.

— Agora não, mãe.

Mirabella olha para a sra. Chatworth como quem pede desculpas, mas continua a falar.

— Rainhas Azuis, as quartas a nascer, não são reivindicadas por nenhuma dádiva em particular. Elas são rainhas do povo. De todo o povo. — Ela para. — É difícil imaginar como a ilha era antes dela e da névoa. Se ela não tivesse nos escondido, nós seríamos completamente diferentes. Talvez fôssemos mais parecidas com vocês. — Ela levanta a cabeça. — Vocês devem ter algum registro disso no continente. Uma nação inteira desaparecendo na neblina?

— Não. — Billy franze o cenho. — Tudo o que se sabe sobre Fennbirn é tido como mito. Como fábula. Não há menções em nenhum texto histórico. Em nenhum mapa. Deve ter sido removido.

Ou ele viu os mapas errados. Mirabella traça seus desenhos com a ponta dos dedos, manchando-os de preto.

— Foi essa rainha que transformou Fennbirn em lenda. O que será que ela quer de nós agora?

— Fantasmas costumam aparecer para lidar com assuntos mal resolvidos — Jane diz de repente e todos olham para ela, surpresos.

— Jane — a sra. Chatworth grunhe.

— Desculpe, mãe.

— Não, Jane, isso não é ruim, nem de longe — Billy diz e Jane dá de ombros alegremente, como um passarinho ajeitando a plumagem. — Pode ser isso, Mira? Um assunto mal resolvido?

— Não vejo como. Ela reinou por trinta anos. Começou com uma guerra contra o continente, mas ganhou. E depois teve um reinado feliz.

A sra. Chatworth atira o guardanapo na mesa e se afasta.

— Chega! Eu não vou tolerar isto na minha casa. Esta conversa sobre bruxaria e rainhas feiticeiras.

— Mãe — Billy retruca, ríspido. — Você parece tão antiquada.

— Apropriada, é como eu pareço. E se a srta. Arsinoe estiver tendo algum tipo de… ataque, o melhor a ser feito por ela é levá-la ao médico, não deixá-la vagar sozinha pela cidade, causando ainda mais problemas. — Ela se levanta e ajeita o vestido. — Jane, vamos para a sala de estar.

Jane obedece, mas lança um olhar curioso por cima do ombro. Depois que elas saem e as portas se fecham, Mirabella coloca a cabeça entre as mãos e diz:

— Até noite passada eu teria concordado com ela sobre o… médico. É como um curandeiro, certo?

— Sim. Mas quando ela diz médico, quer dizer um charlatão que vai afirmar que Arsinoe está histérica. Eles a trancariam em um sanatório. — Mirabella faz uma careta e Billy olha para ela.

— Foi um caos naquele quarto na noite passada — ele diz. — Então eu não falei nada. Mas eu vi o que a sua dádiva fez. Eu vi aquela vela se acender sem um fósforo. Como você fez aquilo?

— Eu fiz por ela — Mirabella responde. — Arsinoe precisava. Então eu fiz. Às vezes acho que esse é meu verdadeiro propósito. Não ser rainha, como os Westwood e Luca me convenceram. Mas protegê-la. Só protegê-la.

Estrada de Bastian City

Jules, Camden, Emilia e Mathilde deixam Bastian City sob a escuridão da noite. Elas só levam os mantimentos que podem carregar nas costas e o dinheiro que podem levar nos bolsos. Quando passam pela muralha e entram na estrada principal, Emilia para de repente.

— O que foi? — Jules pergunta e Emilia explode em uma gargalhada abafada.

— Acabou de me ocorrer — ela diz quando se acalma — que em nossa pressa de revolução, nos esquecemos de decidir por onde começar.

Jules resmunga. Camden também, apoiando-se com esforço em sua perna boa.

— E então? Não temos muitas escolhas. Vamos para o norte, para Rolanth? Ou oeste, para Wolf Spring?

— Nenhum dos dois — Emilia responde. — As notícias de Rolanth indicam que eles ainda estão chateados demais com a perda, mas continuam leais ao templo.

— E por que não Wolf Spring? Suas bardas já chegaram lá? O que estão dizendo sobre o levante?

— Eles podem ter ouvido rumores — Mathilde diz. — Mas ainda é cedo demais. Pela minha experiência, é melhor deixar que os naturalistas se acostumem com as ideias devagar.

— O que isso quer dizer? — Jules pergunta.

— Quer dizer que eles dizem "não" muito rápido. Nada mais. — Mathilde responde.

— Quer dizer que eles ainda odeiam a maldição da legião — Emilia acrescenta, menos gentil. — Melhor evitar Wolf Spring por enquanto. Lidar com naturalistas é incerto até no melhor dos cenários. Eles nunca querem se envolver em nada.

— Ei — Jules diz. — *Eu* sou uma naturalista.

— Sim, e você é a única aqui que não quer realmente fazer um levante.

— Certo. Então por onde devemos começar?

Mathilde ajusta a mochila nos ombros e começa a caminhar.

— Por que não começar por onde já começamos? Meu lar em Sunpool está conosco, assim como muitas das vilas ao redor. Eles têm se preparado há meses, porque acreditam na profecia. — Ela aponta para a estrada. — Nós iremos para o sul, contornando a capital, e então ladearemos as montanhas ao leste. Quando estivermos bem ao norte, começaremos a falar com o povo das vilas. Até que a nova força encontre a que já existe. — Ela olha por cima dos ombros, seu sorriso e sua trança branca brilhando sob o luar. — Depois voltaremos para Wolf Spring e Rolanth.

— Pelo menos tem uma hospedaria — Emilia diz quando elas chegam à vila. — Não precisaremos dormir em um celeiro.

— Talvez seja mais inteligente ficar em um celeiro — Jules sugere. — Será mais fácil de sair pelos fundos se eles não gostarem do seu jeito espertinho e vierem atrás de nós com forcados. — Ela arqueia a sobrancelha para a guerreira, mas Emilia está cansada demais para discutir. Foi uma longa caminhada pela estrada e fora dela, cortando caminho por campos e florestas para evitar Indrid Down. Elas estão exaustas, com suas capas e rostos manchados de poeira, precisando de comida e um bom banho. Mesmo a alta e elegante Mathilde parece ter perdido uma briga com um porco.

— Vamos lá. — Mathilde ajusta sua mochila e as guia até a hospedaria. Jules olha para trás, na direção de onde deixou Camden cochilando, protegida por samambaias. A gata vai esperar ali até ser chamada.

O interior da hospedaria não é nada de mais, apenas um salão grande no térreo, cheio de mesas e bancos de madeira. Alguns homens e mulheres estão sentados sozinhos ou em pares, debruçados sobre tigelas de cozido.

— Você tem quartos para alugar? — Mathilde pergunta.

— Não seríamos uma hospedaria se não tivéssemos — a garota atrás do balcão responde. — Vocês vão precisar de quantos?

— Só um, grande o suficiente para três pessoas. — Mathilde joga algumas moedas sobre o balcão e a garota as desliza para sua mão. — Isso também paga o jantar?

— Quase. Mas vocês parecem tão acabadas que vou dizer que sim. Com mais uma moeda vocês compram uma tina de água quente para se lavar.

Emilia bate com duas moedas no balcão.

— Duas tinas. E vamos comer aqui em seu belo salão.

— Como quiserem. — A garota as estuda por um momento. Mas se ela as acha estranhas, duas guerreiras imundas e uma barda oráculo em uma capa amarela e cinza toda manchada, não diz nada. Talvez, por trabalhar em uma hospedaria, esteja acostumada a viajantes estranhos. Embora Jules não consiga imaginar que tantas pessoas assim decidam parar nesta vila minúscula.

— Vocês estão fugindo da capital? — a garota pergunta, e tanto Jules como Emilia ficam tensas. — Nós hospedamos algumas pessoas de lá depois do que aconteceu.

— O que aconteceu? — Mathilde pergunta. — Nós estamos viajando há um tempo. Não ouvimos nada.

— A Rainha Katharine assassinou um menino.

—Assassinou? — Jules gagueja. Mas a garota só inclina a cabeça e suspira, como se isso já não fosse novidade, dada a quantidade de vezes que teve que contar essa história.

— É. Bem na frente de todo mundo. Mais corpos apareceram na orla da capital, e as pessoas entraram em pânico. Começaram a gritar com a rainha e atirar coisas nela. Um menininho se soltou da multidão e correu na direção dela com alguma coisa. Provavelmente era só um bastão, mas ela cortou a cabeça dele fora, fácil assim.

— Onde estava a guarda real? — Emilia pergunta.

— Lidando com os adultos, imagino. — Os lábios da garota se curvam com nojo. Então ela inclina a cabeça de novo e põe as moedas no bolso. — Duas tinas. Vai demorar um pouco, mas vou mandar meus meninos arrumarem tudo. Vocês podem subir para o quarto agora, se quiserem. Vou mandar as tinas para lá. — Ela aponta para as escadas atrás dela. — É o primeiro subindo essas escadas. Ou qualquer um. Estão todos vazios.

Assim que elas entram no quarto, alguém bate na porta: são os meninos trazendo as tinas vazias.

— A água vai demorar um pouco — o primeiro menino diz. — A maioria das pessoas não pede duas.

— Obrigada — Emilia agradece, fechando a porta atrás dele. — Eu também não queria duas — ela diz, virando-se para Jules. — Mas nem ferrando eu dividiria uma tina com uma gata da montanha.

— Por que não deixar Camden por último? — Mathilde pergunta.

— A água esfriaria até lá. — Jules tira a mochila das costas e alonga os ombros. O banho quente será bem-vindo. A viagem foi difícil para suas pernas feridas pelo veneno. Em algumas noites, elas latejaram tanto que Jules quis gritar, mas ela continuou caminhando mesmo assim, sem querer admitir que deveria parar. Ela sempre disse que a teimosia de Arsinoe era do tamanho de um rio inteiro, mas, na verdade, talvez a sua fosse ainda maior.

— Você acredita no que a garota disse? — Jules pergunta, sentando-se na cama macia. — Acha mesmo que Katharine assassinou um garotinho?

— Talvez sim e talvez não — Emilia responde. — De qualquer forma, isso vai trazer a vila para a nossa causa com mais facilidade.

Mathilde desfaz as tranças de seu cabelo dourado, correndo os dedos por ele para retirar galhos e folhas.

— Uma rainha que mata o próprio povo. Alguns diriam que ela está tentando perder a cabeça.

— É — Emilia diz com um tom indiferente. — Pela primeira vez na vida, não vou ser tão dura com ela. Havia uma multidão. O garoto a atacou empunhando uma arma. Ele mereceu.

— Mereceu? — Jules pergunta e Emilia aponta preguiçosamente a faca com que vinha brincando para o peito dela.

— Você não ameaça a vida de uma rainha e sobrevive para contar história. — Ela lança a faca e a pega de volta. — Agora tirar a vida de uma rainha... aí já é outra história.

Quando elas descem as escadas e entram no salão principal para jantar, a maioria das mesas já está cheia. Isso parece agradar Emilia e Mathilde: elas poderiam fazer a reunião na própria hospedaria, sem necessidade de tentar juntar as pessoas espalhadas pela vila. Jules, porém, gostaria de simplesmente subir as escadas de volta para o quarto.

Elas se sentam em uma mesa perto da parede, e sua chegada atrai alguns olhares curiosos. A balconista da hospedaria serve três copos de cerveja.

— Hoje à noite temos ensopado e pão de aveia. Se vocês quiserem mais cerveja do que está nesses copos, vai custar mais dinheiro.

— Ensopado do quê? — Jules pergunta.

— Carne — a garota responde enquanto vai buscá-lo.

Jules olha ao redor da hospedaria. Quase todo mundo na cidade deve ter vindo até ali para jantar, e isso a faz se perguntar se Emilia e Mathilde haveriam anunciado, de alguma forma, sua chegada. Se for o caso, ninguém parece muito interessado nelas. Talvez o ensopado seja mesmo muito bom.

— Vocês acham mesmo que devemos começar por aqui? — Jules questiona. — Ainda não estamos tão longe da capital.

— Estamos longe o suficiente. — Emilia engole metade de seu copo de cerveja. — Parece que eles estão ocupados com uma rainha assassina. Nós provavelmente poderíamos ter caminhado mais perto da fronteira e ganhado algum tempo.

— Mas olhem para essas pessoas. São fazendeiros. Curtidores. Muitos deles são velhos demais para lutar.

— É assim que os soldados rebeldes são. — Os olhos escuros de Emilia brilham. — O quê? Você tem alguma ideia melhor? Exílio? Fuga? — Ela sorri e empurra a caneca na direção de Jules. — Beba mais e pense menos, Rainha da Legião.

— Não me chame assim.

— Por que não? — Emilia franze o nariz para Mathilde. — As pessoas pareceram gostar mais desse, não?

Jules faz um som de desdém. Quem gostaria de um título desses? É tão ruim quanto ser chamada de "morta-viva", ou talvez pior.

— Você nunca vai convencê-los assim.

— Eles também estão sendo governados pelos envenenadores. Não vai ser difícil convencê-los.

Emilia vira o copo e grita por mais cerveja. Seus gestos exuberantes, sua presença no geral, começaram a atrair mais atenção. E, conforme os habitantes da vila olham na direção de Emilia, seus olhares se demoram em Jules, demonstrando mais do que mera curiosidade. Como se sentissem que algo nela é digno de nota.

— Ridículo — Jules resmunga, baixo demais até mesmo para que suas companheiras de mesa ouvissem. Mas ela estaria mentindo se dissesse que também não está curiosa. Toda vez que um estranho a olha com algo próximo de esperança, algo próximo de esperança se acende dentro dela e quase a convence a respirar de novo. Quase, mas não ainda.

Esperança é para os tolos, ela gostaria de dizer a eles. *Há não muito tempo, esperei por tudo, e olha o que aconteceu comigo e com quem eu amava.*

— Isso nunca vai funcionar — Jules diz.

— Claro que vai — Emilia responde. — Você ainda não viu como Mathilde hipnotiza as pessoas com a voz. Ela vai deixá-los na palma da mão.

— É por isso que me tornei uma barda — Mathilde diz, sorrindo.

Emilia cutuca o ombro de Jules.

— Você não quer que dê certo.

— Claro que quero. Eu quero poder voltar para casa. Quero que Arsinoe possa voltar para nos visitar.

Emilia abaixa a voz.

— Não fale nisso.

— Por que não?

— Se ela voltar, vai querer a coroa.

— Não, não vai.

— Sim, vai. Está no sangue de trigêmea dela. E nós não estamos nos rebelando para colocar as rainhas traidoras de volta no trono. Estamos nos rebelando por nós mesmas. Por Fennbirn.

— Você teria feito a mesma coisa se Katharine não tivesse ganhado? — Jules pergunta. — Você teria tentado derrubar Mirabella? Ou Arsinoe?

— Não importa — Emilia diz, suavemente. — Não foi isso que aconteceu.

O ensopado que chega é bom, mas talvez não o suficiente para atrair tantos clientes por si só. Apesar da fome, Jules não consegue comer mais do que algumas garfadas. Seu estômago não para de se revirar.

— Sem apetite? — Emilia pergunta, lambendo a própria tigela.

— Vou levar o resto para o quarto, para Camden. — Elas levaram a gata escondida para o dormitório, perto do anoitecer, pela entrada dos fundos. A água na segunda tina ainda estava morna e razoavelmente limpa, e nenhuma delas levou uma patada na cara ao enfiar Camden nela.

— Camden pode comer sozinha. — Mathilde se levanta. — Nesta mesa mesmo.

— Espera — Jules gagueja quando Emilia também se levanta. — O que eu devo fazer?

— Tudo que você precisa fazer é ser você mesma. — Emilia sorri e saca suas longas facas. Ela passa a ponta de uma delas por baixo do queixo de Jules, de leve, como uma carícia. — E estar pronta para usar suas dádivas.

Mathilde abre sua capa amarela e cinza. Sua voz, embora suave, parece preencher o salão.

— Um momento, amigos — ela diz, pondo-se na frente da mesa delas. — Eu sou Mathilde, da cidade de Sunpool, no extremo oeste. Sou vidente e barda, e quero contar uma história, se vocês quiserem ouvi-la. — Ela estende o braço na direção de Emilia, que exibe suas facas. — Esta é Emilia, guerreira e testemunha da Ascensão, da polêmica das rainhas traidoras e de sua fuga.

— Um bando de guerreiros as ajudou a fugir, ou pelo menos foi o que ouvi — uma mulher diz, ao fundo. — Você é um deles?

— Sou — Emilia responde.

— Então você me renderia um belo prêmio, se eu a entregasse à capital amarrada e presa.

— Renderia. Depois que terminarmos, você pode ficar à vontade para tentar.

A mulher semicerra os olhos. Ela não tem armas, não até onde Jules pode ver. Mas tem uma mesa cheia de amigos.

Enquanto Mathilde narra os crimes de Katharine, a maior parte das pessoas no salão parece curiosa. Eles concordam quando ela a chama de Rainha Morta-viva, e alguns socam a mesa por conta do garoto assassinado. Mas outros mantêm os lábios contraídos. Há os leais ali, com certeza, e se os rumores da revolta de Emilia ainda não chegaram a Katharine, chegarão depois desta noite.

— Nós ouvimos as canções — um homem jovem grita da plateia. — Nós ouvimos as histórias de outras bardas com capas amarelas. Uma rebelião, elas dizem. Liderada por uma nova rainha. Mas não há uma nova rainha. A não ser que vocês tenham tirado a elemental do fundo do mar e a trazido de volta à vida!

— Então nós teríamos duas rainhas mortas-vivas pelo preço de uma! — a mulher dos fundos exclama, e as pessoas começam a rir.

— Outra envenenadora no trono — Emilia grita e as pessoas ficam quietas. — É isso que vocês querem?

Jules fica tensa, e todos também. Os olhos correm para as facas de Emilia, mas ninguém puxa nenhuma arma. Um homem com um gato preto no ombro está sentado em uma mesa onde um garoto divide pão com um papagaio, mas fora isso, Jules não vê evidência de dádivas. Talvez haja alguns elementais, já que os ventos lá fora desapareceram.

— É isso que vocês querem por mais uma geração? — Emilia cerra os olhos. — Outro Conselho corrupto, cercado de mortes? Que vai nos envenenar até nosso sangue escorrer pela boca, e que vai cortar a cabeça de crianças? As rainhas trigêmeas foram abandonadas pela Deusa.

— E alguém com a maldição da legião não foi? — o jovem pergunta. — É dessa rainha que vocês falam, não é? A Rainha da Legião.

— É dela que falamos — diz Mathilde.

— Uma rainha louca no trono?

— Ela não é louca.

— Ela não é real — a mulher no fundo diz, e todos em sua mesa riem.

— Ela é real — Mathilde diz, sua voz chegando até os cantos mais distantes. — E ela é diferente. A Rainha da Legião não é uma rainha de sangue. Mas é abençoada mesmo assim. Com dádivas fortíssimas concedidas pela Deusa, para ser Sua defensora, nossa defensora, aquela que vai vencer a última das rainhas decadentes e, ao nosso lado, forjará um futuro brilhante.

É exatamente como Emilia disse. As palavras de Mathilde chegam aos ouvidos da plateia e os deixam inquietos, com uma fagulha de expectativa. Tudo que Jules pode fazer é ficar sentada, desconfortável, enquanto eles a encaram. Ela sabe o que devem estar pensando, que essa menininha não pode ser essa soldada tão aclamada. Ela precisa de todo seu autocontrole para não abrir a boca e concordar com eles.

— Essa coisinha? — A mulher no fundo da hospedaria se levanta e aponta a caneca na direção de Jules, espirrando em cima da mesa o pouco de cerveja que restava. — Esse farrapo deveria ser nossa defensora?

Os amigos dela riem. Mas desta vez, apenas os amigos dela. Emilia se livra de sua capa e salta, com agilidade, em uma mesa próxima.

— Eu já cansei de você — ela ruge.

— Emilia — Jules sussurra.

— A Rainha da Legião lutará pelo povo. Até por covardes que falam demais.

A mulher desdenha.

— Você não encontrará covardes aqui. — Ela espera até que Emilia abaixe a ponta da faca, então se levanta e atira um machado escondido na madeira de seu banco.

Emilia desvia e o tira de curso. Ele cai no chão atrás dela com um estrondo, inofensivo, mas a guerreira se prepara para atirar sua faca. E Jules sabe que ela nunca erra.

— Emilia, não! — A faca voa direto para o coração da mulher. Jules se estica por cima da mesa, a mão estendida. Ela chama a faca com sua dádiva, lutando contra o lançamento certeiro de Emilia. No último segundo, o objeto sai de curso tão rapidamente que fica preso no teto.

Todos os rostos se viram para Jules.

— Chame-a — Mathilde sussurra. — Chame-a *agora*.

Chocada demais para desobedecer, Jules chama Camden, e todos os olhares se viram para as escadas quando a felina passa pela porta. Ela desce os degraus e salta por cima do corrimão, passando pelas mesas e derrubando copos e pratos, grunhindo ferozmente até alcançar Jules e ficar em pé na frente dela para rugir.

— Esta é a Rainha da Legião — Mathilde diz para a multidão chocada. — A naturalista mais forte em dez gerações. A guerreira mais forte em duzentos anos. É ela que lutará por todas as dádivas. É ela que mudará tudo.

Continente

A loja da vidente que Arsinoe encontra tem um sino de cobre sobre a porta. Seu som é alto, e ela faz uma careta assim que entra. Mas a loja parece estar vazia. Não há ninguém para vê-la. Ninguém para encará-la. Ela se estica e faz o sino parar, sorrindo ao pensar em Luke, cujo sino não é tão estridente.

Em silêncio, ela desdobra o saco de lona que trouxe e começa a examinar as estantes. É fácil achar três grandes velas brancas, e ela as coloca no saco, produzindo um barulho suave.

— Você não é daqui.

Arsinoe se vira e fica cara a cara com a dona da loja, uma mulher que usa bijuterias e panos de seda, de cabelo escuro e cacheado.

— Não, senhora. Tive que cruzar a cidade para achar uma loja como a sua.

A vendedora ri.

— Não foi isso que eu quis dizer. Como posso ajudá-la?

Sem avisar, ela abre a sacola de Arsinoe e olha o conteúdo. Sua boca se curva para baixo.

— Velas brancas. Uma compra menos interessante do que eu esperava.

— Também preciso de ervas. E óleo.

— Você não precisava ter cruzado a cidade para isso.

— Acho que eu poderia ter pegado as ervas da cozinha — Arsinoe diz. — Mas meus anfitriões depois reclamariam da carne sem gosto. Sei que você tem ervas aqui, consigo sentir o cheiro.

A mulher a leva até os fundos, onde há prateleiras e mais prateleiras de ervas secas e cogumelos, mantidos em jarras ou amarrados com barbante. Arsinoe escolhe as ervas de que precisa. Alguma que faça bastante fumaça ao ser queimada. Alguma que traga aroma, mas não tão forte a ponto de distraí-la. Suas mãos vão até um maço de sálvia, mas ela muda de ideia e franze o cenho.

Magia baixa é o único laço com a ilha que a Deusa consegue ouvir no continente. Foi o que Madrigal disse. Mas é preciso de ajuda para que Ela ouça de tão longe. Aqui não há árvore retorcida, nenhum vale sagrado no qual sussurrar maldições. O óleo, as ervas e as chamas das velas precisam lhe dar foco, elevar sua voz acima das ondas do mar e levá-la até Fennbirn, talvez até para o passado, para o tempo da Rainha Azul.

— Você já tentou queimar âmbar ou resinas? — A vendedora alcança uma estante alta. Ela dá a Arsinoe um pedaço de algo que parece o doce crocante de nozes de Vovó Cait, mas com cheiro de pinheiro. — Vai queimar mais devagar. Te dar mais tempo. — Ela ri de novo da expressão de suspeita de Arsinoe. — Você está surpresa de achar uma vidente na loja de uma vidente. Sim, eu sei o que você está aprontando.

Ela coloca mais resina na sacola de Arsinoe e faz um gesto para que ela a siga por trás de uma cortina, até uma sala menor cheia de cristais e esferas transparentes usadas pelos videntes.

— Como uma loja destas existe aqui? — Arsinoe pergunta.

— Não existe. Não nas melhores partes da cidade. Mas enquanto ficarmos escondidas nas favelas, enquanto fornecermos um entretenimento inofensivo para as damas (prever o destino e reuniões mediúnicas), eles não nos expulsam. — Ela destranca um armário e enfia a mão dentro dele.

— Você é... daqui?

— Sou. Mas minha avó... não era.

— Você sabe quem eu sou? — Arsinoe pergunta cautelosa.

A mulher a observa.

— Eu sei que você está buscando respostas. E sei que não teme o quanto pode custar. — Ela diz a última frase olhando por baixo das mangas de Arsinoe, como se pudesse traçar as cicatrizes resultantes da magia baixa. — Aqui. O último item de que você vai precisar. — Ela anda até Arsinoe e coloca uma garrafa em sua mão: um vidro azul bonito, fechado com uma rolha.

Arsinoe o observa enquanto a segue de volta até o caixa.

— Quanto custa?

— Quanto você tem?

Ela enfia as mãos nos bolsos das calças, pega um punhado de moedas e as joga no balcão.

— É isso — a vendedora diz, guardando-as.

— Não pode ser. Só o frasco deve valer mais.

— Aceite — a mulher diz. — E tome cuidado. Sua jornada começa agora. Não vejo onde ela termina. Apenas que termina.

Apenas que termina. As palavras da mulher ecoam pela cabeça de Arsinoe por todo o caminho até chegar ao cemitério, à sepultura de Joseph, onde ela combinou de se encontrar com Mirabella. As palavras podem significar qualquer coisa. Ou podem ser só baboseira de uma charlatã.

— Comprou alguma coisa?

Arsinoe dá um pulo quando Mirabella sai de trás de uma das árvores perto do caminho.

— O que você está fazendo, se escondendo desse jeito? Você é pior que Camden com aquelas patas de almofadinha. — Ela passa a mão pelo cabelo, que está crescendo. Logo será hora de cortá-lo de novo e horrorizar um pouco mais a mãe de Billy. — Por que você estava escondida?

— Eu não estava. Estava sentada na sombra.

— Onde está Billy?

— Ele me deixou no portão. Para não interferir.

Arsinoe vira o pescoço. O lugar está deserto como sempre. Ela se ajoelha ao lado do túmulo de Joseph e começa a esvaziar a sacola.

— Não acredito que concordei com isso. — Mirabella se abaixa para ajudar. Ela pega o frasco azul e o ergue contra a luz. — Nós deveríamos ter vindo depois de escurecer.

— O fogo chamaria mais atenção. — Em cima da grama onde está Joseph, Arsinoe ajeita as três velas em um triângulo. Mas talvez esteja perto demais. Ela precisa da ajuda do sangue da ilha, mas não quer incomodá-lo.

— Ele não aprovaria, você sabe disso.

— Eu sei. E depois ele ajudaria mesmo assim.

As palavras ficam presas em sua garganta, e ela e Mirabella olham com tristeza para a lápide. Ela é tão nova, tão brilhante entre as outras lápides da colina. Ainda é difícil acreditar que ele se foi.

Juntas, ela e Mirabella colocam os outros itens da sacola na grama: os pedaços de resina, o óleo e, por fim, a pequena adaga afiada de Arsinoe. Ela abre o óleo e o cheira. O aroma é doce e herbal. Ela espalha um pouco no chão e, depois, um pouco na testa e no peito. Então faz o mesmo com Mirabella, que franze o nariz.

— Seria possível fazer um feitiço de banimento? Poderíamos usá-lo para mandar a Rainha Azul embora e nos livrarmos dos seus sonhos?

— Talvez — Arsinoe responde. — Mas, por algum motivo, não acho que funcionaria. — Ela pausa e olha culpada para a irmã. — Eu acho que passei a gostar dela. De Daphne, quero dizer.

Mirabella pega o óleo do frasco e o esfrega entre os dedos.

— O que ela mostrou na noite passada? Quando você estava se contorcendo.

— Ela me mostrou o quanto odeia o Duque Branden de Salkades.

— O pretendente bonito? E por que ela o odeia? Porque ele está acabando com as chances de Henry?

— Não — Arsinoe diz em um tom obscuro. — Porque ele é cruel.

— Bem — Mirabella ajeita as pernas, sentando-se de modo mais confortável. — Você não precisa se preocupar tanto. A história nos diz que Henry Redville se torna o rei consorte de Illiann. E que Salkades lidera a batalha contra a ilha e perde.

— Eu não sabia sobre Salkades. — Arsinoe a cutuca de leve. — Não estrague a história.

Quando os preparativos estão completos, ela esfrega as mãos e aponta para as velas.

— Você consegue usar sua dádiva para acendê-las?

— As três? — Mirabella cerra os olhos, em dúvida.

— E se for só a resina? — Arsinoe pergunta.

Mirabella se concentra até gotas de suor surgirem em suas têmporas. É difícil presenciar isso quando Arsinoe já a viu conjurar uma bola de fogo na palma das mãos. Com um desejo. Com um pensamento. Mas quando ela pensa que Mirabella vai desistir, a resina se acende e começa a soltar fumaça. Mirabella exala e ri, e a vela se acende com um ruído. Em volta delas, o vento se aquieta. Os pássaros e insetos ficam em silêncio.

— Isso é um bom sinal? — Mirabella pergunta.

— Qualquer sinal é um bom sinal. — Arsinoe pega a adaga e corta uma pequena meia-lua na curva do próprio braço. O ardor é familiar, mas não é parecido com o que sentiu embaixo da árvore retorcida. É mais controlado. A dor é sutil e amarga como uma moeda suja na boca. — Me dê seu braço. — Ela corta uma meia-lua igual em Mirabella. A primeira cicatriz em sua pele perfeita.

— O que devo fazer? — Mirabella pergunta enquanto o sangue delas pinga em frente às velas e afunda na terra onde está Joseph.

— Alcance a ilha com sua mente. Deixe que ela te encontre... — Arsinoe começa, então a sombra das árvores muda.

Ela fica mais escura. Ela fica mais profunda. Ela ganha pernas.

A sombra da Rainha Azul desliza na direção delas como fumaça, se fumaça pudesse marcar a grama com pegadas. Quando ela sobe na lápide de Joseph e se curva como um corvo horrendo, Mirabella tem um espasmo, talvez para fugir, talvez para derrubá-la dali, mas Arsinoe a segura rapidamente.

— O que você quer? — Mirabella pergunta.

A Rainha Azul estica o braço. Ela aponta um dedo na direção do mar. Na direção da ilha.

— A ilha. — Arsinoe encara intensamente o vazio no rosto da antiga rainha. — Nós entendemos. Mas o que você quer? Por que estou sonhando com Daphne? O que você está tentando me dizer, Rainha Illiann?

A Rainha Azul emite um som. Um grunhido. O ranger de um queixo morto abrindo-se. O som aumenta até se tornar um vento, e Arsinoe se inclina para cobrir as velas acesas. Mas elas continuam acesas. Tremeluzindo por conta de Mirabella, que usa sua dádiva para lutar contra o vento.

— Nós somos como você — Mirabella diz. — Somos da sua linhagem. Diga o que quer de nós. Ou nos deixe em paz!

O vento gritante diminui e a Rainha Azul coloca as mãos na garganta. Sua cabeça se mexe para a frente e para trás.

— Ela não consegue falar — Arsinoe diz. — Está tentando.

— Vão. — É um grasnado. Uma palavra. Então, repete. — Vão. — Ela tampa a boca e aponta de novo para Fennbirn. — Vão.

— Não podemos voltar. — Mirabella se levanta. — Nós fugimos. Nunca vamos voltar. — Ela fecha o corte em seu braço com um pedaço de pano e o amarra com ajuda dos dentes. Agarrando a irmã, estanca o sangue dela também. Sem o incentivo do sangue real fresco, a sombra empalidece, se esgarça. Ela aponta para a ilha mais uma vez e desaparece, levando o vento consigo.

— Por que você a parou? — Arsinoe pergunta, o som de insetos e pássaros voltando ao cemitério. — Ela estava ficando mais forte.

— Talvez por isso eu a tenha parado.

— Mas ela tinha mais coisas a dizer. Eu sei que tinha.

— Arsinoe. — Mirabella apaga as velas e pisa no restante da resina fumegante. Depois joga tudo de volta na sacola e a amarra. — Você não acha que o que ela quer é que voltemos e sejamos mortas? Que ela acha que não deveríamos ter escapado?

— Mas os sonhos...

— Os sonhos são uma isca! São uma armadilha. — Mirabella coloca a mão sobre o ombro de Arsinoe enquanto olha na direção da baía. — E mesmo que não sejam, não valem o risco.

Lua da Colheita

Rolanth

— **Foi um erro vir aqui** — Pietyr diz quando a carruagem se aproxima da cidade elemental de Rolanth. — Nós deveríamos ter ficado em Indrid Down.

— E celebrar o Festival da Lua da Colheita no meio de uma multidão raivosa? — Genevieve arqueia a sobrancelha.

— Você acha que não haverá multidões raivosas em Rolanth? A ilha inteira soube o que... — Ele olha para Katharine como quem pede desculpas. — O que aconteceu com aquele menino.

— Aquele assassino, você quer dizer. Aquele que a rainha usou como exemplo.

A rainha e sua corte se hospedarão no melhor hotel de Rolanth. A própria Alta Sacerdotisa arranjou tudo, junto com Sara Westwood. Katharine abre a janela da carruagem e respira fundo o ar gelado do norte. Tantos prédios brancos construídos nas colinas. Calcário e mármore, de frente para o mar, contrastando com os penhascos de basalto negro que se estendem pela costa norte, no lugar conhecido como Shannon's Blackway. Rolanth é mais clara que Indrid Down, com a água transparente do rio correndo pelo meio da cidade e muitos espaços verdes, parques e jardins. É difícil acreditar que algo possa dar errado em um lugar tão bonito.

Então, para garantir que tudo dê certo, ela trouxe quase todo o Conselho Negro, exceto por Primo Lucian, Rho Murtra e Paola Vend. Alguém precisava ficar para que não parecesse que estavam fugindo. Embora fugir seja exatamente o que estejam fazendo.

Quando a carruagem para, Genevieve desce para ver o que foi preparado. Pietyr pega a mão de Katharine para levá-la ao hotel.

O quarto deles ocupa todo o andar de cima, um espaço adorável com paredes marfim e veludo azul na cama. Katharine tira a capa de viagem e a joga sobre uma mesa oval. Depois abre as janelas e se inclina para fora.

— Fique longe das janelas, Kat.

Pietyr fecha o vidro e a puxa de volta para o meio do quarto.

— Por quanto tempo você vai ficar bravo comigo, Pietyr? Pelo que aconteceu com aquele menino.

— Não estou bravo com você. — Ele desabotoa o paletó e o pendura em uma cadeira. — Estou te protegendo. Embora eu me pergunte por que você não está brava consigo mesma.

— Eu estava. Estou.

— Está? Nós temos mesmo que transformar o pobre menino em um traidor e sequer permitir que seja cremado, só para podermos dizer que a rainha estava certa?

— Eu estava certa. Ele me atacou — Katharine diz, mas falta convicção em sua voz. O menino não era uma ameaça real. Ela poderia tê-lo desarmado. Em vez disso, enfiou uma faca na garganta dele. — Natalia diria que é mais importante para uma rainha ser temida do que amada.

Pietyr franze o cenho.

— Natalia nunca diria isso. Não nesse caso.

Genevieve entra no quarto depois de terminar sua detalhada inspeção do hotel. Ela olha de um para o outro e revira os olhos para Pietyr.

— Você nunca vai parar de dizer que ela está errada, sobrinho? Nunca vai parar de pensar no que é melhor para sua "Kat" e começar a pensar no que é melhor para o reino?

— Assassinar súditos nunca é o melhor para o reino. Medo até pode ser favorável, mas não para uma rainha impopular como ela. Semear medo em cima de desgosto cria ódio. E ódio faz com que as pessoas sejam capazes de atacar.

Genevieve suspira.

— As pessoas vão esquecer. Você está no jogo há tão pouco tempo, Pietyr. Levará anos até um conselho seu ser útil para alguma coisa.

Um nó de frustração sobe pela garganta de Katharine. Ela sabe o que vem a seguir. As faces pálidas de Pietyr ganharão cor. Seus dentes vão ranger. Ele vai gritar, Genevieve vai gritar de volta e Katharine vai desejar que a própria cabeça exploda.

— Genevieve — ela diz rapidamente. — Vá checar o local do festival.

— Sim, Rainha Katharine. — Ela faz uma mesura e sai. Pietyr bate a porta tão depressa que quase a acerta.

Katharine volta para a janela.

— Kat.

— Estou perfeitamente segura aqui em cima. — Ela olha para fora. Em Rolanth, o sol brilha e o mar reluz. O céu está limpo. Não há névoa pairando sem motivo sobre a água e não há pescadores desaparecidos flutuando nas ondas.

As mãos de Pietyr deslizam pelos braços da rainha. Seus dedos deslizam pelos cabelos dela, e Katharine deixa a cabeça cair no peito do rapaz. O toque de Pietyr é um bálsamo que a traz de volta para seu próprio corpo.

— Não foi você que fez aquilo com o menino, foi, Kat? Foram elas. As rainhas mortas.

— Eu não sei.

— Sim, você sabe. Só não quer admitir. Por quê? Você acha que vou pensar que você é má?

— Não!

— Então por quê?

— Para protegê-las. — Katharine aperta a mão dele. — Como elas me protegeram. Elas são parte de mim agora, Pietyr. E o que elas me dão vale o preço do que levam.

— Mesmo que seja a vida de um menino?

Ela fecha os olhos e vê o rosto do garoto. Ela o vê em seus sonhos. Mas Katharine tenta não pensar nele enquanto está acordada. As rainhas mortas parecem gostar, e isso parece errado demais.

— Isso nunca vai acontecer de novo — ela diz. — Nunca.

— Como você pode ter certeza? Você consegue acalmá-las? Consegue impedi-las de colocar você em perigo?

— Você as acalma. — Ela se vira e puxa a boca de Pietyr para a sua. — Da mesma forma que me acalma.

No dia do Festival da Lua da Colheita, Katharine deve ser vestida por Sara e Bree Westwood. Nada menos que seis criadas entram no quarto com elas, trazendo dezenas de vestidos, caixas de luvas e estojos de joias. Elas então fazem uma mesura e saem para lhes dar privacidade. Vestir a rainha, em especial para um dos grandes festivais, é uma enorme honra, mas, pela expressão amarga de Bree e Sara, ninguém diria isso.

— Senhoras Westwood.

— Minha rainha. — Sara Westwood faz uma mesura profunda, o olhar voltado para o chão. — Nós agradecemos por este convite.

Katharine olha com compaixão para as costas rígidas da mulher e para seu cabelo cinza. Ele não costumava ser tão grisalho. Ainda recentemente, no Duelo das Rainhas, o cabelo de Sara era castanho brilhante.

— Eu não pensaria em convidar qualquer outra pessoa em Rolanth.

Como sempre, as duas trouxeram a sacerdotisa maneta, Elizabeth, que se ocupa ajeitando vestidos e sussurrando com Bree. Em certo ponto, Bree ri e Elizabeth a cutuca alegremente com o cotoco de seu pulso. Elas são boas amigas, mesmo sem Mirabella para uni-las.

— Eu... — Katharine pigarreia suavemente. — Eu vou usar minhas próprias luvas. — Ela ergue os braços. A rainha já vestiu um par por cima da anágua de linho escuro.

— Como quiser, minha rainha. — Sara assente e fecha as caixas de luvas. — Embora as que trouxemos estejam mais na moda.

— Eu sou bem exigente com elas.

— É por isso que está parada vestindo apenas luvas e roupas de baixo? — Bree pergunta. — Ou é porque não quer que vejamos suas cicatrizes? — Ela se aproxima com um par feito de uma bonita renda preta. — Todo mundo sabe que suas mãos foram destruídas quando você fugiu da morte na Cerimônia da Aceleração. Pegue as luvas. — Ela as joga para Katharine.

Devagar, sentindo todos os olhos sobre ela o tempo inteiro, Katharine desce o tecido pelo braço. Vincos profundos em sua pele, feitos por facas envenenadas, aparecem como veias invertidas. Círculos de um rosa brilhante marcam os lugares onde antigas bolhas estouraram. E as mãos dela. As mãos são uma bagunça de pele áspera e remendada, rasgadas e transfiguradas por conta da escalada para fora da Fenda de Mármore.

A renda não vai esconder isso.

— Experimente estas, Rainha Katharine. — Elizabeth sorri calorosamente. — Elas são ainda mais bonitas. — Mais renda, mas desta vez costurada por cima de um fino tecido preto. Com um toque gentil, a sacerdotisa ajuda a rainha a vesti-las, esticando-as com cuidado, como se ainda pudesse causar dor a Katharine.

Bree, que vinha observando com uma expressão suave, enrijece o corpo quando Katharine olha para ela.

— Ficou bom. — Ela acena com a cabeça e escolhe um vestido: seda negra, ajustada no quadril.

— Ela vai precisar de uma capa pesada para a noite — Sara diz. — Mas a saia solta esvoaçará de um jeito bonito com os ventos.

— Que tal este, então? — Bree ergue outro vestido em frente a Katharine. — O corte é parecido, mas o material é mais grosso e forrado.

— Tantas opções — Katharine sussurra.

— Sim, bem. Algumas rainhas são mais difíceis de vestir do que outras — Bree sussurra de volta.

— Você está... com raiva de mim, Bree?

Do outro lado da sala, Sara e Elizabeth continuam separando sapatos e joias. Talvez elas realmente não consigam ouvi-las.

— O quê? Você achou que eu seria compreensiva? Ou até uma amiga? Depois de um único momento de conversa civilizada em uma janela? — Ela dá uma bufada. — Eu pensei que... talvez. Que talvez você fosse apenas uma garota solitária e eu devesse te dar uma chance. Mas então me lembro de que, nem uma hora depois, te vi enfiar uma faca na garganta de alguém do seu próprio povo. — Ela se afasta bruscamente.

— Eu não era... eu mesma — Katharine diz, mantendo a voz baixa. — Estava com medo.

— Eu vi seu rosto. Sua expressão. Você não estava com medo de nada.

— Estou arrependida. Eu voltaria atrás. De verdade, mas não posso dizer que...

— Minha rainha — Sara Westwood diz e Katharine se vira, deparando-se com um longo fio de grandes pérolas negras em frente ao seu rosto. — Talvez estas. Ouvi dizer que gosta delas.

— Sim, obrigada — ela agradece, ouvindo a porta se abrir e fechar com a rápida saída de Bree.

Bree não está na carruagem quando o veículo chega para levar Katharine ao festival. Apenas Sara Westwood e a sacerdotisa Elizabeth acompanharão Pietyr e a rainha até o Parque Moorgate, no centro da cidade, mas Katharine não diz nada. É uma viagem rápida seguindo o rio. Talvez rápida demais, já que os cavalos hesitam e quase caem duas vezes.

— Eles não estão acostumados às estradas íngremes — Pietyr diz.

— São os ventos. Todas as dádivas elementais estão fortes hoje, e os ventos serão violentos até o anoitecer, quando as fogueiras forem acesas. — Sara dá um tapinha no ombro de Elizabeth. — Elizabeth, você trocaria de lugar com o Mestre Arron, para ficar mais perto dos cavalos?

— Claro. — Eles trocam de lugar e o ritmo da carruagem diminui.

— Elizabeth ainda tem um pouco da dádiva naturalista — Sara explica.

— É por isso que vejo você alimentando os pássaros frequentemente — Katharine diz e a sacerdotisa sorri.

Do lado de fora, a paisagem de Rolanth passa pela janela, decorada com bandeiras tingidas e hasteadas para a Lua da Colheita. Katharine viu bandeiras e cartazes sendo vendidos por todo o mercado, pintados de azul e amarelo, prateado e dourado. Os artesãos mais hábeis teceram grandes peixes de lona, com escamas brilhantes de uma miríade de cores, que inflam quando o vento passa por elas. Em toda a ilha, as pessoas celebram a Lua da Colheita pela safra seguinte, mas, em Rolanth, o dia marca as últimas pescarias e a chegada das tempestades de inverno.

— Você deve estar feliz por sua filha estar em casa, Sara.

— A capital é o lar de Bree agora — Sara responde, como esperado. Mas Katharine não se deixa enganar; ela está feliz. Mais que feliz, está aliviada. Para ela, Indrid Down é sombria e cheia envenenadores. Cheia de morte.

A carruagem para e a guarda de Katharine se reúne para acompanhá-la até o local do festival. O Parque Moorgate está cheio de bandeiras, flâmulas e peixes de pano colorido. As pessoas riem e dançam por toda parte, banqueteando-se com arenque defumado no espeto e bebendo vinho com especiarias.

— Rainha Katharine. — Genevieve vai até ela assim que ela pisa no caminho de pedra branca. — Há um lugar agradável, preparado para você, ao lado da fonte e do canal, de onde poderá assistir ao festival.

Com Pietyr do lado, Katharine vai até seu lugar, próximo de Sara e da Alta Sacerdotisa Luca. Os criados levam uma taça de vinho quente e três espetos de peixe para ela, e os músicos se aproximam e voltam a tocar. Alguns dançarinos logo tomam o piso de pedra, espalhando-se também pela grama.

— Pietyr Arron. Gostaria de dançar?

A boca de Katharine se abre, em espanto, quando vê Bree. A garota surgiu do nada, deslizando no meio da multidão, e agora está de pé, com a mão esticada, na frente de Pietyr e da rainha. Seu vestido é azul da cor da noite, bordado de prata. Ele deixa seus braços e ombros nus, abraçando seus seios como se os dois não se vissem há séculos.

Pietyr franze o cenho.

— A rainha mal chegou.

— Vá, Pietyr. — Katharine aperta a mão dele. — Você será invejado por todas as pessoas daqui.

— Como quiser. — Ele se levanta e deixa Bree levá-lo até a pista de dança. Pietyr até tenta acompanhá-la durante alguns passos, mas, embora seja um excelente dançarino, fica claro que ele não é páreo para as pernas esguias que se entrelaçam nas dele. Os outros dançarinos notam rapidamente e assobiam, incentivando Bree a acelerar.

Luca toca a mão de Katharine e fala pelo canto da boca.

— Ela só está fazendo isso para te irritar. Ela é assim.

— Eu sei disso. Claro que sei disso.

Bree aperta o corpo contra o peito de Pietyr e passa uma das coxas pelo quadril dele. A expressão do rapaz começa a suavizar, mas ele ainda olha para Katharine desesperado. Todos olham para a rainha. Genevieve a observa com uma intensidade curiosa. Sara, nervosa e com as costas retas. O povo, pronto para rir no momento em que Katharine começar a chorar ou gritar.

Em vez disso, Katharine ri.

— Mais alto! Toquem mais alto! Toquem mais rápido! — Ela assobia e Bree para, surpresa. Então ela sorri, faz uma mesura, e recomeça. O pobre Pietyr começa a suar e a multidão comemora. Pobre, pobre Pietyr. Ele nunca pareceu tão desconfortável, tenso ao resistir aos avanços de Bree. Parece uma eternidade antes da música acabar, então Bree, com as mãos na cintura, se curva para Katharine, admitindo sua derrota.

Katharine se levanta, passando pelos dançarinos aplaudindo e indo até os braços de Pietyr.

— Como ousa fazer isso comigo? — Ele a gira pela pista.

— Você realmente não gostou? — Ela entrelaça uma perna na panturrilha dele. — Pensei em pedir a ela para me ensinar.

— Ensinar… — Ele relaxa e abre um sorriso. — Você acha que ela toparia? — Os dois giram juntos e ele ri. É bom vê-lo rir. — Mesmo tão perto de você, ainda sinto frio — ele diz quando o vento levanta seu colarinho. — Às vezes eu invejo esses elementais pela resistência que eles têm ao clima.

— Sim — Katharine murmura. O frio já não a incomoda tanto. Algumas das rainhas mortas tinham a dádiva elemental, e o que Katharine herda delas é suficiente para protegê-la. — As fogueiras vão ser acesas logo, e então os ventos ficarão mais calmos, como Sara disse…

Um grito corta a música.

— O que foi isso? — Pietyr pergunta. Ele olha confuso para Genevieve, que talvez consiga ter uma visão melhor da mesa da rainha.

Mas Katharine sabe. Ela e as irmãs mortas sentem, antes mesmo de o pânico eclodir ao lado do rio. Elas sentem antes de a névoa se levantar da água e se espalhar pelo parque.

— Tire as pessoas daqui, Pietyr.

— É tarde demais.

O pânico começa e Pietyr se joga na frente da rainha quando eles são atingidos por pessoas em fuga. A Alta Sacerdotisa Luca está de pé, tentando conduzir a multidão para o sul e para o oeste. Pessoas caem e são pisoteadas. Elas são engolidas pela névoa, que chegou ao centro da cidade através do rio. Katharine se pergunta onde serão encontradas de novo. Se é que um dia serão encontradas.

— Rainha Katharine. — Genevieve a pega pelo braço. — Temos que levá-la de volta ao hotel.

Seguros do lado de dentro do hotel, com a guarda real em volta do prédio, o Conselho Negro se reúne no quarto da rainha. Leva um tempo até que todos cheguem, e cada vez que a porta se abre, Katharine suspira de alívio. Luca, Bree e Antonin estão ali. Genevieve e Pietyr foram os primeiros a ir para o hotel com ela. Renata Hargrove entra por último, passando correndo pela porta e tremendo em sua capa cinza. Depois de vários minutos, Katharine começa a entrar em pânico, preocupada com o Primo Lucian, até que ela se lembra de que ele ficou em Indrid Down, com Paola Vend e a sacerdotisa Rho.

— Quantos se foram? — Katharine pergunta. — Quantos foram levados?

Ninguém sabe dizer. Os olhares caem sobre Renata, já que ela foi a última a chegar.

— É cedo demais para dizer, Rainha Katharine. Nem todos foram encontrados. Enquanto eu corria... ainda estava acontecendo.

Mas agora acabou. Katharine foi direto para a janela no momento em que eles chegaram ao último andar, buscando o Parque Moorgate em meio à cidade. Ela viu a névoa espalhando seus dedos grossos e brancos. Viu a névoa flutuar sobre o festival e hesitar no final das ruas. O ar ainda estava cheio dos gritos das pessoas, abafados pela distância e, de alguma forma, ainda mais assustadores.

— Ela já recuou — Katharine diz e Renata estremece. — Eu vi pela janela. A névoa voltou para o mar, seguindo pelo rio, e desapareceu.

— Ela os levou tão rápido. — Antonin serve conhaque envenenado para si e para os outros envenenadores, então o bebe de uma vez só, com a mão tremendo. — E a forma como os gritos eram cortados... como se estivessem sendo estrangulados.

— Alguns passaram pela névoa sem se ferir — Luca observa. — Mas os outros...

— Os outros nós acharemos desmembrados e apodrecidos. Flutuando no Porto de Bardon quando voltarmos para a capital. — Genevieve serve mais conhaque. Ela está tão abalada que até serve uma taça de vinho sem veneno para Luca.

— Você acha que Lucian e Paola estão bem? — Antonin pergunta. — Será que está acontecendo lá também? Ou só aqui?

— Rho está lá — Luca diz de forma vaga, como se isso fizesse toda a diferença. Katharine se vira para Bree.

— Bree. Sua mãe e Elizabeth estão a salvo? Elas saíram do parque ilesas?

— Saíram. Estavam bem ao meu lado. Eu me separei delas para vir até aqui, e elas foram buscar refúgio no templo.

— O templo — Katharine murmura. — Bom. — Sem dúvida muitos buscaram refúgio lá. A maior parte da cidade deve ter corrido para lá. Talvez parem no hotel, com tochas e punhos erguidos. Eles têm bons motivos para isso.

Ela se afasta do grupo e volta para a janela. A área em volta do festival está quieta agora. Deserta. Mas o restante da cidade se agita de uma maneira tensa.

Ela sente a mão de Pietyr em seus ombros.

— Você sabe o que é isso, Kat? Você sabe o que ela quer?

— Não, Pietyr. — Ela sacode a cabeça, desolada.

— *Elas* sabem?

Com a menção às rainhas mortas, ela se solta e lança um olhar de aviso para ele, referindo-se aos ouvidos do Conselho.

— Se sabem, não me disseram nada.

Elas de fato não disseram nada, mas estão correndo pelo seu sangue como peixes assustados, fazendo com que seja impossível pensar. Impossível ficar quieta.

— O que devemos fazer? — Ela estende a mão para Genevieve. Para Luca. Então se vira para Antonin e Renata, e até para Bree. Mas ninguém responde. Por fim, Katharine cerra os punhos e grunhe. — O que devemos fazer?

— Nós não sabemos. — Luca contrai os ombros velhos e gastos. — Você poderia perguntar isso para o ar. Ou para a Deusa. Nada parecido aconteceu na nossa época. Nada parecido aconteceu antes.

Katharine encara o chão. Ela não havia notado a imagem do tapete sob seus pés enquanto se vestia pela manhã. É uma tapeçaria da Rainha Illiann, a Rainha Azul, parada no topo dos penhascos de basalto negro, os braços esticados e o cabelo escuro flutuando como uma nuvem. No mar, os navios do continente se quebram contra suas ondas e, no meio deles, a névoa se levanta como um xale. Katharine a observa. É como se a própria criadora da névoa estivesse rindo dela.

— Foi aqui que aconteceu? Em Shannon's Blackway? A névoa foi criada aqui? — Ela se vira para Genevieve. — Se foi, você deveria saber, e nós nunca deveríamos ter vindo para Rolanth!

— Batalhas foram travadas por toda a costa — Genevieve gagueja. — Mas a névoa foi criada no Porto de Bardon. Não aqui. Talvez ela tenha sido retratada aqui porque a Rainha Azul era uma elemental...

— E você não aprendeu mais nada sobre ela? Sobre isso? — Katharine aponta para a névoa na tapeçaria, mas Genevieve sacode a cabeça. É tudo lenda. Outro segredo antigo que a ilha guarda.

Katharine franze o cenho. Ela deseja que as rainhas mortas a ajudem, a guiem, mas elas continuam apenas agitadas e silenciosas.

— Tragam relatórios — ela ordena, por fim. — Descubram quem está desaparecido. Recolham relatos de quem a névoa tocou, mas não machucou. Pietyr, Renata e... — ela analisa os rostos — Bree farão isso. O povo de Rolanth falará com vocês, se estiverem com ela.

Ela aponta com a cabeça para Antonin.

— Antonin, leve a guarda real de volta para o parque. Isole o local e espalhe soldadas pela cidade para ajudar.

— Sim, Rainha Katharine.

Eles obedecem sem reclamar, aliviados por terem uma tarefa a cumprir.

— E nós? — Genevieve olha para si mesma e para Luca.

Katharine tira as belas luvas de renda negra que as Westwood lhe deram. Ela puxa as pérolas negras por cima da cabeça e as aperta entre os dedos.

— Genevieve, preciso que você mande chamar um oráculo.

— Um oráculo?

— Escreva para Sunpool. Diga a eles para mandarem a melhor. Com a dádiva mais forte. Diga que se conseguirem desvendar algo sobre a névoa, terão um lugar no Conselho Negro como recompensa.

— Um lugar no Conselho? — Genevieve pisca. — Você tem certeza?

— Vá logo!

— Imediatamente, Rainha Katharine. — Ela sai e fecha a porta suavemente atrás de si. Katharine olha para Luca e se serve de uma taça de conhaque envenenado.

— Você deve estar feliz. Meu reinado está indo muito mal.

— Eu ficaria — Luca diz enquanto Katharine bebe —, se estivesse indo mal apenas para você.

Katharine dá uma risada oca.

— Bem, então. O que o templo pode fazer para ajudar?

— O templo está cheio de estudiosas. Nós podemos buscar nas bibliotecas, nas histórias, e ver o que podemos descobrir. — Ela para ao lado da rainha e brinda com ela. — E nós podemos rezar.

Estrada de Bastian City

Quando Jules, Emilia e Mathilde deixam a vila, contornando as Montanhas Seawatch em direção ao norte, o clima na hospedaria já não é o mesmo. Depois daquela primeira noite, quando eles viram Jules desviar as facas e Camden saltar sobre as mesas com tamanha ferocidade, todos começaram a olhá-la em êxtase. Em tanto êxtase que, ao se despedirem da hospedeira, Jules teve quase certeza de que a garota se curvaria. Mas ela só fez uma mesura desajeitada.

— Vamos espalhar a palavra — a garota disse. — E estaremos prontos quando você chamar. — Ela estende um pacote e Camden o fareja. — Posso? — ela pergunta e Jules faz que sim. A garota desembrulha um peixe e deixa Camden pegá-lo com cuidado entre os dentes. — Adeus — ela diz.

— Adeus.

— Por enquanto — Emilia acrescenta e elas seguem.

Jules observa Camden na estrada, onde a gata parou para destroçar o peixe e ronronar.

— Me faz lembrar de como era em Wolf Spring. Quando Arsinoe tinha seu urso. Nós não podíamos entrar em um pub sem que alguém atirasse uma truta em nós.

— Vá se acostumando — Emilia diz. — É melhor, não é? Eles alimentarem sua gata em vez de cuspirem no seu cabelo por causa da maldição?

— É. — A expressão deles quando a viram usar suas dádivas, *suas dádivas*, as duas, não era de nojo ou medo. Só esperança. Tudo graças a uma profecia boba e algumas bardas que sabem cantar bem. Ainda assim, foi bom. Mais do que isso, começou a parecer certo.

Elas passam por mais três cidades na estrada que vai para o norte e, em cada vila, Emilia e Mathilde encontram ouvidos dispostos a escutar. Elas promovem encontros em segredo, em tavernas e casas no campo. Em celeiros escuros cheios de poeira e nas margens suaves dos rios. As pessoas chegam carregando forcados e pás como armas. Eles veem a guerreira com uma pantera como Familiar e começam a acreditar.

— O que eu disse? — Emilia fala enquanto gira o coelho que assa na fogueira, deixando Camden com água na boca. — Eles acreditam. Querem mudança tanto quanto nós.

— Mas será que podemos ganhar? — Jules gira seu próprio coelho, bem maior e mais suculento que o de Emilia. — Com um exército de fazendeiros e pescadores, todos com dádivas diferentes? Eles não são soldados, e é provável que acabem lutando entre si em vez de lutarem contra a guarda real.

— Nós podemos ganhar — diz Mathilde. — Com gente suficiente da ilha nos apoiando, podemos ganhar.

No fundo de sua mente, Jules ouve um sussurro que diz que rainhas são sagradas. Mas ela passa por cima desse pensamento. Rainhas são sagradas. Mas essas rainhas envenenadoras falharam com o povo. Elas corromperam a linhagem. Especialmente Katharine.

— Você precisar ir com calma com os exageros na próxima vez, Mathilde — Emilia diz, mas, do outro lado das chamas, a vidente apenas sorri.

— Por quê? As pessoas adoram ouvir histórias grandiosas. Quanto maior, melhor. E daí se Jules não matou cinquenta soldadas na fuga das celas do Volroy? E daí se sua dádiva da guerra não pode parar cem flechas ao mesmo tempo?

— Nada, desde que não peçam uma demonstração — Jules diz e Emilia ri. — Você e as outras bardas vão fazer as pessoas pensarem que tenho três metros de altura.

Mathilde ri e parte um pequeno pedaço de pão em quatro. Ela joga um pedaço para cada e Jules separa a porção de Camden, pressionando o pão na carne do coelho para absorver o suco.

— Esse era o último pão — Mathilde diz. — Vamos ter que ficar sem por uns dias. Não há nada entre nós e o pé da montanha agora. — Nada, a menos que elas sigam para o sul, na direção do vale e do Chalé Negro. Jules pega um pedaço de carne e mastiga enquanto corta outro para Camden. Não é o suficiente para a gata. Elas terão que caçar de novo antes do amanhecer, mas com a dádiva dela, a caça é fácil de encontrar. Esse doce coelhinho praticamente pulou em seus braços.

— Vamos. — Emilia se levanta e cutuca Jules com o pé. — Hora de treinar. Você tem razão sobre uma coisa: se vamos seguir em frente com isso, você realmente precisa parecer uma guerreira melhor que eu.

Jules dá um tapinha na cabeça de Camden e diz a ela para ficar perto do fogo. Se a gata for com elas, vai acabar jogando Emilia no chão frio.

Elas encontram uma pequena clareira, e Emilia arremessa uma espada para ela. Jules foi promovida e já não usa mais bastões.

— De quanto tempo vamos precisar para treinar os soldados? — Jules pergunta quando as lâminas das espadas se cruzam.

— De mais tempo do que temos.

— Mas... — Jules bloqueia. — Nós não podemos mandar fazendeiros enfrentar guardas armados. Não sem treiná-los da maneira certa.

— Podemos, sim, com a líder certa. Agora preste atenção ou eu arranco seu braço. — Elas cruzam as lâminas de novo. Ataque e bloqueio. Nada sofisticado. Sem beleza. Sem coração. — Mas você tem razão. Eles são fazendeiros. Comerciantes. Não são soldados, muitos vão morrer.

— Mas por quê? Se esperarmos...

— Porque pessoas morrem em guerras. — Emilia avança depressa. — Elas morrem pelo que é certo. E para você liderá-las, precisará abandonar sua fraqueza de naturalista!

Jules empurra a barriga de Emilia com a palma da mão. A dádiva da guerra faz Emilia voar contra uma árvore, deixando-a sem fôlego.

— Ah! — Jules corre até ela e ajoelha. — Eu não quis te jogar contra a árvore.

— Tudo bem. — Emilia pega a mão de Jules e beija os nós de seus dedos. — Eu meio que gostei.

Na borda da clareira, Camden grunhe.

— Cam? Eu disse para você ficar com a Mathilde.

A gata grunhe de novo e agita o rabo, irritada. Quando ela se vira e corre pelo caminho de onde veio, Jules sabe que é melhor segui-la.

A princípio parece que não há nada errado. Mathilde está sentada em frente ao fogo, quase do mesmo jeito que estava quando saíram. Só quando Camden coloca uma pata no ombro da vidente é que elas notam seu corpo enrijecido: ela está tendo uma visão.

— Mathilde? — Jules se aproxima com cuidado. — Emilia, o que a gente faz?

— Não a perturbe. — A guerreira se agacha e rapidamente afasta as armas e pedras que estão por perto. — Quando ela voltar, pode se contorcer. Evite que ela caia no fogo ou bata a cabeça.

Da forma como Emilia fala, parece pior do que é. Quando a visão termina, Mathilde simplesmente estremece e pisca. Então, um filete de sangue escorre do seu nariz.

— Aqui. — Emilia pressiona um pedaço de pano contra o nariz dela.

— Você está bem? — Jules pergunta.

— Estou. Durou muito tempo?

— Não. Camden nos pediu para voltar, depois durou só alguns minutos.

Mathilde funga e estica o braço para coçar atrás das orelhas de Camden.

— Boa gata. — Ela limpa o sangue, que já estancou.

— O que você viu? — Emilia pergunta.

Mathilde se vira para Jules, os olhos arregalados e tristes.

— Eu acho que vi sua mãe. Acho que ela está em perigo, no Chalé Negro.

Depois da visão de Mathilde, Jules e Emilia não perdem tempo em desmontar o acampamento e seguir na direção do Chalé Negro. Na escuridão, a viagem é lenta e, quando amanhece, as pernas delas estão cansadas demais para apressarem o passo.

— Talvez ela esteja errada — Emilia diz. — Ou talvez a visão queira nos levar ao Chalé Negro por algum outro motivo. Talvez esteja tentando nos enganar.

Jules olha para Mathilde, que evita encará-la. Atrás dela, Camden balança o rabo para a frente e para trás, acertando a perna de Emilia. Elas parecem enfrentar uma eternidade de viagens em silêncio: outra noite desconfortável acampando nas montanhas e outra manhã de caminhada até avistarem a fumaça da chaminé do Chalé Negro.

Jules olha para o outro lado do pasto, para os telhados escuros e pontiagudos com acabamento de madeira. A porta do estábulo está aberta e um pequeno grupo de galinhas passeia em volta do córrego. Não parece haver nada errado.

— Talvez não sejamos bem-vindas — Jules as alerta. — A Velha Willa pode tentar nos tirar daqui pelas orelhas.

— Velha Willa. — Emilia sorri. — Parece alguém de quem vou gostar.

Elas continuam andando para fora do bosque, então um grande corvo negro surge dando um voo rasante. Ele abre as asas com força na cara de Mathilde e grasna alto para Camden.

— Aria! — Jules estica o braço na frente das companheiras para evitar que machuquem o pássaro.

— Você conhece esse pássaro? — Mathilde pergunta.

— É da minha mãe.

Elas correm pela grama, que agora já está marrom por conta das geadas, e Jules salta os degraus do chalé, de olho no corvo empoleirado na ponta do telhado.

— Esperem aqui — ela diz, entrando sozinha com Camden.

No mesmo instante, o cão marrom de Caragh, Juniper, corre para o lado de Camden e lambe o rosto dela.

Caragh aparece na porta e Jules se aninha nos braços dela.

— Espero que você não lamba meu rosto daquele jeito.

— Sua gata parece não se importar — Caragh diz, rindo. Ela se afasta, mantendo Jules na distância de um braço, e estuda cada centímetro dela, da ponta de seus dedos até as pontas de seu cabelo castanho cortado curto. A tensão nos dedos dela mostra o quanto quer puxar Jules para perto.

— O que você está fazendo aqui?

— Madrigal — Jules diz rapidamente. — Nós vimos Aria, e minha amiga — ela aponta Mathilde com a cabeça — teve uma visão. Ela está aqui? Ela está a salvo?

Caragh faz um gesto de cabeça para Juniper e o cão para de brincar freneticamente com Camden. Então ela suspira. Caragh está linda, como sempre, mesmo de avental e com o cabelo castanho-dourado preso de forma bagunçada com um pedaço de palha. Mas seus olhos estão pesados.

— Corvo desobediente — ela diz suavemente. — Sempre voando por aí.

— Ela estava voando feliz, mas depois tentou arrancar meus olhos com o bico. Exatamente como Madrigal teria feito. Onde ela está?

Uma sombra cruza o rosto de sua tia.

— Vamos vê-la. Ela vai querer ouvir suas novidades. Juniper vai ficar com suas amigas para ter certeza de que Willa não vai expulsá-las com uma forquilha quando voltar do celeiro.

Em silêncio, Jules segue a tia pela sala de estar e pela cozinha, atravessando o longo corredor que dá para o mesmo quarto em que Arsinoe se recuperou da flecha que Katharine acertou nas costas dela.

Madrigal está na cama. Isso por si só já é uma visão estranha o suficiente. Embora fosse preguiçosa para várias coisas, ela nunca dormia demais ou ficava enrolada embaixo das cobertas. Ela esperava demais do mundo para perder um minuto de luz do sol que fosse. A surpresa maior, porém, é o quão pequena ela parece, diminuída pelo tamanho de sua barriga, grávida de um filho de Matthew Sandrin. O irmão mais velho de Joseph.

— Madrigal. O que você está fazendo aqui?

A mãe dela se apoia nos travesseiros e Caragh passa por Jules para ajudar, sentando-a e colocando outro travesseiro sob suas costas. O gesto fraternal pouco característico de sua tia faz Jules gelar.

— Eu poderia perguntar o mesmo a você. — Madrigal dá um tapinha na colcha e Jules se aproxima. — Voltou para a ilha sem avisar? Quando você voltou? Onde esteve?

— Na verdade, eu nunca saí da ilha. Estive em Bastian City, com os guerreiros.

— Você poderia ter mandado uma mensagem para nós. — Madrigal fica em silêncio ao ouvir uma batida. Aria, o corvo, está na janela, e Caragh vai até ela para deixá-la entrar. Ela voa ao redor do quarto e pousa na pilastra da cama.

— Eu não queria causar mais problemas para Vovó Cait e Ellis. Achei que já fosse difícil o suficiente ter que lidar com a minha reputação.

— Mentirosa. Você sabe que seus avós podem lidar com isso e muito mais. Eles estão preocupados. Querendo saber o que aconteceu. Os campos estão horríveis. E Luke... Quando o pobre Luke ouviu os rumores sobre a Rainha da Legião, ele chorou.

— Então os rumores chegaram até vocês?

— Chegaram. Mas onde está Arsinoe? E Joseph? Billy e a elemental?

Jules se move para se apoiar em Camden.

— Arsinoe, Billy e Mirabella chegaram ao continente. Acho que é onde eles estão agora. Mas Joseph... — Ela para, e Madrigal coloca a mão sobre a barriga. — Ele está morto. Mas acho que você já imaginava.

— Ele parecia muito mal quando vocês nos deixaram perto do rio — Caragh diz. — Mas eu tinha esperanças. Sinto muito, Jules.

— Sinto muito também — Madrigal acrescenta. — Ele era um bom rapaz.

Ele era mais que isso, mas Jules apenas pigarreia.

— Sinto muito por ter feito Luke chorar. Eu deveria ter achado uma forma de contar a todos.

—Ah, o Luke chora por qualquer coisa. — Madrigal acena com a mão e enxuga os olhos rapidamente. Ela está pálida, e seu corvo nunca costuma ficar tão perto.

— Mas o que aconteceu? Por que você está de cama? Eu não achei que o bebê fosse chegar antes do inverno.

— Ele não vai — diz Caragh. — Willa e eu estamos garantindo isso.

Jules olha em volta do quarto. Ele tem um cheiro estranho e velho do qual ela não se lembrava, e na cômoda do canto há uma bandeja com copos sujos e um prato de raízes e folhas parcialmente comidos.

— Chá de folha de urtiga — Caragh explica. — E raiz de lírio. Se ela ingeri-los todo dia, vão aliviar as contrações precoces.

— Tentar segurar este bebê é uma perda de tempo. Ele não vai nascer até estar pronto. Ele está perfeitamente seguro.

— Como assim? — Jules pergunta.

Caragh suspira. Ela já ouviu essa história várias vezes.

— Sua mãe teve uma visão no fogo quando estava se metendo com Arsinoe e sua magia baixa.

— Na árvore retorcida, você quer dizer?

— Sim — Madrigal interrompe. — Eu tive uma visão no fogo naquele dia, no fogo alimentado por sangue de rainha, naquele lugar sagrado. Então sei que é real. — Ela para e olha para Jules, um misto de teimosia e arrependimento em seu rosto. — Eu vi meu filho nascer vivo. Forte, vermelho, gritando. E sentado em cima do meu corpo morto e cinzento.

Continente

Mirabella e Arsinoe sentam juntas na mesa de uma silenciosa casa de chá. Não é o estabelecimento mais popular da cidade — os biscoitos são secos e há manchas na toalha de mesa —, mas pelo menos elas têm alguma privacidade e não precisam ficar sentadas em um canto escuro, já que Arsinoe ainda se recusa a usar vestido.

Desde seu encontro com a sombra da Rainha Illiann no cemitério, elas têm buscado lugares além da casa dos Chatworth para conversar. A mãe de Billy chegou ao seu limite, e pode tentar colocá-las na rua a qualquer momento.

— Eu quero tentar magia baixa de novo — Arsinoe diz, mas Mirabella sacode a cabeça e esfrega a cicatriz no braço.

— Chega. Ela quer que a gente volte para a ilha. Mais magia baixa só vai deixá-la mais forte.

— Você não sabe disso, só está com medo. Eu também estou. Mas não aguento mais esses sonhos. Toda vez que fecho os olhos, viro outra pessoa. Daphne. Estou cansada.

— Você está curiosa — Mirabella diz. — Eu te conheço, Arsinoe. Você está cada vez mais atraída pelos sonhos. A isca está funcionando. — A porta se abre e Arsinoe olha para a entrada. Uma mulher e suas duas filhas pequenas entram. Duas meninas, dando as mãos e apontando para os biscoitos que querem na vitrine.

— Depois que isso acabar, eu gostaria de virar professora — Mirabella diz. — Gosto de crianças. Embora tenha tido pouco contato com elas.

— Por que você faria isso? — Arsinoe pergunta de mau humor. — Rainhas parem bebês, mas não os criamos.

— Não diga "parem". — Mirabella franze o cenho. — Você sabe que odeio quando você diz "parir".

— *Parem*, não estou nem aí. — Arsinoe morde um biscoito, tão afundada na cadeira que migalhas caem em sua gola. — Se você virar professora, o que eu vou fazer?

— Você pode fazer a mesma coisa.

— Eu seria uma péssima professora.

— Só no início.

Arsinoe observa as crianças, tão bem-comportadas, de cabelos castanhos cacheados.

— Eu preferiria costurar roupas ou trabalhar em um pub. Sou inútil na cozinha, mas sei costurar um pouco. Ellis me ensinou. E Luke.

Mirabella olha para as mãos.

— Se você fizer magia baixa de novo, tenho medo do que pode acontecer. Tenho medo de perdermos tudo isso.

— Tudo o quê?

— Nossas vidas. Esse futuro.

Arsinoe percebe como a irmã olha para as crianças. Com uma espécie de desespero esperançoso. Do jeito que uma pessoa olha para algo que nunca poderá ter.

— E se houver algo de errado com a ilha? — Arsinoe pergunta.

— Então deixe eles resolverem. Da mesma forma que tentaram fazer com a gente. Como fariam de novo, no momento em que colocássemos os pés naquele lugar.

Arsinoe suspira.

— Eu preciso dar um jeito de parar com os sonhos — ela sussurra. — Ou resolvê-los. Eu preciso, ou eles vão me deixar louca. Mas depois disso... — Ela se estica por cima da mesa e pega a mão de Mirabella. — Haverá tempo. Nós poderemos construir um futuro aqui, eu prometo.

Mirabella não responde e Arsinoe se inclina para trás, deslizando em sua cadeira.

— Você promete — diz Mirabella. — Só que isso nunca vai acabar. Porque não podemos escapar da ilha.

***

Naquela noite, Arsinoe luta contra o sono. E, por Mirabella e por Billy, luta contra os sonhos. Ela tem sua própria vida agora e, se quiser mantê-la, Mirabella tem razão. Ela precisa deixar a ilha ir, fazer os sonhos pararem.

Ela se vira e observa a silhueta imóvel da irmã na escuridão. Mirabella não emite nenhum som enquanto dorme. Nenhum gemido. Nenhum ronco, com certeza. Uma rainha perfeita. E pensar que um dia Arsinoe achou que Mirabella peidasse ciclones.

— Mira? Você está acordada? — Arsinoe espera, mas não há resposta. Ela então respira fundo e fecha os olhos.

Os sonhos começam como sempre: escondidos no fundo da mente de Daphne. Depois, com Arsinoe vendo pelos olhos de Daphne. Ouvindo pelos ouvidos de Daphne.

Quando o sonho acelera e Arsinoe se vê sentada em uma mesa no Volroy, a única coisa que permite que ela mantenha a força de vontade é pensar em Mirabella. Seria tão mais fácil não lutar, ser Daphne por mais uma noite, quinze dias, um mês… ou simplesmente continuar sonhando até sua história acabar. Mas os sonhos agora parecem menos uma fuga e mais uma distração, anestesiando seus sentidos para que ela esteja distraída no momento em que o machado descer.

No sonho, Daphne está sentada ao lado de Richard, o amigo pálido e magrelo de Daphne e Henry, que também é de Centra. Ela olha com raiva para a ponta da mesa, onde a Rainha Illiann e o Duque Branden estão sentados com as cabeças próximas.

— Eu não entendo, Richard — Daphne diz. — Não há motivos para Henry perder. Ele ganhou de todos no duelo, na caça com falcão e no arco e flecha. Ele comanda um navio até melhor do que eu!

— Você vê Henry de um jeito diferente — Richard responde.

— O que isso quer dizer? — Ela toma um gole de cerveja, uma cerveja boa, não como a que Arsinoe toma no continente. — Qualquer um com dois olhos pode ver que Henry é duas vezes mais homem do que esse babaca de Salkades.

— Eu acredito que Henry seja páreo para qualquer homem — diz Richard —, mas nem toda mulher é páreo para ele.

Daphne observa Illiann. Nem ela nem Arsinoe sabem do que Richard está falando. Illiann é uma beldade. Seu cabelo é longo e negro, e suas feições são suaves e simétricas. Seus olhos são tão escuros quanto os de Daphne, mas maiores, mais largos, e com cílios mais grossos.

— Como você pode dizer isso? Ela é linda.

Quando Richard ri, Arsinoe começa a se contorcer na mente de Daphne. Não é fácil se manter separada da forma que ela habita. Na verdade, é tão difícil que ela estaria suando se tivesse um corpo para isso.

— Por que você está rindo?

— Eu sempre rio quando meus amigos são ingênuos. Daphne, você realmente nunca notou a maneira como Henry olha para você? Todas aquelas garçonetes em Torrenside são mentira. Tudo exibição. Desde que eu o conheço, Henry só se importa com uma garota, mais que todas as outras. Você.

Finalmente alguém também reparou nisso. Estava óbvio desde o momento em que Arsinoe começou a sonhar. Ela para de se debater para tentar se livrar do sonho e decide assistir.

— Não é verdade — Daphne diz. — Isso é ridículo.

— É mesmo? — Richard balança a cabeça e ri de novo.

— Sim, é. — Daphne se levanta da mesa e segue sozinha pelo corredor silencioso.

Volte para lá. Sente-se e escute. Mas dentro de Daphne, Arsinoe sente um turbilhão conforme a garota começa a se dar conta. Conforme se lembra de todas as interações que teve com Henry e começa a vê-las sob uma ótica diferente. Pobrezinha. Arsinoe queria ter controle dos próprios braços para lhe dar um tapinha nas costas.

— Algo a perturba, Lady Daphne?

Daphne se vira e, juntas, ela e Arsinoe cerram os olhos. Duque Branden foi até o corredor atrás delas.

— De forma alguma, meu lorde. Só estou tomando um ar. Por favor, volte para a rainha e seu jantar.

— Ela pode esperar. — O homem sorri maliciosamente. Ele é tão bonito. Mesmo detestando-o com tanta intensidade, Arsinoe não consegue ignorar esse fato. — Por que você nunca usa vestidos? — Ele avança um passo, depois outro. — Você é bonitinha suficiente para isso.

— Em Fennbirn é possível ser bonita sem a ajuda de vestidos.

Arsinoe percebe que o andar dele está arrastado. Ele bebeu vinho demais. *Ele fica bêbado com muita frequência. Nem Illiann pode negar.* Nem Daphne. Arsinoe sente um alerta correndo por ela à medida que o duque se aproxima, empurrando Daphne mais para o fundo do corredor escuro.

— Mas você — ele diz — foi criada no mundo civilizado. Então deveria agir como uma mulher direita.

— Direita? — Daphne pergunta.

— Se você fosse uma das minhas irmãs, eu mandaria te chicotear. Se fosse uma das minhas servas, te mandaria para a fogueira.

— Que bom que não sou nenhuma das duas coisas.

O pulso de Arsinoe acelera conforme ela observa o duque se aproximar ainda mais. *Saia daqui, Daphne!* Mas ela não sai e, em dois movimentos rápidos, Branden as pressiona contra a parede.

Por um momento, Daphne fica tão chocada que congela. Dentro dela, Arsinoe congela também. A sensação das mãos de Branden passeando por baixo da túnica de Daphne é tão errada e nojenta que quase faz Arsinoe acordar.

— Não me toque!

— Por quê? Não é segredo o que você tem aí embaixo. Você já mostrou a todos ao andar vestida de homem.

— Achei que você fosse religioso — Daphne argumenta. — E cortês com as mulheres.

— Cortesia não serve para putas.

Mate-o! Chute-o! Dentro da mente de Daphne, Arsinoe tenta se mexer. Erguer o joelho até o lugar onde ele sentiria mais dor. Mas ela não pode fazer o corpo de Daphne lutar, tampouco parar as lágrimas que embaçam a visão delas.

— Daphne? Você está bem?

Branden se afasta ao ouvir a voz de Richard.

— Eu ouvi uns barulhos.

Com raiva, Branden olha de Richard para Daphne antes de rir. Ele deixa o corredor tão rapidamente quanto chegou. E, quando passa por Richard, joga o rapaz magro contra a parede.

— Centranos — resmunga. — Putas e fracotes.

No sonho, Daphne e Richard se aproximam para se consolar, mas Arsinoe se recusa.

Não.

Chega.

A raiva que ela sente de Branden alimenta sua frustração com o sonho.

Ela se revira, chuta e grita com tanta força que deve estar gritando de verdade. Sua tentativa de interromper o sonho provavelmente vai fazê-la dar de cara não com a sombra da Rainha Illiann, mas com a sra. Chatworth e Jane gritando, em pânico, depois que ela acordar a casa inteira.

Por um momento, sua agitação não dá em nada. Até que ela treme o braço e o braço de Daphne treme também.

Era tudo de que ela precisava. O sonho fica escuro.

— Olá? — Arsinoe consegue ouvir a própria respiração. Ela olha através da escuridão e percebe que é ela mesma de novo, Arsinoe, com o rosto marcado pelas cicatrizes e com calças emprestadas.

Este sonho é diferente, mas igualmente vívido: ela inspira e sente o cheiro úmido e familiar da terra de Fennbirn.

— Eu parei o sonho? — ela se pergunta em voz alta. — Por que não acordei? Eu posso acordar?

Algo gelado passa pelo seu ombro, nas sombras, e ela anda para trás, sem se importar com o fato de não conseguir ver o terreno. Ela conhece esse toque mesmo que nunca o tenha sentido. A sombra da Rainha Azul.

Uma luz surge e Arsinoe pisca. Elas estão na ilha. Na clareira, ao lado da árvore retorcida.

— Você escolheu este lugar? Ou fui eu?

A sombra da Rainha Illiann está em pé diante de Arsinoe, imóvel. Então ela coloca a mão sobre a garganta e aponta um dedo fino, como naquele dia ao lado do túmulo de Joseph. Como todas as vezes em que Arsinoe a viu.

— Ir aonde você consegue falar. Eu sei. Mas estamos na ilha agora. — Ela bate o pé contra a terra. — Então fale logo.

A sombra repete o movimento, cada vez mais agitada, até estar tremendo tanto que a coroa prata e azul balança em sua cabeça. Ela arrasta dedos escuros pelo lugar onde sua boca deveria estar.

— Pare de fazer isso! — Arsinoe grita. — Só me diga o que quer! Por que estou sonhando pelos olhos de Daphne? Por que você não fala com minha irmã? — Ela estica o braço e expõe a cicatriz de meia-lua. — Ela fez a mesma magia baixa que eu. Então por que ela não está sonhando com isso também?

Não importa o que ela pergunte, a Rainha Azul não diz nada. Só continua com a mímica frustrante: garganta, boca, apontar.

— Ir para a ilha. Mas por que você nos quer lá? O que eu deveria ver?

A sombra para. Então aponta de novo, bem devagar.

Arsinoe se vira. Por cima das árvores do prado de Wolf Spring, no topo do Monte Horn, está a grande montanha de Fennbirn que se ergue sobre o Vale de Innisfuil e abriga o Chalé Negro.

— Não dá para ver isso daqui realmente — Arsinoe diz. — Eu sei bem.

A sombra segura a própria boca.

— Você está falando da montanha?

A sombra relaxa e Arsinoe exala.

— Você quer que eu vá para o Monte Horn? E o que vou encontrar lá?

Como resposta, a rainha sombria desliza na direção dela, arrastando-se pelo chão e pelas pedras sagradas semi-submersas. Arsinoe recua até sentir os galhos da árvore retorcida. Ela não sabe o que teme mais: Illiann ou a árvore.

A Rainha Azul se aproxima e, conforme chega mais perto, a escuridão se desfaz até desaparecer por completo, deixando Arsinoe cara a cara com Daphne.

Daphne, a Rainha Azul. Não Illiann.

— Daphne! Era você o tempo todo? Como... Por que você está usando a coroa de Illiann?

Ela sorri, um sorriso que Arsinoe só conhecia pelo espelho. Ela toca a boca e sacode a cabeça.

— Certo, certo. Você ainda não pode falar.

Daphne inclina a cabeça e o sonho muda de novo, desta vez para apenas um lampejo e uma confusão de cores. Mas é só um pesadelo. Sangue, espadas e corpos apodrecendo no chão. Camden com a pele manchada de vermelho. Jules...

— Jules!

Ela acorda em um salto e se depara com Mirabella e Billy inclinados sobre ela. Mirabella segura seus ombros enquanto Billy segura uma vela tão perto que quase queima suas sobrancelhas.

— Arsinoe — Mirabella diz, assustada. — O que foi?

— Jules. — Arsinoe engole em seco. O sonho ainda parece palpável. Ela quase espera olhar para o canto e ver Daphne ali, com a coroa da Rainha Illiann.

— Billy? — Eles ouvem a irmã dele, Jane, chamando do fim do corredor. — Está tudo bem?

— Sim, Jane. Foi só um pesadelo. Volte a dormir.

Arsinoe se solta dele e coloca as pernas para fora da cama.

— Não foi só um pesadelo. Foi uma mensagem.

— Que mensagem? — ele pergunta. — O que você viu?

— Eu vi Jules. Em um campo de batalha. Com Katharine.

— Um campo de batalha? — Mirabella estreita as sobrancelhas. — A ilha não vê uma batalha há cem anos.

— Eu sei o que vi.

— Você não tem a dádiva da visão...

— Eu sei o que vi. — Arsinoe perde a paciência.

— Tudo bem. Mas ainda assim foi só um pesadelo.

Billy e Mirabella trocam aquele olhar que ela passou a odiar, aquele que demonstra a preocupação deles com Arsinoe estar enlouquecendo. Se ela tentar contar sobre Daphne, sobre a mensagem, eles nunca vão acreditar. Pior, podem tentar impedi-la. Então, embora seu coração esteja na garganta, ela se força a se acalmar.

— Pareceu muito real — ela diz.

— Tenho certeza de que sim. Foi como... os outros sonhos que você teve? — Billy apoia a vela no criado-mudo e serve um copo de água da jarra.

— Não. Não exatamente.

Arsinoe bebe a água e passa os dedos pelo cabelo. O sonho com Jules pareceu um aviso. Uma consequência caso ela não faça o que Daphne quer.

— Você... vai ficar bem? — Billy pergunta.

— Acho que sim — ela diz.

— Você consegue voltar a dormir? Podemos conversar melhor de manhã.

Arsinoe faz que sim e começa a pensar em formas de pagar por um barco para voltar para a ilha.

Volroy

Depois do ataque da névoa em Rolanth, Katharine e sua corte voltaram para Indrid Down rapidamente. Ninguém, nem mesmo Antonin e Genevieve, que amam a capital como a própria mãe, queria voltar. Mas não havia mais para onde ir.

— Eles ainda não encontraram todos os desaparecidos — Katharine diz, deitada nos braços de Pietyr, na segurança de seus aposentos. — Quanto tempo vai levar? Ou será que a névoa pretende ficar com eles?

Pietyr beija o topo de sua cabeça.

— Eu não sei, Kat. Mas quem quer que seja encontrado, e no estado em que estiver, deve ser trazido de volta para a capital imediatamente. Haverá rumores absurdos. E nós vamos querer verificá-los.

— Nós precisamos encontrar um jeito de combater a névoa, Pietyr. O povo acha que eu sou o motivo! — Durante todo o caminho de volta para o Volroy, eles foram acompanhados por sussurros e olhares desconfiados. As pessoas não conseguem decidir se devem ter mais medo da névoa ou da rainha. Mas já decidiram quem culpar.

— Pietyr. — Ela desliza os dedos por dentro dos botões da camisa dele para sentir a batida do seu coração, o calor da sua pele. — E se a névoa estiver certa?

— Como assim?

— E se a coroa não devesse ser minha? E se não devesse ser minha e eu a roubei, assim como as pessoas estão dizendo?

Pietyr apoia a cabeça no cotovelo, os olhos azul-gelo suaves.

— Ninguém sabe por que a névoa está fazendo isso. E quando as pessoas têm medo, elas se apegam à resposta mais simples.

— Mas e se devesse ter sido Mirabella? Ou mesmo — ela faz uma careta — Arsinoe?

— Então teria sido elas. A coroa de Fennbirn não pode ser roubada. Deve ser ganha, e você a ganhou.

— Por desistência. Porque eu era a única que a queria. Eu sou a rainha porque elas nos abandonaram e me deixaram ser.

— Isso é verdade. — Ele afasta uma mecha de cabelo negro do pescoço dela. — Você é a Rainha Coroada porque lutou quando elas não lutaram. Porque você as teria matado, como uma rainha deve fazer. Não é você que não pertence à coroa. — Ele olha para o peito de Katharine, para o centro de seu corpo. — São as rainhas mortas. Elas que não pertencem.

— Não comece com isso de novo, Pietyr. Elas são o único motivo pelo qual sou alguma coisa. Sem elas... você teria me matado.

— Eu sei. — Ele fecha os olhos com força. — Eu sei disso. Mas se a névoa, se a Deusa, criadora dela, está insatisfeita, elas são o único motivo que consigo pensar.

— Por quê? Elas também são filhas da Deusa.

— Sim. Mas as rainhas mortas tiveram a chance delas, Katharine. Tiveram a chance delas e a ilha escolheu que deveriam ser extintas.

Dentro de Katharine, as rainhas estão em silêncio. Ela consegue senti-las ali, em seu sangue e em sua mente, agarrando-se a ela como morcegos nas paredes de uma caverna. O silêncio delas demonstra tristeza. Tristeza e uma dor antiga. Parte dela quer dizer a Pietyr para parar. Para ficar quieto e não machucá-las mais ainda.

— Elas cuidam de mim — Katharine sussurra. — Elas se importam comigo e eu lhes devo o mesmo cuidado. — Ela acaricia a própria pele. Mas para a névoa se acalmar, Katharine deveria realmente deixá-las ir? — Talvez... se eu pudesse tirá-las de mim... se elas pudessem descansar... Isso não seria cruel?

— Não. — Pietyr pega a mão dela e dá um beijo. — Isso não seria nada cruel.

Na manhã seguinte, Genevieve chega para acompanhá-la até a câmara do Conselho. Pietyr foi até a biblioteca para tentar descobrir um jeito de exorcizar as rainhas mortas de Katharine. Se não encontrar nada lá, tentará a biblioteca de Greavesdrake. E se isso também falhar, Katharine deu a ele permissão para buscar discretamente as estudiosas do templo. Ele estava bastante ansioso para começar e muito satisfeito com ela por ter tomado a decisão certa. Ele a chamou de corajosa. Disse que ela tinha um bom coração.

— Genevieve, que notícias você recebeu de Sunpool? Quando a oráculo deve chegar?

— Quero falar disso na reunião do Conselho desta manhã, Rainha Katharine.

Elas passam pelas portas abertas da sala do trono e Katharine olha o interior do aposento. Não há ninguém ali exceto por algumas guardas. Tão poucas pessoas vêm vê-la que as audiências podem ser restringidas a apenas alguns dias da semana.

— Há algo estranho acontecendo? — Katharine pergunta. — Eu não deveria ter mandado Pietyr cumprir uma tarefa esta manhã?

— Nada estranho — Genevieve responde. — E, se houver, nada que não possa ser resolvido sem meu sobrinho.

Dentro da câmara do Conselho Negro, todos já estão reunidos. Até Bree, que mostrou ser cronicamente atrasada. Eles se levantam quando avistam Katharine, e o clima na sala é tão tenso que ela nem se dá ao trabalho de se sentar.

— Falem.

Ela espera, vendo a iniciativa de começar a falar ser evitada na sala por meio de suspiros e pés inquietos. Antonin e o Primo Lucian desviam o olhar. Bree finge não ter ouvido. Apenas Rho e Luca arqueiam as sobrancelhas. Por fim, Luca respira fundo.

— Há um levante no norte.

— Um levante?

— Alguém que diz ser Juillenne Milone está viajando pelo norte e reunindo um exército rebelde contra a coroa.

As palavras atingem Katharine, fazendo-a gelar.

— Uma rebelião? Fennbirn não tem rebeliões.

— Talvez seja a primeira.

— Como vocês sabem disso?

Luca e Rho se entreolham.

— Os primeiros relatos chegaram até nós em Rolanth — Rho diz. — Os rebeldes supostamente foram vistos lá, a oeste, e houve rumores de que Jules Milone esteve até nas vilas ao sul de Innisfuil.

— Jules Milone se afogou com minhas irmãs — Katharine diz e todos olham para baixo. Eles sabem tão bem quanto ela o que ficará implícito se a naturalista for vista viva e inteira.

Ao lado dela, Genevieve pigarreia.

— Achamos que eles estão indo para Sunpool, e é por isso que os oráculos negaram nosso pedido por uma vidente. Eles se aliaram à rebelião.

A sala parece se fechar em volta de Katharine, e ela sente dificuldade de respirar.

— A naturalista com a maldição da legião está viva.

— Ou é alguém fingindo ser ela.

— E a cidade dos oráculos está do lado dela? — Katharine examina os rostos do seu Conselho. — Quem mais?

— Bastian City, talvez — Genevieve diz. — A menina Milone se autoproclamou Rainha da Legião.

Rainha da Legião. A rainha de várias dádivas, que vai unir a ilha sob uma só bandeira. Se ao menos eles soubessem. Katharine quase acha graça. As pessoas desejam uma rainha com uma maldição de duas dádivas quando já têm uma rainha com todas elas.

— Então agora eu preciso travar uma guerra pela minha coroa e contra a névoa também? — Ela range os dentes. — Suponho que os rebeldes estejam usando isso em seu benefício. Espalhando rumores de que os ataques da névoa são minha culpa.

— Eles dizem que ela está se levantando contra você — Luca diz. — Eles a estão usando como um sinal.

Katharine se afunda na cadeira.

— Bem — ela diz. — Vocês são meu Conselho Negro. Meus conselheiros. Esta é a parte em que devem me aconselhar.

— Sugiro que aceite a situação. — Rho Murtra pressiona os nós dos dedos na mesa. — Comece uma guerra. Use-a para acalmar os inquietos. Nada acalma mais o povo do que algo contra o qual lutar.

— É a sua cara dizer isso — Antonin cospe. — Com a dádiva da guerra. Sempre querendo uma batalha.

— E por que não, se é uma batalha ganha? O exército real está em boa forma, apesar da liderança envenenadora preguiçosa. Eles podem lidar com um bando de fazendeiros e pescadores rebeldes.

— Mesmo se esses rebeldes forem apoiados por todos os guerreiros de Bastian City?

Katharine bate na mesa e a discussão cessa.

— Ainda há muito que eu não sei. Sobre a névoa. Sobre a Rainha Azul. E agora sobre esses rebeldes e Juillenne Milone, se é que se trata mesmo dela. — Ela se vira para Genevieve. — Preciso de uma oráculo.

— Eu já disse, minha rainha, nenhuma virá. Elas se recusaram.

— Elas não podem negar a Coroa! — Katharine vocifera. — Mande a guarda real até lá e prenda uma! E a traga de volta para ser interrogada. — A rainha pressiona a mão contra a barriga fria, onde pode sentir as rainhas mortas se agitando. — Então nós saberemos o que fazer.

Chalé Negro

— E então? — Jules pergunta enquanto ela e Camden ajudam Caragh a fazer mais um dos infinitos bules de chá de folha de urtiga. — Quão ruim é?

No balcão, picando ervas e tentando evitar que a respiração da puma as espalhe por toda parte, Caragh franze o cenho.

— Não é nada bom, Jules. Ela sangra todo dia. E cada dia é mais difícil aliviar as dores.

— Quanto tempo até ser seguro para o bebê nascer?

— Talvez não devamos nos preocupar só com o bebê.

Jules tira a chaleira de água quente do fogo, enrolando um pano na alça.

— Não me diga que você acredita nessa baboseira de magia baixa.

— Não importa se você acha certo ou errado, magia baixa existe — Caragh diz. — E minha irmã se tornou o mais próximo de mestre que a ilha tem.

— Talvez. Mas desta vez ela está errada. Você já a ouviu falando sobre o bebê? Ela o chama de "ele". Um menino. Quando todos nós sabemos que mulheres Milone só têm meninas. Duas meninas.

— A velha regra Milone — Caragh diz suavemente. — A velha maldição Milone. Nós temos várias dessas, não?

Jules pega o bule e Caragh amarra as ervas em uma lona, jogando o maço dentro dele. O chá de urtiga é amargo o suficiente para Madrigal sentir ânsia, mas Willa diz que elas não podem acrescentar nem uma gota de mel.

— Nós achávamos que você estivesse morta — Caragh diz em voz baixa. — Ou que tivesse ido embora. Então Worcester chegou com notícias estranhas: a névoa estava se levantando sem motivo e deixando mortos pelo caminho. Rumores de uma naturalista com a maldição da legião começando uma guerra. — Caragh estreita os olhos. — Eu não acreditei que fosse você, claro. Achei que fosse uma impostora. Mas sua mãe sabia que era verdade.

— Como ela sabia? — Jules pergunta.

— Talvez ela conheça a filha que tem.

— Ela não me conhece. Você me conhece. Você me criou.

— E ela terminou de criar você — Caragh diz. — Depois que eu vim para cá. — Ela estica o braço e coloca o cabelo curto de Jules atrás da orelha. — Você até parece uma rainha agora.

Jules a afasta com um sorriso.

— Nunca achei que chegaríamos tão longe. Mesmo quando as histórias doidas de Mathilde começaram a funcionar e as pessoas passaram a acreditar... bom, talvez eu tenha começado a acreditar também.

— Madrigal diria que essa é a sensação de seguir um destino.

— Como você sabe o que Madrigal diria?

— Ela é minha irmã, Jules. Pensar que vai morrer a tornou quase doce. Ela está tentando consertar as coisas. Eu também, caso ela esteja certa. — Caragh lança a ela um olhar significativo, mas Jules apenas faz um biquinho e assopra uma mecha de cabelo de sua testa. Afinal, o bebê ficará bem e Madrigal voltará a seus velhos truques em um minuto.

Caragh pega uma xícara e um pires e serve o chá da tarde de Madrigal, acrescentando alguns dos biscoitos de amêndoas de que ela gosta, a única coisa que Willa permite que ela coma junto com o chá.

Na metade do corredor ensolarado, Jules ouve a risada de Emilia vindo do quarto de Madrigal. É um som bonito, e sua mãe doente parece estar de bom humor, rindo junto com ela. Mas por algum motivo, Camden está apreensiva, com seu rabo eriçado.

Quando Jules entra, tudo parece normal. Emilia acabou de voltar de uma coleta na floresta, com as mãos pretas de sujeira e a sacola cheia de raízes e ervas.

— O que você achou? — Jules pergunta.

— Um monte de raiz de leque. — Emilia enfia a mão na sacola e puxa um pouco para fora: raízes pálidas e tuberosas, ainda presas às folhas verdes e brilhantes, como pequenos leques. Daí seu nome. — Eu vou sair de novo depois do jantar. Willa diz que essas raízes duram bastante no sótão. Logo mais a geada e a neve alcançarão as folhas e vai ser bem mais difícil de achar.

— Mais raiz de leque. Que delícia — Madrigal diz, sarcástica.

— O que fez você vir ver minha mãe? — Jules pergunta e Emilia dá de ombros.

— Nós nos demos bem depois que você nos trocou pelas rainhas no Porto de Bardon. Sua mãe entende a virtude da dádiva da guerra e as possibilidades da sua maldição da legião, como é chamada.

Jules apoia a bandeja de chá ao lado da cama de Madrigal. Depois serve um pouco do líquido amargo na xícara e aponta para ele. Então pega Emilia pelo braço e a puxa para fora do quarto, indo até o corredor.

— O quê? — Emilia pergunta. — Qual o problema?

— Eu sei por que você estava no quarto da minha mãe.

— Sim. Eu já disse. Porque é legal conversar com alguém que entende nossa causa...

— E por causa da amarração.

— O quê?

— A amarração com magia baixa. O sangue. Você sabe que minha mãe atou minha maldição da legião com o sangue dela e sabe que, se ela morrer, a dádiva da guerra será solta. E é exatamente o que você sempre quis.

Por um momento, Emilia encara Jules sem palavras. Então seus olhos se escurecem e ela se aproxima.

— Eu nunca ia querer algo assim. Ela é sua mãe! Você esqueceu que minha mãe morreu?

— Não — Jules diz rapidamente, envergonhada de admitir que, por um momento, ela esqueceu. — Esta guerra é tudo para você, é só isso que eu sei.

Ela se prepara, certa de que Emilia vai usar sua dádiva da guerra para empurrá-la, para explodir com ela. Mas, em vez disso, seus ombros caem.

— Não é tudo.

Ela se vira e sai. Ainda que Camden trote atrás dela por metade do corredor, Jules não consegue fazer o mesmo.

— Jules? — Madrigal chama. — Está tudo bem?

— Tudo bem. — Jules volta para o quarto da mãe e coloca a xícara de chá de urtiga, que estava de lado, nas mãos dela. — Agora beba.

Madrigal toma um gole.

— Você é uma boa filha, Jules Milone.

— Uma boa filha — Jules desdenha. — Eu fui tão boa filha quanto você foi boa mãe. — Ela olha para Madrigal, ainda pequena embaixo de sua barriga enorme e inchada. — Talvez nós duas devêssemos ter tentado mais.

Madrigal contrai os lábios.

— Sua amiga Emilia gosta muito de você.

— Claro que gosta. Eu sou a rainha de estimação dela. Por mais ridículo que isso soe.

— Acho que é mais que isso.

— Você está satisfeita? Era isso que queria, não? Que eu fosse até os guerreiros e conhecesse esse lado da minha dádiva? Que eu abraçasse um destino grandioso?

Madrigal franze o cenho para o tom que surgiu na voz da filha. Jules não queria ter falado dessa forma, mas não consegue evitar. Tem sido assim entre elas por tempo demais para mudar agora, mesmo diante da doença.

— Talvez durante uma época — Madrigal diz — tenha sido o que eu queria. Mas agora estou morrendo, Jules. E gostaria que nós pudéssemos ir para casa.

— E nós vamos. Ou você e o bebê vão e, com sorte, eu os seguirei um dia.

— Eu ouvi o que você disse lá fora, no corredor. Mas não é verdade. A amarração precisa ser cortada da minha veia com uma lâmina. Se eu morrer no parto, você vai continuar atada até escolher se soltar. — Ela encara a xícara de chá. — Posso ser uma mãe ruim, mas eu não teria feito uma amarração em você que pudesse ser quebrada se eu morrer acidentalmente.

— Não foi isso que eu...

— Não importa. Eu deixei coisas com Cait. Sangue diluído de cortes superficiais. E ela sabe como...

Madrigal grunhe e agarra a lateral da barriga. A xícara cai na cama e o chá mancha a colcha.

— Madrigal?

— Chame Willa. Chame Caragh.

Jules grita por elas. Momentos depois, Willa manca para dentro do quarto, correndo sem a bengala e tirando Jules do caminho. Willa pressiona as mãos contra a barriga de Madrigal e tira as cobertas. Há sangue e água.

— O que fazemos? — Jules pergunta.

— Chame sua tia no celeiro. Diga a ela para se preparar para um parto. — Willa deita Madrigal no travesseiro com seus braços fortes e usa os dedos gentis para acariciar o rosto dela. — Não há como parar agora.

Conforme o trabalho de parto de Madrigal se intensifica, Jules e Camden esperam com Emilia na sala de estar, encarando o fogo.

— Isso é normal? — Jules pergunta quando Madrigal começa a gritar.

Emilia arqueia uma sobrancelha.

— Eu não sei. As que têm a dádiva da guerra costumam gritar durante o parto, mas normalmente é mais selvagem. Como um alce. — Ela fecha a mão em punho. — Como um triunfo.

Os gritos de Madrigal não soam nada como um triunfo.

— Aqui. — Mathilde vem da cozinha, carregando copos com vinho diluído.

— Onde você esteve?

— Fora. Me mantendo ocupada. Oráculos não ajudam nesses momentos, quando não podemos prever o resultado. — Ela toma um gole do copo de Emilia antes de entregá-lo a ela. — Às vezes, nem quando podemos.

A porta do quarto de Madrigal abre e fecha, e Willa passa apressada pelo corredor. Seu rosto é impassível. Calmo. Mas sua trança grisalha está molhada de suor na base do pescoço.

— O que está acontecendo? — Jules pergunta. — Eles estão... vão ficar bem?

Willa a ignora e vai buscar algo na cozinha. Ela volta com uma bandeja coberta com tecido, mas Jules consegue ver um brilho prateado por baixo. Lâminas.

— Willa?

— Vai acabar logo, de uma forma ou de outra. — Ela não diz mais nada, e as três ouvem a porta se abrir e fechar de novo.

— Vai ficar tudo bem, Jules — Emilia diz. — Quem é melhor para realizar um parto que as parteiras do Chalé Negro?

— Eu vou sair e fazer uma fogueira — diz Mathilde. — Vou rezar por ela.

A porta do corredor se abre de novo e Aria, o corvo, sai voando do quarto, em pânico. Seu pobre grasnado parece aflito, e ela bate as asas contra as janelas.

— Devemos deixá-la sair? — Emilia pergunta.

Jules olha para Camden e a grande gata persegue o corvo até estar perto o suficiente para dar o bote, então prende o pássaro suavemente entre os dentes. Ela deita no tapete, ronronando conforme Aria para de se debater e se acalma, seu pequeno bico aberto para ofegar.

— Vou pegar água. — Emilia para no meio caminho e olha séria para Jules. — Talvez você devesse ficar com sua mãe.

Jules atravessa o corredor com as pernas pesadas. Sem Camden para se apoiar, já que a gata ficou no tapete com Aria.

Ela gira a maçaneta e abre a porta. Seus joelhos quase falham quando ela vê Caragh suja de sangue vermelho vivo.

— Jules — Caragh diz e gentilmente a empurra de volta para o corredor.

— Já acabou? Ele nasceu?

Caragh seca as mãos.

— Ele não quer sair.

— Jules! Eu quero minha Jules!

Ao ouvir o grito da mãe, Jules passa pela tia e entra correndo no quarto. Madrigal está coberta, as pernas se contorcendo de dor por baixo dos cobertores. Willa está em pé ao lado da cama, secando as mãos em uma toalha.

— Ela perdeu muito sangue — a parteira diz. — Não está em perfeito juízo.

Jules vai até a cama e pega a mão de Madrigal.

— Como você está?

— Como eu esperava. — Ela sorri. Madrigal está quase irreconhecível por conta da palidez e do suor, e muito mais magra, exceto pela barriga. Ela parece um cadáver, igual ao que ela disse ter visto em sua visão. — Eu errei ao tirar Matthew de minha própria irmã. Ao fazer o encanto para mantê-lo comigo.

— Não errou mais do que o normal — Jules diz, pressionando um pano molhado e frio na testa da mãe.

Madrigal ri sem fôlego.

— Eu deveria pedir desculpas? Ainda tenho tempo?

— Você terá bastante tempo — Caragh diz — quando sair dessa cama. Eu vou aceitar suas desculpas com você de joelhos.

Madrigal ri mais.

— Você sabe que não é como eu, Jules. Você é como ela. Tão durona. Tão firme. — Ela toca as bochechas de Jules com as pontas dos dedos. — Mas você está chorando.

Jules funga. Ela não tinha percebido.

— Só vai mais rápido, Madrigal, pode ser? Estou cansada de esperar esse bebê.

Madrigal faz que sim. Ela olha através de Jules, para Willa, que tira o pano de cima de sua bandeja de facas.

— Vai ser rápido? — Madrigal pergunta.

— Vai ser rápido, criança.

— O que você vai fazer? — Jules pergunta com os olhos arregalados. — Ela vai sobreviver?

Willa franze o cenho.

— Eu não sei.

— Está tudo bem, minha Jules. Estou pagando o preço da minha magia baixa. — Madrigal se inclina para trás. — Coloque-o no meu peito quando terminar. Para que eu possa vê-lo por um momento.

— Madrigal? — Jules tropeça para trás quando Willa se aproxima da cama. — Mãe?

Os olhos de Willa estão nublados, mas, mesmo que estivessem limpos, ainda teria sido difícil ver Caragh. Ela foi tão rápida. Em um segundo Willa se inclinava sobre a barriga de Madrigal, no outro havia sido empurrada para o corredor, e a porta trancada atrás dela.

— Caragh — Madrigal diz. — O que você está fazendo?

— Maddie, você precisa empurrar agora.

— Não. Deixe Willa entrar. Estou cansada. Vá com Jules para a cozinha. Ou lá para fora.

Mas Caragh não escuta. Ela se posiciona no pé da cama e coloca as mãos nos joelhos da irmã.

— Madrigal, empurre. Você ainda não terminou.

— Não consigo.

— Tia Caragh — Jules diz em voz baixa —, talvez você possa deixá-la descansar um pouco.

— Se ela descansar, morre. — Ela dá um tapa no quadril de Madrigal. — Empurre!

— Não consigo!

— Consegue sim, sua idiota! Você só acha que não consegue por causa de uma visão estúpida! Agora empurre!

Madrigal se apoia sobre os cotovelos. Ela mostra os dentes. Há sangue demais na cama. Suor demais em seu rosto.

— Por que você se importa? Você vai ter tudo que queria! Meu bebê. Minha Jules. Você vai ter meus filhos e Matthew de volta, então por que não corta o bebê para fora de mim e me deixa em paz?

O quarto fica silencioso. O único som audível é a respiração difícil de Madrigal. Até que Caragh se inclina e joga todas as coisas da mesa no chão. Uma jarra e tigelas com água, panos ensanguentados, facas afiadas, ervas e chá, tudo cai com um estrondo e se parte em pedaços.

— Eu não quero seu bebê! Eu quero você! Eu quero que minha irmã viva, e você também quer viver. — O cão uiva miseravelmente quando ela mergulha no chão e pega uma faca, pressionando-a contra o braço da irmã. — Se a magia baixa quer um preço, então eu pago.

— Pare! Caragh, pare. Eu vou fazer. Eu vou empurrar.

— Você vai viver — Caragh diz. — Você vai viver, porque eu não aceito outro jeito.

Não é fácil. Madrigal já está fraca, perdeu muito sangue. Mas logo antes do amanhecer, o irmãozinho de Jules nasce. Madrigal lhe dá o nome de Fennbirn, como a ilha. Fennbirn Milone. Fenn, como apelido. Ela o nomeia e depois perde a consciência com ele em seu peito. Mas ela está viva.

Nos dias seguintes ao nascimento do bebê, Jules se demora no Chalé Negro, assistindo à mãe e a tia se reaproximarem. Ninguém sabe se isso vai durar, mas é prazeroso de se ver.

— Jules Milone — Emilia diz enquanto elas caminham com Camden pelas florestas do norte. — Quanto tempo você pretende passar aqui encarando esse bebê?

— É bom olhar para ele. Você não acha que ele é bonito?

— Ele é bonito, até. Embora eu não goste do nome. Fennbirn. Se ela vai chamá-lo de Fenn, por que não Fenton? Já tem tantos meninos com o nome da ilha.

— Mas nenhum deles é um Milone.

Emilia faz uma cara como se estivesse se perguntando o que haveria de tão bom nisso, até que Camden levanta as orelhas e grunhe. Emilia coloca a mão no punho de sua espada. Elas estão procurando Braddock, o urso falso-Familiar de Arsinoe.

— Por que estamos atrás de um urso? — Emilia pergunta.

— É a última coisa que preciso fazer antes de partirmos. Arsinoe ia querer que eu o visse. Ela ia querer que eu tivesse certeza de que ele está bem.

— Como você sabe que ele ainda é amigável? Ele não era seu Familiar. Não era nem o Familiar dela de verdade.

Jules faz uma careta. Ela não sabe se conseguirão encontrá-lo. Caragh disse que não o vê há semanas e acha que ele pode ter seguido os peixes rio acima. Ela também disse que o animal fica mais selvagem a cada dia.

— Não se preocupe. — Jules olha por cima dos ombros e pisca. — Eu não vou deixar ele te machucar.

Emilia cora, mas ainda assim olha em volta com cuidado.

— Sem ela aqui, ele não é só um urso?

— Ele nunca vai ser só um urso. Ele foi o urso de uma rainha. E lá está ele. — Elas chegam na parte mais selvagem do riacho. Bem no meio dele, batendo com força na água com a pata dianteira, está um lindo, brilhante e grande urso marrom.

— Ele está pescando? Ou tentando esmagar um peixe? — Emilia pergunta. Ela puxa um pouco da espada quando Camden salta para fora da folhagem, assustando Braddock. Então a felina grunhe e ele se abaixa para que ela possa esfregar a cabeça em seu peito.

Emilia guarda a espada. Jules desembrulha um bolinho de aveia que Willa assou e entrega um pedaço para Emilia.

— Se ele morder minha mão, eu vou...

— Vai o quê?

— Fugir, eu imagino. — Ela estende o bolinho e Braddock o pega. Então ele engole o restante na mão de Jules e fuça os bolsos dela antes de levantar a cabeça e balançá-la na direção das árvores atrás deles.

— Ele está procurando por Arsinoe. — Jules dá um tapinha no ombro dele. Ela usa sua dádiva para acalmá-lo e logo ele e Camden estão brincando felizes no riacho.

— Pronto — Emilia diz. — Agora você já cuidou do urso, do seu novo irmãozinho e sua mãe está bem. Podemos ir.

Jules se vira e observa Braddock matando a sede no riacho, espirrando água e chutando pedrinhas. Ela fica triste por ter que dizer adeus a ele, mas ele está feliz ali. E seguro. Dias inteiros se passarão sem que ele se pergunte onde está Arsinoe. *Vai levar muito tempo*, Jules pensa, *para eu ter dias assim*.

Ela e Emilia voltam para o Chalé Negro e encontram Caragh sentada na varanda, com o bebê nos braços.

— Voltaram tão cedo — Caragh diz. — Como está Braddock?

— Bem — Jules responde.

— Grande — Emilia diz. Ela estende os braços para Fenn e Caragh o passa gentilmente para ela. — Onde está a mãe dele?

— Se foi.

— Se foi? Como assim, "se foi"?

— Se foi para contar a Matthew que ele tem um filho. Para trazê-lo para cá para que eles possam levar Fenn para casa juntos. Ela pegou minha égua marrom emprestada e saiu, foi isso que eu quis dizer.

Jules se vira para o caminho de pedras, que passa pelo bosque e serpenteia na direção de Wolf Spring.

— Só se passou uma semana desde o parto.

— E não foi um parto fácil. Mas você conhece Madrigal. Ela já está de pé, quase tão depressa quanto uma rainha. E inquieta.

Emilia move o bebê em seus braços.

— E a alimentação do rapazinho?

— Willa sabe se virar com leite de cabra. E Madrigal não vai ficar fora muito tempo.

— Ela não está... nos deixando de novo? — Jules pergunta.

— Desta vez, não. — Caragh se levanta e pega o bebê de volta. — Desta vez eu acho que ela vai ficar.

Greavesdrake Manor

A Rainha Katharine está vagando pelo gramado oeste de Greavesdrake Manor quando Bree aparece na sombra da grande casa. Ou onde a sombra da casa estaria, se houvesse sol suficiente para projetar uma.

— Rainha Katharine. — Bree faz uma mesura. — Por que me chamou aqui e não no Volroy?

— Eu gosto daqui — Katharine responde. — Há menos olhos e ouvidos. Agora que Natalia se foi e eu moro na capital, Greavesdrake está vazia, apenas com o mínimo de criados para cuidar de sua manutenção.

— É a casa de Genevieve agora, não?

— Sim. E de Antonin. Até de Pietyr, de certa forma, se ele quisesse. — Ela olha para os tijolos vermelhos e para o telhado negro. Olha para os amieiros e a extensa grama verde onde ela e seu rei consorte Nicolas praticaram arco e flecha.

— Imagino que não seja a mesma coisa sem ela — Bree diz. — Algumas pessoas deixam um vazio muito grande quando se vão.

Elas ficam um momento em silêncio e Katharine estremece ao sentir uma corrente gelada.

— Que dia frio. Nevou um pouco, mais cedo. Você viu os flocos na cidade?

Bree sacode a cabeça.

— Eu quase queria que minha irmã estivesse aqui — Katharine continua —, se ao menos ela pudesse mandar essas nuvens cinzentas embora.

Bree ri.

— Ela era forte. A mais forte que eu já vi. Mas nem ela podia mudar as estações.

Katharine assopra as mãos. Bree, a elemental, poderia ficar do lado de fora o dia todo, mas a rainha terá que entrar em breve. De todas as dádivas que ela pegou emprestada das irmãs mortas, a elemental parece ser a mais fraca. Talvez até elas sejam leais à Mirabella. Ou talvez existam menos rainhas elementais que não reinaram.

— Katharine — Bree diz, dispensando pela primeira vez o tratamento formal. — O que você quer de mim?

Katharine suspira e a guia pelo caminho pavimentado, voltando para a entrada principal.

— Uma oráculo será trazida até mim qualquer dia desses. Eu gostaria de saber como os conselheiros de Rolanth se sentem a respeito disso.

— Eu não posso falar pela Alta Sacerdotisa. E não deveria falar por Rho. Mas acredito que elas diriam que acham sensato. Se os rumores de um levante forem reais, você deve procurar saber tudo que puder.

— E se forem reais, de que lado você ficará? — Katharine pergunta rapidamente.

— Depois da Ascensão só há um lado — Bree responde, impassível. — O lado da rainha.

— Pensei que você me culpasse pelo que aconteceu em Rolanth. Você ficaria do lado da rainha mesmo contra a névoa? Contra a Deusa?

— Quem sabe qual a vontade da Deusa? A linhagem das rainhas é a linhagem Dela, e foram as rainhas que nos deram a névoa. Então… — Ela para e sacode a cabeça. — Essas são perguntas que deveriam ser respondidas por uma sacerdotisa. Onde está Elizabeth quando preciso dela?

— Devo admitir que pensei que você a traria junto. Vocês nunca ficam longe uma da outra. Mas saiba que não vou cobrar de você esses juramentos, Bree Westwood. Eu sei que independentemente das consequências dessa rebelião, é a Alta Sacerdotisa que decidirá a lealdade de Rolanth.

— Rolanth não é o cãozinho de estimação de Luca. Nem o meu. Para mim, você evoluiu muito bem na coroa. Mais do que eu esperava. Tem sido muito difícil, mas não consigo imaginar Mira… ou qualquer rainha se saindo melhor.

Elas rodeiam a casa e Katharine faz um sinal para o cavalo de Bree.

— Isso é tudo, minha rainha?

— É tudo.

Bree olha para as paredes e janelas escuras.

— Por que você está aqui em vez de no Volroy, de verdade?

— Pelo motivo que eu disse. E também para pegar algo de que vou precisar para a oráculo quando ela chegar.

Bree se vira e um criado a ajuda a montar no cavalo. O animal bufa e agita as patas.

— Quando ela chegar, você deveria questioná-la na frente de todo o Conselho. As pessoas com certeza ouvirão rumores, e elas gostarão de saber que a Alta Sacerdotisa é ouvida pela Coroa.

— Vou considerar.

Bree ergue as rédeas para virar o cavalo na direção da cidade.

— Há vários venenos no Volroy, não?

Katharine sorri.

— Não como este.

Pouco depois da partida de Bree, Genevieve e Pietyr chegam, quase ao mesmo tempo, embora não juntos — Genevieve em uma carruagem do Volroy e Pietyr a cavalo, vindo para vasculhar a biblioteca de Greavesdrake em busca de algo sobre as rainhas mortas. Quando Edmund, o bom e leal mordomo de Natalia, informa que a rainha está no andar de cima, ambos se dirigem para o antigo escritório de Natalia.

— Pietyr, Genevieve. — Katharine se vira parcialmente para cumprimentá-los. Seus braços continuam dentro de um dos armários de Natalia. — Novidades? A oráculo chegou?

— Ainda não. — Genevieve entra na sala e corre a mão pela poltrona favorita de Natalia.

— Eu não sei o motivo da demora. A capitã da guarda real avisou que a prenderam quase uma semana atrás.

— O clima nas montanhas deve estar fazendo com que se atrasem.

— Você não vem muito aqui, vem, Genevieve?

— Não. Não muito.

— Dá para notar. — Katharine franze o nariz. — Tem cheiro de mofo. Talvez Edmund pudesse abrir as janelas durante uma hora por dia, ou algo assim.

Nem Genevieve nem Pietyr respondem. Eles estão tão quietos que Katharine se vira para vê-los, achando que eles pudessem ter saído. Mas estão ali. Ao lado da antiga poltrona de Natalia, como se olhassem para o seu fantasma sentado.

— Eu queria que ela estivesse aqui — Katharine diz.

— Eu também. — Genevieve aperta o couro da poltrona. — Perguntei a Rho Murtra como foi encontrar aquele continental em pé sobre o corpo de minha irmã. Perguntei qual foi a sensação de matá-lo por isso. Fiz com que ela descrevesse nos mínimos detalhes. E ainda não foi o suficiente.

Os dedos dela se afundam no móvel.

— Deixar a sacerdotisa da guerra rasgá-lo quando ele merecia veneno... Um dia, vou cruzar o mar e encontrar toda a família dele. Envenená-los com algo desta sala. Observar até o último deles se contorcer e sangrar pelos olhos. Sua esposa. Seus irmãos. Seus filhos. E principalmente o pretendente, Billy Chatworth.

— Seria uma boa atitude — Pietyr diz em voz baixa.

— Um dia — Katharine responde. — Mas não hoje. Hoje, quero que vocês me ajudem a encontrar o veneno certo para soltar a língua da oráculo. — Ela aponta para os armários onde ainda não procurou e os Arron começam a trabalhar.

— Eu não sei o que você espera descobrir. — Genevieve passa os dedos suavemente por uma fileira de frascos. — Eu só conheci dois oráculos na vida, mas ambas tinham dádivas tão fracas que mal podiam ser chamadas de dádivas. Algumas previsões corretas, uma visão nublada, tudo cheio de duplo sentido. — Ela morde a boca. — Se ao menos houvesse um veneno para melhorar uma dádiva.

Katharine ri, a cabeça tão enfiada em uma prateleira funda que sua voz ecoa.

— Se houvesse tal veneno, eu não teria tantas cicatrizes.

— Kat — Pietyr sussurra tão repentinamente perto que ela se assusta e bate a cabeça. Ele é sempre tão silencioso. Ela deveria fazê-lo usar mais aquele perfume de que gosta, para saber quando ele estiver se aproximando.

— Estou começando a achar passagens sobre as rainhas. Tem tantos textos diferentes que é difícil dar conta de todos, isso porque só estou pegando os volumes de que preciso mais, para evitar suspeitas.

Katharine sai cuidadosamente do meio das prateleiras e olha nos olhos dele, cheios de animação. Por cima do ombro de Pietyr, Genevieve não está escutando, ocupada com um livro de notas em uma das mãos e um frasco de pó amarelo na outra.

— Há passagens sobre as irmãs mortas?

— Não muitas. Não consegui progredir até começar a ignorá-las e partir para casos de possessão espiritual.

— Possessão espiritual! — ela sibila e o puxa para baixo.

— É isso, em essência, o que elas são.

— Elas são mais que isso, Pietyr. Elas são rainhas.

— Sim, mas separá-las de você pode funcionar da mesma forma...

Ela endireita os ombros e volta para as prateleiras.

— Eu não posso lidar com isso agora.

— Mas achei que tivéssemos concordado...

— Sim, mas... não agora, Pietyr! Com uma rebelião se erguendo sob o comando de Jules Milone? Eu não posso deixá-las justo quando posso precisar delas. — Quando Pietyr começa a discutir ainda mais, ela segura o rosto dele nas mãos. — Agora não. Ainda não. — Então ela desvia o olhar antes que ele possa começar a duvidar de suas intenções.

— Muito bem, meu amor. — Ele se afasta, a voz tensa. — Outro dia. Hoje, no entanto, você deveria usar um avental. E luvas melhores que essas. Com dádivas emprestadas ou não, alguns dos venenos nesta sala ainda podem causar sua morte.

— Isso me faz lembrar que... — Genevieve grita do outro lado do escritório. — Nós precisamos mandar reabastecer a sala de venenos do Volroy. Até alguns desses da coleção particular de Natalia são melhores do que os disponíveis no castelo.

— Não é uma má ideia. — Pietyr puxa um dos cadernos de Natalia da escrivaninha. — Embora existam questões mais urgentes neste momento.

— Sim, sim, meu sobrinho. Como convocar mais soldadas para o exército real. Mas Rho Murtra está cuidando disso. E um envenenador nunca deveria se conformar com venenos inferiores. Nós poderíamos tirar boa parte do inventário de Greavesdrake. Nossa sala de venenos sempre foi melhor, de qualquer forma.

Katharine toca os frascos com afeto. A maioria dos rótulos foi escrita pela própria Natalia. Alguns contêm preparos particulares dela.

— Eu deveria mandar fazer um armário especialmente para as criações de Natalia. Com trancas de prata e uma porta de vidro. Os últimos venenos de uma grande envenenadora.

Ela e Genevieve sorriem uma para a outra. Pietyr se vira e aponta para uma página do caderno.

—Aqui diz que Natalia fez uma poção capaz de induzir a um delírio agradável.

— Talvez funcione. — Katharine se vira para o armário quando Pietyr se aproxima para examiná-lo. Ele puxa algo de uma das prateleiras mais altas: um frasco longo e roxo. — Está preservado?

— Se não estivesse, ela não teria guardado.

—A parte do delírio é mais forte que a parte agradável? — Genevieve pergunta. — O que as notas dela dizem?

— Ela o criou especificamente para interrogatórios. — Pietyr sacode de leve o líquido turvo e tira a tampa do frasco para cheirá-lo. — Fortemente herbal e muito alcoólico. Com um toque de fungos, bem no final.

— Sobrou tão pouco — Katharine diz.

— Mas acho que ela gostaria que você usasse. Ela gostaria que fossem usados por você, para algum propósito importante. — Ele volta a olhar para as notas de Natalia. — Eu diria que podemos tentar duplicar a receita, mas é arriscado. Só temos uma chance de usá-lo.

— Por quê? Ele não resulta em imunidade?

— Não — ele diz. — Resulta em morte.

Na manhã seguinte, Katharine, Pietyr e Genevieve cavalgam de volta para o Volroy juntos, depois de passarem a noite em Greavesdrake. Foi renovador ter uma noite tranquila, com criados familiares e discretos e xícaras quentes do chá de raízes de Edmund. Uma noite inteira com Pietyr em seu antigo quarto.

A carruagem sobe a colina e Katharine olha para as duas torres enormes. O Volroy já foi uma verdadeira fortaleza, e a capital não englobava muito mais do que o palácio e o que cabia dentro das muralhas. Agora, Indrid Down se estende para o interior, norte, oeste e leste do porto. Dessa distância, mal dá para ver o que restou da muralha tão baixa, gasta e cheia de musgo. Suas pedras retiradas há muito tempo para a construção de outras coisas.

Quando eles passam pelos grandes portões abertos, Katharine sabe que a oráculo chegou. É o único motivo pelo qual Rho os encontraria na carruagem, ela pensa.

— Eles trouxeram a oráculo — Katharine diz enquanto desce.

— Sim.

— Há quanto tempo?

— Duas horas, talvez — Rho responde. — A jornada dela foi longa, então Luca ordenou que a acomodassem na Torre Leste e lhe oferecessem uma refeição quente e um banho.

Genevieve desdenha.

— Fora da masmorra, então?

— É Theodora Lermont — Rho explica. — Uma idosa. Respeitada por todos em Sunpool. Dizem que as visões brotam dela como água de uma nascente.

— Como água de uma nascente. — Genevieve franze o cenho. — Isso tudo vai se mostrar uma grande perda de tempo.

— Vai dar tudo certo, Genevieve — Katharine diz, pegando o braço de Pietyr. — Eu não a colocaria na masmorra, de qualquer forma. Dê a ela uma chance de ser leal. Leve-a para a sala do trono.

Ela anda com Pietyr pelo castelo, sentindo o peso reconfortante do veneno em seu bolso.

— Deixe que eles duvidem — Pietyr diz suavemente. — Os oráculos sabem coisas sobre a ilha que nem o templo sabe. Trazê-la aqui foi uma decisão sábia.

Katharine assente.

— Espero que sim, Pietyr.

Quando eles entram na sala do trono, ficam sós exceto pelos criados que limpam e arrumam o lugar. Mas não demora muito para o Conselho Negro chegar, e logo todos estão sentados na longa mesa à direita. Bree troca um olhar com Katharine, satisfeita pela rainha ter decidido questionar a oráculo na frente de todos. Primo Lucian, por outro lado, pigarreia.

— Já chamaram a oráculo? Não deveríamos nos reunir primeiro? Para discutir o que perguntar?

— Vamos nos reunir depois. Para discutir o que for dito. — Katharine aponta com o queixo. Talvez seja um gesto menos respeitoso do que está acostumado, pelo modo como ele estreita os olhos. Mas Katharine não se importa. Seus pensamentos estão na oráculo e, além disso, ele não é *seu* primo.

Theodora Lermont, da famosa família Lermont de oráculos, entra na sala do trono com um vestido amarelo e cinza-claro. Ela é velha. Não tanto quanto a Alta Sacerdotisa, mas mais velha que Natalia. Ela é muito magra, e o banho e a refeição parecem lhe ter feito bem. Ninguém diria que ela havia acabado de ser arrastada às pressas por toda a ilha.

— Theodora Lermont — Katharine diz depois de a vidente fazer uma mesura profunda. — Você é muito bem-vinda no Volroy. Espero que sua jornada não tenha sido árdua.

— Foi longa, Rainha Katharine. Mas não árdua. — Ela se vira para encarar o Conselho Negro e cumprimenta a Alta Sacerdotisa com a cabeça. — Luca. Fico feliz de ver que está bem. Tantos anos.

— De fato. — Luca ri. — Mas nem todos esses anos foram bons.

Katharine sorri passivamente com a conversa. Ela não gosta dos olhos da vidente. Há um vazio neles, ou talvez seja determinação.

— Você sabe por que chamei você aqui?

A vidente sorri.

— Temo, minha rainha, que não seja assim que a dádiva da visão funcione.

Katharine ri educadamente, junto com quase todo o Conselho. Theodora Lermont não percebe, mas a Rainha sabe que ela está mentindo.

— Então me diga, vidente, como funciona? Como você pode ser útil para sua rainha?

— Eu posso jogar os ossos. — Theodora enfia as mãos nas dobras de sua saia cinza e tira dali uma pequena bolsa de couro presa em seu cinto. Dentro dela estão falanges e ossos de pássaros, plumas e pedras com runas entalhadas. — Ver sua fortuna. Prever seu destino.

— É difícil respeitar a dádiva da visão quando ela aparece vestida de charlatã com uma bolsa de brinquedos para crianças — Genevieve diz e os olhos de Theodora brilham com a ofensa.

— Mas nós a respeitaremos. — Katharine cala Genevieve com um dedo. — Nós a respeitamos. E ficaríamos honrados se você jogasse os ossos para mim. Mas mais tarde. Saber meu futuro é útil, mas não é para isso que você está aqui. O que você sabe sobre a menina naturalista chamada Juillenne Milone?

A oráculo baixa o olhar e Katharine observa Pietyr, que faz um gesto sutil de cabeça.

— Todo mundo ouviu falar da naturalista com a maldição da legião — Theodora responde. — Depois que ela atacou você na floresta de Wolf Spring, os rumores correram depressa. E depois que ela apareceu no meio do duelo, sua fama continuou a crescer.

— E agora?

— Agora ela reúne pessoas em prol da própria causa.

— Então a garota é realmente Jules Milone?

Theodora balança a cabeça.

— Isso, minha rainha, eu não vi.

— Mas você viu que a causa dela é minha coroa. — A vidente encara Katharine com seriedade, e ela se inclina para a frente, para que a mulher possa ver melhor a faixa negra tatuada em sua testa. — Como pode? Como ela pode querer me substituir se não é uma rainha? Se não é da linhagem da Deusa?

— Alguns dizem que a Deusa abandonou a linhagem das rainhas.

— É isso que a profecia diz? — Pietyr pergunta e o olhar de Theodora corre para ele. — Nós ouvimos que há uma profecia.

— Jules Milone já foi rainha um dia e pode vir a reinar de novo.

O Conselho Negro começa a cochichar e fazer gestos incrédulos.

— *Ou* — a oráculo continua — ela pode ser nossa destruição.

Katharine se endireita. Um som entrecortado de respiração vem da mesa do Conselho. Mas Theodora Lermont apenas dá de ombros.

— Nossa rainha ou nossa destruição — ela diz. — Ou os dois ao mesmo tempo. E, se for assim, ninguém pode impedi-la. Nem o Conselho Negro. Nem a Alta Sacerdotisa. — Ela encontra os olhos de Katharine. — Nem você.

Katharine toca a própria barriga, onde as rainhas mortas resmungam. A coroa é tudo que elas querem. Tudo o que são. Se Katharine perdê-la, elas a deixarão. Elas escorrerão por seus poros, e o que ela teria, então? Como recuperaria a coroa?

— O que ela tem a ver com a névoa? — Katharine pergunta, áspera. — Ela é o motivo pelo qual a névoa se levantou?

— A névoa? — Theodora arqueia as sobrancelhas. — Eu não sei.

— Você pode aos menos me dizer como Jules Milone consegue carregar a maldição da legião sem enlouquecer?

— Também não posso falar sobre isso.

Katharine joga as mãos para o ar. Ela olha para o Conselho, para Bree e Luca. Ela tentou. Eles devem ter enxergado isso.

— Sinto muito, Rainha Katharine. Sinto muito desapontá-la.

Katharine gira o punho contra o frasco do veneno de Natalia escondido em sua manga.

— Não me desapontou. Volte para o quarto que preparamos para você. Descanse. Eu a encontrarei mais tarde para ter minha sorte lida. Estou ansiosa por isso.

Theodora faz uma mesura profunda e se vira para ir embora. Katharine estuda cada movimento dela, perguntando-se se a dádiva da visão da mulher mostrou a ela as verdadeiras intenções da rainha. Parece que não.

— Só isso? — Primo Lucian pergunta. — Esperamos tanto para isso?

— Não, não é tudo. — Katharine diz. Ela faz um gesto para Pietyr e ele vai imediatamente até ela.

— Coloque guardas na porta dela. Deixe que ela passeie, se quiser, mas não a deixe sair do Volroy. Eu terei minhas respostas, Lucian. Todos nós as teremos.

Na mesma noite, Katharine vai ao quarto da oráculo com um jantar servido em bandejas de prata cobertas.

— Rainha Katharine. — Theodora faz uma mesura profunda. — É uma honra jantar com você. Os outros membros do Conselho Negro se juntarão a nós?

— Esta noite, não — Katharine diz, pensando em Bree e se sentindo culpada por algum motivo. — Esta noite eu gostaria de ter minha oráculo só para mim.

Elas se sentam e as criadas revelam os pratos: uma sopa bonita e clara de abóbora de inverno, galinhas assadas douradas, cheias de ervas aromáticas, e um creme com geleia de frutas de sobremesa. As criadas enchem as taças de vinho e água e partem o pão. Depois saem e fecham a porta atrás de si com cuidado.

— Eu teria convidado meu companheiro, Pietyr Renard, para se juntar a nós, ou Genevieve Arron. Eles sempre foram fascinados pela dádiva da visão. Mas eles também foram criados como envenenadores, então fazem careta diante de comida sem veneno. — Katharine aponta para os pratos. — Eu acho uma terrível falta de educação. Mas não consigo fazê-los parar.

— A dádiva envenenadora ficou mais forte. Até os bebês nascem com imunidade agora. Receber uma dádiva e se tornar imune às toxinas mais mortais... eles têm todo o direito de se sentirem orgulhosos. É algo sagrado.

— Todas as dádivas são sagradas — Katharine diz rapidamente. — Eu gostaria de poder fazê-los respeitar de forma mais saudável as outras dádivas.

— Devo jogar os ossos para você? — Theodora pergunta.

— Depois do jantar, talvez. Não queremos que a comida esfrie. — Katharine faz um gesto para que a convidada comece, sentindo o peso do veneno na manga de seu vestido.

Theodora a encara. Ela não é boba e sabe o que está por vir. Depois de um longo momento, porém, ela pega um pedaço de pão e o molha na sopa.

— Sinto muito não ter sido mais útil. — A mulher se vira para a galinha e puxa um pouco de carne do peito com os dedos.

— Tudo bem. Você será.

Theodora come o mais devagar que pode, temendo cada mordida. Mas continua comendo, engolindo de novo e de novo. Uma refeição muito corajosa. É uma maravilha de se observar, mesmo que a comida ainda não esteja envenenada.

— Você sabe que eu nunca quis um reinado turbulento. — Katharine pega sua bandeja de prata e começa a se servir de seu jantar. — Não sou o monstro de que você ouviu falar. Nem morta-viva, como dizem. Minhas irmãs que foram as traiçoeiras. Traidoras em vestidos pretos... ou calças, como parece ser o caso. Mas a ilha nunca me deu uma chance. Eles se levantaram contra meu reinado no minuto em que ganhei a coroa. A névoa atrás de mim, como a própria Deusa. — Katharine dá uma mordida na galinha. — Bem, deixe que Ela fique do lado da naturalista. Não foi pela vontade da Deusa que eu fui coroada, de qualquer maneira.

— Se não foi pela vontade Dela — Theodora pergunta —, então de quem? Em seu colo, Katharine posiciona o frasco de veneno. Depois pega o vinho.

— Os oráculos realmente se aliaram à rebelião?

— Eu não sei de tal aliança — Theodora diz e aperta os lábios.

— Então por que você se recusou a vir? Por que precisei arrastá-la até aqui?

— Talvez porque todos na ilha temam você. — Ela come mais um pouco de sopa e pão.

Katharine move o veneno até a borda da manga. Um delírio agradável dentro de um frasco roxo. Um delírio dócil e em seguida a morte.

— Você tem olhos tão gentis, Mestre Lermont. Gostaria que estivesse me dizendo a verdade. — Ela toma um gole de vinho e o coloca de volta na mesa, passando a mão por cima da taça de Theodora. Ela se aperfeiçoou nisso, então o veneno desliza, invisível, misturando-se com a água e o vinho. É tão fácil que Katharine também despeja veneno em cada prato, manchando a tigela de sopa e acrescentando várias gotas reluzentes ao creme. Tanto veneno na refeição que o delírio começa antes mesmo de Theodora tocar a sobremesa, e ela começa a rir.

— Algo engraçado?

— Não. — A vidente seca a testa com a manga de sua roupa e tenta se acalmar, tomando um gole de água. — É só que é tão estranho termos medo de você. Das histórias que contam sobre a Rainha Morta-viva. Você é uma coisinha tão pequena. E jovem. Quase uma criança.

— Todas as rainhas são jovens em algum momento. Era de se imaginar que Jules Milone e suas companheiras soubessem disso. Mas talvez essa rebelde nem seja a verdadeira Jules Milone. Talvez a verdadeira Jules Milone tenha se afogado na tempestade da Deusa com minhas irmãs.

— Não, é ela. Eu a vi em minhas visões. Um olho verde e um azul, com uma gata da montanha em sua sombra. Alguns dizem que, quando ela ascender ao trono, seu olho azul se tornará negro, mas isso é bobagem.

— É bobagem que ela possa virar uma rainha se ela não é uma rainha. Se não terá as trigêmeas. — Katharine termina seu vinho e serve um pouco mais. Ela própria não terá as trigêmeas, e pensar nisso faz a galinha em sua boca ter gosto de madeira.

Theodora dá de ombros.

— A profecia diz "um dia foi rainha, e pode voltar a ser". Nunca é fácil de interpretar. Mas as pessoas acreditam. Ela é uma naturalista e tem a dádiva da guerra. E as duas dádivas são fortes como as de uma rainha.

— Como? — Katharine questiona. — Como ela é forte como uma rainha se tem a maldição da legião? Por que ela não é louca?

A oráculo a olha com seriedade. Então explode em risadas. É instável, esse veneno. E Katharine não tem ideia de quanto tempo vai durar.

— Mas você é mesmo uma menina bonita — Theodora diz e gargalha. — E você é doce e gentil e me deu um quarto confortável. Você fala das dádivas com igual reverência. — Ela estreita o olho esquerdo. — Você realmente comprou a Alta Sacerdotisa com um lugar no Conselho?

Katharine empurra a tigela de creme para a frente.

— Coma um pouco de sobremesa para aliviar o vinho em seu estômago. Acho que você bebeu um pouco demais.

— Sim, sim. — Theodora engole uma grande porção. — Me perdoe.

— Por que as pessoas querem me depor?

— Elas temem que você tenha sido um erro. Que não tenha sido feita para reinar.

— Mas Juillenne Milone foi?

— Talvez qualquer um seja melhor que uma envenenadora.

— E se ela enlouquecer? Você pode prever isso, se ela vai ficar louca?

Theodora apoia os cotovelos na mesa. Ela está começando a parecer cansada. A cabeça dela pende. Parece ter mais dificuldade para engolir, até mesmo o creme.

— Não consigo ver isso. Mas a magia baixa vai aguentar. A mãe dela a atou, sabe? Com sangue. Então a maldição fica controlada e ambas as dádivas podem florescer.

Katharine se inclina para trás. Ela já viu a mãe de Jules. Em Wolf Spring, durante o Festival do Solstício de Verão. Ela estava perto da água quando eles soltaram as guirlandas no porto, antes que Katharine lançasse o desafio da Caçada das Rainhas. Madrigal Milone é o nome dela. Jovem demais para ter uma filha de dezesseis anos. Bonita demais para ser mãe de uma garota sem graça como Jules.

— Se a mãe dela morrer, a maldição se completará?

A oráculo arregala os olhos.

— Ninguém sabe. Ninguém com a maldição da legião viveu tanto tempo sem ser atingido por ela. Alguns desejam que a amarração seja cortada. Mas outros dizem que isso a tornará ainda mais forte.

— Onde está Jules Milone agora? — Katharine pergunta, mas Theodora sacode a cabeça. Talvez ela realmente não saiba. Ou talvez até os venenos de Natalia tenham limites. — Onde está a mãe dela?

Os olhos de Theodora perdem o foco e seu rosto relaxa, um lampejo da verdadeira dádiva da visão em ação.

— Se você partir agora, vai encontrá-la nas montanhas, indo para o sul na direção de Wolf Spring. — A visão termina e Theodora pisca, parecendo confusa.

Katharine grita por cima do ombro e uma criada abre a porta.

— Vá ao Conselho Negro. Diga para mandarem nossos mensageiros mais rápidos e os melhores caçadores para as montanhas. Ofereça uma recompensa pela cabeça de Madrigal Milone. Uma recompensa ainda maior se ela for trazida até mim viva.

Quando a criada se vai, Katharine encara Theodora, cujos olhos se movem em círculos. O veneno começou sua fase final e grotesca, que inclui altos e baixos, risadas e temores.

— Há mais alguma coisa que você possa me dizer? Sobre a névoa? Por que ela está se erguendo? Por que ela se virou contra sua própria ilha?

A oráculo olha para baixo e escuta. Ela pressiona as mãos contra as têmporas, sujando-as de creme.

— A Rainha Azul voltou. A Rainha Azul! Rainha Illiann!

— Por quê? — Katharine pergunta. — O que ela quer? — Mas a oráculo não diz mais nada. Theodora só chora e geme. O veneno se tornou um espetáculo, então Katharine serve mais vinho para as duas.

— Beba um gole — ela diz, gentil.

— Acho que não consigo.

— Você consegue. — Katharine pega a taça. Ela se levanta para sentar ao lado de Theodora e a ajuda a segurá-la, pressionando as mãos contra os dedos gelados da mulher. — Isso vai facilitar.

— Você fez isso — Theodora diz. Então ela engasga, contorcendo-se com uma risada que parece um relincho.

Katharine mantém os ombros eretos.

— Eu fiz. Por isso vou ficar e conversar com você até tudo terminar.

A rebelião

Continente

Arsinoe leva mais tempo do que gostaria para juntar o dinheiro necessário para contratar um navio e ir até a ilha. Mas, finalmente, esse dia chegou. Depois de esconder as moedas que ganhou quando pegou um chapéu e fingiu ser um entregador, e depois de ter sido tentada duas vezes a roubar um dos broches da sra. Chatworth para vender, ela está sozinha em frente ao porto, preparando-se para embarcar. Desta vez, sem Mirabella e sem Billy. Eles estarão mais seguros no continente.

— E eu não vou ficar fora muito tempo — ela sussurra e aperta as moedas na mão.

Nas docas, ela se enfia entre os trabalhadores, procurando por algum capitão ocioso. É um dia movimentado, com o porto cheio de homens e nenhuma mulher à vista. Arsinoe mantém a cabeça baixa e o chapéu também, pensando que pelo menos não está na época de Daphne e não precisa se preocupar com a superstição de ter uma mulher a bordo. Ela enfia o dinheiro no fundo do bolso e passa pelas embarcações. Não precisa ser um ótimo barco. Nem grande. Desta vez, ela não precisará lutar contra a névoa. Qualquer capitão e tripulação disponíveis que aceitem navegar na direção que ela quiser servirão.

Ela aceitaria até uma jangada e um par de braços fortes para remar.

— Com licença, senhor.

Um homem com casaco verde de lã se vira subitamente, embora ele só estivesse enchendo seu cachimbo.

— O que foi, menino? — Ele estremece quando vê o rosto dela. Ou talvez por ver suas cicatrizes. — Ou menina. O que posso fazer por você, menina?

— Eu preciso de uma passagem — ela diz. — Para uma viagem curta.

— Uma viagem curta para onde?

Arsinoe hesita.

— Preciso de uma passagem para uma viagem curta com uma tripulação *discreta*.

Ele semicerra os olhos. Quando ela não se mexe, o homem morde a ponta do cachimbo apagado.

— Meus meninos e eu podemos levá-la, mas você vai ter que voltar amanhã.

— Amanhã?

— É. Tenho redes para remendar à tarde. Se você voltar amanhã, neste mesmo horário, nós já vamos ter descarregado a pesca, e eu posso manter a tripulação por aqui.

Arsinoe olha em volta das docas. Tantos barcos. Mas alguns são grandes demais, e outros ficaram vazios no curto tempo desde que ela chegou ali. Ela tira todo o dinheiro que tem nos bolsos.

— Se eu lhe der tudo que tenho, você reúne uma pequena tripulação e me leva agora? Não vai demorar para chegar aonde estou indo, prometo.

— Não sei... qual a pressa, menina?

Antes que possa inventar uma mentira, Arsinoe ouve o familiar assobio de Billy.

— Se ele disser não, diga que eu pago o dobro.

Billy e Mirabella andam confiantes pelas docas. O capitão se endireita quando aperta a mão do rapaz, que se apresenta.

— Você pode me dizer o que está acontecendo, jovem Mestre Chatworth? — O capitão olha desconfiado para Arsinoe. — Ela não deve viajar?

Arsinoe olha para ele com raiva e cospe na água.

— Não sozinha, receio — Billy diz. — Eu sou o noivo e esta é a irmã dela, e nós vamos junto. — Ele coloca mais dinheiro na mão do capitão e o homem dá de ombros.

— Vou chamar minha tripulação.

Quando ficam sozinhos, Arsinoe empurra Billy e Mirabella de volta para as docas.

— O que vocês estão fazendo?

— Indo com você — Mirabella diz, jogando uma bolsa no peito dela. — E pelo menos nós lembramos de fazer as malas.

— Se eu tivesse feito as malas, vocês teriam descoberto o que eu estava planejando. E você não me disse que era uma má ideia?

— É uma má ideia. Quando chegarmos naquela ilha, provavelmente nunca vamos conseguir sair de novo. — Mirabella segura os ombros da irmã. — Por favor. Não vá. Você sabe que não podemos te deixar ir sozinha.

— É por isso que eu não contei nada. Não estou voltando para ficar. Vou entrar escondida, ir até ao Monte Horn para descobrir o que Daphne e a Rainha Azul querem e depois volto para cá.

— Se você conseguir voltar — Billy diz, estudando a condição do barco de pesca para o qual eles compraram passagem. — Da última vez, Mira teve que lutar contra a tempestade da Deusa, lembra?

— Não vai ser como da última vez.

— Como você sabe?

— Eu só sei.

— Isso não é uma resposta. E é por isso que vamos com você. — Mirabella ergue a saia e pula por cima do trilho. — E também para garantir que você vai manter sua palavra. Entramos e saímos.

— Entramos e saímos — Arsinoe murmura e entra no barco.

O barco partiu em menos de uma hora. De início, a pequena tripulação de pescadores estava de mau humor, mas isso logo melhorou quando viram o dinheiro extra e a relativa facilidade da jornada. E também pela presença do belo rosto de Mirabella.

Arsinoe se debruça por cima da lateral do barco para ver as ondas batendo contra o casco, e ela e Mirabella ficam de pé no convés. A embarcação não é grande coisa. Certamente não é nada comparada ao grande navio no qual eles chegaram ao continente.

— Sua dádiva já voltou? — ela pergunta. — Você consegue senti-la?

— Não. E mesmo se chegarmos na ilha, quem sabe quanto tempo isso vai levar para acontecer. Se é que vai acontecer. Há muitas coisas que nós, rainhas desertoras, não sabemos. — Ela puxa Arsinoe para cima. — Mas o que sei é que não temos como combater outra tempestade. Então é melhor você torcer para que a névoa nos deixe passar sem problemas.

— Ela vai — Arsinoe afirma. Billy instruiu a tripulação a navegar pelo sudeste da baía. Não é a direção pela qual eles vieram, mas não importa. A magia da ilha vai achá-los, se ela os quiser lá.

— Acho que você está brava comigo — Arsinoe diz.

— Acho que estou. — A boca de Mirabella está tensa e, quanto mais ela fala, mais raiva transborda. — Fugindo desse jeito. Se preparando para partir sem dizer nada. Agindo como se isso fosse um jogo, sendo que pode matar todos nós.

— Eu sei que não é um jogo. Eu não disse nada porque não queria que você viesse. Não precisava.

— Precisava, sim.

— Não, não precisava. Eu sobrevivi dezesseis anos sem você cuidando de mim. Sobrevivi a uma flecha nas costas. A um envenenamento.

— Você é uma envenenadora.

— Eu não sabia disso. Sobrevivi a um raio seu! — Ela cutuca a irmã no ombro com o indicador. — Salvei sua vida no duelo. Tirei nós duas da masmorra! Então se você quer falar sobre quem salva quem...

Mirabella ri e a empurra de leve.

— Você é insuportável. E teria se afogado na primeira onda. — O sorriso dela some. — Mas... não vim só para cuidar de você. Embora eu tenha certeza de que vou ter que fazer isso. — Arsinoe faz uma careta. — Vim porque, se você estiver certa e realmente houver algo errado na ilha, é... nossa responsabilidade, não é? Fazer o que pudermos. Nós ainda somos de lá, ainda somos rainhas.

— Não, não somos — Arsinoe diz, triste. — É esse pensamento que pode nos matar.

— Você ainda tem sonhado com Daphne?

Ela sacode a cabeça. Não houve mais sonhos desde que ela decidiu voltar para Fennbirn. É isso, mais do que qualquer coisa, que diz a Arsinoe que ela está na direção certa.

— E você, começou a sonhar?

— Não — Mirabella responde. — Ela ainda só fala com você. — Mirabella cruza os braços e aponta com a cabeça para Billy ao vê-lo se aproximar pelo outro lado. — Só para que você saiba, isso provavelmente é uma armadilha. Daphne provavelmente vai nos levar direto para as garras da nossa irmãzinha.

— Tenha um pouquinho de fé — Arsinoe diz enquanto Mirabella se afasta.

— Duas rainhas morrem. É assim que é.

— Não diga isso! — Arsinoe grita atrás dela, então se vira de volta para a amurada e dá um soco ali. — Por que ela disse isso?

— Acho que ela estava brincando. — Billy se apoia na amurada. Ele descasca uma noz e a estende para Arsinoe.

— Não, obrigada. Onde você achou isso?

— O capitão tinha. Nós pagamos tanto dinheiro por uma viagem de uma tarde que acho que ele se sentiu na obrigação de oferecer comida.

— Você está de bom humor. Não vai me dar uma bronca também?

Ele dá de ombros.

— Eu confio em Mirabella para cuidar disso. Ela vai ser uma ótima cunhada um dia. Manterá você na linha por mim.

Arsinoe desdenha. Então desliza os dedos pelo cabelo nas têmporas de Billy. Está mais longo agora do que quando se conheceram. Longo o suficiente para voar com o forte vento do mar. Ele a chamou de noiva quando eles contrataram o barco. Era só uma mentira, ela sabe, mas, mesmo assim, causou uma onda prazerosa de excitação no fundo de seu estômago.

— Desculpa te arrastar para isso. Te levar para longe da sua mãe e da sua irmã.

— Não precisa se desculpar. Eu disse a elas que ia voltar para achar meu pai e levá-lo para casa. Elas não podiam ter ficado mais felizes. — Ele sorri, talvez um pouco amargo. — Mas é perigoso, Arsinoe. E você é uma tola por tentar fazer isso sozinha.

— Perigoso. — Ela contrai os lábios.

— Fennbirn é perigosa. Você não pode negar. Não depois do que perdemos.

— É tão seguro na ilha quanto lá. — Ela inclina a cabeça na direção do continente.

— Não é possível que você esteja comparando os dois. Nós não forçamos nossas garotas a competirem até a morte...

— Talvez não. Mas se eu ficasse por lá sem você para cuidar de mim, eu poderia ser morta. Garotas como eu devem ser mortas todo dia no continente.

— Arsinoe...

— Talvez não executadas. Mas mortas, de qualquer forma. Em algum lugar, neste exato momento, uma garota como eu deve estar trancafiada para ser esquecida ou jogada na rua para morrer de fome. Deixadas tão de lado que ninguém se importa com o que acontece com elas. — Ela engole em seco. — Eu prefiro a faca de Katharine nas minhas costas.

Billy pisca e desencosta da amurada.

— Eu não sei como poderemos ter um futuro lá se você se sente assim.

— Eu não quis dizer que não posso... — Ela para. Há perigo nos dois lugares. Em todas as partes. Mas no mar, navegando em direção à ilha, ela se sente indo para casa. — Talvez eu só faça parte da ilha, e você, do continente.

Eles ficam um ao lado do outro, estarrecidos. Ela quer retirar o que disse. Mas, mesmo que o fizesse, ainda seria verdade.

Ele entrelaça os dedos nos dela.

— E se fôssemos para outro lugar, então?

— Outro lugar?

— Outro lugar completamente diferente. Se você pudesse passar pela névoa e ir para um lugar novo, para onde iria?

Ela pensa por apenas um momento.

— Centra.

— Centra. Bom. Ouvi dizer que lá é lindo, e nunca fui. Podemos ir quando tudo isso terminar. Quando meu pai voltar e não corrermos mais o risco de perder a propriedade. Nós podemos ir para Centra e termos uma vida completamente nova.

Arsinoe sorri.

— Parece bom. Me lembra do que Joseph costumava dizer para mim e Jules. Sobre nosso final feliz. — Apesar de não ser o mesmo barco, os olhos dela vão para o lugar no convés onde Joseph caiu morto nos braços de Jules. Ela quase consegue vê-lo, sua forma pálida, o sangue tão diluído na água do mar que era ainda mais difícil acreditar que ele havia partido. *Jules na minha guarda e ele no meu Conselho.*

Ela passa os braços em volta de Billy e o abraça forte. Por cima do ombro dele, o céu ainda está claro. Mas não falta muito para que eles alcancem a névoa.

Chalé Negro

Jules, Caragh e Emilia estão nas janelas da frente do Chalé Negro, observando Mathilde encarar a pequena fogueira que acendeu no quintal. A primeira neve caiu naquela manhã. Estão limpando os céus, Mathilde disse. Tornando a noite boa para visões. Uma ótima noite para ver o que as espera, agora que estão partindo para continuarem sua jornada.

— Onde está Willa? — Jules pergunta. — Lá dentro com Fenn?

— Provavelmente — Caragh responde. — Ela realmente ama aquele bebê. Mas, mais do que isso, ela não gosta da dádiva da visão. Ter um oráculo aqui a deixa desconfortável.

No quintal, o fogo derrete a neve recém-caída em um círculo perfeito, e Mathilde se agacha sobre os dedos dos pés, os joelhos e as pontas dos dedos das mãos. Às vezes, parece que está falando com as chamas. Em outras, que está cantando. Elas não conseguem ouvi-la através do vidro nem ver o que ela vê. Para Jules, Caragh e Emilia, as chamas são apenas chamas.

— Tem certeza de que você vai ficar bem? — Emilia pergunta. — Você e Willa com o pequeno, até a mãe de Jules voltar?

— Eu imagino que sim. Nós duas somos parteiras.

Emilia move o ombro em círculos, tocando um hematoma que Jules causou enquanto praticavam esgrima com grossos bastões, a neve caindo em volta delas.

Caragh se abaixa e dá um tapinha no lombo de seu cão marrom.

— Vamos para a cozinha começar o cozido do jantar. E eu gostaria de falar com minha sobrinha por um minuto.

Emilia cutuca Jules.

— Vá. Eu vou para o bosque caçar perdizes. Você poderia me mandar umas, se sua dádiva alcançar. — Ela sorri, mas logo seu cenho se franze. — Pensando bem, é melhor não. Eu não consigo atirar neles quando eles vêm saltitando para o meu colo.

— Por que você não leva Camden? Correr seria bom para ela.

Emilia faz que sim. Seu cabelo escuro está solto e bagunçado, parecendo tão inquieto e pronto para sair por aí quanto ela.

— Certo. E façam algo delicioso. Não vai ser por muito tempo que vou poder ganhar uma refeição sua. Minha rainha.

— Pare de me chamar assim.

Emilia dá um tapinha nela.

— Acho que você está começando a gostar.

Do lado de fora, perto da fogueira, Mathilde sopra a fumaça e alimenta o fogo com ervas e um âmbar que produz chamas azuladas. Ela afasta o cabelo dos ombros, sua trança branca áspera e separada do restante dos fios no ar frio da noite.

Na cozinha, Caragh corta um grande pedaço de peixe defumado.

— O jantar de hoje é cortesia de Braddock.

— Ah, é? Ele pescou isso só para nós?

Caragh ri.

— Não. E, para ser sincera, está ficando cada vez mais difícil tirar peixes dele. — Ela aponta para o balcão e Jules começa a picar vegetais.

— Quanto tempo você acha que vai demorar até Madrigal voltar? — Jules pergunta.

A única resposta de Caragh é um leve arquear de sobrancelhas.

— Você pode ir até a despensa pegar manteiga e creme?

— Você tem mais fé nela do que eu. — Jules coloca os frascos de manteiga e creme no balcão para Caragh acrescentá-los na panela. Ela observa a tia cuidadosamente, mas Caragh só estica o braço para alcançar um saco de farinha no armário. Talvez para fazer biscoitos. — Você não devia tê-la deixado ir.

— Jules — Caragh diz, ríspida. — Quem sou eu para dizer à minha irmã o que ela pode ou não fazer? Aonde ela pode ou não ir? — Ela começa a medir farinha e gordura. — Emilia está com pressa. Eu me pergunto se é assim que todas as guerreiras são. Tão apressadas para lutar.

— Vovó Cait sempre dizia que eu tinha o pior temperamento que ela já tinha visto.

— Ela dizia.

Elas se olham, lembrando de pratos quebrados e ataques de fúria. Perguntando-se o que podia ser atribuído à dádiva da guerra atada e o que podia ser só uma criança precisando gritar.

— Então — Jules diz. — O que você precisa falar comigo? — Ela desliza os vegetais picados para as mãos e os coloca no cozido sobre o fogo, junto com um monte de caldo de peixe. Quando ela se vira, a tia está congelada, encarando a faca em cima da tábua de cortar. — Tia Caragh?

— Eu não sei como contar isso, Jules, então vou apenas contar. Houve uma segunda profecia depois que a oráculo viu sua maldição da legião naquela noite. — Caragh se endireita e olha nos olhos dela. — Depois que a oráculo viu sua maldição, ela nos disse para afogar você. Ou deixar você no bosque para os animais encontrarem. É isso que fazem quando a maldição é descoberta. Mas Madrigal se recusou. Ela chorou. Eu chorei. A oráculo tentou te tirar dos braços de sua mãe. E, quando fez isso, ela teve outra visão.

— Outra visão?

— Diferente da primeira. — Caragh franze as sobrancelhas. — A descoberta da maldição da legião foi como um curandeiro descobrindo um osso quebrado, ou um cavaleiro vendo um inchaço na pata de um cavalo. A segunda vez foi como um transe. — Ela olha para Jules, séria. — A vidente disse que você seria a destruição da ilha.

Por um momento, Jules pensa que ouviu errado.

— A destruição da ilha? Eu? — Ela ri. — Isso é ridículo.

— Foi o que ela disse.

— Bom, deve ser uma piada.

— Pode não significar nada. Profecias significam várias coisas. Muitas vezes, não significam aquilo que as pessoas pensam.

Jules pega uma batata e começa a cortá-la em pedaços. A destruição da ilha. A lâmina desacelera.

— Ou já aconteceu. Eu estava lá quando o Ano da Ascensão deu errado. Quando a linhagem das rainhas se quebrou. Eu estava lá para ajudá-las a escapar. A profecia deve ter sido sobre isso.

— Deve ter sido. E agora você vai liderar um exército contra Katharine, que é desprezada até pela névoa que nos protege.

— Sim — Jules sussurra.

— A não ser que você esteja errada — Caragh diz — e a névoa realmente se erga por sua causa.

Jules para. A profecia é que deve estar errada. A rebelião deve estar certa.

Tem que estar, porque, apesar de seus esforços contra, a rebelião ganhou seu coração e lhe deu esperança.

Ela observa Mathilde pela janela.

— Mathilde me disse uma coisa em Bastian City. Ela disse que a oráculo que viu minha maldição nunca mais voltou.

Caragh acrescenta mais coisas no cozido. Sua boca se contrai.

— Cait a matou? — Jules pergunta. — Ela a matou para manter segredo?

— Sim — Caragh responde.

— Como?

— Isso não importa, nem onde a enterramos. Ela nunca será encontrada. Nós nos oferecemos para pagar pelo silêncio dela. Tudo que tínhamos. Mas ela não quis aceitar.

Jules segura a faca com força para não começar a tremer. Para sua dádiva da guerra não fincá-la na parede do Chalé Negro. Ela não consegue olhar para a tia. Ela não consegue pensar em Cait. Tanta escuridão em volta de seu nascimento. Tanta morte.

— Você sempre me contou sobre quão abençoada eu fui.

— Você foi. Esse crime foi nosso, Jules. Não seu. Eu nunca quis que você soubesse. Eu não queria que você carregasse isso.

— Alguém sempre paga.

Caragh e Juniper saltam quando Mathilde subitamente aparece na porta.

— Mathilde! — Jules grita. — Eu quase enfiei essa faca na sua cabeça.

Os olhos da vidente estão vazios. Juniper se aproxima e a fareja. Ela coloca a pata no joelho dela e pula no peito da oráculo.

— Ah — Mathilde diz, segurando o cachorro.

— Você está bem?

— Estou. Onde está Emilia?

— Ela está caçando com Camden.

— Traga-a de volta. As duas. Eu tive uma visão. Devemos chamar os rebeldes agora e voltar para Sunpool. — Ela coloca Juniper suavemente no chão e puxa Jules pelo pulso. — Ela sabe. A rainha sabe. E está vindo.

— Como? Como ela sabe?

— Ela sabe porque está com sua mãe.

Mar

— **Falta quanto?** — o capitão pergunta.

— Não muito — Billy responde, mas parece inseguro. Eles navegaram por toda a tarde e durante o começo da noite e, ainda assim, nenhum sinal da ilha.

— Será que já navegamos o suficiente? — Arsinoe pergunta. — A névoa não vai vir nos buscar?

— Você deveria saber mais do que eu — Mirabella responde. — Você já navegou nela muito mais vezes.

E Billy deveria saber mais do que todos, já que entrou e saiu da névoa muito mais do que as duas.

— Achei que você tinha dito que seriam só algumas horas — o capitão diz. — Pela quantia que você pagou, eu deixei o barco seguir até aqui, mas agora temos que voltar.

— Mais um pouco! — Arsinoe anda até a amurada e se inclina para fora. — Eu vou saber quando vir.

— Vir o quê? Não há nada para ver aqui! Nenhuma terra para esses lados até você dar de cara com Valostra.

Billy se junta a ela e Mirabella na amurada.

— Eu não posso mantê-los aqui por muito mais tempo. Vamos ter que voltar e ir para casa. Tentar de novo amanhã — ele diz.

Arsinoe range os dentes. Ele está tentando parecer triste, mas sua voz está cheia de alívio.

— Olhem! — Mirabella levanta a mão e aponta. Embora o horizonte estivesse limpo apenas um momento atrás, a névoa se levanta, branca e pálida, indo do mar ao céu. Embaixo de seus pés, o pequeno barco balança, e eles ouvem o capitão e sua tripulação esquálida murmurar, confusos.

— Uma tempestade? Temos que contornar.

— Não. — Arsinoe ergue um braço para a frente. — Direto nela. Direto nela!

Eles mergulham na névoa.

Ela é tão grossa que Arsinoe não consegue ver Mirabella, embora ela esteja bem ao seu lado. Arsinoe tem certeza de que, se respirar, a névoa vai grudar em seus pulmões e sufocá-la.

— O que está acontecendo? — o capitão grita quando, dentro da névoa, o vento cessa. — Chequem as velas! — Mirabella e Billy seguram as mãos de Arsinoe.

— Isto... não costuma ser assim — Billy sussurra. Mas também não é como quando eles fugiram para o continente. A névoa é grossa e de um branco puro. Sem trovão ou chuva, e a água está tão quieta que o barco mal balança. Mas está demorando demais.

Algo grande espirra água a bombordo e Arsinoe estremece, imaginando a rainha sombria tomando forma dentro da névoa. Em seus ouvidos, cada onda é um reflexo da cauda da sereia fantasma deslizando sob a água escura e turva.

— Para onde você acha que ela vai nos levar? — Mirabella pergunta, já que a névoa pode levá-las a qualquer lugar.

— Eu nunca pensei nisso — Arsinoe admite. — Acho que imaginei que passaria por ela e daria de cara com Wolf Spring.

— E eu pensei em Rolanth. Quando, na verdade, podemos emergir e dar de cara com as torres do Volroy.

— Ou podemos nunca emergir — Billy sugere.

Arsinoe engole em seco. Todos a bordo ficam em silêncio. Até o barco para de ranger.

Daphne. No que você me meteu?

— Ali — Mirabella diz, mas a névoa está opaca demais para que consigam ver para onde ela está apontando — ou se ela está *mesmo* apontando. — Vocês estão vendo aquilo?

Arsinoe se vira. Ela olha para o alto e engasga. A Rainha Azul está bem em cima delas. Uma silhueta negra cortando o branco.

— Ela sempre esteve ali? — Billy murmura enquanto ela ergue os braços longos e fortes. A névoa se dissipa.

Os três suspiram e se apoiam na amurada, rindo de alívio.

— O que foi isso? — o capitão pergunta.

— Eles não a viram. — Mirabella olha para cima, para o céu, que agora, está vazio.

— Que bom. Se tivessem visto, pensariam que era uma bruxa e teriam nos jogado no mar. Olhem. — Arsinoe aponta para a frente. A costa do que só pode ser a Ilha de Fennbirn surge diante deles.

— De onde veio isso? — um dos pescadores pergunta.

— Não importa — Billy diz. — É o que estávamos procurando.

Arsinoe dá tapinhas nas costas dele quando ele vai fazer os acertos do desembarque com o capitão. Embora tenham acabado de passar pela névoa, já estão perto demais para identificar em que parte da ilha estão. Mas não importa. Daphne deve tê-los trazido até ali por alguma razão, e não há torres negras à vista.

Depois de falar com o capitão, Billy volta com uma expressão de dúvida.

— Temos um problema. Não há pequenos barcos ou barcos a remo em nenhuma doca por perto. Ou escolhemos uma direção e nadamos até o porto mais próximo, ou...

— Não. — Com a ilha tão perto, Arsinoe não consegue mais esperar. — Faça ele nos levar até o mais raso que puder. Vamos nadar.

— Arsinoe, está congelando! E você não tem ideia da distância que estamos da cidade mais próxima.

— Podemos fazer uma fogueira.

Billy explode.

— E Mira? Ela não conseguirá nadar com esse espartilho e todas essas anáguas. Ela vai se afogar!

— Na verdade — Mirabella diz, olhando para o lado —, eu não acho que vou me afogar.

Arsinoe se inclina. A irmã está dobrando a corrente em pequenos círculos que, enquanto ela observa, viram pequenas ondas.

Mirabella se vira e grita para o capitão.

— Nos leve o mais perto que conseguir! — Ela olha para Arsinoe e Billy, seu sorriso largo, feliz como Arsinoe não via há meses. — E vocês dois. Preparem-se para o nado mais fácil de suas vidas.

Apesar de, a princípio, a tripulação ser contra Arsinoe e Mirabella nadarem, eles por fim conseguem levar o barco para o raso. Tão para o raso, aliás, que Arsinoe precisa dizer a eles para pararem, por medo de que encalhem e precisem descer.

Assim que ancoram, Mirabella mergulha pela lateral da embarcação. O barulho faz a tripulação gritar e se inclinar na amurada, tarde demais para tentar impedi-la.

— Obrigada, capitão — Arsinoe diz, apertando a mão dele. — Sou realmente grata por seus serviços. Mas agora é melhor eu ir buscar minha irmã. — Ela pisa na lateral do barco e se agacha. — Billy, não se esqueça das malas!

Ela pula, apesar de nunca ter sido boa nadadora, e seu queixo imediatamente trava de frio. Seus braços e pernas travam também, e ela mal consegue pegar a bolsa que Billy joga na água.

Outro mergulho e ela o ouve gritando e xingando por ter concordado com uma ideia tão estúpida. Mas, então, a corrente de Mirabella os alcança, levando-os até a beira.

— Finjam estar nadando — ela diz, dentes batendo. — Ou vai parecer estranho.

— Estou com frio demais até mesmo para fingir, sua idiota — ele diz. Um minuto depois, seus dedos tocam a areia.

Congelando, eles se juntam a Mirabella na praia e acenam para os pescadores boquiabertos no barco.

— O que será que eles estão pensando do que viram? — Mirabella pergunta.

— Não importa — Arsinoe responde. — Eles não vão conseguir encontrar a ilha de novo se tentarem. A não ser que seja para acontecer. — Ela se vira e olha para além da praia, para o musgo verde-escuro e para as pedras planas e cinzas.

— Boa Deusa, eu senti falta deste lugar horroroso.

Templo de Indrid Down

Com olhos cansados, Pietyr abre mais um livro tirado das muitas estantes da biblioteca do templo. Ele está ali desde antes do amanhecer, depois de sair escondido da cama de Katharine e subir em um cavalo mal-humorado e sonolento, cavalgando pelas ruas escuras e se esgueirando para dentro da biblioteca com uma lâmpada e um maço de papel. Horas depois, o papel segue quase em branco. Ele não encontra muita coisa sobre as rainhas mortas ou sobre exorcismo, mas quando encontra, precisa ter cuidado com o que escreve, caso alguém ache suas anotações.

Pietyr se inclina para trás, alongando-se, e a luz de uma das pequenas janelas bate em seu olho. Ele não tem ideia de que horas são. Pode ser perto de meio-dia. Ele se debruça sobre um livro, folheia um pouco e o fecha de novo. Parte dele quer desistir. Não é como se Katharine quisesse se livrar das rainhas mortas. Não quando elas a convenceram do quanto a Rainha Coroada precisa delas.

Mas Katharine não precisa. Elas forçaram a mão da rainha a tirar a vida daquele menino. A existência delas é uma afronta à Deusa. É a presença delas que fez a névoa se levantar. Tem que ser.

Se ele não encontrar uma forma de pará-las, isso vai custar a Katharine tudo que ela tem.

Ele coloca o livro de volta na estante. A biblioteca no andar mais baixo do templo não é grande. Ela caberia inteira em um dos cantos da biblioteca de Greavesdrake. Mas é bem abastecida. Os textos são antigos e estão bem preservados, e não há um grão de poeira ou mofo nas lombadas, nem perto das costuras. Na verdade, algumas das páginas têm cheiro de pergaminho novo, simplesmente por serem tão pouco lidas. Ele tinha certeza de que encontraria algo ali. Mas todas as histórias de possessão espiritual com que se deparou foram escritas de forma superficial. Os tratamentos são apenas aludidos e, às vezes, o resultado sequer é mencionado.

Pietyr suspira e recolhe seus papéis e sua lâmpada quase apagada. Talvez não tenha jeito.

— Disseram que você está aqui há um bom tempo.

Ele se vira.

— Alta Sacerdotisa. Como você consegue ser tão silenciosa com todas essas vestes?

— Anos de prática. O que o traz à nossa biblioteca, Pietyr?

— Eu não sabia que alguém tinha me visto entrar. O que você está fazendo aqui?

— O templo foi incumbido de descobrir a verdade sobre a névoa. — Ela abre as mãos e olha para as estantes ao redor. — Eu vim ver o progresso.

Pietyr ergue a sobrancelha. Se algum progresso foi feito, não foi nesta manhã. Ele esteve sozinho na biblioteca desde que chegou.

— Você também está aqui por ordens da rainha? — Luca pergunta.

— Não. Estou aqui por conta própria.

— Você sabe que pode confiar em mim, Pietyr. Ela é minha rainha tanto quanto sua.

— Não é verdade — ele diz, endireitando-se. — Isso nunca será verdade.

— Todos os nossos destinos estão ligados ao dela. Você não pode tê-la só para si. Não mais. — Ela ergue o braço e envolve um lado dele em vestes brancas e macias, então aperta seu ombro e o guia de volta para a mesa. Os dois se sentam se sentam nas cadeiras.

Talvez seja porque precisa dormir, ou talvez seja só pela frustração, mas, depois de um momento, ele diz:

— Eu não estou aqui por Katharine. Estou buscando uma solução para a névoa. — Ele esfrega as têmporas latejantes. — Examinando todas as possibilidades. Às vezes acho que encontrei algo útil, mas de repente tudo vai por água abaixo.

— Faz muito tempo desde a última vez em que mergulhei nessas velhas estantes. — Luca aponta com a cabeça. — Mas me lembro da sensação: dor nas costas, olhos secos. Palavras demais girando em círculos na minha cabeça.

— Você já... — ele começa, mas hesita. A velha Luca é ardilosa. Se ele contar o que busca, todos os segredos de Katharine sobre as rainhas mortas podem ser revelados. Mas o que a Alta Sacerdotisa disse é verdade. O destino dela, do Conselho Negro, a própria tradição da ilha e sua atual forma de vida, tudo está ligado a Katharine. Então talvez fosse melhor deixar Luca descobrir. Mesmo que ela descobrisse, não poderia fazer nada.

— Em todos os seus anos servindo o templo — ele diz —, você já viu um caso de possessão espiritual?

— Possessão espiritual? Que pergunta estranha.

— Me perdoe. — Ele acena casualmente com a mão. — Estou exausto. É só algo em que esbarrei nesta manhã. Havia tão pouco escrito a respeito... a menção era muito vaga. Acho que despertou minha curiosidade.

Luca tamborila os dedos na mesa.

— Eu nunca vi um caso, só ouvi relatos. E nenhum pode ser confirmado, o que explica os escritos incompletos. O templo não costuma interferir nesses assuntos. A única medida a ser tomada é rezar e, geralmente, providenciar uma execução misericordiosa.

Pietyr expira. Execução misericordiosa. É um beco sem saída, e não um dos bons.

— Claro que — a Alta Sacerdotisa continua —, sabendo disso, muitos não buscam a ajuda do templo. Eles recorrem a outras pessoas. Às que praticam magia baixa.

— Magia baixa é uma profanação das dádivas da Deusa.

— Mas eles estão desesperados. E quem sabe? Talvez funcione. Embora o templo jamais possa concordar com isso.

Magia baixa. Não é a resposta que ele esperava. Praticar magia baixa é um perigo até para aqueles que a conhecem bem. E ele não sabe quase nada a respeito das consequências.

— Droga — ele diz, olhando para as mãos e vendo uma mancha de tinta. — Estou todo sujo?

— Só um pouco, na bochecha e no nariz. — Luca aponta e o ajuda a limpar.

— Que horas são?

— Ainda não é meio-dia.

— A rainha está acordada?

— Quando eu saí, ainda não estava. Ficou comemorando até tarde. Ela está em êxtase por ter trancado a mãe de Juillenne Milone nas celas do Volroy. — Luca dá um tapinha no joelho de Pietyr e se levanta. — É melhor você procurar algum lugar para dormir. Assim que ela se levantar, vai querer interrogar a prisioneira. E haverá decisões a serem tomadas.

Volroy

Katharine está sentada diante da penteadeira, esfregando um óleo calmante nas têmporas e nas mãos. Pela primeira vez, tudo está saindo conforme ela esperava. As visões da oráculo morta, Theodora Lermont, se provaram verdadeiras, e as soldadas de Katharine conseguiram encontrar a mãe de Jules enquanto ela cavalgava para o sul pelas montanhas. Ela chegou no Volroy na noite anterior, com os braços amarrados nas costas e um saco na cabeça. Agora está confortavelmente instalada nas celas do subsolo do castelo.

— Uma bela manhã — Katharine diz para a criada Giselle.

— De fato, minha rainha.

— Apenas o vasto azul do mar. Sem névoa, sem gritos... sem ninguém correndo até o Volroy para me dizer que mais corpos surgiram na praia. — Ela respira fundo enquanto Giselle penteia gentilmente seu cabelo. — Há quanto tempo não temos más notícias?

— Desde que a oráculo foi trazida.

— Sim. Desde que a oráculo foi trazida. — Desde que ela começou a perseguir a impostora com a maldição da legião. O silêncio da névoa deve ser um sinal. Ela deve estar fazendo a coisa certa.

Katharine pega um vidro de perfume e se afasta da penteadeira tão subitamente que derruba Giselle no tapete.

— Rainha Katharine? O que aconteceu?

Katharine encara horrorizada sua mão direita. Está morta. Enrugada e apodrecida até o pulso. Ela fecha os dedos e observa a pele se esticar e rachar.

— Senhora?

— Giselle, minha mão!

A criada toma a mão dela e a vira.

— Eu não vejo nenhum corte, nada que possa estar causando dor. — Ela acaricia a palma de Katharine e pressiona os lábios contra a mão da rainha, belos lábios vermelhos na pele úmida e podre. — Assim. Melhorou?

Katharine tenta sorrir. A criada não vê nada. E, de fato, quando Katharine olha de novo, a mão é apenas sua mão, pálida e com cicatrizes, mas viva como sempre.

— Você ainda me trata como uma criança.

— Para mim, você sempre será um pouco criança.

— Ainda assim — a rainha diz —, acho que vou terminar sozinha. Você pode conferir se meu Conselho já se levantou?

Giselle faz uma mesura profunda e a deixa sozinha. Ou pelos menos o quão sozinha ela pode ficar.

— O que foi isso? — ela pergunta às rainhas mortas. — Um aviso? Um erro? — Mas embora ela possa senti-las escutando, elas não respondem. — Ou uma ameaça?

Katharine se senta diante do espelho de novo e, com dedos trêmulos, levanta as mechas onduladas e pretas dos ombros para amarrá-las com uma fita.

— Pietyr está certo. Depois que esta batalha for ganha, vou encontrar uma forma de fazê-las dormir. — Ela desliza as mãos para dentro das luvas negras. — Talvez eu realmente encontre.

Antes de descer para a masmorra do Volroy, Katharine chama Pietyr, Bree e a Alta Sacerdotisa. Eles levam um tempo para se reunir, exaustos da festa da noite anterior. Pietyr é o último a chegar, e ele parece acabado.

— Que rostos cansados — Katharine diz enquanto eles se apoiam contra a parede. — Talvez eu deva ir ver a mãe da Rainha da Legião sozinha.

— Estamos bem. — Luca endireita os ombros. — Além disso, parte do seu Conselho deve estar presente durante o interrogatório.

— Muito bem. Tentem não vomitar no corredor. — Ela se vira e os guia, aproveitando o ar frio e úmido sobre sua cabeça. Ela sempre gostou dessa parte do Volroy, desde a primeira vez que Natalia a trouxe para ajudar com o envenenamento de prisioneiros até quando desceu para mostrar sua coroa às irmãs, na última vez em que esteve ali.

Eles chegam na cela e os guardas acendem mais tochas para iluminar o chão coberto de palha. Madrigal Milone está sentada com as costas apoiadas na parede dos fundos. Ou ao menos Katharine presume que seja Madrigal Milone. Os guardas não tiraram o saco de sua cabeça. Ao lado dela, há ainda outro saco sob a palha, contendo algo lá dentro batendo as asas fracamente. A Familiar da naturalista, sem dúvidas.

— Entrem — Katharine diz. — Tirem o saco. Dos dois.

A mãe de Jules grunhe quando o guarda a liberta.

— Agora soltem as mãos dela.

Os guardas a desamarram e a prisioneira esfrega os punhos. Ela e sua Familiar vão precisar de cuidados. Foram feridos a ponto de sangrar. Por fim, eles jogam o último saco sobre a palha e um corvo sai dali de dentro. Em vez de voar, ela saltita com as pernas incertas até o colo da naturalista.

— Você é mesmo Madrigal Milone — Katharine diz, inclinando-se para a frente. — Mesmo com toda essa sujeira, seu belo rosto é inconfundível.

— Onde estou?

— Na masmorra do Volroy. Onde sua filha esteve há pouco tempo. — Katharine deixa que a mulher absorva a informação enquanto olha ao redor. Para as paredes de pedra escura e gelada que acumulam umidade nos cantos e para a palha velha no chão. Não é a mesma cela onde Jules e a gata estiveram, que fica muitos andares abaixo. Mas não importa. Todas as celas do Volroy causam o mesmo tipo de terror e têm o mesmo cheiro denso.

— O que estou fazendo aqui?

— Perguntas demais — Pietyr retruca, irritado.

— Perdoe-o — Katharine diz enquanto Pietyr estuda com desconfiança a naturalista. — Ele está com dor de cabeça e dormiu pouco.

Madrigal não responde. Ela continua a esfregar os pulsos e alongar os dedos.

— Você não vai falar nada?

Ela aponta com a cabeça para Pietyr.

— Ele acabou de dizer que eu estava falando demais.

— Por que você estava nas montanhas? — Katharine pergunta.

— Estava resolvendo algo para minha mãe. Suas soldadas pularam em cima de mim sem nenhuma explicação. — Ela olha para Luca. — Eu achei que estivesse sendo assaltada. Ou prestes a ser assassinada.

Katharine e Luca se olham, céticas. Em meio ao silêncio hesitante, o corvo salta do colo de Madrigal e começa a caminhar de um lado para o outro diante das barras da cela.

— Acho que seu pássaro quer abandonar você — Bree diz.

— Claro que quer. Ela é uma sobrevivente. E nunca foi uma Familiar muito boa. — Os olhos de Madrigal pousam nas barras também, e Katharine franze o cenho. A mãe não é como a filha. Jules Milone é feroz. Lealdade demais e cérebro de menos. Mas Madrigal... talvez Madrigal possa ser útil.

— O que você pode me dizer sobre sua filha, Juillenne?

— Só o que você já sabe. Que ela tem a maldição da legião, é naturalista e possui a dádiva da guerra. Que fugiu com Ar... — Ela para. — Com as outras rainhas e desapareceu.

— Você não a vê desde então? — Pietyr pergunta.

— Não.

— Você acha que ela está morta?

— Sim.

— Você está mentindo.

Katharine pousa a mão no braço de Pietyr.

— O que você sabe sobre a Rainha da Legião?

— Não sei nada sobre isso — Madrigal diz com um sorriso discreto. — Não chegam muitas notícias em Wolf Spring. Mas confesso que, no dia da fuga, fui eu que libertei o urso. E depois que Jules e... as outras navegaram na direção da tempestade, eu o trouxe de volta para o norte e o soltei nas florestas de lá.

— Humm. — Katharine toca o queixo com um dedo enluvado. — O dia da fuga também foi o último dia em que eu a vi. Aqui nestas celas. Quando vim envenenar minha irmã Arsinoe até a morte. Quando eu as assustei tanto que elas preferiram morrer no mar.

— Se você está convencida de que minha filha está viva, então o que a faz pensar que as outras rainhas também não estão?

Os olhos de Katharine brilham e Madrigal se encolhe. As rainhas mortas não gostam dela. Elas pisariam com força no seu lindo pássaro preto, deixando para trás apenas um caos de vermelho e plumas.

— Me conte da amarração com sangue.

— Como você sabe disso?

— Da mesma forma como soubemos onde achar você — Katharine diz. — Interrogamos alguém. Infelizmente esse alguém não sobreviveu ao interrogatório. Agora fale. Se Jules está morta, como você diz, então nada disso importa.

— Muito bem. — Madrigal encosta os joelhos no peito. — Nós descobrimos a maldição de Jules quando ela era bebê, e me disseram para afogá-la ou deixá-la na floresta. Mas não consegui. Então, atei a maldição da legião com magia baixa. Amarrei-a ao meu sangue. Para evitar que machucasse Jules, para evitar que ela fosse descoberta.

— Mas ela foi descoberta — Katharine diz. — E ela tem a maldição da legião. Parece que sua magia baixa não foi muito eficaz.

— Ou as dádivas de Jules são tão fortes que a superaram.

— Hunf — Pietyr diz. — Você realmente deve estar querendo morrer.

Katharine enrola os dedos nas barras da cela.

— Você sabe que ela está viva. Você vinha do norte, onde o exército rebelde está. Nós temos espiões. Nós vimos.

— Se isso é verdade, então por que você ainda não a impediu?

Katharine desliza a mão pela lateral do corpo, erguendo a bota e pegando a pequena faca que sempre mantém ali.

Madrigal se agacha contra a parede do fundo.

— Derrame meu sangue e a amarração se quebra. O que quer que esteja sustentando minha Jules desaparecerá. E se você tem medo dela agora, espere até ver do que ela é realmente capaz.

— Eu sou uma envenenadora — Katharine dispara, a mão se afastando da faca. — Vou envenenar você até suas entranhas ferverem, mas nenhuma gota de sangue será perdida. Não vai ser limpo, mas será contido.

— Não vai funcionar também. Assassinato por envenenamento conta como sangue derramado. Magia baixa é assim.

— É verdade? — Bree pergunta. — Ou ela está mentindo?

Madrigal abre um sorriso bonito e cruel.

— Talvez seja verdade, ou talvez eu esteja mentindo. Nenhum de vocês pode ter certeza. Vocês, Arron, distintos como são, nunca tiveram motivo para usar magia baixa. E quanto a você, Alta Sacerdotisa... eu sei que é algo que você nunca tocaria.

— Ela só está tentando nos assustar — Bree afirma.

— Está funcionando? — Madrigal pergunta. — Vocês estão dispostos a arriscar? Eu usei magia baixa minha vida toda. Conheço todas as regras conhecidas.

Katharine range os dentes. Ela ainda não tem certeza. Por enquanto, é melhor deixar a mulher trancafiada nas celas escuras. Em silêncio, Katharine se vira e guia os outros para fora da masmorra.

— Bem — ela diz. — Vocês são meus conselheiros, então o que aconselham?

Bree cruza os braços e se pronuncia, hesitante.

— Temos que aprender o que pudermos sobre amarração com magia baixa. Buscar especialistas, ver se alguém aparece.

— Ninguém aparecerá — Katharine responde. — E se aparecer, não saberá mais do que a mulher Milone. Alta Sacerdotisa, o que você acha?

Luca respira fundo.

— Rho tem examinado a guarda real. Há cerca de cinco mil soldadas treinadas dentro e em volta da capital, além de outras mil paradas em Prynn. Existem ainda mais delas esperando para serem convocadas e treinadas. Você tem o que precisa para esmagar uma rebelião, mesmo uma apoiada por guerreiras e oráculos. Mas não é isso que acho que você deveria fazer.

— Devo esperar, então? Pela primavera, quando a naturalista marchar sobre a capital?

— Você tem a mãe dela — Luca diz. — Acho que você deveria tentar propor uma troca. Sem Jules Milone, a rebelião vai se dispersar.

Katharine encara a Alta Sacerdotisa enquanto pensa. Ela evitaria uma batalha, se pudesse. Embora as rainhas mortas estejam sedentas por isso. Para ficar bem no meio do conflito, com sangue nos braços. Nos dentes.

— Eu não poderia executá-la. Isso só incitaria mais os rebeldes. Eu teria que manter Jules Milone aqui, sob acusação de traição, e oferecer uma sentença de misericórdia. — Os olhos dela se estreitam. — Ela realmente trocaria a rebelião pela mãe?

— Vale tentar. E eu conheço Cait Milone. Se você der oferecer sentença de misericórdia, ela aceitará, e Wolf Spring a seguirá. O que a Deusa diz? Você sente a mão Dela nisso?

Katharine inclina a cabeça.

— Eu não deveria perguntar isso a você?

— Você é a Deusa na terra, Rainha Katharine. Eu sou apenas a voz Dela para o povo.

Ao ouvir essas palavras, as rainhas mortas se reviram nas entranhas de Katharine, espalhando cinzas de cadáveres por seu corpo até que ela quase consiga sentir o gosto.

— Eu nunca senti a Deusa — Katharine diz. — Ela virou as costas para mim, então tenho agido sozinha. É por isso que a névoa se levanta? Porque no trono está uma rainha que se recusa a se submeter?

— A Deusa não exige sua lealdade. Ela não precisa disso, assim como não precisa de nosso entendimento.

— Maldita Rainha Azul — Katharine resmunga baixo. — Se não fosse a névoa, as pessoas não estariam tão desesperadas. O que deu tão certo para ela conseguir realizar tal feito?

— Não foi o que deu certo — Luca diz —, mas o que deu errado. A Rainha Illiann criou a névoa para proteger a ilha de uma invasão. De um pretendente rejeitado que voltou para começar uma guerra. Você nunca estudou os murais das rainhas em nossos templos? Uma rainha pode fazer grandiosidades quando precisa.

Katharine suspira e se vira para Pietyr, que concorda com a cabeça. Ela irá para o norte, então, fazer a troca. Se a naturalista amaldiçoada aceitar.

Sunpool

Arsinoe, Mirabella e Billy atravessam os penhascos escorregadios e cheios de musgo da costa, tentando chegar ao topo. Arsinoe, apressada, escorrega e bate o joelho em uma pedra exposta. Mas ela não está à frente: Mirabella quase já alcança o cume. Ela soltou o cabelo, e Arsinoe suspeita que a irmã tenha invocado um pouco do vento que o balança. Ela nunca viu alguém parecer tão triunfante, mesmo em um vestido azul enlameado e manchado de água do mar do continente.

— Pensei que ela tivesse dito que levaria um tempo até a dádiva voltar — Billy diz, sem fôlego. — Mas ela conseguiu controlar a água assim que chegamos.

— Bom, você conhece Mira. Sempre pessimista.

A corrente de Mirabella tornou o nado até a costa tão fácil que eles ainda têm energia para caminhar. Depois que chegaram em terra firme, ela ainda conjurou fogo para que ficassem aquecidos e secos durante a caminhada.

— Você sabe onde estamos? — Billy pergunta, ajustando a bolsa no ombro.

Arsinoe olha para a frente e para cima. O gigantesco Monte Horn está a leste. Não está tão longe.

— Estamos a oeste das montanhas. Longe de Wolf Spring. Longe de Rolanth. Temos a ilha inteira entre nós e nossa irmãzinha. — Provavelmente é o melhor lugar para onde Daphne podia tê-los trazido. Escondido e secreto, com poucas chances de serem vistos.

— E nós temos que escalar isso? — Ele aponta o pico com a cabeça. — Não tudo, eu espero.

— Eu também espero que não.

Arsinoe corre até onde Mirabella está, no topo da colina.

— Olhem — Mirabella diz. — É o que eu acho que é?

Do outro lado das colinas estão as muralhas brancas de Sunpool. A cidade dos oráculos.

— Por que a névoa nos traria aqui? — Mirabella questiona. — Eu não gosto da ideia de estar tão perto de tantos videntes.

— Nem eu — Arsinoe diz, distraída. — Mas sempre quis conhecer Sunpool. — E é uma bela visão: o castelo grande e branco, a muralha e os prédios brancos tão próximos um do outro que a cidade inteira lembra um coral desbotado. Dizem que quando o pôr do sol incide sobre ela, a cidade parece queimar. Embora isso não seja possível em um dia cinza e frio como este.

Billy as alcança e também observa o lugar.

— O que isso costumava ser?

— Sunpool. A cidade dos oráculos — Mirabella responde.

— E costumava ser grandiosa — Arsinoe acrescenta. — Antes da dádiva enfraquecer e o número de oráculos diminuir. Antes de as pessoas começarem a temer a dádiva da visão quase como uma maldição. — As muralhas, antes nobres, estão rachando, com pedaços de pedra gastos e cobertos de musgo. O castelo central, embora ainda seja grande, está cercado de trepadeiras e com poeira de séculos acumulada. Mas ainda é fácil perceber o que foi um dia.

— Os videntes são poucos e fracos — Arsinoe diz. — Acho que estamos seguros o suficiente, mesmo tão perto. Provavelmente é o lugar perfeito para comprarmos suprimentos e comida quente. Uma cidade esquecida para uma missão secreta.

Billy pega dinheiro em seu bolso. Ele tira a bolsa dos ombros e estuda o que tem dentro dela.

— Talvez eu deva ir sozinho comprar o que precisamos. Vocês duas ainda são um pouco reconhecíveis demais, mesmo com essas roupas coloridas.

— Concordo — Arsinoe diz enquanto Mirabella amarra, com relutância, um lenço cinza no cabelo.

Eles andam na direção da cidade e param no topo de cada colina para garantir que estão evitando as estradas principais. Arsinoe e Mirabella conversam despreocupadamente, então Billy precisa puxá-las pelo braço quando nota algo estranho.

— Vocês não disseram que este lugar estava quase deserto?

— Não tem muita gente morando aqui, é verdade.

— Bom, não parece deserto para mim. — Ele aponta para Sunpool e Arsinoe e Mirabella protegem os olhos de um forte brilho imaginário, como se isso fosse responsável pelo que elas estão vendo.

Centenas de pessoas lotam as ruas. Pessoas desorganizadas, parecendo preocupadas, empurrando carrinhos de mão e carregando pacotes de suprimentos.

— É uma... feira? — Arsinoe pergunta.

Mirabella aponta para leste.

— Olhe. Nas estradas. Tem mais gente vindo. — Não é um fluxo constante, mas parece um número incomum para uma cidade que não é famosa por receber muitos visitantes. Enquanto eles observam, alguém solta um pássaro mensageiro de uma das janelas mais altas do castelo.

— Aquele pássaro está voando terrivelmente depressa — Arsinoe diz. — E incrivelmente reto. O que um naturalista está fazendo em Sunpool? — Ela vira e procura outro lenço na bolsa de Billy, desta vez para amarrar em volta do rosto e da boca, ambos marcados pelas cicatrizes.

Ele olha intrigado para ela.

— Sei que está meio frio, mas isso não parece muito apropriado.

— Talvez eu esteja com tosse. — Ela puxa o lenço para tampar o nariz. A curiosidade a venceu, e ela não pode ficar fora da cidade agora. — Vamos ver o que está acontecendo.

Dentro de Sunpool, eles se deparam com uma onda de atividades. Mirabella e Arsinoe tomam cuidado para manter seus cabelos e rostos parcialmente escondidos, mas não é necessário. O fluxo intenso de pessoas chegando traz diversos estranhos, e todo mundo está a caminho de um lugar ou de outro. Ninguém repara em ninguém por muito tempo.

— Devo tentar descobrir o que está acontecendo? — Billy pergunta.

Mirabella o puxa pelo braço.

— Não. Isso só vai chamar atenção para você. Apenas continue andando. E ouvindo.

Eles abrem caminho pela ampla rua principal. Apenas algumas pessoas parecem conhecer Sunpool bem o suficiente para darem informações, e muitas delas estão vestindo cinza e amarelo. As cores dos oráculos. Mirabella cuidadosamente mantém Billy e a irmã afastados de cada capa cinza ou amarela que vê, até que Arsinoe ouve uma menção a Wolf Spring:

— Eles estão subindo estoques de grãos pela costa. Devem chegar a qualquer momento.

— Mas nenhum soldado?

— Alguns vieram sozinhos. Menos do que o esperado. Talvez ela os traga quando chegar.

Soldadas. Estoques de grãos. E todo mundo que passa pelos portões parece armado de alguma forma, seja com bastões ou pás. Mirabella toca o ombro da irmã e a faz entrar em uma taverna. Arsinoe puxa Billy logo em seguida.

— Nós viemos parar em um acampamento de exército — Mirabella sussurra furiosamente enquanto os leva para os fundos do lugar. — Tenho cada vez mais dúvidas sobre sua Daphne ter trazido você até aqui para uma simples missão solitária!

— Isso não muda nada. Eu ainda vou subir aquela montanha assim que tiver comida e roupas apropriadas. — Pensar em comida faz seu estômago roncar. Há tigelas de cozido em muitas das mesas, bem como copos de vinho e cerveja. E pedaços de um pão dourado que parece macio.

— Vou pegar um pouco para nós — Billy diz, seguindo o olhar dela. — Podemos comer em pé, depois sair de novo e tentar escambos. Mas não sei se teremos sorte. — Ele passa pelas mesas, deslizando até o bar. Não há lugar para sentar. Quase nenhum lugar para ficar em pé também. E sem Billy, Arsinoe e Mirabella ficam vulneráveis, duas garotas de cabelo preto vestindo roupas do continente, sem nenhuma sombra grande o suficiente por perto para se esconderem.

Parece uma eternidade até ele voltar, carregando tigelas de cozido e tentando não derrubá-las, um grande pedaço de pão flutuando dentro de cada uma. Eles comem em silêncio, encarando a comida, Mirabella de cabeça baixa. Arsinoe enfia colheradas na boca enquanto sobe e desce o lenço que cobre seu nariz.

Eles estão quase terminando quando avistam, através das janelas da taverna, pessoas correndo lá fora.

— O que está acontecendo? — Arsinoe pergunta quando a porta do pub se abre de súbito e seu interior começa a se esvaziar rapidamente.

Billy perde a paciência e pega um homem pelo ombro.

— Ei. O que está acontecendo? Para onde todo mundo está indo?

— Ela está aqui. Eu acho que ela está aqui! — O cara aponta para a rua e corre atrás da multidão.

— Ela. — Mirabella e Arsinoe se entreolham. Ela. A rainha? Elas apoiam as tigelas na mesa mais próxima e vão até a janela. Tantas pessoas se juntaram em volta da taverna que é impossível ver alguma coisa.

Frustrada, Arsinoe se vira para a mulher atrás do balcão do bar.

— Pago bastante dinheiro se você nos permitir usar as janelas de cima. — Ela cutuca Billy, que esvazia os bolsos.

— Como quiserem — a dona do bar diz. Ela dá uma risada enquanto seca um copo. — Mas se for mesmo a Rainha da Legião, vocês terão várias outras chances de dar uma olhada nela. — Ela olha por cima do ombro, indicando a direção da cozinha. Eles correm, passando depressa pela panela quase vazia de cozido e subindo até o quarto particular da mulher.

— A Rainha da Legião — Arsinoe murmura. — Quem... — Um pensamento surge em sua mente, mas é impossível. — Não pode ser...

Mirabella chega na janela primeiro. Não é tão alto, mas a vista é consideravelmente melhor do que a do andar de baixo. O portão da cidade está aberto e há cavaleiros chegando.

— Cavaleiros apenas, sem carruagem. E nada preto. Não pode ser uma caravana de Arrons.

Arsinoe pressiona o nariz contra o vidro frio e empoeirado. Não há nada preto. Nem mesmo os cavalos.

Então ela avista a gata da montanha, enrolada no dorso de um grande cavalo baio. Seu rabo preto sobe e desce, e ela bate nervosamente com a pata boa em qualquer um que chegue perto.

— Boa Deusa! — Arsinoe exclama. — É ela. É Jules.

— Eu sei que você quer vê-la. Mas chegar perto dela sem ser reconhecida pode ser difícil demais. — Mirabella mantém a mão firme na manga de Arsinoe enquanto eles seguem a caravana de Jules pela cidade, acompanhados dos mais devotos da multidão.

— Pode ser impossível, ponto final — Billy acrescenta. — Parece que ela não é apenas Jules agora. Ela é "a Rainha da Legião", o que quer que isso signifique.

— Ela ainda é Jules. Ela vai me ver. Vai saber que estou aqui.

Quando eles chegam no castelo, porém, o portão se fecha, deixando Arsinoe e todo o restante para fora.

— Então eu espero. — Ela cruza os braços. — Vou me enfiar nos arbustos. Ela vai ter que sair alguma hora. Voltem para as lojas, vocês dois, e tentem comprar o que precisamos. Não vou demorar.

Mirabella e Billy olham para ela, hesitantes. Então ela os empurra para a rua.

Mas Arsinoe estava errada quanto à espera ser curta. Parece uma eternidade até alguém sair do castelo. E quando isso acontece, não é Jules ou Camden, como gostaria. Ainda assim, é alguém que ela reconhece: Emilia Vatros, a garota guerreira que as ajudou a escapar da capital.

— Ela ajudou uma vez — Arsinoe sussurra e arrisca, jogando uma pedrinha nas costas da garota, mas a acerta na cabeça. Não foi um bom arremesso, já que seus dedos estão frios e doloridos.

Emilia se vira. Não demora muito para que ela descubra de onde veio a pedra.

— Sim! — Arsinoe faz um gesto para ela se aproximar. — Sou eu! — Ela repete o gesto e os olhos de Emilia a encontram, escondida nos arbustos, antes de a guerreira se virar e ir embora. Tarde demais. Se ao menos Camden aparecesse, com sua audição superior e seu olfato melhor ainda. Desse jeito, vai ficar escuro antes que ela possa ter uma chance real.

A mão de Emilia surge por trás dela e cobre sua boca. Ela arrasta Arsinoe para trás tão depressa que seus pés mal tocam o chão.

— O que você está fazendo aqui? — Ela pressiona um metal frio contra as cicatrizes de Arsinoe. — Eu deveria cortar sua garganta. Retalhar você para ninguém te reconhecer! — Por um momento, Arsinoe pensa que ela realmente vai fazer o que disse, mas então Emilia a joga na grama.

— Qual o seu problema? — Arsinoe se vira e se levanta.

— Por que você voltou?

— Não é da sua conta. No momento, estou aqui para ver Jules.

— Ver Jules? — Emilia cospe no chão. — Vê-la e complicar as coisas. Disputar a coroa que deve ser dela.

— Eu não quero coroa nenhuma. — Arsinoe levanta os braços. Por mais raiva que sinta da recepção de Emilia, ela não tem o temperamento de Jules. Arsinoe mantém o controle — ela sabe o que a garota guerreira fará se tiver motivos.

— Então por que você voltou, envenenadora?

— Acho que isso é algo que devo contar somente a ela. E não sou apenas uma envenenadora. Sou uma naturalista. Como Jules.

A guerreira semicerra os olhos. Da última vez que se encontraram, as coisas aconteceram rápido demais, e estava muito escuro para Arsinoe notar o quão severa é Emilia. O castanho profundo de seus cabelos e sobrancelhas, os cílios grossos. Quão apertados são os coques idênticos em sua nuca. Todas as armas em seu cinto e as enfiadas em suas botas de cano alto. Arsinoe se lembra do forro vermelho vivo da capa dela e de como ele brilhava feito uma ferida recente enquanto elas corriam.

— Se você interferir, não vai ser fácil para você.

— Eu nem sei o que está acontecendo aqui. Contanto que Jules esteja segura, eu não me importo. Tenho meus próprios assuntos para resolver, na montanha.

Emilia contrai os lábios.

— Na montanha? Que tipo de assunto?

— Do tipo secreto. Do tipo de rainhas.

— Rainhas? Então a elemental também está aqui. — O olhar dela corre para os arbustos, as árvores, os cantos do castelo. — E você achou o caminho até Sunpool e a Rainha da Legião sem querer.

— A primeira vez que ouvi falar em Rainha da Legião foi quando chegamos em Sunpool.

— E a névoa?

— A névoa? — Arsinoe pergunta, confusa. — Nos deixou passar. Nos trouxe até aqui. — Ela dá de ombros e Emilia a estuda.

— Espere.

A guerreira passa pelos arbustos e, um momento depois, volta com um saco de lona.

— Coloque isto na cabeça. Não faça perguntas.

Minutos mais tarde, Arsinoe é empurrada aos tropeços pelo castelo estranho. Ela não tem ideia de onde está depois das primeiras três voltas, e o saco em sua cabeça fede a mofo. Mas, por fim, elas param e Emilia bate numa porta.

— Jules. Tem alguém aqui que quer ver você.

— Quem?

Quando elas entram, Emilia mal consegue tirar o saco antes que Camden ponha as patas no peito de Arsinoe.

— Ai — Arsinoe grunhe quando a gata esfrega os bigodes em seu rosto. — É bom te ver também, sua gata grande e fedorenta.

— Arsinoe!

Jules corre para cima das duas, tão animada que, por um momento, Arsinoe não tem certeza se é só a gata que a está lambendo.

Elas se afastam, mas seguram uma a outra pelos cotovelos. Jules olha em volta, para Emilia, que está definitivamente emburrada.

— Emilia, olhe! Onde você a encontrou? — Ela está radiante com a presença de Arsinoe. — De onde você veio?

— Do mesmo lugar onde você me deixou.

Elas sorriem e o silêncio se prolonga. Há muito a ser dito. Por fim, Jules olha ao redor, procurando alguém.

— Emilia, Mathilde ainda está com os Lermont?

— Sim.

— Quem são os Lermont? — Arsinoe pergunta.

— A família Lermont de oráculos — Jules diz. — Na verdade, quando se trata de antigas famílias de oráculos, eles são a única que sobrou. Nossa amiga Mathilde é conhecida deles. — Sua expressão se fecha. — Ela está com eles agora, de luto.

Descobrimos, quando chegamos, que Katharine envenenou a matriarca Lermont.

— Por que ela faria isso? — Arsinoe pergunta e Jules engole em seco.

Emilia entra no meio delas e pega Arsinoe pelo braço.

— Há muito que explicar. Dos dois lados. Onde está a elemental?

— Mirabella e Billy estão no mercado.

— Vou buscá-los. — Emilia sai, virando-se apenas para olhar Arsinoe raivosamente mais uma vez antes de fechar a porta atrás de si.

— Não acredito que você está aqui — Jules diz.

— Eu também não. — Arsinoe toca as pontas do cabelo de Jules, que está bem abaixo do queixo. Mais curto até que o seu. — Você cortou o cabelo. — Ela franze o cenho. — Jules, o que você está fazendo aqui? Por que eles te chamam de Rainha da Legião?

Jules vai até a janela. O quarto em que estão tem pouca mobília. Apenas um tapete, um baú e uma mesa com cadeiras. Uma cama improvisada.

— Você já passou por Sunpool? Viu o que está acontecendo?

— Sim. — Arsinoe vai para o lado dela. — Parece que alguém está reunindo um exército. Imagino que seja você?

Jules arqueia as sobrancelhas.

— Parece que sim.

Arsinoe exala.

— Deve ser uma longa história.

— Cheia de bardas, profecias e até um parto.

— Acho que é melhor você me contar tudo.

Elas se sentam juntas e Arsinoe escuta Jules contar como foi sua vida desde que elas se separaram naquele dia. O luto e o esconderijo e as saudades de casa. A profecia e sua dádiva da guerra. A rebelião.

— Eu sabia que você ia causar problemas sem mim — ela diz quando Jules termina, e a garota desdenha. Do lado de fora da janela, os sons do exército se reunindo na cidade são claros. — E agora você vai para a guerra.

— Não há mais escolha, agora que Katharine está com Madrigal.

— Mas você está pronta? Madrigal não ia querer que você se sacrificasse por ela. — Arsinoe suspira. — O que estou dizendo? Claro que ia.

— Se ela ia ou não, agora temos que pensar em Fenn. Ele vai precisar da mãe.

— E você vai travar uma guerra por isso? — Arsinoe pergunta.

— Esse não é o único motivo. — Jules se levanta, arrastando sua perna ruim de modo que Arsinoe nota. A marca do veneno. — Nós fomos de cidade em cidade. De vila em vila. Você devia ter visto o rosto deles, Arsinoe. A esperança. A crença em mim. Eles querem depor Katharine e tirar os envenenadores do poder. Depois do que ela fez e do medo da névoa, eu também quero.

Camden apoia a cabeça no joelho de Arsinoe para ganhar carinho.

— Eu estou errada? — Jules pergunta. — Você é uma rainha, por mais que tente negar. É errado o que estamos fazendo? Tirá-la do trono?

Arsinoe baixa o olhar para a felina. Ela sempre foi um Familiar digno de uma rainha. Jules sempre foi forte o suficiente. Uma imagem do pesadelo que Daphne a fez ter surge em sua mente: Jules em um campo de batalha e a pele de Camden vermelha de sangue. Ela range os dentes e engole em seco.

É por isso que estou aqui? Para parar isso? Para ajudá-la?

— Todas essas pessoas estão se reunindo por sua causa, Jules. Então não acho que posso mais te dizer o que fazer. Não importa o quanto eu quisesse. — Ela coça as orelhas de Camden. — Você vai reinar depois que tudo isso acabar?

— Não. Quer dizer, não de verdade. Eles estão me chamando de Rainha da Legião, mas isso é só o começo de algo novo. Algo melhor, para todos nós, para que possamos decidir o futuro juntos. — Ela olha esperançosa para Arsinoe. — A menos que…?

— Não — Arsinoe diz, simplesmente. — Eu não. Mira não.

Jules faz que sim.

— E… você não acredita na profecia?

— A que diz que você será a rainha ou a destruição da ilha? Não sei, Jules. Mas entre essas duas opções, eu sei em qual devemos arriscar.

Emilia encontra Mirabella e Billy e os leva até o castelo, tão depressa e se enfiando em tantos arbustos que Mirabella se sente como algum tipo de espiã.

— Nós não precisaríamos nos esconder nos arbustos se você tivesse me deixado colocar um saco na sua cabeça — Emilia diz, observando Mirabella puxar espinhos da manga de sua roupa.

— Ninguém vai colocar sacos na nossa cabeça — Mirabella sibila.

— Como quiser, *Rainha* Mirabella.

— Onde está Arsinoe? Você não fez nada com ela, fez? — Billy pergunta.

— Claro que não. Minha própria rainha não permitiria.

Quando eles chegam nos portões do castelo, Mirabella tenta olhar para a alta torre branca cheia de trepadeiras quase mortas. Mas Emilia força a cabeça dela para baixo e a empurra para dentro assim que os portões se abrem.

— Para onde está nos levando?

— Até sua irmã. — A guerreira empurra os dois pelo portão até uma pequena escada em caracol. Eles sobem e giram tanto que Mirabella acha que vai passar mal. Finalmente, eles chegam a uma porta aberta e veem Arsinoe do lado de dentro do cômodo.

— Aí estão vocês! — Arsinoe segura o ombro de Mirabella e passa os dedos pelo cabelo de Billy. — Compraram mantimentos?

— Umas roupas de montanhismo — Billy diz. — Mas só isso.

— Ótimo. Vocês estão reunidos. — Emilia acena para eles da porta. — Descansem. Vamos decidir o que fazer com vocês mais tarde.

— Somos prisioneiros? — Mirabella pergunta quando a chave gira na fechadura.

— Não de verdade — Arsinoe diz. — Não se preocupe. Eu vi Jules e ela ainda é Jules. Guerreiras é que provavelmente são assim o tempo todo.

— O que está acontecendo? — Billy pergunta. — As pessoas estão falando sobre Jules Milone, a Rainha da Legião, e sua rebelião por todo o mercado.

— E sobre Katharine — Mirabella diz.

— E sobre a névoa — Arsinoe acrescenta. — Sem dúvida vocês devem ter ouvido no mercado também. A névoa, erguendo-se e engolindo pessoas. Cuspindo-as no mar para surgirem na costa depois.

Mirabella e Billy trocam olhares. Eles realmente ouviram isso, mas Mirabella esperava que não fosse verdade.

— Tudo está começando a fazer sentido, não está? — Arsinoe diz, andando devagar pelo quarto pequeno.

— Está? — Billy pergunta.

— A névoa se ergue contra o povo e nós começamos a ver a sombra da rainha que a criou — Mirabella sussurra. — Mas por que a névoa está se erguendo? Ela é nossa guardiã. Nosso escudo.

— Talvez ela esteja falhando — Arsinoe diz. — Talvez seja por isso que estou sonhando com a época dela. A época de Daphne e da Rainha Azul.

— Para descobrir como ela foi feita — Mirabella supõe.

— Ou como pode ser desfeita. — Arsinoe se vira para eles. — Eu sabia que nós não estávamos voltando para casa para reinar. Embora, para ser honesta, eu não tivesse *certeza*. Mas agora eu sei.

— Sabe o quê? — Billy pergunta.

— Acho que estou aqui para parar a névoa.

Volroy

Em seus aposentos no alto da Torre Oeste, Katharine se tranca com uma taça de vinho cheia de frutinhas venenosas. Já faz dias desde que ela mandou um mensageiro para encontrar os rebeldes e transmitir sua mensagem e, naquela manhã, a névoa se ergueu de novo. Aquela névoa infernal, flutuando sobre a água logo depois das rochas ao norte do Porto de Bardon. Katharine toma um grande gole de vinho e contrai os lábios. Não pode ir mais depressa. A névoa precisa ser paciente, e nem ela nem as irmãs mortas gostam de tê-la olhando por cima do seu ombro. Desde que ela reapareceu, Katharine não olhou para fora do castelo ou recebeu visitantes. Seu humor foi de cinza para sombrio, e a mudança não foi apenas por causa da névoa.

A ideia de poupar Jules Milone — de lhe conceder misericórdia ou mesmo propor um tratado de paz — está parada na garganta de Katharine. Afrontar a linhagem de rainhas não deveria ser tolerado.

As líderes da rebelião deveriam ser linchadas em praça pública. Nós deveríamos arrancar a pele delas lentamente.

Katharine baixa sua taça de vinho envenenado. Linchar não é trabalho de uma envenenadora. É trabalho de uma rainha da guerra. Ou de rainhas que estão mortas há tempo demais para entender essa diferença.

A porta do quarto se abre e a criada anuncia Pietyr e Rho Murtra, a sacerdotisa do Conselho.

— Rho — Katharine a cumprimenta com a cabeça enquanto a mulher alta se curva diante dela. — Que estranho ver você aqui.

— Quando você não apareceu na câmara do Conselho, eu me cansei de esperar.

Ignorando-a, Katharine estica a mão para Pietyr, que a beija na boca.

— Pietyr. Você encontrou um praticante de magia baixa para desfazer a amarração da mulher Milone?

— Ainda não, Kat. Ninguém se voluntariou.

Ela sabia que ninguém se voluntariaria. Ela sabia que, como de costume, ninguém se ofereceria para ajudá-la.

— Rainha Katharine — Rho diz. — Tenho um relatório sobre a rebelião, se interessar.

— Claro.

— Eles estão descendo pelas montanhas.

— Quantos?

— Impossível ter um número exato. Estão vindo de todos os lados: dez de uma vila, uma dúzia de outra. Cruzando o norte como formigas. Infelizmente, nenhum parece ter ligação direta com Jules Milone.

Katharine cruza os braços.

— Eu gostaria de resolver esse levante o mais depressa possível. Quanto tempo até ela receber minha mensagem? Quanto tempo até eu poder esperar por uma resposta?

— Qualquer mensageiro que ela envie de volta vai ter que atravessar um terreno montanhoso, no inverno. — Rho morde a parte de dentro da bochecha. — Uma resposta vai levar mais de uma semana para chegar, mesmo trocando de cavalos.

— Como ela consegue se comunicar tão bem com tantos bandos pequenos de rebeldes, então? — Pietyr pergunta, sua mão deslizando pela cintura de Katharine.

— Nós achamos que eles têm naturalistas entre eles — Rho responde, olhando o braço dele em volta da rainha. — Mandam pássaros e todo tipo de animais com suas mensagens. Com a dádiva naturalista, os pássaros voam de forma rápida e direta.

— Se ao menos tivéssemos um naturalista em quem pudéssemos confiar — Pietyr sussurra, os lábios roçando a orelha da rainha.

— Pare de tentar irritar minha conselheira de guerra. — Katharine se vira e o morde, e ele ri, afastando-se.

— Minha rainha, talvez nós tenhamos uma naturalista de confiança. — Rho chama a criada. — Mande chamar Bree Westwood.

Não demora muito para Bree chegar e, quando ela aparece, seu olhar vai de Rho para a rainha.

— O que está acontecendo?

— A rainha precisa de uma naturalista para mandar mensagens para o levante rebelde. Você consegue pensar em alguém?

— Uma naturalista?

— Alguém que possa usar um pássaro. E que seja discreta.

— Ela faria isso? — Katharine pergunta, entendendo de quem elas estão falando. Bree contrai os lábios.

— Se não for perigoso para o pássaro, tenho certeza de que Elizabeth ficaria feliz em servir a Coroa.

— Não deve ser nada perigoso — Katharine diz. — Só uma convocação para uma reunião, em campo neutro, para uma troca de prisioneiras. Estamos tentando evitar a guerra, não começá-la.

— Muito bem. Vou falar com ela imediatamente.

Bree encontra Elizabeth na cozinha, ajudando algumas criadas a preparar o jantar, usando uma engenhosa prótese em seu cotoco para picar vegetais. Assim que vê Bree, seu rosto corado se ilumina. Ela rapidamente pede licença, solta a faca e limpa a mão em um pano.

— Não esperava te ver tão cedo. O Conselho Negro terminou antes do tempo?

— Venha comigo. — Bree guia Elizabeth pelo corredor até que estejam do lado de fora. Eles contornam a lateral do castelo e as calhas da cozinha. — A rainha não se sentiu disposta a comparecer ao Conselho hoje. A cabeça dela está na rebelião ao norte. Onde está Pepper?

Elizabeth fica parada e elas apenas escutam. Logo, ouvem o pássaro furando ruidosamente alguma árvore azarada ali perto.

— Eu amo esse som.

— Mesmo?

— Me acalma. Você não tem ideia de quão frequentemente eu gostaria de enfiar meu nariz em uma árvore no inverno. Especialmente aqui, nesta capital cinza e sufocante.

— Elizabeth — Bree começa, então olha para os galhos acima delas. — Você consegue usar Pepper para mandar cartas?

— Acho que sim. Nunca tentei. Eu o mando pegar coisas para mim, às vezes: ferramentas e até ingredientes inusitados para alguma receita.

— Até onde ele pode ir?

— Ele voa muito bem.

— Quer dizer, quão longe ele pode ir e ainda... escutar você?

— Bem longe, imagino. — Elizabeth franze o cenho, enfim percebendo que as perguntas estão caminhando para algum lugar. — Se nosso laço fosse quebrável, acho que ele teria se rompido quando eu o mandei embora para poder receber o bracelete. O laço deve ter se esticado até o limite. Mas Pepper voltou quando eu o chamei.

— A rainha quer que ele ache o acampamento rebelde. Ela quer que ele encontre Jules Milone e entregue uma mensagem a ela. Ele conseguiria fazer isso?

— Ele não conhece Jules Milone.

— Mas ele poderia achar o acampamento?

— Seria... — Elizabeth para, seu olhar pousando nas árvores. Talvez sentindo que estão falando dele, Pepper se aproxima e gruda no tronco bem na frente delas, sua cabeça topetuda inclinada.

— Seria perigoso? — Bree pergunta. — Os rebeldes o machucariam?

— Você sabe tão bem quanto eu que isso dependeria de quem ele encontrasse.

— Você poderia mandar outro pássaro, então?

Elizabeth sacode a cabeça.

— Minha dádiva não é tão forte. Eu só a usei com Pepper. E estou fora de forma. — Ela parece tão triste e assustada que Bree a segura pelos ombros.

— Você não precisa fazer isso. Posso simplesmente dizer para a rainha que é impossível.

— Você quer que eu faça?

— Eu não quero uma guerra. — Bree exala. — E acho... acho que a oferta de Katharine de fazer uma troca de prisioneiras é sincera. Agora, se ela vai mesmo poupar a vida de Jules Milone, ninguém sabe.

Elizabeth estica os braços e o pica-pau salta da árvore, aterrissando em um deles. Ele é um pássaro silencioso e observador, muito bom em se esconder. Talvez fique bem.

— Diga à rainha que escreva a mensagem. Vou amarrá-la na perna dele. — Ela acaricia costas de Pepper e ele bica as vestes dela com afeto. — Então darei uma boa refeição a ele e o enviarei.

Quando Pietyr desce para a masmorra do Volroy, as guardas do lugar mal o notam. Elas não são as melhores da guarda da rainha, mas não precisam ser. São poucos os prisioneiros importantes o suficiente para serem atirados ali embaixo. Apenas assassinos. Rainhas traidoras. Rebeldes. Ou a mãe de uma rebelde.

Pietyr para diante da cela de Madrigal Milone. Ela está solta, sentada em um banco ao lado da parede. O corvo está equilibrado em seu joelho, comendo em sua mão o que Pietyr presume ser o resto do escasso café da manhã de Madrigal.

— Olá, senhora Milone.

— Olá, mestre Arron. Você precisa fazer algo em relação à comida daqui. Está fazendo mal ao estômago do meu pássaro, e ela é bem durona.

Pietyr sorri.

— Vou ver o que posso fazer.

— E o que eu posso fazer por você? Não deve ter vindo por causa do meu belo rosto, arrastado até aqui com um saco na cabeça como eu fui. — Ela toca as pontas do cabelo, que caem sem vida pelos seus braços.

Pietyr se aproxima das barras da cela o máximo que sua coragem permite. Ele atenta os ouvidos para escutar passos de guardas, mas não ouve nada.

— Eu vim perguntar sobre magia baixa.

Madrigal revira os olhos.

— Já disse, não há como me matar sem desatar a maldição da legião.

— Eu acho que você está mentindo. Não acho que você seja o tipo de pessoa que faria um feitiço que só pode ser quebrado com sua morte.

— Eu não disse que era o único jeito — ela diz, rindo. Um belo som nesse espaço escuro da prisão. — Posso fazer minha própria desamarração quando quiser. Talvez eu faça quando vocês me soltarem daqui, só para que sua Katharine veja o que realmente está enfrentando!

Pietyr cruza os braços. Algo em Madrigal Milone é muito desagradável. Talvez seja a imprudência em seus belos olhos. Ou talvez seja o medo neles. Ele quer se virar e deixá-la apodrecendo. Aliás, se tivesse outra escolha, faria isso.

— Preciso de algo de você, Madrigal Milone. E se você for sensata o suficiente para me ajudar, eu te darei algo em troca.

— O que você poderia ter de interessante para mim?

— Que tal uma chance de lutar? Katharine pretende desfilar com você em frente ao exército rebelde de sua filha. A rainha quer trocar você por ela. E eu sei, pela expressão nos seus olhos, que você sabe que essa é uma troca que sua filha vai aceitar. Se você me disser o que preciso saber, eu te darei uma chance de evitar tudo isso. De fugir.

— Como?

— Eu levarei você pessoalmente ao desfile. Posso cortar suas amarras quando Juillenne estiver perto o suficiente para conseguir ver. E então você poderá correr.

— Não é lá uma grande chance.

— É o melhor que posso oferecer.

Madrigal se levanta e anda até Pietyr. Ela enrola as mãos nas barras da cela e pensa, por um momento, encarando os próprios pés. O corvo voa até seu ombro e começa a bicar seu cabelo, mas ela não se mexe. Tão estranhos os naturalistas, tendo um pássaro estalando e bicando assim e nem notarem.

— Se Jules me substituir, o que Katharine fará com ela?

— A rainha terá misericórdia. Jules passará o resto da vida aqui. E se viver mais do que o reinado, quem sabe um dia seja solta.

— Você acredita nisso? — Madrigal pergunta. — Você confia em Katharine?

— O que importa é se você confia em mim. Me conte o que você sabe sobre possessão espiritual.

— Possessão espiritual?

— Sim — Pietyr perde a paciência. — Como você usaria magia baixa para separar um espírito morto de um corpo vivo?

Os olhos dela brilham, animados repentinamente pela curiosidade.

— Você precisa me contar exatamente o que aconteceu. Ou não posso ajudar.

Pietyr range os dentes. Mencionar o segredo de Katharine para outro membro do Conselho Negro seria até plausível. Mas confiar em uma naturalista traidora?

— Nunca — ele resmunga e se afasta. Madrigal o segue pelas barras.

— É a rainha, não é? Por isso ela é tão forte. Por isso sua dádiva parece tão distinta. Ela está pegando emprestado dos mortos.

Pietyr para e se vira. Ele sabe que a expressão em seus olhos vai denunciar que Madrigal está certa. Mas, em vez de rir ou gritar aos quatro ventos, a boca dela se abre em espanto.

— De quem foi essa ideia? Natalia Arron? Aquela mulher era de fato esperta...

— Não foi ideia de ninguém. Foi um acidente! — As mãos dele atravessam as barras e a seguram com força. — Na noite da Cerimônia da Aceleração, Katharine caiu na Fenda de Mármore. Todos nós pensamos que ela estivesse morta. Mas ela voltou. Só que não voltou sozinha.

Os olhos de Madrigal se nublam por um momento. Então ela emite um som de surpresa.

— A Fenda! Você quer dizer...

— É exatamente isso que quero dizer.

— Quantas?

Pietyr baixa a cabeça, lembrando-se da queda de Katharine. Lembrando-se de a empurrar.

— Quantas conseguiram colocar suas garras mortas nela, eu acho.

— Duas rainhas da legião — Madrigal diz, pensativa. — Talvez a oráculo estivesse errada. Talvez minha Jules não seja a destruição da ilha, afinal.

Pietyr a olha com raiva.

— Me diga: elas podem ser expulsas?

— Não tenho certeza. — Madrigal se vira e começa a andar lentamente de um lado para o outro. — Estamos falando de sangue de rainha. E de rainhas. Katharine sabe que você está planejando isso?

— Sim. Ela sabe. Ela também quer expulsá-las.

— Humpf — Madrigal desdenha, pouco convencida, embora ele tenha dito isso olhando nos olhos dela. — Se você diz.

Ela anda até a parede e se agacha, pressionando as mãos contra a pedra fria e úmida do chão.

— As rainhas estavam lá embaixo, presas, durante todo esse tempo. — Ela ri. — Não me surpreende que tenham se esforçado tanto para colocá-la no trono.

— Você sabe o que fazer ou não?

Madrigal gira para encará-lo.

— Você precisa colocá-las de volta onde estavam.

— De volta na Fenda de Mármore?

— Sim.

— E como eu deveria fazer isso? Katharine nunca vai querer voltar lá.

— Pensei que você tivesse dito que ela quer expulsá-las.

— Ela quer — ele diz. — Mas nem sempre sabe disso.

Madrigal cruza os braços. Ela resmunga algo sobre espaços sagrados, uma árvore retorcida e sobre como sua feitiçaria teria mais foco se ela não estivesse embaixo do maldito Volroy.

— Você vai ter que *fazer* uma Fenda de Mármore, então. Um círculo de pedras vindas de lá deve funcionar. Coloque as mortas de volta nas pedras e então jogue as pedras na Fenda. As pedras devem se tocar, de ponta a ponta. E Katharine não deve sair do círculo até ter certeza de que todas foram expulsas.

— É isso? Só isso?

— Não. — Madrigal sorri. — Contarei o restante quando estivermos a caminho da troca e você tiver me libertado.

O envenenador nele gostaria de amarrá-la e injetar veneno de escorpião nela até que ela mal pudesse falar de tanto gritar. Mas provavelmente chamaria atenção.

— Você sabe que existe uma chance de Katharine não sobreviver a isso.

— O quê?

Madrigal arqueia as sobrancelhas.

— Com certeza você deve ter considerado que ela pode não estar viva de verdade, exceto por elas. Que ela pode de fato ser uma morta-viva e, no instante em que for esvaziada das rainhas, seu corpo se quebrará e ressecará. Como teria acontecido se elas não tivessem intervindo.

Pietyr congela. Por um momento, as celas do Volroy desaparecem e eles vão para o fundo do coração da ilha. Não há luz. Apenas o cheiro de podridão fria. E dedos ossudos enrolados em torno de seu tornozelo.

— Pobrezinho — Madrigal diz. — Você realmente a ama. Ninguém lhe avisou?

— Sim, sim — ele diz enquanto se afasta. — Só um tolo ama uma rainha.

Quando chega no andar de cima do Volroy, ele considera selar um cavalo e ir a Greavesdrake por uma noite para pensar. Mas, em vez disso, entra na sala do trono, onde escuta Katharine com Bree Westwood e a sacerdotisa maneta.

— Pietyr — Katharine diz quando o vê entrar —, bem na hora. Nossa querida Elizabeth aceitou mandar uma mensagem por meio de seu Familiar, Pepper, para a rebelde naturalista. Eu estava considerando chamar Rho para determinarmos o melhor lugar para a troca de prisioneiras.

— Por que você não convoca a rebelde até aqui? — ele pergunta, ainda atordoado pela conversa que acaba de ter.

— Eu não acho que ela viria. Ou, se vier, pode trazer todo seu exército, e prefiro poupar a capital disso. Além do mais, quero marchar com algumas das minhas soldadas novas. — Katharine está com o pergaminho na mão, com algumas linhas escritas. Só há espaço para mais algumas. É um rolo pequeno, feito para a perna de um pássaro pequeno.

Pietyr olha para o pica-pau, empoleirado docilmente no ombro da sacerdotisa. Será que ele é mesmo tão rápido? Uma coisinha tão pequena conseguirá realmente ir para o norte, no inverno, e encontrar um acampamento rebelde?

— Vale de Innisfuil — ele se ouve dizer. — É um lugar neutro, longe o suficiente da capital e dos reforços de Bastian City. E os devotos ao templo entenderão como um bom sinal quando a troca bem-sucedida acontecer lá.

Katharine considera, então se inclina para escrever no pergaminho. Ela o enrola e o entrega à Elizabeth e eles observam maravilhados enquanto o pequeno pássaro estica a perna para recebê-lo.

— Eu nunca imaginei que você mandaria seu próprio Familiar, Elizabeth — Katharine diz. — Achei que mandaria um falcão, ou outro pássaro estranho. Fico realmente grata.

— Nós ficamos felizes em servir — a sacerdotisa responde. — Felizes por ajudar a evitar uma guerra.

Katharine sorri para Pietyr. Ele se pega sorrindo de volta. Em breve partirão em marcha para o Vale de Innisfuil. O Vale de Innisfuil — e a Fenda de Mármore.

Sunpool

No pequeno pátio nos fundos do castelo, Mirabella assiste à guerreira Emilia Vatros e à naturalista Jules Milone treinarem juntas a dádiva da guerra. Não parece muito com um treino: Emilia trouxe um monte de madeira e as duas estão cortando lenha juntas. Mas conforme elas trabalham, o movimento de seus machados muda perceptivelmente: eles descem mais retos e rápidos, e as toras parecem se partir sozinhas.

A Rainha da Legião. É assim que chamam Jules agora, nesta rebelião que Mirabella e Arsinoe tão convenientemente encontraram. As pessoas concedem o título de rainha tão depressa. Como se ele nunca tivesse carregado nenhum peso.

— Tome cuidado! — Emilia grita quando o machado de Jules vacila. Ela o pega pelo cabo e acerta Jules de leve. — Só porque parece não ser nada, não quer dizer que não seja perigoso. Ainda é um machado. Preste atenção!

Jules assente e recomeça. Ela segue bem as instruções. Não parece a mesma garota que Mirabella conheceu antes. A raiva borbulhante se foi e sua postura é tão ereta que ela parece muito mais alta do que de fato é. Até a puma parece maior e mais confiante, deitada em meio à madeira com seu rabo ondulando preguiçosamente para a frente e para trás.

Jules parece diferente. Ela está diferente. Mas ainda não é uma rainha.

— Uma pausa — Jules diz e Mirabella dá um passo à frente, aplaudindo devagar. Ela se junta a Jules perto da gata enquanto a garota bebe um copo d'água.

— Você está indo muito bem.

Jules contrai os lábios.

— Obrigada. Eu me sinto tão confiante quanto um potro novo.

— Sua amiga guerreira é esperta, combinando treinamento com uma tarefa necessária.

— Sempre há trabalho a ser feito quando se está começando uma rebelião — Jules diz. Ela estende o copo. — Água?

— Não, obrigada.

— Arsinoe não quer me dizer muito sobre o motivo de vocês terem voltado. Só disse que vocês vão subir o Monte Horn.

Mirabella faz que sim.

— Tenho certeza de que ela diria se soubesse mais.

Jules olha para as mãos.

— Ela diz que vocês vão voltar para o continente assim que seu assunto for concluído.

— Fico aliviada por saber disso — Mirabella diz, expirando. — Parte de mim temia que, no momento em que visse você, ela jurasse ficar para sempre, não importando o perigo.

— Você não deveria ter deixado ela vir, sabe? Deveria ter feito ela ficar afastada.

— Eu sei. Assim como você sabe que isso seria impossível sem cordas e correntes.

Jules sorri, contrariada, e Mirabella sente uma onda de carinho por ela. Por dez anos, os anos entre o Chalé Negro e a Ascensão, foi Jules que cuidou de Arsinoe. Ela salvou sua vida no dia da Caçada das Rainhas. Salvou todas elas no dia do duelo. Mas ela ainda não gosta de olhar nos olhos de Mirabella.

— Arsinoe diz que vocês o enterraram, em vez de queimar.

— Sim — Mirabella responde. — É como eles fazem lá. Ele está descansando no topo de uma colina verde, com vista para o mar.

Lágrimas surgem nos cantos dos olhos de Jules, e a gata vem se esfregar nas pernas dela.

— Eu queria poder ver.

— Talvez você possa, um dia.

— Bom. — Jules pisca. — Um dia parece longe. De qualquer forma, fico feliz que Arsinoe e Billy estavam lá. E você. Fico feliz que alguém que o amou estava lá também.

— Você o amou mais. Eu sempre soube disso. E ele amava você. — Mirabella sacode a cabeça. — Ele nunca me amou de verdade.

Por um momento, Jules fica em silêncio. Então ela se vira e a olha fixamente.

— Você deve me achar muito mesquinha para pensar que ouvir isso me deixaria feliz.

— Eu só quis dizer que...

— É melhor você voltar para dentro, Mirabella. Mesmo com a capa e essas roupas, não demoraria muito para alguém descobrir quem você é se reparar bem.

Jules pega seu machado e volta a cortar lenha, embora Emilia tenha desaparecido. Mirabella fica ali, mas Jules não olha mais para ela. Por fim, ela joga as mãos para o alto e sai, indo não para o castelo, como ordenado, mas para mais fundo do pátio, onde ele se une com a parte de trás do castelo.

Ela atravessa o gramado e sobe em pedras caídas da muralha, intrepidamente chegando ao topo.

Quando ela o alcança, o vento bate em sua capa, pressionando-a contra seu corpo, como um abraço. Como ela gostaria de jogar o capuz para trás para deixar a brisa passar os dedos frios por seus cabelos. Mas ela sabe o que Jules e Emilia pensariam disso. Além do mais, elas estão certas. É melhor para todo mundo se a presença dela e de Arsinoe permanecer em segredo.

Ainda assim, ela não consegue resistir a chamar um pouco mais de vento para dançar em volta do seu corpo. Mais algumas nuvens para escurecer o céu. A proximidade da sua dádiva, a facilidade, é a única alegria que o retorno à ilha lhe trouxe. Todo o restante — a rebelião, a Rainha da Legião — só mostrou quão desnecessária ela é ali. Quão facilmente substituível.

Ela sequer é parte da missão de Arsinoe para parar a névoa.

Eu sou a guardiã da minha irmã. Sua protetora.

Mas isso é o suficiente? Para uma garota que poderia ser rainha? As pessoas falam de Jules como se ela já fosse uma lenda: naturalista, com a dádiva forte como a de uma rainha.

Nenhuma rainha elemental na história dominou todos os elementos de forma tão completa quanto eu. E, ainda assim, nenhum mural me celebrará. Nem mesmo meu nome será passado adiante.

Ela deixa que o vento cesse e pensa em Bree e Elizabeth. Suas amigas e seu lar, que ela nunca verá novamente.

E então, como um desejo ou uma oração, um pica-pau de topete preto e branco voa contra a barriga dela com tanta força que ela sente uma leve pontada de seu bico.

— Pepper! — Ela aconchega o passarinho na dobra de seu braço e olha para seus olhos negros e brilhantes. Ela está ofegante e assustada. — Pepper?

É você mesmo? — Mas claro que sim. Ela não é próxima de nenhum outro pássaro. Mirabella acaricia o peito dele e olha em volta, esperando ver Elizabeth agachada atrás de alguma pedra. Mas ele está sozinho. Elizabeth o mandou embora no dia em que fez seus votos de sacerdotisa, para evitar que ele fosse esmagado pela horrível e brutal Rho.

— Você ficou sozinho no norte esse tempo todo? — ela pergunta e o segura perto do rosto. — Pobre Pepper. Que sorte sua me encontrar aqui. Que sorte que você me viu.

Em resposta, a pica-pau levanta a asa e estende uma perninha. A perninha com um rolo de pergaminho amarrado.

Reunir suprimentos em meio a uma rebelião não é a tarefa mais fácil da ilha, mas Billy consegue. De alguma forma, apesar de seus fundos limitados e o fato de todos no mercado estarem estocando provisões para a causa, ele consegue roupas quentes, ferramentas de escalada e o que espera ser carne seca o suficiente para a jornada acima da linha da neve.

— Pronto — ele diz para Arsinoe, alegre. — Estamos prontos para partir. Você não está feliz por eu ter vindo?

— Acho que sim.

Ele dá de ombros.

— Negociação. Comprar coisas. São as únicas habilidades valiosas que meu pai me ensinou. Mas você pode dizer que meu sucesso se deve principalmente ao meu carisma, e isso não se ensina.

— Quanto tempo você acha que vai levar para encontrar seu pai?

— Não sei. Depois que terminarmos o que viemos fazer na montanha, pensei em navegar até a capital. Eu não vou entrar na cidade — Billy acrescenta ao ver a expressão dela. — Vou mandar uma carta ou um mensageiro. — Ele suspira. — Eu arriscaria dizer que ele nem está aqui.

— Onde ele estaria, então?

— Navegando pelo mundo. De férias em Salkades, talvez. Bebendo vinho e tentando me dar uma lição sobre a vida sem ele e o preço da desobediência.

— Ele faria isso com sua mãe e Jane?

Billy dá de ombros e Arsinoe vê Emilia passando na rua.

— Lá vai Emilia.

— Ela não parece ter nos visto.

— Ah, ela nos viu — Arsinoe diz. E está certa: a guerreira surge no beco atrás deles um minuto depois.

— Vocês dois deveriam voltar para o castelo.

— Estamos voltando, já terminamos aqui.

Emilia dá um sorriso, mas seu olhar permanece o mesmo.

— Deixe-me acompanhá-los, então.

Ela se vira e os guia por ruas laterais, pegando atalhos por becos e pulando por cima de pilhas de caixas. É uma rota tão deserta que Billy precisa até mesmo desviar de um balde de excrementos que alguém esvazia de uma janela acima deles.

— Quase — ele diz, limpando o ombro. — Esta pobre cidade velha parece sobrecarregada. Estranhos ocupando casas e prédios abandonados. Como os oráculos e os locais se sentem a respeito da presença repentina do seu exército?

— Muitos deles são oráculos, como você disse — Emilia responde. — Eles sabiam que estávamos vindo. E também querem se vingar do assassinato de Theodora Lermont. Estão conosco, ou não teríamos vindo.

— Você já tinha vindo aqui antes? — Arsinoe pergunta. — Parece conhecer bem a cidade.

— Já estive aqui com Mathilde, quando éramos mais novas. Mas eu conheceria este lugar da mesma forma mesmo se o tivesse examinado apenas na noite em que chegamos. É uma habilidade da dádiva. Nós conseguimos nos orientar rapidamente em lugares novos.

Arsinoe se lembra da jornada delas até Indrid Down, de como Jules foi capaz de memorizar o mapa com tanta facilidade.

— Uma guerreira e uma envenenadora em pele de naturalista — Arsinoe murmura. — Nenhuma de nós nunca foi quem pensava ser.

— Depressa. — Emilia a cutuca. — Pare de resmungar.

— Por que você não gosta de mim? — Arsinoe pergunta, irritada, esfregando as costelas por conta do cutucão.

— Não gosto de você? — Emilia ri. — Por que eu não gostaria de você? Você inspira tanta lealdade. Tem sempre alguém cuidando de você. Protegendo você. Dando a vida por você.

— Você acha que vou fazer Jules se machucar.

Elas param e se encaram.

— Eu acho que sua presença vai acabar com as chances dela — Emilia diz. — Eu acho que você quer restaurar a linhagem das rainhas. Acho que você gostaria de colocar Jules nas masmorras de novo, em Wolf Spring, ou em algum esconderijo, para sempre. Talvez no continente, como você. Mas vou dizer uma coisa, *Rainha* Arsinoe: Juillenne Milone não é sua criada. Ela não é sua assistente nem sua amiga. Ela é nossa rainha, a rainha que a ilha precisa, e eu estarei ao lado dela quando ela cumprir essa promessa.

— Isso foi muito além dos limites — Arsinoe diz e a cutuca no peito. — E quem fez essa promessa? Ela prometeu? Ou você e sua amiga loira, Mathilde, a estão obrigando a fazer algo para o qual ela não está pronta? Não falo por Jules e não tenho o direito de decidir o caminho dela.

— De fato, você não tem.

— Nem você. E se sua causa acabar deixando Jules ferida, ou pior...

— O quê? — Emilia saca uma pequena adaga e Arsinoe sente o frio do metal em seu pescoço. — O que você vai fazer?

— Acho que vou envenenar você.

Emilia cerra os olhos e Billy entra no meio delas rapidamente.

— Vamos, moças, não vamos perder tempo com uma conversa tão inútil. Temos que voltar para o castelo, como você mesma disse, Emilia.

Elas se afastam, empurrando-se. O restante da caminhada até o castelo é feito em silêncio.

Quando chegam ao portão, a oráculo Mathilde está esperando.

— Graças à Deusa, onde vocês estavam? Nós recebemos uma mensagem.

— Que tipo de mensagem? — Emilia pergunta e avança, correndo para dentro e saltando as escadas até o quarto de Jules. Arsinoe a segue e encontra Jules lá dentro, andando de um lado para o outro, Mirabella sentada na mesa atrás dela, alimentando o que parece ser um pica-pau.

— O que está acontecendo? — Arsinoe pergunta. — De quem é esse pica-pau?

— O pássaro chegou com uma mensagem — Mathilde explica. — A Rainha Katharine capturou a mãe de Jules e vai marchar com ela e uma tropa de soldadas para Innisfuil.

Arsinoe olha para Jules, que devolve o mesmo olhar estarrecido.

— Ela quer trocar Madrigal por mim.

O quarto fica em silêncio enquanto eles se encaram, até que Emilia bate o pé.

— Você não pode! — ela exclama.

— Eu preciso — Jules diz suavemente.

— Você não pode! Você é a Rainha da Legião. Você é mais importante do que uma única vida.

— Não que a vida da minha mãe! — Jules ruge. — Nem de ninguém.

— Espera, Jules. — Arsinoe levanta a mão antes que Emilia possa dizer mais alguma coisa. — Mesmo que você realmente aceite a troca, acha mesmo que Katharine honraria o que promete? Ela pode capturar vocês duas. Ou capturar você e matar Madrigal mesmo assim.

— Então o que faremos? — Jules pergunta.

— Nós viemos lutar — Emilia diz. — Marcharemos e a encontraremos.

— Não temos contingente suficiente — Mathilde diz em voz baixa. — Se marcharmos agora, eles terão uma vantagem de quatro para um. Talvez mais.

— Então o que vamos fazer se Katharine decidir avançar contra Sunpool? — Billy questiona, curioso.

— Se eles avançarem agora, nós recuamos para as montanhas. Nos escondemos. Deixe que nos cacem pela neve, se quiserem. Deixe a ilha ficar ainda mais instável enquanto a névoa se ergue e a Rainha Morta-viva falha em protegê-los dela.

— Por que trocaríamos a fortaleza de Sunpool pelas montanhas? — Emilia pergunta, furiosa.

— Porque as muralhas precisam ser consertadas. A cidade precisa ser fortificada. Porque não estamos prontos.

— Precisamos fazer algo agora! — Jules grita e Camden ruge. — Ela está com minha mãe!

— Katharine não vai matá-la. É só uma tática — Emilia diz em um tom controlado.

Os olhos de Jules se apertam.

— Então é uma boa tática.

— Não acho que seja uma boa tática — Arsinoe diz, olhando para Mirabella. — Nossa irmãzinha não blefa.

Jules se contém e afunda a mão no pelo da gata.

— Emboscada — ela diz, um momento depois. — Se não podemos aguentar uma batalha e não podemos confiar na troca, uma emboscada é a única forma de salvar minha mãe. — Ela olha para Emilia. — Quantos guerreiros vieram de Bastian City?

— Só algumas dezenas. O restante está entrincheirado, esperando ordens.

— É mais que suficiente.

— Mais que suficiente contra a força da rainha? — Mathilde pergunta. — Ela deve trazer pelo menos mil soldadas.

— Não vamos lutar com elas. Vamos distraí-las e atacar.

Emilia sacode a cabeça.

— Que distração seria grande o bastante? Não vai funcionar.

— Vai funcionar. — Jules aponta para Mirabella e para Arsinoe. — Se usarmos as duas!

Mirabella arregala os olhos e o pica-pau voa para o ombro dela quando Jules anda em sua direção.

— Ela pode chamar chuva e raios. Assustar os cavalos, derrubá-los com o vento. Ela pode queimá-los e, durante esse caos, os guerreiros podem atacar. Então nós libertamos minha mãe e sumimos antes que eles saibam em que direção correr.

— Não — Emilia diz. — As pessoas vão ficar sabendo. Elas saberão que as rainhas traidoras voltaram.

— Deixe que saibam — Jules responde. — Deixe que eles vejam que as rainhas estão comigo. Deixe que saibam que elas me *apoiam*. Eles nos verão unidas contra Katharine e mais gente se juntará a nós.

Emilia concorda de má vontade.

— A cada dia você pensa mais como uma guerreira.

Jules se vira de Mirabella, que se levantou, para Arsinoe, que olha de Jules para a irmã.

Não é por isso que elas voltaram. Mas como ela pode virar as costas para Jules quando ela precisa tanto delas?

— Por favor? Por favor, Arsinoe? Mirabella? Adiem a viagem para a montanha até voltarmos da marcha. Até que minha mãe esteja segura. — Ela agarra o ombro de Arsinoe e aperta.

— Tudo bem, Jules — Arsinoe diz. — Nós vamos com você.

Naquela noite, o quarto que Arsinoe divide com Mirabella e Billy está completamente quieto quando os três se preparam para dormir.

— Mirabella, você comeu alguma coisa? — Arsinoe pergunta para quebrar o silêncio.

— Um pouco de pão e queijo.

— Você está com fome? Posso ver se ainda tem um pouco de cozido…

— Não.

Arsinoe encara a irmã enquanto Mirabella dobra os cobertores de sua cama improvisada. Seus ombros estão eretos e rígidos, seus movimentos bruscos.

— Mira, você está brava comigo?

— Por que eu estaria? — Mirabella pergunta e finalmente se vira. — Você apenas prometeu que vamos nos envolver numa guerra.

— Você não quer lutar? Não vai ajudar?

— Claro que vou. Você me alistou. — Ela se volta de novo para os cobertores, dando um tapa em um travesseiro fino com o dorso da mão.

— Desculpa — Arsinoe gagueja. — Pensei que fosse o que você queria fazer. Pensei que fosse a coisa certa.

— Pensei que a coisa certa fosse ir para a montanha — Billy diz, tirando a jaqueta. — Pensei que nós não nos envolveríamos.

— Você está bravo comigo também?

— Você falou por todos nós, Arsinoe — Mirabella diz. — Você decidiu, sem discussão.

— Billy, você não precisa ir — Arsinoe começa e imediatamente percebe que é a coisa errada a dizer. Ela nunca viu Billy olhá-la desse jeito. Como se ela o tivesse machucado e não conseguisse entender.

— Posso dizer a Jules que vocês mudaram de ideia — ela sussurra.

— Nós vamos. — Billy se senta em seus cobertores para tirar os sapatos, atirando-os com força perto da parede. — Nós só não vamos falar com você até tudo isso acabar.

— Ótimo. — Arsinoe dá de ombros. — Então vou deixar vocês a sós. Vou dormir com Jules.

— Ótimo — Mirabella diz enquanto se deita. — Vá discutir seus planos de batalha.

Indrid Down

Rho reuniu as soldadas no pátio interno do Volroy para Katharine examiná-los antes de partir. Todos eles parecem focados, de costas retas e roupas limpas. As lanças e os escudos estão perfeitamente alinhados. A única irregularidade são os cavalos da cavalaria: um rabo que ondula, uma pata que bate. Eles são, ou pelo menos parecem, um verdadeiro exército.

— Kat? Você está pronta?

Ela se vira e vê Pietyr, tão lindo em um uniforme de comandante da guarda que ela gostaria de adiar a marcha por alguns minutos para arrancá-lo dele.

— Quase — ela diz. — Mandei uma das minhas criadas buscar algo no meu quarto.

— Genevieve ainda está fazendo bico por ser deixada para trás — Pietyr murmura. — Você com certeza vai ouvir antes de partirmos. — Ele se inclina e beija a curva do pescoço dela. — O que sua criada foi pegar?

— Uma lembrança — Katharine diz e sorri quando a criada aparece, carregando uma pequena caixa de laca preta que normalmente fica ao lado da jaula de Docinho. Quando a criada os alcança, Katharine abre a caixa e tira de dentro dela a única coisa guardada ali: a máscara de Arsinoe.

— Eu arranquei dela depois que a acertei na Caçada das Rainhas. — Ela corre os dedos pela face, tão suave e fria, pintada com linhas vermelhas tão ferozes. — Você acha que cabe em mim?

— Acho que se você usá-la — Pietyr diz —, vai levar a naturalista a fazer alguma besteira.

— Talvez você esteja certo. — Ela enfia a máscara no bolso da capa. — Mas vou levá-la comigo, de qualquer forma. Para dar sorte.

Genevieve traz o cavalo preto de Katharine e o segura enquanto ela monta. Ele está belamente vestido com uma armadura de prata, as rédeas enfeitadas com bandeiras dos envenenadores. Rho cavalga ao lado dela, e Katharine segura firme seu cavalo enquanto ele se movimenta no lugar.

— Há quantas aqui?

— Quinhentas — Rho responde. — Cem a cavalo. Outras mil estão em Prynn, prontas para marchar se algo der errado. Mas acho que não vamos precisar delas.

— Bom. Onde está Madrigal Milone?

— Estão trazendo-a agora. Vou verificar. — Rho sai, e Genevieve levanta o olhar da sela de Katharine.

— Se minha irmã estivesse aqui, eu cavalgaria ao lado dela. Já que não está, devo cavalgar ao seu lado. É o que ela gostaria.

— O que ela gostaria é que você fizesse o que faz melhor. Fique. Seja meus olhos e ouvidos aqui. Pietyr e Antonin cuidarão dos interesses dos Arron no campo de batalha.

— Pietyr e Antonin — Genevieve murmura. — Deveria haver uma mulher Arron na liderança do seu exército. Em vez disso, você escolheu uma sacerdotisa.

— Se Natalia estivesse aqui, ela teria escolhido Margaret Beaulin. Margaret não é tola e, além disso, sabe usar sua dádiva da guerra.

Genevieve ergue o queixo na direção dos outros membros do Conselho já montados: Pietyr e Antonin, esperando em cavalos negros e pesados, e Bree Westwood, em uma leve égua marrom.

— Por que ela, então?

— A sacerdotisa que manda minhas mensagens ficará mais confortável se ela estiver presente. — Ela procura Elizabeth entre as fileiras, em suas vestes preto e branco, mas não a vê. Talvez ela se junte a todos quando forem partir.

— Mas... Bree Westwood!

Katharine grunhe.

— Talvez eu esteja levando Bree Westwood na esperança de que ela morra. — Ela pressiona o calcanhar contra o cavalo para que ele avance. Embora não precise mais envenenar Katharine a ponto de fazê-la gritar, Genevieve ainda consegue estragar um dia perfeitamente agradável.

Katharine vira levemente seu cavalo em um círculo, observando seu hálito se tornar uma pequena nuvem quando eles passam pelas soldadas, que aguardam ordens. O Vale de Innisfuil estará congelado e coberto de neve. Um campo limpo e branco para o exército marchar. Em suas veias, as rainhas mortas pedem sangue: elas mostram imagens vulgares da neve manchada de vermelho, misturadas com lama gelada e carne queimada.

— Quietas, quietas — ela murmura e flexiona o pulso, perguntando-se o que veria se olhasse dentro das luvas. Dedos pálidos e vivos? Ou negros e apodrecidos?

Ela troca olhares com Pietyr e ele lhe dá um sorriso. Rho volta, acompanhando, ou melhor, arrastando a prisioneira.

— Amarre as mãos dela e a coloque em um cavalo. Algum cavalo manso, que não se assuste com facilidade.

— E o pássaro? — Rho ergue um saco de lona. O saco bate como um coração quando o corvo lá dentro bate as asas, nervoso. — Eu poderia colocá-lo numa jaula. Deixá-lo aqui. Ela não vai morrer sem ele.

— Como você pretende me trocar sem meu Familiar? — Madrigal pergunta, desvencilhando-se de Rho. Ela está imunda por conta de seus dias na cela, mas, mesmo assim, sua beleza transparece. Apesar de sua expressão ressentida e raivosa. Katharine sempre pensou nos naturalistas como pessoas rústicas, feitas para trabalhar com as mãos e tomar banho só a cada duas semanas. Mas Madrigal não é assim. Ela foi mimada. — Ou talvez você não pretenda realmente me trocar?

Katharine respira fundo.

— Mantenha seu corvo sob controle. Se eu permitir que venha e ela tentar fugir, eu mesma vou enfiar uma flecha no peito dela. Você entendeu?

Madrigal faz que sim. Rho enfia a mão no saco e puxa o corvo que se debate. Uma vez solta, a ave mergulha diretamente nos braços de Madrigal e fica ali.

— Amarre-as juntas — Katharine ordena. — Dê espaço o suficiente apenas para o pássaro pular das mãos para o ombro.

— Você nunca vai pegar minha Jules — Madrigal diz depois de ser posta em seu cavalo. — Se você realmente tivesse esperança disso, teria sequestrado outra pessoa. Minha filha nem gosta de mim. Ela não vai nem aparecer.

Sunpool

— **Você escolheu os guerreiros** que vão com você?

— Sim. Bom, Emilia escolheu.

Arsinoe e Jules estão sentadas juntas em frente à lareira, observando o fogo estalar e queimar.

— Tem sido um pouco impressionante... — Arsinoe parte um pedaço de pão e o esfrega no caldo do cozido que sobrou de seu jantar. Quando ela apareceu na porta de Jules, depois de ter sido expulsa (ou de ter se expulsado) do quarto que divide com Billy e Mirabella, Jules imediatamente pediu mais comida. — Observar Emilia nestes últimos dias. É... difícil não escutá-la.

— Ela de fato sabe dar ordens. — O canto da boca de Jules se vira para cima. — Você não gosta dela.

— Eu não confio nela — Arsinoe corrige. — Mas ela se importa com você.

Jules se vira e pega o que ainda resta do cozido para colocar no prato de Arsinoe.

— Desculpa não ter muito. E desculpa não ter veneno nele.

— Humpf. Eu não sou envenenadora o suficiente para sentir falta. Embora você esteja certa sobre a quantidade. — O pedaço de pão era pequeno e ela só pôde comer um prato e meio do cozido, mas ele estava gostoso. Encorpado e cheio de tubérculos e carne.

— Obrigada por vir comigo — Jules diz.

— Não me agradeça — Arsinoe responde. — Agradeça a Mirabella e Billy. A mim você nem precisava ter pedido.

— Achei que nunca mais fosse te ver de novo — Jules diz e Arsinoe sente a cauda de Camden se enroscar afetuosamente em seu tornozelo.

— Eu sempre soube que voltaria a ver você. — Arsinoe bebe um pouco de vinho diluído e quente. — De alguma forma, sempre soube.

Jules sorri e pega sua própria taça. Elas brindam e bebem enquanto observam o fogo.

— Então, o que você acha que vai encontrar na montanha?

— Não tenho ideia. Vou apenas aprender o que puder. — Ela olha para Jules com o canto do olho. — Você não está com medo de amanhã? Ou preocupada com tudo isso?

— A única coisa de que tenho medo — Jules diz —, a única coisa de que me arrependo é não poder fazer isso sozinha. Outras pessoas precisam se arriscar comigo.

Arsinoe suspira.

— Você mudou mais do que só o cabelo — ela brinca e Jules ri, dando um soquinho na amiga.

— A sua missão — Jules diz. — Não é perigosa, é?

— Ah, não comece com isso de novo. Você é a Rainha da Legião agora. Não é seu trabalho cuidar de mim, nunca foi. Mas eu sempre fui grata.

Ela põe o prato no chão para Camden lambê-lo, então salta da cadeira.

— Aonde você vai? — Jules pergunta.

— Grande dia amanhã. Não acha que é melhor dormirmos um pouco?

— Acho que sim. Mas depois quero ouvir mais sobre como é no continente.

Arsinoe sorri.

— Algum dia eu conto.

Naquela noite, Arsinoe sonha com a Rainha Azul pela primeira vez desde que decidiu voltar à ilha. Mas não é como os outros sonhos.

Ela sonha com a névoa. E com os corpos dentro dela. Esquartejados. Sufocados. Apodrecendo. Esse sonho é como um cobertor branco se fechando em torno dela, em torno de Jules, Camden, Billy e Mirabella, apagando a ilha e destruindo tudo o que toca.

Ele termina com a rainha sombria agachada sobre seu peito, os dedos longos e frios na cabeça de Arsinoe. Ela não fala. Ainda não consegue. Mas Arsinoe sabe o que ela quer dizer.

Vale de Innisfuil

O exército da rainha arma seu acampamento no lado leste do vale, espalhando tendas, soldadas e cavalos como formigas negras pelo campo nevado e por todos os penhascos até a praia congelada. Antonin e Rho enviam soldadas para fazer o reconhecimento do local. Nada que se move pode escapar, e nenhuma força engenhosa rebelde pode atacá-los por trás.

— Nunca houve uma guerra como esta — Pietyr diz, encarando as soldadas, algumas das quais não parecem mais que meninas sardentas. — Uma rebelde contra a rainha. Faz muito tempo que não vemos uma guerra. Então quem sabe o que esperar?

— Isto não é uma guerra, Pietyr — Katharine diz. — É uma troca. Não vai acabar em luta.

— Você parece ter muita certeza. — Ele roça os nós dos dedos nas bochechas dela. — Você está bem aqui, Kat? Tão perto da Fenda de Mármore?

A boca dela se retorce.

— Eu me perguntei sobre isso. Aquele lugar profundo e escuro. — Os olhos dela se movem para os bosques ao sul. — Posso senti-lo se abrindo e fechando, como uma boca. E elas sentem também. — As mãos dele deslizam entre as dela. Ele sente o frio de seu corpo mesmo através das luvas. — Parte delas ainda está lá, Pietyr. Parte delas sempre estará.

— Você quer ir até lá?

— Nunca. Eu nunca mais voltarei lá. Nunca teria certeza... se eu conseguiria ficar na superfície, ou se mergulharia direto para o fundo.

Ela suspira e Pietyr sente ela chegar mais perto, sua pequena e malvada Kat, de quem ele nunca se cansa.

— Venha — ela diz, seu hálito quente no ouvido dele. — Feche a tenda e se deite um pouco comigo. Ninguém vai notar que sumimos. E ninguém vai nos interromper quando ouvirem os barulhos que eu farei.

— Não posso, minha querida. — Ele se afasta do abraço apertado dela, embora preferisse ceder. Ele precisa ser cuidadoso, agora que está tão perto de concluir seus planos. Com Katharine enrolada em volta dele, ele não consegue pensar. E da última vez em que estiveram juntos, ele a devorou tão desesperadamente que tem certeza de que denunciou seus medos. — Rho vai começar a gritar se eu não a ajudar com as soldadas.

Ele pega a mão enluvada da rainha e a vira para beijar a pele nua de seu pulso, para senti-lo contra os lábios. Ela diz que está bem, mesmo tão perto da Fenda, mas não está. Com a fonte das rainhas tão próxima, elas a mudaram. Pietyr consegue sentir a influência delas tornando Katharine determinada, assim como durante a Ascensão, quando elas queriam a coroa. Quanto mais perto de Innisfuil eles chegavam, mais ela gritava com as soldadas. Mais veneno comia nas refeições. Mais caçava com seu cavalo e sua besta. Ele a viu acertar um falcão em pleno voo, com a mira perfeita dos que têm a dádiva da guerra. Ele a viu esfolar um coelho como quem retira uma luva e ainda lamber o sangue dos seus dedos.

Ele sai da tenda, deixando Katharine para descansar ou fazer bico, e, quando se vira, esbarra com a Alta Sacerdotisa.

— Luca! Me perdoe.

— Está tudo bem. Eu sou bem forte. A rainha está aí dentro?

— Sim — ele diz, liberando o caminho. Mas Luca parece mudar de ideia.

— Caminhe comigo por um momento, sim, Pietyr?

Conforme o guia pelo acampamento, ela para de passos em passos para deixar bênçãos sobre a cabeça de uma ou outra pessoa, soldadas que tocam suas vestes quando passam ou simplesmente se ajoelham.

— Qual o problema, Mestre Arron? Você já me viu dar essas bênçãos antes.

— Claro. Elas só... me lembram de quem você é. Acho que, confinados juntos no Conselho Negro, você se tornou menos Alta Sacerdotisa e mais Luca para mim.

— Eu perdi meu mistério. — Luca ri. — Bem. Na capital, nenhuma dessas soldadas faria mais do que apenas sair do meu caminho. Mas todos costumam recuperar a fé diante de uma batalha.

— A Rainha Katharine ainda tem certeza de que não haverá luta.

— E eu espero que ela esteja certa.

— Mas você não acha que ela está.

Luca morde o lábio inferior e inclina a cabeça, pensativa.

— Eu acho que esta rebelião chegou longe demais para terminar sem uma batalha. — Ela cruza os braços. — Você já descobriu uma solução para o problema que discutimos? O problema da possessão espiritual?

— Não era um problema. Só uma curiosidade.

— Ah.

Eles passam pela tenda das sacerdotisas e encontram Bree e Elizabeth. Bree o cumprimenta com a cabeça, mas quando vê Luca, seus lábios se contraem em uma linha firme.

— É esse...? — Pietyr pergunta e aponta para um pequeno pica-pau preto e branco que sobe pelas vestes de Elizabeth.

— É! — Elizabeth o tira do chão e o mostra a Pietyr, alegremente. — Ele voltou esta manhã, voando para o meu peito com tanta força que quase furou meu coração!

— Ele parece... orgulhoso de si mesmo.

O pássaro, mais uma vez no colo de Elizabeth, sobe e desce pelas pernas dela animadamente, fazendo pequenos barulhinhos.

— Ele está assim desde que voltou — diz Bree. — Nós o alimentamos e o limpamos, mas ele não se acalma. Talvez esteja orgulhoso.

— Não. Ele está tentando me dizer alguma coisa. — Elizabeth se abaixa para acariciar as costas dele e ele a bica com força entre os dedos. — Ai! E está ficando bravo por eu não entender o que é.

Pietyr olha para Luca, que ficou em silêncio, observando o pássaro.

— Bem, tenho certeza de que você vai descobrir.

Sunpool

Logo depois do amanhecer, Jules e Arsinoe param juntas perto dos portões da cidade, as pedras da praça diante delas. Os arredores estão lotados do que parece ser a rebelião inteira. Aparentemente, todos acordaram cedo para ver sua líder partir.

— Sinto que eu deveria estar mais cansada — Jules diz. — Camden e eu mal dormimos.

— Eu também — Arsinoe diz quando Camden boceja. Logo Emilia e Mathilde chegarão com o pequeno bando de guerreiros, juntos com Mirabella e Billy, que foram até o estábulo com elas.

Jules solta o ar, trêmula, e olha Arsinoe de cima a baixo. Arsinoe puxa a capa e o casaco que está vestindo por baixo.

— Você parece uma verdadeira continental com as roupas de Billy.

— Rá. Você acredita que elas quase serviram perfeitamente? — Arsinoe levanta um braço. Então franze o cenho. — Escuta, Jules, não posso ir com você resgatar Madrigal.

— O quê? Arsinoe...

— Eu preciso continuar. Preciso subir a montanha. Não consigo explicar, só sei que preciso.

— Você não pode esperar mais alguns dias? Nós vamos correr pela passagem até o vale...

— Não. Sinto muito. Se houvesse mais tempo... se eu te contasse mais do que vi, o que sonhei... talvez você entendesse. — Ela coloca a mão no ombro da amiga. — Mas vai ficar tudo bem, Jules. Você não precisa de mim realmente. Mira é mais do que suficiente.

Jules franze o cenho.

— É que eu me sentiria melhor se você estivesse comigo.

— Eu sei. Eu queria... — Arsinoe para, sem saber como terminar.

— Tem certeza? Não posso esperar você mudar de ideia.

Passos ecoam e as guerreiras trotam em direção à praça, com Emilia liderando-as de cima de um cavalo vermelho como sangue. Dezenas de guerreiras cavalgam atrás dela, Mathilde e Billy ao seu lado. Mirabella vem logo atrás em um cavalo cinza, parecendo estranhamente desconfortável.

— Mil e quinhentos — Arsinoe diz. — Katharine vai levar mil e quinhentos, pode apostar.

— Não vamos precisar de tanta gente. É uma emboscada, não uma batalha, lembra? — Jules e Arsinoe avançam para encontrar a montaria de Jules, um impressionante cavalo preto com as patas brancas e uma meia-lua na testa.

— Esse não é o cavalo de Katharine?

Jules toma as rédeas e sorri enquanto salta no lombo dele.

— O mesmo que roubei no dia da caçada. — Ela dá um tapinha no pescoço do animal. — E ainda tão disposto quanto quando carregou você semimorta pelas montanhas.

— Que apropriado. — Arsinoe acaricia o focinho dele. — Você deveria dar um nome a ele.

— Ou talvez eu deva apenas perguntar a Katharine.

Emilia se aproxima.

— Outra espiã voltou — ela diz. — Katharine chegou no vale e montou acampamento. Ela colocou a sacerdotisa com a dádiva da guerra, Rho Murtra, na liderança do exército.

— Muito bom — Mathilde acrescenta com sarcasmo —, tirar a guerreira do Conselho e substituí-la por uma sacerdotisa guerreira que, pelas leis do templo, não deveria ter sua dádiva reconhecida. Não somos os únicos abandonando as velhas tradições.

Os cavalos se movem e Arsinoe é tirada do caminho, afastada de Jules, que cumprimenta seus guerreiros. Nos arredores da praça, o restante do exército espera, silencioso. Um exército unido, de muitas dádivas. Soldadas com falcões nos ombros. Outros com pequenas chamas dançando nos nós dos dedos. E muitos com o olhar fixo dos videntes e suas tranças brancas.

— Ela deveria levar mais gente — Arsinoe diz quando Mirabella e Billy manobram seus cavalos para se aproximarem.

— Não, a vidente tem razão — Mirabella diz. — Eles não estão prontos e não são o suficiente. Se ficassem diante da guarda real agora, a maior parte morreria. — Ela vira seu cavalo agitado em uma curva fechada. Com o cabelo escondido pelo lenço e pelo capuz, vestindo roupas de continental, ela poderia se passar por qualquer pessoa.

— Eles estão sussurrando sobre você, agora que anda com a Rainha da Legião — Billy nota. — Querendo saber quem é você. Por que não tira o capuz e mostra a eles?

Mirabella sacode a cabeça.

— Emilia ainda não tem certeza sobre isso. Ela prefere que eu fique escondida a menos que eu seja forçada a revelar minha identidade. — Mirabella olha para Arsinoe de forma rígida. — E eu concordo com ela.

— Arsinoe, quer ajuda para subir na sela? — Billy pergunta.

— Eu não vou junto — Arsinoe responde e se encolhe.

— O quê?

— Sinto muito. Sinto muito por ter metido vocês nessa, oferecendo nós três como voluntários e depois desistindo. Mas preciso ir para a montanha. Eu a vi de novo na noite passada. A sombra. Ela me fez sonhar com a névoa e me mostrou o que ela pode fazer.

Mirabella e Billy se entreolham, e ele dá de ombros, deslizando do cavalo.

— Então eu também não vou — ele diz. — Vou com você.

Mirabella contrai os lábios e Arsinoe prende a respiração. O plano de Jules não vai funcionar sem Mirabella.

— Eu ainda vou — Mirabella diz, por fim.

— Tem certeza? — Arsinoe pergunta, aliviada.

— Sim. Vá cuidar da névoa. Eu vou cuidar da nossa irmãzinha. — Ela olha para Arsinoe com uma expressão suave. — E vou cuidar de Jules, prometo.

— Cuide de você mesma também — Arsinoe diz. — Se nossa irmã vir você...

— Eu não estou envenenada desta vez. Se ela me vir, vai ser diferente. *Bem* diferente.

Emilia guia seu cavalo, circulando o grupo, e os cavaleiros pressionam os calcanhares contra as montarias, indo na direção do portão.

— Hora de ir — Mirabella diz, puxando as rédeas de seu cavalo cinza desajeitadamente.

— Eu achava que você sabia cavalgar.

— E eu sei — ela diz por cima do ombro enquanto se afasta. — Só passei mais tempo em carruagens!

Arsinoe resmunga quando Camden pula e coloca as patas no seu peito. Jules cavalga na direção dela e de Billy com uma expressão de arrependimento no rosto.

— Você vai ficar para trás — Billy diz.

— Eu sou a líder. Eles não podem chegar muito longe sem mim. — Jules sorri. Ela está com medo, mas ansiosa também. Vai cavalgar depressa para alcançá-los. Conquistará o campo. Ela se tornou uma guerreira. — Vocês dois têm certeza de que vão ficar bem? Ouvi dizer que o Monte Horn é... um lugar implacável.

— Tem certeza de que *você* vai ficar bem? — Arsinoe pergunta, mas em vez de responder, Jules enfia a mão em seu alforje e puxa uma faca, jogando-a para Arsinoe, com o cabo voltado na direção da amiga.

— Leve seu urso com você, pelo menos — ela diz e vai embora. Camden lambe o rosto de Arsinoe mais uma vez antes de sair correndo atrás de Jules.

Depois que a emboscada parte, a praça se esvazia. Os rebeldes voltam ao trabalho, preparando armas e estocando comida. Consertando a cidade desgastada por séculos. É estranho observá-los voltando tão rapidamente às suas tarefas. Arsinoe ainda encara Jules e Mirabella muito depois de já tê-las perdido de vista. Por fim, ela e Billy juntam suas mochilas. Ninguém presta atenção neles, nem mesmo quando o lenço escorrega e revela as cicatrizes de Arsinoe.

Eles saem pelo portão principal e mantêm a montanha à vista. Billy revira a mochila e tira um pequeno maço de papéis de lá.

— Eu estive olhando uns mapas, bom, os mapas que consegui encontrar aqui, e tentando determinar a melhor rota — ele diz. — Uma menina que mora em uma vila perto do sopé ocidental diz que encontraremos cavernas, uma delas bem grande, se nós seguirmos a trilha que acompanha o riacho. — Ele remexe os papéis e ergue um mapa do Monte Horn. — O último pedaço vai ser uma subida bastante difícil, mas acho que é nossa melhor chance. Você acha que será o suficiente para satisfazer a Rainha Azul?

— Eu não sei — Arsinoe responde, estudando a rota. A caverna que ele indica fica mais acima do que ela pretendia ir. — Espero que sim.

— Não acredito que você quase me deixou ir com Jules e Mira. Por que não me pediu para ir com você?

— Eu nem pensei nisso. E achei que você ainda estivesse com raiva.

— É por isso mesmo? Ou você estava educadamente tentando se livrar de mim? Você vive tentando me deixar para trás. É hora de eu me mancar ou...?

— Não, eu...

— Porque não quero ficar onde não me querem.

— É claro que eu... — ela grunhe de frustração e os dois de repente ficam bem conscientes de que ela ainda está segurando a faca que Jules lhe deu.

— O que você vai fazer? — ele pergunta. — Me estripar?

— Claro que não. Não sei o que estou fazendo. Não sei o que tem no topo da montanha. Mas sei que tudo isso é porque tenho esperança de outra coisa. De um futuro em algum lugar, com você. E sinto muito não conseguir dizer isso quando não estou apontando uma faca para você. Tudo bem?

— Tudo bem — ele diz e sorri. O sorriso vira uma careta quando ela usa a faca para cortar a palma da mão. — E agora você está retalhando sua mão.

— Estou chamando Braddock, como Jules sugeriu. — Ela anda até a árvore mais próxima e esfrega o sangue na casca.

— Isso vai funcionar, depois de todo esse tempo?

Arsinoe sorri. Ela também não tem certeza. Mas no momento em que seu sangue toca a árvore, ela o sente. Em algum lugar não muito longe, ela sente o urso levantando sua grande cabeça marrom e farejando o ar.

Vale de Innisfuil

Pietyr sai escondido na direção da Fenda de Mármore no início da noite, quando o sol está desbotando em um laranja invernal, mas ainda há bastante luz para enxergar. Mesmo assim, ele caminha com cuidado, atento ao buraco traiçoeiro. Ele é chamado de coração da ilha, mas parece mais uma boca. Uma fissura na terra, feita de bocas, olhos e ouvidos que o escutam se aproximar.

A Fenda de Mármore se abre em frente a ele, na clareira, parecendo inocente — mas ele não é tolo.

— Você teve a chance de me engolir na última vez que nos encontramos — ele diz, amarrando uma corda ao redor da cintura. — Desta vez, sou eu quem vai engolir um pouco de você. — Ele amarra a corda em torno da árvore mais grossa que consegue encontrar, dando uma volta a mais por garantia.

As ferramentas em seu cinto devem ajudá-lo o suficiente: uma espátula, um martelo, uma picareta e um saco para carregar as pedras. Madrigal não disse que tamanho elas precisam ter, tampouco o tamanho do círculo a ser feito. Ela não foi uma professora de magia baixa muito boa.

Pietyr apoia os pés contra a borda e respira fundo. Com a cabeça acima da superfície, ele ainda sente o cheiro de ar puro e neve fresca. Como sempre, não há sons de pássaros. Nenhum som de nenhum tipo, exceto por sua própria respiração nervosa e o martelar de seu coração. Ele enrola a corda três vezes em volta do braço e a Fenda parece bocejar para recebê-lo.

— Não desta vez, seu buraco maldito.

Pietyr fica na beira, preso às árvores, e bate o martelo contra as pedras.

Demora mais do que esperava. Tanto tempo que ele perde a luz do sol e precisa trabalhar no escuro. Com os ombros trêmulos, ele finalmente retira um último pedaço de pedra e o joga dentro do saco. Ele ainda não tem o suficiente. Mas é tudo que é capaz de carregar.

Depois de guardar as pedras em sua tenda, ele desliza pelo acampamento, passando por fogueiras de soldadas, até achar a tenda em que Madrigal está.

— Preciso falar com a prisioneira — ele diz. O guarda faz que sim e sai. — Nos dê espaço.

— Sim, Mestre Arron.

— Mas o nome dele não é Arron, é? — Madrigal questiona lá de dentro.

— É Renard.

Pietyr entra na tenda e fica sério sob a luz da lanterna.

— O Arron em mim é o que conta. Preciso que você me fale o resto do feitiço.

Ela levanta as mãos, ainda atadas.

— Eu não me importo — ele dispara. — Você tem minha palavra, eu vou tentar libertá-la quando chegar a hora. Mas caso algo dê errado, preciso saber o resto. Só consegui algumas pedras. Não o suficiente para um círculo completo. Não para um no qual elas se toquem de ponta a ponta. O que eu devo fazer?

— Conseguir mais? — Madrigal ergue as sobrancelhas, então suspira. — Muito bem. Feche o círculo com outra coisa. Manche uma corda com seu sangue. Coloque as pedras dentro da corda e deverá funcionar.

— E depois?

— Coloque a rainha no centro do círculo. Entalhe essa runa — ela risca levemente a terra — na sua mão...

— Eu nunca vou me lembrar disso.

— Certo. Me dê uma faca. — Ela inclina a cabeça, exasperada, quando ele hesita. — Uma pequena.

Ele entrega uma a ela.

— Agora me dê sua mão.

Ele se assusta quando Madrigal o fere, fazendo cortes recurvados que se enchem de vermelho.

— Pronto. Só reabra as cicatrizes quando for a hora. Pressione o sangue contra a pele dela. Corte a mesma marca nela. Então devolva todos os fantasmas para as pedras.

— Eu não quero cortá-la.

— Você não tem escolha. Sangue de rainha é a chave. Faz toda a diferença. Acredite em mim.

Floresta Ocidental

Mirabella e Jules esperam juntas no fundo da floresta que ladeia o Vale de Innisfuil a oeste. Os guerreiros, e até Mathilde, seguiram em frente e desapareceram, a pé, entre as árvores nuas do inverno para fazer o reconhecimento do lugar e para espiar o exército de Katharine. Isso as deixou sem nada para fazer além de esperar e escutar os cavalos mastigando grãos de suas bolsas de mantimentos.

— Eles já deveriam ter voltado — Jules diz de cima do cavalo preto de Katharine.

— É uma boa distância daqui até o vale. Leva tempo a pé. Mais ainda quando se tenta não fazer barulho.

— Como você sabe? — Jules pergunta.

— Eu não sei. — Mirabella dá de ombros. — Só estava tentando fazer você se sentir melhor.

— Sem dúvida você pensa que são todos tolos por me seguirem até aqui. Me chamando de rainha com base na fé e em uma profecia mais turva que uma poça de lama.

Mirabella escolhe suas palavras com cuidado. Jules Milone é tão enérgica quanto Arsinoe, mas de uma forma diferente. Menos impulsiva, mas mais fácil de ofender.

— Toda profecia é… ambígua.

— Ambígua. Turva. "Pode ser rainha outra vez" — ela desdenha. — "Pode ser." As videntes não conseguem dizer alguma coisa com certeza? — Ela para e tenta ouvir o som de alguém voltando. — Deve realmente incomodar você. Eles me chamando de rainha. Mesmo que seja só um título.

Mirabella engole em seco. Ser uma rainha de Fennbirn era ser da linhagem.

Uma rainha no sangue. Foi isso que sempre lhe disseram, isso que lhe foi ensinado pelo templo.

— Me incomoda também, para ser honesta — Jules diz, lendo o silêncio dela. — Parece que a Alta Sacerdotisa vai aparecer a qualquer momento e bater na minha cabeça.

Ela se vira na direção de um som inexistente. Inexistente para Mirabella, pelo menos, já que as orelhas da gata também se levantam. Logo, porém, o som das pegadas fica mais alto. Seis deles, voltando pelas árvores, com Emilia e Mathilde à frente.

— E então? — Jules pergunta.

— Ela acampou na borda leste do vale, de costas para os penhascos, e suas soldadas se espalharam pela praia — Emilia diz. — Os espiões estão no alto, a norte e sul, até onde os penhascos permitem. Mas não vimos ninguém na Floresta Ocidental. Nem depois da ponta oeste do vale. É quase como se ela realmente pretendesse fazer a troca. Que pena dela.

Os guerreiros atrás de Emilia sorriem. Ele estão armados com espadas, facas e bestas. Três carregam arcos maiores do que qualquer um que Mirabella já tenha visto. Ela não precisa perguntar para saber que os outros ficaram na floresta, prontos para atacar.

— Não há um lugar perfeito para a emboscada — Emilia prossegue. — Vamos ter que atraí-la para fora da clareira e para dentro das árvores de alguma forma. Você terá que ser a isca, Jules.

— Eu posso fazer isso.

— Eu sei. E vou com você.

— Você viu minha mãe no acampamento?

— Só a tenda em que ela está — Emilia responde. — E Mathilde pensou ouvir um corvo grasnando.

— Aria. — Jules olha para Mirabella e explica. — O Familiar dela.

— E eu? — Mirabella pergunta.

— Nós achamos um lugar para você ao sul. No topo de uma árvore, se você conseguir.

— Eu já subi em árvores.

Emilia arqueia uma sobrancelha.

— Não há rota de fuga dali, se algo der errado.

— Não vou precisar.

— Então vá. Temos uma hora para assumirmos posições antes de mandarmos um pássaro para a envenenadora para que ela saiba onde estamos.

Mirabella olha para Jules. Apesar do bando de guerreiros e da forte puma ao seu lado, ela está com medo. Com a maldição da legião ou não, eles estão em menor número, e Katharine é uma rainha de verdade. Uma rainha feroz, segundo as histórias que contam, que talvez não congele outra vez ao ver Jules, como aconteceu na arena no dia do duelo.

Vendo o olhar de Mirabella, ela abre um sorriso corajoso.

— Vai ficar tudo bem. Vá com Mathilde.

— Tome cuidado, Jules. Arsinoe vai cortar minha cabeça se eu deixar que algo aconteça com você ou com Camden.

— Não vai acontecer. Nós faremos a emboscada, depois a troca e então correremos, como planejado. Tome cuidado. Arsinoe também vai cortar minha cabeça se você não voltar conosco.

Mirabella faz que sim e segue Mathilde na direção das árvores. A vidente anda depressa e é tão silenciosa que faz Mirabella se sentir como um bando de cabras, quebrando galhos e pisando em folhas enquanto se move. Elas enfim chegam à árvore. É uma árvore fácil de subir, com galhos largos e bem espaçados.

— Se você se apoiar na segunda bifurcação, vai ter uma visão melhor — Mathilde diz.

Mirabella agarra o galho mais baixo.

— É longe demais. Não vou conseguir ver direito.

— Emilia quer que você fique escondida. Então fique escondida, se puder. Ela acha que os guerreiros são rápidos e ardilosos o suficiente para salvar a mãe de Jules sem sua ajuda.

Mirabella arqueia uma sobrancelha.

— Se serve de algo — Mathilde diz. —, eu não concordo. Senti o vento hoje e ele fede a sangue.

— Então — Mirabella responde. — O que eu faço?

— Esteja pronta. — A vidente se vira e desaparece por entre os troncos. Mirabella sente o cheiro do ar e não detecta nada além de neve fria e recém--caída.

— Oráculos — ela resmunga e sobe na árvore.

Monte Horn

Braddock encontra Arsinoe e Billy no pé da montanha. Ele emerge de trás de um arbusto com um rugido feroz e assusta Billy, fazendo-o cair de costas na grama.

— Braddock — ele gane. — É ele? É ele, não é? — Mas não há tempo para refletir, já que no mesmo instante o urso pisa quase em cima dele e corre para Arsinoe, pressionando alegremente o focinho contra sua mão cortada.

— Braddock! — Ela passa os braços pelo pescoço dele e acaricia o pelo entre suas orelhas. — Você nos achou! Que bom, eu estava começando a me sentir fraca. — Ela pintou árvores com o próprio sangue mais ou menos a cada quilômetro desde que eles deixaram Sunpool.

— Ele se lembra de mim também? — Billy pergunta, limpando-se.

— Ele não te comeu. Acho que é um bom sinal.

Com cuidado, Billy se aproxima e coloca a mão no lombo do urso. Sua mão treme. Pode até ser Braddock, mas ainda é um grande urso marrom do tamanho de um cavalo.

— Ele está maravilhoso, não está? — Arsinoe enfia a cara no pelo brilhante dele. — Caragh deve estar ajudando Braddock a pescar e buscar frutas. Não se come mal com uma naturalista por perto, não é, menino?

— É bom vê-lo — Billy diz, olhando para a montanha acima. — Mas talvez ele não consiga ficar conosco por muito tempo. Talvez o caminho até a caverna seja difícil demais. E... Pare com isso — ele acrescenta quando vê Arsinoe dar ao urso mais de uma de sua ração diária de carne seca.

— Eu preciso recompensá-lo por vir. É inverno, sabe? Ele com certeza preferia estar em sua toca, ou no estábulo quente do Chalé Negro, dormindo ao lado da mula.

— Certo, mas chega. Ele pode caçar sozinho, mas nós precisamos de comida para a jornada de volta a Sunpool. — Ele espera por uma resposta, mas ela só se aconchega mais ao urso. — Arsinoe, vamos voltar, não vamos? Você nunca me disse o que nos espera no topo dessa montanha.

— É porque eu não sei. Não estou guardando um grande segredo. Tudo que sei é que Daphne me quer aqui. Que ela quer falar comigo.

— O que pode significar centenas de coisas.

— Você está arrependido de não ter ido com Mira e Jules?

— Não, claro que não.

Eles continuam a caminhada com o urso atrás deles, abrindo caminho por entre árvores e subindo na direção da linha de neve.

O percurso da elevação menor não é muito difícil, e Braddock os acompanha facilmente, colhendo várias frutinhas congeladas ao longo do caminho. Naquela noite, eles param em um ponto largo da trilha e fazem uma pequena fogueira. Braddock se deita e deixa que Arsinoe, e até Billy, se aconcheguem ao seu lado.

— Pensando melhor — Billy diz —, talvez possamos tentar levá-lo até o fim. Vai ficar cada vez mais difícil fazer uma fogueira, e ele com certeza pode ajudar a nos aquecer. — O garoto passa um braço em volta de Arsinoe, tomando cuidado para não incomodar muito o urso. — Nós deveríamos ter trazido Mira também. Ficaríamos quentes e secos até chegarmos na caverna.

— Você acha que ela está bem? — Arsinoe pergunta. — Acha que as duas estão?

— Eu acho que, se não estivessem, já teríamos escutado a tempestade de Mira do outro lado da montanha.

Arsinoe olha para cima, para o pico do Monte Horn. Ela espera que a caverna seja o suficiente para Daphne e eles não precisem ir mais longe. Se acordarem cedo e subirem com determinação, podem chegar lá ao anoitecer, não precisando acampar na parte mais íngreme da montanha.

— Você sabe do que eu tenho medo? — ela pergunta.

— Do quê?

— Tenho medo de chegar nessa caverna e não encontrar nada. De que tudo isso tenha sido uma piada. Uma trama para nos trazer de volta. Ou um truque da minha própria cabeça.

— Engraçado. — Ele beija a cabeça dela. — É isso que eu gostaria que acontecesse. Mas não acho que vai acontecer.

Arsinoe se aconchega mais nele, entrelaçando suas pernas, e deixa suas mãos vagarem até ele suspirar subitamente.

— Arsinoe! — Ele sorri. — Na frente do urso não.

Ela sorri de volta.

— O urso não se importa.

Mas os movimentos o incomodam, e Braddock se levanta com um resmungo e vai se deitar em outro lugar.

Vale de Innisfuil

— **Quantas soldadas de cavalaria** você consegue derrubar com sua dádiva?

— Eu não sei — Jules diz. — Quantas você consegue?

Emilia dá de ombros.

— Duas. Talvez três, se elas não forem boas. Certamente não cem, que é quantas ela parece ter trazido.

Elas estão deitadas de costas na neve, observando as nuvens passando acima delas. É um dia claro e quieto. Ou não há muitos elementais entre as soldadas da rainha, ou nenhuma delas está nervosa. Quanto a Mirabella, no alto de uma árvore em algum lugar a sudeste, bem, ela sabe mascarar sua dádiva.

— Se isso der errado, Emilia, você tem que prometer que vai me deixar seguir em frente com a troca. — Jules vira a cabeça. Mas Emilia não olha para ela.

— Eu não vou prometer isso.

— Ela é minha mãe. E meu irmãozinho precisa dela.

Emilia gira, apoiando-se parcialmente em seu ombro, então vira a cabeça para trás, para observar o vale.

— Os outros já devem estar em posição. — Camden rosna e a guerreira sorri, esticando-se para trás e coçando o dorso dela. — Até sua puma quer lutar. Como se ela também fosse tocada pela dádiva da guerra. Se você fizer a troca, o que devo fazer com ela?

— Mantenha-a aqui. Não deixe que ela me siga.

Emilia e Camden se encaram. A gata parece ter certeza de que ganharia a discussão.

— Chegou a hora — Emilia diz. — Mande um pássaro para a rainha. Avise-a que você está aqui.

***

O pássaro enviado pelos rebeldes é um falcão. Carregando a mensagem decisiva, ele mergulha fundo pelo acampamento de vez em quando, soltando um grito agudo e penetrante. Quando Katharine emerge da tenda, ele voa diretamente para o braço dela, o animal insolente.

Ela range os dentes e acaricia as plumas no peito do falcão enquanto as garras dele perfuram sua luva. Então ela o joga para o ar de novo e o observa voar de volta pela ponta oeste da pradaria.

— Cavalos? — Pietyr pergunta quando surge atrás dela, abotoando a camisa e o paletó da guarda real. — Ou vamos a pé?

— Cavalos — ela responde. As rainhas da guerra mortas lhe emprestaram bastante de suas dádivas hoje, e ela está pronta para qualquer coisa.

Com a chegada do falcão, a guarda real ganha vida, armando-se e entrando em formação. Embora muitas de suas soldadas sejam mais velhas que ela, algumas velhas o suficiente para terem servido à rainha anterior, Katharine anda por entre elas com um sentimento de orgulho. Elas lhe pertencem agora. Katharine estica o braço e sacode uma lança na mão trêmula de uma garota.

— Não é preciso coragem hoje. — Ela sorri. — Você é apenas uma acompanhante da rainha e sua prisioneira.

Katharine monta em seu cavalo, que, com a armadura leve, parece ter o dobro de seu tamanho habitual, e pega um longo escudo para segurar com o braço direito. Madrigal vai cavalgar do seu lado esquerdo, e Pietyr ao lado de Madrigal.

— Mantenha o exército para trás — ela diz para Rho, que segura as bridas de seu cavalo. — Não devemos parecer uma ameaça. Não queremos que Jules Milone se assuste e fuja.

Ela pega as rédeas e Pietyr se aproxima, enfiando uma faca afiada no cinto.

— Você está bem, Kat? Está pronta?

— Sim — ela diz sem olhar para ele. Talvez ela devesse tê-lo deixado para trás. Aos olhos de Pietyr, e sob o olhar dele, ela é Kat, a pequena Katharine. Apenas ela mesma. E ela não pode ser somente isso hoje, não até a troca terminar.

A multidão se abre quando a prisioneira é trazida. Madrigal Milone se senta de lado em uma velha égua cinza, as mãos amarradas atrás das costas. Seu Familiar descansa docilmente em seu ombro, ainda amarrado ao pulso dela.

— Você está ansiosa para ver sua filha? — Katharine pergunta.

— Mais do que você deveria estar.

Katharine se inclina e afasta o cabelo da mulher dos olhos. Então o prende atrás das orelhas de Madrigal e o arruma, revelando sua beleza inconfundível. Ela é tão linda, mas tão vazia. Apenas uma mulher normal, apesar de sua beleza. Embora tivessem uma altura similar, Natalia teria se erguido acima de Madrigal Milone e a encoberto com sua sombra.

— Não tenha medo — ela diz suavemente quando Madrigal se afasta. — Não vou machucar você. Eu juro que não é para isso que viemos.

— Você não pode me machucar — Madrigal resmunga.

Katharine faz a égua andar e puxa a prisioneira junto, mantendo-a tão perto que o dedo do pé de Madrigal ocasionalmente bate em seu calcanhar. Katharine olha por cima do ombro, para onde seu exército a espera.

— Não.

Virada para trás, ela a vê antes de todos: a névoa, erguendo-se por cima das águas da Baía de Longmorrow.

— Não agora! Pietyr!

Ele se vira em sua sela, no minuto em que as soldadas mais próximas da praia começam a gritar.

A névoa se espalha, lenta e grossa, pelo caminho entre os penhascos e pela pradaria. Ela a vê se arrastar por cima dos penhascos, observando engolir suas sentinelas.

— Kat, o que fazemos?

— Não importa — Katharine responde quando seu exército sai de posição e foge.

De sua árvore, Mirabella vê a névoa rolar pela areia da praia e avançar pela lateral dos penhascos. De início, ela pensa que é só uma tempestade. Um tempo esquisito. Mas quando ela engole a primeira soldada, depois mais outras e Mira ouve-as gritar...

— A névoa — ela sussurra.

Mirabella se agarra aos galhos com tanta força que a casca gelada da árvore corta a pele das suas mãos. Seu coração bate alto enquanto ela assiste à névoa deslizar por cima das soldadas aterrorizadas. Para guardá-las? Para protegê-las?

Um grito agudo atrai seus olhos quando a névoa recua, revelando um corpo torcido ao meio e desmembrado. A neve entre o torso e as pernas do cadáver está suja de entranhas e de um vermelho que se espalha.

Ela não sabe o que fazer. A névoa já tomou quase todo o vale, poupando alguns e aleijando outros, causando pânico e confusão e girando para oeste, na direção de Katharine e Jules.

Se Mirabella ficar onde está, tudo pode simplesmente se resolver. A Rainha Morta-viva e a Rainha da Legião destruídas com um só golpe. Talvez seja isso que a Rainha Azul quer. O que a ilha quer. Talvez ela tenha sido trazida até ali só para testemunhar.

— Não. — Mirabella escorrega pelo tronco. Ela salta do galho mais baixo e faz uma careta quando seu tornozelo vira.

Todas essas soldadas inocentes. As criadas. As sacerdotisas em suas vestes brancas. Ela não sabe o que há de errado com a névoa. Mas sabe que algo está errado.

Mirabella corre o mais depressa possível na direção dos gritos, chamando vento e tempestade atrás de si.

Tudo que Katharine pode fazer é assistir ao seu exército se desmantelar enquanto a névoa os ataca com dedos etéreos, aleijando-as ou engolindo-as inteiras.

O acampamento inteiro está em ruínas: tendas reviradas, cavalos soltos pisoteando mantimentos e pessoas que a névoa engoliu e cuspiu de volta.

— Katharine! Nós precisamos deixá-la segura! — Pietyr grita.

— Segura como? — A cabeça dela se vira ao som de passos. Rho está liderando um bando da cavalaria, galopando para a cobertura das árvores. A expressão no rosto da sacerdotisa é dura como pedra. Por mais raiva que Katharine sinta, não há como lutar. A névoa já está quase em cima deles, arrastando-se pelos lados. *Como ela pode se mover tão depressa e parecer não se mover nem um pouco?*

— Galope! — Pietyr grita para ela. — Siga Rho!

Ele chuta seu cavalo com força, não vendo o braço de neblina branca entre eles até que seja tarde demais.

— Pietyr!

— Ela está nos cercando! — Madrigal geme. — Você não vê? Temos que correr!

— Para onde? — Katharine arrasta a prisioneira para perto, as rainhas guerreiras mortas dando-lhe força suficiente para puxar Madrigal de seu cavalo para a sela dela. — Para a Floresta Ocidental? Direto para os braços dos seus rebeldes?

— Você está louca? As pessoas estão morrendo!

— Mas nós não! — Katharine solta o escudo e saca uma longa faca de sua bota. A névoa está em todo lugar. Ela não consegue ver nada em meio a todo o branco. Nem mesmo a silhueta de um tronco de árvore.

O cavalo dela dança no lugar e dá um coice na fumaça. Elas estão presas dentro da névoa, e Katharine só precisa esperar mais um pouco até que entre em seus pulmões. Então ela a sentirá puxar seu coração pela boca? Ou gira seus braços para fora do corpo?

— Madrigal? Mãe!

Katharine se vira e a névoa em torno delas se afina. Jules Milone e sua puma estão perto das árvores. A mão dela está levantada.

— Eu vim para a troca.

— Não! — Madrigal grita. — Não, Jules, saia daqui! — Ela tenta se soltar das mãos de Katharine, mas os dedos da rainha estão firmes.

— Você não pode correr ainda! — Katharine grita. — Ainda não!

— Me solte! — Em uma onda de penas negras, Madrigal manda seu corvo direto na cara de Katharine.

— Mãe, pare de se debater! — Jules grita e Katharine a olha pela neblina. Ela não está sozinha. Mirabella corre, logo atrás, vestindo roupas de continental nas cores azul e cinza, nada do preto das rainhas. Mas seu rosto régio é inconfundível.

Ao ver Mirabella, as rainhas mortas correm pelo sangue de Katharine. Sua raiva é tão pura que sua visão fica vermelha, apesar do branco da névoa. Ela não consegue acalmá-las ou falar com elas, e quando o pássaro de Madrigal bate as asas em seu rosto de novo, as rainhas mortas estouram. Katharine não percebe ter sacado sua faca até a lâmina já estar cravada fundo no pescoço de Madrigal.

— Não — ela sussurra quando o sangue começa a vazar da ferida. Ela olha para os olhos arregalados e surpresos de Madrigal. — Eu não quis... — Katharine pressiona a mão contra o sangue, mas não adianta. As veias da garganta de Madrigal foram cortadas. Partidas. Horrorizada, Katharine a solta, o corpo da mulher caindo sem vida no chão, o corvo apavorado ainda preso ao pulso da mulher agonizante.

A próxima coisa que Katharine ouve é um grito de outro mundo. Em seguida, ela sente ser puxada para trás e cair com força na neve, seu cavalo passando por cima de seus pés.

***

Quando Madrigal cai, Mirabella passa correndo por Jules para tentar alcançar a mãe da garota. Ela manda sua tempestade contra a névoa à frente delas, empurrando vento com os dedos e sentindo as nuvens se reunindo acima do vale.

Ela empurra com mais força e a névoa recua, criando um caminho que leva direto a Madrigal. A garota ainda está a alguns passos de distância quando uma força invisível a acerta por trás, jogando-a para a frente e fazendo-a cair de cara no chão. Por um instante, tudo fica escuro e sua tempestade começa a arrefecer. Mas então ela sacode a cabeça e continua, engatinhando.

Não longe dali, Katharine está caída no chão, debatendo-se sob seu cavalo. O cavalo foi morto ou nocauteado também pela força invisível. Mirabella a ignora e corre até a mãe de Jules. Madrigal está deitada em uma poça de sangue, seu braço puxado para cima pelo corvo, que tenta fugir desesperadamente.

Ela se ajoelha ao lado da mulher e a vira. O olhar de Madrigal se volta para ela, branco e apavorado, enquanto o sangue esguicha de seu pescoço.

— Está tudo bem, Madrigal. Não se mova. — Sem saber mais o que fazer, ela rapidamente solta o corvo e o deixa ir. Parece um alívio, para o corvo e para Madrigal. — Precisamos tirar você daqui.

— Não. Ela... — Sangue borbulha em seus lábios. Ela continua falando, mas é quase impossível de entender. — Ela está cheia delas.

— Cheia do quê? Quem?

— Cheia de mortas — Madrigal se engasga e agarra o ombro de Mirabella. Ela cospe sangue na neve, pressionando a mão contra o chão. — Impeça-a... Jules...

— Fique tranquila agora.

A tempestade no céu ruge, e a chuva cai com força na neve, derretendo-a, afundando-a e fazendo o mesmo com a névoa. O vento afoga os sons de trovão enquanto limpa o branco do vale e revela soldadas chocadas de joelhos.

Conforme o lugar se torna nítido outra vez, Mirabella se vira para trás para Jules e os rebeldes, para ver se foram machucados pelo ataque. Mas Jules está bem. Sozinha, com os punhos cerrados.

— Madrigal, precisamos ir — Mirabella diz. Mas quando tenta levantá-la, ela está pesada, morta em seus braços.

Jules grita de novo, e sua dádiva da guerra explode no prado. Seu poder faz voar o cavalo de Katharine, aterrisando longe. Mirabella engasga. O ataque veio de Jules. Os dois ataques vieram de Jules. Mirabella se levanta e tenta usar sua dádiva para empurrar a névoa mais para longe quando ouve Emilia gritando.

— Mirabella, cuidado!

Mirabella se vira. Tarde demais, ela vê o corpo caído do Familiar de Jules. Camden está imóvel aos seus pés, atingida pelo ataque da própria Jules. Sua dádiva da guerra está fora de controle. Ela não poupará nem seus amigos.

— Corra! — Emilia grita, mas não antes de Mirabella ser atirada de lado contra uma árvore.

A escuridão dança diante de seus olhos. Ela se arrasta sobre os cotovelos e aperta os olhos. Jules está no chão. Emilia a segura e bate com força na cabeça dela.

— Cobertura! — Emilia grita. — Nos dê cobertura, elemental!

— Cobertura — Mirabella grunhe, piscando seus olhos doloridos. Com ela atingida, a tempestade começou a falhar, mas a elemental a retoma, sua dádiva cantando em suas veias depois de tantos meses inutilizada no continente. Seu raio acerta a terra do vale, impedindo o exército da rainha de perseguir os rebeldes que recuam. Não há como confundir isso com algum fenômeno natural, e cada par de olhos na campina busca de onde ele veio.

Katharine encara Mirabella enquanto ela a encara de volta. A rainha não consegue mais sentir dor em sua perna que ficou presa sob o cavalo. Ela já não se importa se a névoa voltou para o mar. Ela sequer vê quando as guerreiras e a oráculo com uma capa amarela levam a naturalista com a maldição da legião e sua felina caída. Tudo que importa é Mirabella.

— Venha para mim. — Katharine estica a mão. — Venha para mim, irmã!

Mirabella recua nas árvores até estar longe o suficiente para se virar e correr. Mas ela nem precisa ter pressa. A névoa e seu raio tiraram a disposição da guarda real de lutar. Nenhum deles tem coragem de prosseguir agora. Nem mesmo Rho.

— Kat! — Pietyr cavalga até ela e salta de sua sela. Ele a agarra pelos ombros e pressiona sua testa contra a dela. — Kat, graças à Deusa. Pensei que tivesse perdido você. Pensei que você tivesse sido engolida pela névoa. — Ele a puxa suavemente e ela geme. — Você — ele grita e aponta para uma soldada, depois para o cavalo dela. — Levante-o! Tire ele de cima da rainha!

Ela rola o animal e ele chuta com as patas dianteiras — ele não está morto, afinal —, e Pietyr a arrasta para longe.

— O que aconteceu? — ele pergunta. — Kat, você está bem?

— Elas me fizeram matá-la — Katharine sussurra enquanto se apoia nele e luta para ficar de pé. — Aquelas tolas. Elas usaram minha mão e soltaram a maldição da legião.

— Ah, Kat. — Pietyr a abraça com força enquanto o choque passa lentamente. Ela está fria por inteiro, e é ela mesma de novo. As rainhas mortas se foram, talvez por vergonha, ou simplesmente saciadas pelo sangue de Madrigal.

Katharine observa a pradaria e suas soldadas molhadas. Alguns estão mortos, outros foram desmembrados pela névoa, e ela tem certeza de que muitos estão desaparecidos. Mas a maioria parece inteira. Pietyr está bem. Rho e vinte e cinco soldadas de sua cavalaria emergem das árvores.

Jules Milone e os rebeldes se foram. Até o corpo de Madrigal se foi, arrastado no caos.

— Minha irmã voltou — Katharine diz, ainda em choque. — Mirabella está viva.

Monte Horn

— **Você não está feliz de ter trazido ele?** — Arsinoe pergunta a Billy enquanto eles sobem por uma ladeira íngreme de rocha congelada, as mãos deles enfiadas na pele quente do lombo de Braddock.

— Sim. — Ele estica o pescoço para tentar ver algo além do rabo do urso. — Você não acha que a trilha está ficando estreita demais?

— Ele vai nos avisar. Ele vai parar.

— E como vamos voltar depois? Como descemos?

Arsinoe aperta os olhos quando grandes flocos de neve começam a cair.

— Nós subimos nele e o guiamos. Está difícil respirar? Parece mais difícil de respirar.

Ela inspira o ar frio. Eles subiram o suficiente a montanha, e o ar pode realmente estar rarefeito, mas ela acredita que são apenas seus nervos. Eles passaram a maior parte da manhã acima da linha da neve, em um progresso lento. A caverna não pode estar muito mais longe.

— Acho que estou vendo. — Billy salta do urso e ela agarra seu braço para garantir que ele não se desequilibre e caia do penhasco. — Estamos quase lá. Você está bem? Está meio verde.

— Eu não sei qual o problema deste lugar. Eu costumava subir as montanhas de Wolf Spring e olhar para baixo o tempo todo. Mas tenho a impressão de que se olhasse para baixo agora, eu desmaiaria.

— Não olhe, então. — Ele a aperta contra a montanha, protegendo-a. — Só continue andando e foque no urso.

— É difícil não notá-lo — Arsinoe diz, e Billy ri.

Eles seguem e, depois do que parece uma eternidade, Arsinoe levanta a cabeça para olhar Braddock. Ela não vê nem sinal da caverna, e a neve está caindo com mais força, borrando tudo em volta.

— Pensei que você tivesse dito que estava vendo a caverna!

— Eu pensei que estava! — Ele limpa o gelo dos olhos e tenta enxergar alguma coisa. — A montanha não quer que nós... opa!

Braddock se vira para a caverna tão rapidamente que os dois caem apoiando-se sobre as mãos. Eles não perdem tempo antes de correr para dentro, e Billy se apressa para pegar o estoque de lenha em sua mochila, colocando-o no chão, bem no fundo da caverna, onde o vento não chega. Ele acende um fósforo com dedos trêmulos e o encosta na madeira. O fósforo apaga.

— Ah, eu queria que Mira estivesse aqui — Billy resmunga e Braddock parece concordar. Ele fareja a madeira desconfiado e sacode a neve de suas costas. — Não molhe a madeira, seu idiota!

— Billy!

— Você sabe que eu o amo. Mas estou congelando. — Ele acende outro fósforo e depois outro, até que finalmente a madeira começa a pegar fogo. O lugar se ilumina com um brilho quente e amarelo, então eles conseguem ver sua extensão. A caverna é grande, com espaço suficiente para acomodar um urso e várias pessoas. Ela se estende para trás, até desaparecer nas sombras, nas profundezas do Monte Horn.

— Tudo bem — Billy diz enquanto eles se acomodam em volta do fogo, aquecendo as mãos. — O que fazemos agora?

Arsinoe anda até o fundo da caverna. Ela escuta o som oco de suas botas contra a pedra. Escuta o silêncio e a falta de ecos. A forma como o vento morre, desaparecendo. A caverna é como a antiga clareira perto da árvore retorcida. É como o abismo da Fenda de Mármore. É mais um dos muitos lugares de Fennbirn onde o olho da Deusa está sempre aberto, embora talvez seja o melhor: uma pedra se estende até o céu e se enfia nas profundezas da terra, pressionando o pulso da Deusa.

— Este é o lugar certo.

Depois de um tempo, eles adormecem ao lado do fogo. Até o urso. Antes de apagar, Arsinoe murmura:

— Eu estou aqui, Daphne.

E Daphne está ali também, com algo para mostrar a ela.

***

No sonho, Daphne está em pé diante de um espelho, vestida toda de preto. A luz das velas é baixa e ela usa o véu da Rainha Illiann sobre o rosto. Ela segura duas taças e, atrás dela, no reflexo, Arsinoe vê o Duque Branden, sentado em uma cama.

Eu sei o que tem nessa taça. Daphne, o que você está fazendo?

— Illy, por que está demorando tanto? — Branden pergunta e Daphne quase derruba o veneno de tanto que suas mãos tremem.

Eles estão em um quarto do Volroy que Arsinoe nunca viu, e Daphne está vestida como rainha.

Você decidiu resolver isso com as próprias mãos. Atraiu-o até um lugar quieto, para matá-lo. Foi assim que Henry virou rei consorte? Foi tudo você?

Impaciente, Branden se levanta e passa os braços pela cintura dela.

— Nós vamos nos casar logo. — A pele de Arsinoe se arrepia. — Você não consegue mais esperar?

Por sorte, Daphne se desvencilha dos braços dele. Ela se afasta rapidamente e então desvia, oferecendo a ele o vinho envenenado.

Bom, isso não é nada óbvio. E pensar que os Arron fazem parecer tão fácil.

Branden hesita. Foi um plano tolo. Ele deve suspeitar, com esse silêncio estranho e o pulso trêmulo dela. Mas então ele suspira e pega a taça.

— Um momento a sós juntos — ele diz. — Antes das cerimônias e das multidões. — Ele leva a taça aos lábios e Arsinoe e Daphne prendem a respiração. — Esta será nossa vida, eu acho — ele diz, ainda sem beber. — Ou melhor, sua vida, da qual agora faço parte. Ninguém me explicou meus deveres como rei, afinal. Devo supervisionar os criados? Cuidar de certas contas da coroa? Ou minha única função é te engravidar? Mas nem isso será atribuído a mim. O que crescer na sua barriga será fruto da sua... Deusa.

Com essa última palavra, algo muda em seu tom, e ele olha para ela, sorrindo. *Ele sabe.*

— Seu primeiro erro foi se recusar a me tocar — ele diz. — Tudo que Illiann faz quando estamos sozinhos é colocar as mãos em mim como uma puta.

— Não a chame disso! Nunca a chame disso — Daphne ruge quando ele estende o braço e arranca o véu do seu rosto. Mas Branden não responde. Ele simplesmente cheira a taça.

— O que quer que seja, não pode ser detectado pelo olfato. Muito melhor do que qualquer coisa que vocês centranos costumam fabricar. Então você deve ter conseguido com uma dessas bruxas.

Ele se aproxima.

— O que isso causaria? Me faria engasgar? Faria o sangue escorrer por meus olhos e meu nariz?

Daphne, corra.

— Por que não descobrimos?

Daphne grita quando ele agarra a cabeça dela e enfia a taça em seus lábios. Ela o arranha enquanto o veneno escorre por seu queixo e seu pescoço, e ela e Arsinoe lutam juntas, em pânico. É uma sensação estranha, ter tanto medo do veneno. No corpo de Daphne, Arsinoe pode vir a ser a primeira envenenadora a descobrir como é morrer envenenada.

É isso que causa a guerra, então? Entre a ilha e Salkades? O assassinato da amiga querida da rainha?

Arsinoe encara os olhos de Branden e vê felicidade pura. Felicidade e algo pior. Algo próximo de desejo. Isso acrescenta vergonha ao medo dela. Ela sente uma estranha mistura de vergonha e raiva, por ele conseguir gostar tanto de fazer isso com Daphne.

Dentro do sonho, Arsinoe se revira e grita como já fez antes, tentando interrompê-lo. Ela não quer mais saber. Não quer viver isso. A taça que roça os dentes de Daphne roça também os de Arsinoe. As mãos de Branden em torno da garganta de Daphne tornam a respiração de Arsinoe impossível.

— Você vai beber — ele grita na cara dela. — Você vai beber até o fim! — Os longos dedos dele abrem os lábios de Daphne, e ele entorna o veneno em sua boca.

— Saia de perto dela! — O grito sai ao mesmo tempo da garganta de Henry e Illiann. Assustado, Branden solta Daphne, que cai de joelhos. Ela puxa uma jarra do criado-mudo e joga água no rosto e no pescoço, lavando a boca e cuspindo no chão.

— Saia de perto dela — Illiann ordena enquanto Henry saca a espada.

— Você vai permitir que eles me ameacem assim, Illy? Eu sou seu rei escolhido.

— Rei consorte — ela corrige. — E talvez você não seja.

— Illiann — ele diz, sua voz suave, implorando. — Você não entende.

— Eu entendo tudo — ela diz. — Eu sou a rainha. — Ela entrelaça as mãos à frente de sua saia. — Lord Redville. Por favor, acompanhe o Duque de Bevanne até a masmorra.

— Não seja ridícula. Você não pode me prender! Eu não sou um dos seus súditos. Meu pai e meu primo, o rei, nunca permitirão.

— Eu não me importo com o que o rei de Salkades pensa a respeito do que faço na minha ilha. Lord Redville, leve-o.

Daphne e Arsinoe observam em silêncio enquanto Henry aponta a espada para o peito de Branden.

— Não resista. Vai ser melhor.

— Muito bem. — Branden baixa a cabeça e passa por Henry, mas, no último momento, pega o ferro ao lado do fogo. Ele gira e ataca, acertando um belo golpe no maxilar de Henry.

Henry!

Sangue escorre do corte profundo e Henry cai no chão enquanto Branden ergue o ferro acima de sua cabeça.

— Não! — Daphne e Illiann gritam, as mãos esticadas como se quisessem parar o ataque.

Arsinoe sente algo explodir em seu corpo. Uma onda de calor e uma sensação de vitória.

Em um momento, Branden está prestes a espancar Henry até a morte; no seguinte, o fogo toma conta dele.

Henry se afasta quando Branden cai, gritando e rolando pelo tapete. O fogo se apaga rapidamente, talvez com a ajuda de Illiann, mas o dano está feito.

— Chame um curandeiro — Illiann diz, mas Branden luta para se levantar, olhando horrorizado para as queimaduras em seus braços e em seu peito. Ele toca as bolhas negras em seu rosto.

— Fique longe de mim, bruxa! Olhe o que você fez! Eu vou te matar por isso. Fennbirn e Centra vão queimar juntas!

Arsinoe acorda assustada e respira fundo. Ela voltou ao seu corpo, deitada no chão de pedra da caverna profunda e fria. O fogo se apagou, mas ainda há luz o suficiente para ver Billy e Braddock, dormindo em segurança, aconchegados juntos.

Ela se senta e esfrega o rosto, atordoada com o sonho, com a sensação de veneno correndo por seu pescoço, com a sensação das mãos de Branden em sua garganta. Ela se levanta e revira a bolsa de Billy em busca de mais um pedaço de madeira seca para acender o fogo novamente.

— Era isso que você precisava dizer? — ela sussurra para a caverna. — É por isso que me trouxe aqui? Para confessar?

— Confessar o quê? — Billy pergunta sonolento, apoiado em um cotovelo.

— Foi culpa dela — Arsinoe responde. — Foi Daphne que começou a guerra entre Fennbirn e Salkades.

Algo se move na escuridão do fundo da caverna, onde ela se estreita e desce para o coração da montanha.

Billy se mexe na direção de Braddock, que acorda e levanta a cabeça com um resmungo.

— O que foi isso?

— Eu não sei — Arsinoe diz. Mas, sim, ela sabe. Em sua mente, ela pode ver a sombra da Rainha Azul, arranhando e se arrastando pelos íngremes degraus de pedra. Arsinoe consegue ver tão claramente que, quando os braços pretos como tinta deslizam em volta das pedras, ela nem fica surpresa.

A sombra é tão horrorosa na montanha quanto era no continente. Pernas alongadas, dedos finos e ossudos. A grotesca coroa de prata e pedras azuis acima da cabeça sem olhos.

— É ela? — Billy pergunta sem fôlego. — A Rainha Azul?

— Não. Nunca foi a Rainha Azul. — Ela dá um passo à frente, o máximo que consegue com as pernas trêmulas. — Foi culpa sua, não foi, Daphne?

A sombra avança. Arsinoe fica parada enquanto o maxilar da morta luta para se abrir, esticando a escuridão como pele apodrecida.

— Sim — a sombra diz com seus lábios flácidos, suas palavras enroladas e faladas como se sua língua estivesse inchada. — Foi minha culpa. Isso e tudo o que veio depois. A guerra. A névoa. — Ela olha para si mesma. Longos dedos negros. Uma forma que se move como fumaça. Ela toca o próprio rosto e Arsinoe e Billy fazem uma careta quando ela puxa a pele, rasgando pedaços de sombra e derrubando-os no chão da caverna. Ela ainda rasga os braços e o peito, até que alguma semelhança com Daphne apareça, nos familiares olhos negros e na pele viva.

— Naquela noite — ela prossegue, a voz mais clara e mais parecida com a voz que Arsinoe conhece dos sonhos —, eu mudei tudo. Tornei o Duque de Bevanne um inimigo real e, ao fazer isso, também tornei Salkades inimiga. E descobri quem eu realmente era.

— Uma rainha perdida — Arsinoe diz. — Uma das irmãs de Illiann.

— Sim. Eu fui uma das irmãs afogadas, ou abandonadas, ou sufocadas pela parteira. A outra rainha elemental, a quem foi dado um nome que nunca saberei. Mas nada disso importava. Para Illiann e Henry, eu era apenas Daphne.

Daphne se aproxima do fogo, arrancando restos de sombra como casquinhas.

— Illiann guardou meu segredo depois que o descobrimos naquela noite. Ela até me ajudou a desenvolver minha dádiva. Ela não teve o impulso de me matar, como as velhas histórias contam. Não mais do que você teve com as suas irmãs. De início, não acreditei nela. Em Centra, os reis muitas vezes demonstravam misericórdia só para depois mudarem de ideia por um capricho e cortar a cabeça do rival. Mas Illiann era diferente.

— Daphne — Arsinoe diz. — Por que você quis que viéssemos para cá?

Daphne encara o fogo, séria. Ela arranca uma longa tira de sombra do pescoço e a joga nas chamas.

— A névoa está se erguendo contra a ilha — ela diz. — Eu quero mostrar como pará-la. Porque a criação dela foi minha culpa.

O Destino da Rainha Azul

É estranho ver Daphne fora dos sonhos, uma rainha morta meio coberta de sombras. E mais velha. Essa Daphne é uma mulher crescida. Seu cabelo é longo e linhas finas marcam seu rosto.

— Seu rapaz é bonito — ela diz, olhando para Billy, que está de pé, protetor, em frente ao urso. — Ele me lembra do meu Henry.

— Henry Redville — Arsinoe diz. — O rei consorte da Rainha Illiann.

— O rei consorte da Rainha Azul — Daphne a corrige.

— O que isso quer dizer? O que devemos fazer com a névoa? Como a impedimos de se erguer?

A cada nova questão, Daphne sacode a cabeça.

— Não.

Os olhos de Arsinoe se estreitam. Ela precisa se lembrar de que a Daphne na sua frente não é a Daphne dos seus sonhos. A Daphne da caverna está morta há muito tempo, e Arsinoe precisa se lembrar de que ela não a conhece.

— Por que você me mandou os sonhos? Por que me mostrou sua vida?

— Para que você nos conhecesse. Para que nos amasse. Para te chamar para casa.

— É isso que você quer? Que uma de nós volte para casa para tirar a coroa de Katharine?

— Uma Rainha Coroada não pode ser descoroada — Daphne responde.

Arsinoe aponta com a cabeça para a prata e as pedras azuis da coroa de Daphne.

— Então como você acabou usando a de Illiann?

Daphne faz uma careta, exibindo dentes ainda mergulhados em sombra.

— Não — Billy murmura. — Não a deixe com raiva.

— Eu vou deixá-la como eu precisar para descobrir por que tivemos que vir até aqui. As pessoas estão morrendo. A névoa está matando gente. E se ela não vai falar, talvez devêssemos falar com Illiann.

Daphne a rodeia e Arsinoe engasga, apesar de sua irritação.

— Você não pode falar com Illiann — Daphne diz, um dedo torto apontado para o peito de Arsinoe.

— Por que não?

— Porque Illiann não é Illiann. Illiann é a névoa.

— Você quer dizer que ela criou a névoa — Arsinoe diz.

— Não. Quero dizer que ela *se tornou* a névoa.

Se tornou a névoa? Arsinoe pisca.

— Não pode ser. Tem que ter sido algum tipo de feitiço. Algum truque elemental...

Daphne pula para a frente, seus dedos longos enrolados em torno da cabeça de Arsinoe.

— Não houve nenhum truque — ela sibila e pressiona os polegares contra os olhos de Arsinoe.

— Solte ela! — Billy grita e Braddock ruge, fazendo movimentos furiosos com a pata. Mas o fogo se ergue como uma muralha, queimando os dois, e eles recuam para a neve. Mesmo morta há muito tempo, a elemental ainda é uma elemental.

Arsinoe geme e se remexe. Mas o abraço frio de Daphne é como um torniquete.

— Veja — Daphne sussurra e a sacode com força, fazendo um raio correr por todo o corpo de Arsinoe. E Arsinoe vê.

Daphne e Illiann estão no topo dos penhascos do Porto de Bardon, sob a chuva forte. É noite, mas as ondas estão iluminadas de laranja e amarelo brilhantes, por causa do fogo nos barcos. Alguns queimados, alguns pegos pelos raios de Illiann. Mais longe, o mar é escuro, mas cada flash revela o horror da batalha: navios selkanos como um enxame sobre as ondas.

— São muitos! — Daphne grita por cima do trovão. — Muitos aqui, muitos em Rolanth. — Salkades cercou todo o lado leste da ilha. Fennbirn será tomada.

Arsinoe assiste a tudo em flashes. Enquanto se debate contra a rainha de sombras, ela vê os navios e sente a chuva chicoteando seu rosto.

— Minha tempestade ainda não acabou — Illiann grita. — Posso deixá-los sob as ondas. Todos eles.

— Você não pode! — Daphne grita. — Henry está lá!

Arsinoe gira o braço para cima, colocando-o entre ela e o peito de Daphne, então o baixa com força, obrigando Daphne a soltá-la.

— Pare! — Arsinoe bate cegamente com os punhos. — Só pare!

Mas Daphne salta sobre ela de novo, mãos frias apertando seus ouvidos, seus olhos, vazando para dentro de sua mente.

Illiann cai dos penhascos, gritando, sua tempestade ainda rugindo sobre o porto. Ela cai até atingir as rochas, mas quando o faz, seu corpo se perde no branco. Na névoa que surge ao pé dos penhascos e no mar, espalhando-se pela água, a norte e sul, e sufocando os invasores, assim como Illiann teria feito com as próprias ondas.

— Não há lugar na ilha para irmãs — Daphne diz, ainda agarrada a Arsinoe. — Nós tentamos, eu e ela, mas falhamos. Minha irmã elemental precisou morrer para criar a névoa. — Ela solta a cabeça de Arsinoe e a arrasta pelo colarinho. — E a sua precisa morrer para desfazê-la.

Arsinoe a afasta.

— Não. Você está mentindo. A Rainha Illiann reinou por décadas depois disso. Ela teve as próximas trigêmeas.

— Eu tive as próximas trigêmeas. — Daphne diz, seus olhos queimando. — Eu assumi a vida dela. Assumi sua coroa, com Henry ao meu lado. "Daphne" morreu no mar, na batalha. E, de luto, a rainha não foi vista em público por um bom tempo. Ou pelo menos não sem véu.

— Não. Alguém deve ter descoberto.

— Muitos sabiam. Mas Fennbirn precisava de uma rainha. E logo os segredos da ilha se perderam no tempo. Como meu nome verdadeiro.

Arsinoe treme, enjoada com a visão de Illiann caindo para a morte e com o pensamento de que Mirabella...

— Tem que ter outro jeito. — Mas não há, e desejar que haja não vai mudar a verdade.

— Agora você sabe por que eu não chamei Mirabella.

— Não diga o nome dela — Arsinoe ruge. — E fique longe de mim! Você é uma mentirosa! Você é uma assassina!

— Assassina...?

Ela avança sobre Daphne, a raiva afastando seu medo, e Daphne recua cada vez mais para o fundo da caverna, cada sombra em que pisa grudando em sua pele até que ela volte para o escuro. Grotesca novamente.

— Nós não somos como você, eu e a minha irmã! E pela ilha ou não, eu nunca vou machucá-la!

— Arsinoe? Você está bem?

Ela olha para trás. Sem Daphne, o fogo se apaga, e Billy e Braddock a encaram da entrada da caverna.

— O que você ouviu? — ela pergunta.

— Tudo.

— Então você sabe que foi só baboseira. — Ela volta para a fogueira e junta os suprimentos. — Vamos voltar para Sunpool.

Vale de Innisfuil

— **Mirabella voltou** — Katharine diz quando ela e Pietyr estão relativamente seguros em sua tenda. — E se ela está aqui, com certeza Arsinoe está escondida em algum lugar também.

— Não importa, Kat. Elas são desertoras. Traidoras. Você é a Rainha Coroada. As pessoas vão lutar por você, elas nunca as seguirão...

Katharine desdenha.

— Da mesma forma que nunca seguiriam uma naturalista com a maldição da legião? Eles seguirão qualquer uma se isso significar o meu fim.

No acampamento, a guarda real busca sobreviventes da névoa. São boas soldadas e se livram rapidamente do medo, arrumando tendas e recuperando cavalos. Rho não parou de cuspir ordens desde que instalou a rainha de volta em seus aposentos.

Katharine espia pela entrada da tenda.

— Tantos mortos. — Ela se abraça forte. — Eu só queria ser uma boa rainha.

— Ah, Kat. — Pietyr a toma em seus braços. — Você é uma boa rainha. Tudo que você fez era seu dever, e não é certo nem justo que te odeiem por isso.

— Odiada — ela sussurra. — E temida. — Devagar, ela tira as luvas das mãos e flexiona os dedos. Eles estão vivos. Cobertos de cicatrizes, mas vivos, e são dela outra vez. — As rainhas mortas ergueram a faca que desatou a maldição da legião de Madrigal Milone. Foi tanto culpa delas quanto da névoa. — Katharine solta os braços. — E foi culpa minha também, por não ter te escutado mais cedo. Por não ter tentado controlá-las melhor.

A porta da tenda se abre e a Alta Sacerdotisa Luca entra. Intocada pela névoa e impassível como sempre.

— Um momento com a rainha?

— Claro, Alta Sacerdotisa. — Pietyr vai até a mesa para pegar uma taça de vinho envenenado. — Que prazer ver que você sobreviveu ao ataque da névoa.

A boca da velha mulher se curva maliciosamente.

— Sem dúvida deve ser o mesmo prazer que vocês sentem a respeito de certos outros sobreviventes.

— O que você quer? — Katharine pergunta. — Devolver seu lugar no Conselho? Trocar de lado de novo e voltar correndo para sua preciosa Mirabella?

Luca encara a coroa tatuada na testa de Katharine. Ela deve se arrepender amargamente de tê-la colocado ali. Mas colocou.

— Uma vez coroada, uma rainha — Luca diz —, é Rainha Coroada para sempre.

— Então você pretende ficar? O templo não se juntará à rebelião?

— O templo nunca se juntaria a uma rebelião — Luca dispara. — Não com uma rainha falsa à sua frente e certamente não com uma que tem a maldição da legião. Eu servirei no Conselho Negro enquanto isso agradar a Rainha Katharine. — Ela cruza as mãos sobre as vestes brancas. — Mas vim falar com você sobre Mirabella.

—Alta Sacerdotisa, minhas soldadas estão assoberbadas. Muitas feridas ou ainda desaparecidas. Nós já estamos lutando uma guerra de dois frontes, com a naturalista e com a névoa. Por mais que isso a desagrade, minha irmã vai ter que esperar.

Luca suspira e olha para Pietyr.

— Tem algum vinho nesta tenda que não seja envenenado?

— Claro. — Ele pega uma taça e a enche com vinho de uma garrafa verde. —Aqui está.

— Obrigada. — Ela toma um gole e se vira para Katharine. — Não pense nas suas irmãs e nos rebeldes como problemas separados. São a mesma coisa. Traidoras ou não, com as duas ao lado de Jules Milone, a rebelião da Rainha da Legião é ainda mais forte. Vai ganhar mais apoio. Talvez o suficiente para tomar Indrid Down.

— Então o que faremos? Eu gostaria de matar as duas, como é meu direito. Mas quando? Não agora no meio de...

— Eu sugeriria outra abordagem — Luca diz. — Por que Mirabella apoiaria

Jules Milone? Ela é uma rainha de sangue. Ela, mais do que a maioria, entende que a coroa não pode ser usada por qualquer um.

— Ela apoia a naturalista porque Arsinoe apoia a naturalista — Pietyr diz e Luca assente, seus olhos cheios de significado. — Mas você acha que ela não está totalmente convencida.

Luca toma um grande gole de sua taça e os contorna para enchê-la de novo.

— Conheço minha Mira. Eu a criei. O que Natalia Arron foi para você, Katharine, eu fui para ela. E ela nunca, em sã consciência, apoiaria que a coroa fosse tirada de uma rainha de direito.

— E aos olhos dela eu sou uma rainha de direito?

— Ela e Arsinoe fugiram — Luca diz. — Abdicaram. Se não você, então quem?

— Mesmo que ela se sinta assim — Pietyr interrompe. — E daí? Ela está com os rebeldes. — Ele estreita os olhos. — Você acha que ela pode trocar de lado.

— Não. — Katharine olha com raiva para ela. — Nunca.

— Não dispense a ideia tão rapidamente — Luca diz. — Eu fiz o que pude com o templo, para restaurar a fé das pessoas na Deusa e em sua rainha de direito, mas não é o suficiente. Se Jules Milone for vista com o apoio das duas outras rainhas, você não vai ganhar esta guerra.

Katharine tensiona o maxilar. Ela agarra os pulsos, esfregando-os por cima das luvas.

— Eu senti a força da dádiva da maldição da legião. Pode ser que eu não ganhe de jeito nenhum.

— O que você está sugerindo, Alta Sacerdotisa? — Pietyr pergunta com nojo. — Que Katharine faça um convite a Mirabella? Para reinarem juntas, lado a lado?

— Claro que não. Estou pedindo para a rainha permitir que a irmã volte e lute por ela, como uma súdita leal e aliada.

— Você nunca vai conseguir fazê-la concordar com isso — ele cospe, mas a velha Luca apenas sorri.

— Eu a farei concordar. Mas não tenho muito tempo. Peço sua permissão. — Ela olha para Katharine.

Mirabella de volta... E tão régia, tão arrogante com aquelas roupas de continental. Ela nunca poderia ser leal. Nunca seria confiável. Mas não custa tentar.

— Receberei minha irmã de braços abertos — Katharine diz. — Em troca da lealdade dela.

A Alta Sacerdotisa faz uma mesura, pega as mãos de Katharine e as beija.

— Como você pretende encontrá-la? — a rainha pergunta.

— Eu tenho meus meios — Luca diz. — Mas preciso correr antes que esses meios estejam longe demais. — Ela sorri para eles de novo e sai da tenda.

— Para alguém tão velha, ela certamente é rápida. — Pietyr baixa sua taça e a enche pela terceira vez. — Talvez minta a idade. — Ele toma um gole e faz uma pausa. — Receber outra rainha na capital, sem ameaça de morte sobre a cabeça dela... Katharine, isso nunca foi feito.

— Muitas coisas que fizemos nunca foram feitas antes — ela responde. — Essa pelo menos me dá esperança.

— Esperança?

Katharine ergue a mão marcada e a fecha em punho, trêmula. As rainhas mortas sabem o que ela está pensando. Ela pode sentir o medo, a raiva, os dedos mortos delas agarrando-a para implorar, para agradá-la.

Vocês me fizeram matar Madrigal Milone. Vocês soltaram a maldição, a única coisa que eu não queria fazer.

Elas dizem que sentem muito. Elas prometem ficar calmas. Mas Katharine não está com raiva delas. Elas não podem ser outra coisa além do que são.

Vocês vão ficar em paz, irmãs mortas. Vocês fizeram o que deviam fazer. E sem vocês, talvez a névoa se aquiete. Sem vocês, talvez tudo fique bem.

Katharine olha para Pietyr com olhos brilhantes.

— Se Mirabella lutar por mim, então não precisarei de mais ninguém. Poderei fazer minhas irmãs mortas descansarem.

— Katharine. Você tem certeza?

— Tenho.

Ele sorri e dá um suspiro que o relaxa por inteiro.

— Estou orgulhoso de você, Kat. E acho que encontrei um jeito.

Floresta Ocidental

Mirabella só entrou alguns quilômetros na floresta, recuando atrás de Emilia e dos outros rebeldes, que correram à frente carregando Jules inconsciente, quando Pepper passa voando por ela.

— Pepper! — ela exclama e para.

O pequeno pássaro pula do ombro dela para uma árvore e de volta para seu ombro, tudo isso enquanto emite sons altos e insistentes. Mirabella olha em volta bem a tempo de vê-las atravessar as árvores no lombo de cavalos sem sela.

— Bree! Elizabeth! — ela grita, e as duas desmontam e correm em sua direção. Quando se esbarram, ela abraça uma com cada braço e imediatamente começa a chorar. — O que vocês estão fazendo aqui?

— Eu estou no Conselho dela — Bree gagueja, enfiando o rosto no cabelo de Mirabella. A pobre Elizabeth nem consegue falar. Tudo que consegue fazer é soltar pequenos gritinhos entre grandes soluços, os gritinhos não muito diferentes dos de seu pica-pau.

— Calma, Elizabeth.

— Não posso ficar calma. Mira! — Ela sorri, seu rosto molhado. — Acho que vou vomitar.

Mirabella e Bree riem.

— Respire fundo e devagar. Vocês não deviam ter me seguido.

— Como não? — Bree pergunta. — Quando te vimos, você... Todo mundo disse que você estava morta, mas eu sabia que não podia ser. Não como nos contaram. Não em uma tempestade.

— Mas quase foi. — Ela tira o cabelo de Bree do rosto dela. A amiga ainda tão linda. E, de alguma forma, parecendo mais velha. A Bree de quem ela se lembra não tinha esses olhos sombrios, não era dona de um vestido cinza-azulado tão austero.

— Agora eu sei o que Pepper estava tentando me dizer — diz Elizabeth, sua respiração mais leve. — Ele te encontrou, não foi? Ele te viu quando levou a mensagem aos rebeldes.

— Ele voou contra mim com tanta força que o bico dele furou minha roupa.

— E que roupas — Bree diz, dando um passo para trás para estudá-la. — Uma boa evolução do preto-ilha.

— Quem se importa? — Elizabeth diz. — Nós temos malas e malas de roupas para que ela se troque. Você voltou, não voltou, Mira? De vez?

— Essa é uma excelente pergunta.

Bree e Elizabeth giram nos braços dela quando Luca aparece entre as árvores, montada em uma égua alta e branca.

— Elas estavam tão desesperadas para te ver — ela diz — que sequer se viraram para ver se estavam sendo seguidas.

— Sinto muito, Mira. — Bree pega a mão dela. — Por não termos tomado cuidado.

Elizabeth entra na frente delas e abre os braços.

— Fique longe dela, Alta Sacerdotisa! Por favor.

Luca arqueia uma sobrancelha.

— Que drama. Não estou aqui para machucá-la.

— Por que acreditaríamos nisso — Bree ruge — quando você já esteve disposta a executá-la?

Mirabella seca o rosto e se força a encarar Luca. A mulher que ela um dia pensou ser sua maior protetora. Os olhos de Luca são suaves enquanto percorrem o rosto dela. Suaves quase a ponto de tremerem, e Mirabella sente um velho impulso: de pegar as mãos de Luca, ajudá-la a andar, encontrar algum lugar confortável para que ela descanse. Mas isso acabou.

— O que você quer, Luca?

— Falar com você — ela diz. — Só falar com você.

— Muito bem.

Luca aponta com a cabeça para Bree e Elizabeth.

— Vocês deveriam voltar para o acampamento antes que sintam falta de vocês.

— Não. — Elas agarram Mirabella pelas mangas das roupas. — Não podemos ir agora — Elizabeth chora. — Veremos você de novo?

Mirabella toca a face de cada uma delas.

— Eu não sei. Não pretendo ficar. — Ela as puxa para perto e as aperta com força. — Mas Luca está certa. Vocês deveriam ir agora, para ficarem em segurança.

— Não — Bree diz. — Vamos esperar pela Alta Sacerdotisa logo depois dessas árvores. Onde não podemos ouvir, mas ainda vemos se ela tentar qual-quer coisa. Venha, Elizabeth. — Elas vão, mas relutantes, os dedos se demo-rando nas mãos de Mirabella e os olhos presos em Luca.

— Elas te amam muito, essas meninas — Luca diz quando elas estão a uma distância segura.

— Não diga que você me ama também. Ou eu mando um relâmpago em cima da sua cabeça.

— Eu preferiria um espírito da água, se pudesse escolher. Como quando nos encontramos pela primeira vez.

— Pare, Luca. Você não pode mais me enganar. O que você quer?

— Quero que você venha para casa. — Ela segura as rédeas e se inclina contra a alça de sua sela. — Falei com a rainha e ela te receberá, se você se afastar da rebelião e apoiar a coroa.

Mirabella pisca. Que loucura é essa? É tanta que ela não consegue nem rir.

— As pessoas não podem encarar essa rebelião como uma rebelião de rainha contra rainha — Luca prossegue. — Se o fizerem, com você e Arsinoe de um lado e Katharine do outro, a Rainha Katharine perderá. Mas com você ao lado da Coroa, eles verão a rebelião pelo que ela realmente é: um projeto falido liderado por uma aberração.

— E Arsinoe? — Mirabella pergunta. — Ela também é uma rainha. E nunca deixará Jules.

— Com você e Katharine juntas, Arsinoe não importa. Ela nunca importou.

— Ela importa para mim — Mirabella diz, mas a Alta Sacerdotisa não responde. — E você acredita em Katharine? Acredita que ela não vai me executar? Da última vez que nos encontramos, ela não me pareceu uma rainha misericordiosa.

— Aquilo foi a Ascensão. — Luca se endireita quando seu cavalo dança, nervoso pela corrente no ar. — Ela é a Rainha Coroada agora. E é uma boa rainha. Bree está em seu Conselho, além de mim e Rho.

— Um lugar no Conselho. Foi isso que precisou para que você ficasse quieta enquanto ela me envenenava diante da capital? Só isso?

— Você não queria lutar — Luca diz, sua raiva aparecendo. — E eu culpo *você* por isso. Embora fosse me destruir te ver morrer sem poder te salvar. Mas eu teria feito pela ilha. Teria sido meu dever. Como ainda é o seu.

Mirabella sacode a cabeça.

— Eu não sou mais uma rainha. Nem Arsinoe. Você tem minha palavra de que eu não vou interferir nas questões da ilha. Mas é tudo o que posso dar. Katharine terá que lutar suas próprias batalhas.

— Lutar suas próprias batalhas? São as batalhas de Fennbirn. Você viu a névoa, você viu o que a rainha está enfrentando. E você também viu a maldição da legião desatando. O monstro que os rebeldes querem colocar no trono.

— Jules Milone não é um monstro!

— O povo dela teve que deixá-la inconsciente. Talvez um dia ela tenha tido condições de se controlar. Mas agora que a maldição foi desatada, a mente dela não será poupada. Você foi trazida de volta por um motivo.

— Arsinoe foi trazida de volta por um motivo. E quando descobrirmos qual é, vamos embora. A ilha nos deixou ir. Ela não nos quer de volta. — Mirabella se vira parcialmente. — Volte agora, Luca, e tente salvar sua rainha.

— Você não pode simplesmente ignorar suas responsabilidades. — Luca olha para as roupas de continental que ela está usando. — Você não pode vestir uma fantasia e se tornar outra pessoa. Você é uma rainha da Ilha de Fennbirn. Uma rainha da linhagem, tenha você virado as costas para a Deusa ou não.

Mirabella endurece o coração e vai embora. Mesmo depois de tudo que aconteceu entre elas, é difícil partir. Ela passa por uma árvore e depois por outra, cada vez mais longe de Bree. E de Elizabeth. Parte dela quer parar e passar mais tempo discutindo. Deixar que Luca tente fazê-la mudar de ideia.

— Arsinoe nunca vai se voltar contra Jules — ela grita. — E eu nunca vou me virar contra Arsinoe. Ela é minha irmã. Eu a amo.

— Eu sei disso — Luca grita de volta. — Mas acho que você está se esquecendo de que houve um tempo em que amava as duas.

Sunpool

Arsinoe faz uma pausa para um breve descanso no topo de uma subida coberta de musgo. Logo depois, a não mais que uma hora de caminhada, está Sunpool.

— Finalmente. — Billy para ao lado dela e se inclina para baixo, com as mãos nos joelhos. — Eu não sei por mais quanto tempo conseguiria manter esse ritmo.

Arsinoe protege os olhos e olha para a cidade, perguntando-se se Jules e Mirabella já teriam voltado.

— Elas vão ficar bem — Billy diz. — Eu nunca conheci alguém mais durona que Jules, e com Mira lá... Elas estavam mais seguras do que nós escalando a montanha. Você vai ver.

Arsinoe assente e começa a andar de novo, a caminhada fácil enquanto eles descem. Braddock não está mais com os dois, eles despediram-se na borda da floresta.

Os portões de Sunpool ficam abertos enquanto os rebeldes seguem recebendo recém-chegados, mas o fluxo diminuiu. No momento em que os atravessa, Arsinoe percebe que algo está diferente.

— Eles estão te encarando — Billy diz quando ela volta a puxar o lenço para cobrir suas cicatrizes. Todo par de olhos na praça parece a estar observando com uma curiosidade solene. — Por quê?

— Eu não sei — ela diz enquanto eles correm na direção do castelo. — Mas por algum motivo, sinto que poderia ter trazido Braddock.

Quando chegam ao castelo, eles são autorizados a entrar sem acompanhante, e a bola de preocupação que flutua no estômago de Arsinoe desde que ela saiu da caverna fica maior. Ao ouvir gritos e choro, ela gela.

— O que foi isso? — ela pergunta, subindo as escadas dois degraus de cada vez. Ela encontra Emilia e Mathilde em um quarto de um dos andares de cima, andando em frente a uma porta fechada. Camden está de pé, apoiando-se na madeira, miando miseravelmente.

— Emilia? O que está acontecendo? Qual o problema com Camden? — Arsinoe entra e Emilia aponta um dedo para o peito dela. Mas antes que ela possa fazer qualquer coisa além de resmungar, Mathilde a puxa para trás. — Mathilde, quem está ali?

— Jules está ali.

— Por que...

— A maldição da legião foi desatada. Madrigal está morta. Assassinada por Katharine. E Jules... — Ela para e deixa que Arsinoe escute os sons vindos do outro lado da porta. Gritos. Rugidos guturais. Objetos sendo jogados contra as paredes com força suficiente para fazê-las tremer. E o som terrível de unhas arranhando pedra.

— Vocês deviam deixar a gata ficar com ela — Arsinoe diz sem emoção.

— Ela vai machucá-la. Elas vão machucar uma a outra.

Isso não pode ser verdade. Lentamente, Arsinoe se move na direção da felina. Jules e Camden são uma dupla. Elas nunca...

Arsinoe grita quando Camden se vira e a ataca, prendendo as garras na mão dela. O sangue sobe rápido e se espalha pelo chão.

Billy e Mathilde a arrastam para trás, e ela pega um lenço e o pressiona contra os cortes.

Arsinoe encara a puma sem acreditar quando Camden rosna e cospe.

— Qual o problema com ela? — Billy pergunta.

— A maldição. Está afetando a gata também.

— Você, envenenadora — Emilia dispara. — Você precisa acalmá-las.

— Como?

— Deve haver algum tônico, algum sedativo. Você precisa fazer.

— Eu não sou esse tipo de envenenadora — Arsinoe diz, mas no momento em que as palavras saem de sua boca, sua mente voa para as páginas do livro de venenos que ela pegou na loja de Luke.

— Você tem que ser útil de algum jeito! — Emilia grita.

Billy entra no meio das duas.

— Você, se acalme. Se houver algo que Arsinoe possa fazer, ela vai fazer. Mas ela não precisa dos seus gritos e ameaças. Onde está Mirabella?

Emilia mostra os dentes. Ela poderia moer Billy como carne de carneiro, mas ele não se mexe.

— Provavelmente andando pelas ruas, aproveitando a adoração do povo. Ela se revelou durante o ataque. O segredo das rainhas acabou. Então você também pode tirar esse lenço ridículo. Não que estivesse funcionando, de qualquer forma.

Arsinoe se vira para Mathilde.

— Ainda há estoques de curandeiros aqui no castelo?

— Não. Mas há uma loja no mercado. Eu te levo.

A loja não é longe. Mathilde leva Arsinoe e Billy até lá e gentilmente chama o velho proprietário até um canto do balcão. Ela e Arsinoe franzem o cenho quando o homem faz uma mesura.

— Velhos hábitos — Arsinoe murmura, então começa a trabalhar, juntando tigelas e ingredientes com a mão que não está machucada, sua mente focada e relaxada, tão confiante em seus movimentos que é quase como assistir a outra pessoa controlando seu corpo.

— Você sabe o que está fazendo? — Billy sussurra.

Arsinoe dá de ombros.

— Parece que sim. — Ela abre uma jarra e cheira seu conteúdo. Flor de sabugueiro. Não é o que precisa, mas isso a lembra de afastar Billy, fazendo-o ficar perto do dono da loja. A maior parte dos artigos do lugar são para cura, mas algumas jarras contêm venenos verdadeiros.

Ela para um momento e rói uma unha, pensando em como seria melhor administrar o sedativo. Um bálsamo, talvez? Algo para esfregarem na pele de Jules? Mas quem poderia garantir que alguém conseguiria chegar perto o suficiente para esfregar? Algo para ser colocado em um dardo, então? Ou que possa ser passado na lâmina de uma faca?

— Não — ela murmura. Não importa em que condição Jules esteja, pensar em atirar nela, ou cortá-la, deixa Arsinoe enjoada. — Pela garganta será — ela diz, começando. Arsinoe pega maços de solidéu branco e arranca as pétalas. Mói raiz de valeriana até virar uma pasta. Passa a meleca toda por um coador com óleo de noz de Areca. Por último, ela aperta o punho e deixa cair no óleo várias gotas vultosas de sangue, do arranhão feito por Camden. — Preciso afinar isso com álcool.

— Uma sedação? — O dono da loja acena com a cabeça e pega um frasco de uma prateleira. — Tente isso e um pouco de açúcar. Ajuda a descer.

Ela abre o frasco e sente o cheiro. Tem o mesmo aroma dos horrorosos biscoitos de anis de Vovó Cait.

— Isso serve. — Ela vira a mistura na tigela e acrescenta açúcar, então a transfere para uma garrafa e a fecha. — Você é envenenador?

— Não, minha rainha. Eu não tenho uma dádiva particular. Onde você aprendeu a arte, posso perguntar? Não há muitos envenenadores em Wolf Spring.

— Não aprendi em lugar nenhum, eu acho.

— Então é verdade que você é uma envenenadora. Houve um rumor depois da Ascensão de que você era uma envenenadora disfarçada de naturalista. — Ele move a cabeça com um ar entendido. — Entre os curandeiros, esperávamos que fosse verdade. Que talvez houvesse uma envenenadora em algum lugar que pudesse ser algo além de cruel e corrupta.

— Eu não sou nenhuma rainha. — Arsinoe enfia a garrafa na manga. — Mas agradeço por ter oferecido sua loja.

Quando voltam ao castelo, encontrando Emilia de guarda diante da porta trancada, eles estão sem fôlego.

— Achei que vocês nunca fossem voltar.

— Demorou tanto assim? — Arsinoe pergunta enquanto Emilia pega a ponta de uma corda. A corda está amarrada a um nó corrediço que ela passou em volta do pescoço de Camden. — Isso não deve ter sido fácil.

— Ou seguro — Billy acrescenta.

— A parte difícil vem agora — Emilia diz, enrolando a corda em volta da mão. — Está pronta?

— Você... — Billy pega o braço dela. — Você realmente acha que deveria entrar lá sozinha? Eu sei que é Jules, mas... não parece Jules.

— Vai parecer em alguns minutos. — Arsinoe pega a garrafa com o líquido esverdeado. — Tudo certo, Emilia.

— Não ligue para os olhos dela — Emilia diz, séria. — São só vasos sanguíneos estourados.

Arsinoe se move na direção da porta e Emilia recua com a corda. Ver a pobre Camden se debatendo em uma das pontas, rugindo e atacando, esticando as patas, a faz querer chorar.

Ela gira a chave na fechadura e entra, fechando-a atrás de si e trancando de novo. Então ela para. E escuta, sua barriga pressionada contra a parede.

— Jules. Sou eu. — Ela não consegue escutar nada. Os gritos e objetos atirados, até mesmo a briga de Camden lá fora, cessaram. Ela não consegue nem ouvir a respiração de Jules.

— Arsinoe.

— Sim. — Ela suspira e se vira. — Graças à Deusa, Jules... — Uma tábua de madeira voa direto na garganta dela. Ela mergulha e cai com força no chão, cobrindo a cabeça e deslizando por entre os destroços. Cada peça da mobília está quebrada, partida em pedaços, ou torta, os pedaços restantes tão pequenos que ela não consegue saber se o que está vendo é o que sobrou de uma cama, uma cadeira, ou uma mesa.

Pressionada contra a parede oposta está Jules. Eles conseguiram amarrar seus braços e suas pernas com uma corrente pesada. No chão, encolhida, pequena como sempre, ela não parece uma ameaça. Exceto pelo ódio em seu rosto e por seus olhos injetados.

São só vasos rompidos, Arsinoe pensa. Mas se for só isso mesmo, ela deve ter rompido todos eles. Não sobrou nem uma ponta de branco. Apenas um vermelho puro e brilhante, suas belas íris azul e verde acesas no meio como pedras preciosas.

— Arsinoe, me ajude.

— É para isso que estou aqui, Jules.

— Me ajude! — ela grita e Arsinoe voa para trás. A cabeça dela bate contra as pedras com tanta força que ela quica e sua visão flutua. Usando cada grama de coragem que possui, Arsinoe engatinha pelo chão e agarra Jules pelo pescoço. Então enrola as pernas em volta da amiga e pega a garrafa.

— O gosto não vai ser bom — ela diz, forçando o líquido por entre os dentes de Jules, rosados de sangue. Arsinoe precisa de um momento para perceber que Jules mordeu fora parte de seus próprios lábios.

— Ah, Jules — ela sussurra e a aperta com força. Quando a garrafa se esvazia, ela prende os dois braços em volta do peito de Jules e a segura enquanto ela convulsiona. Quando a convulsão acaba, Arsinoe está chorando mais do que já chorou em toda sua vida, mas os olhos de Jules estão fechados. Ela está dormindo.

A porta do quarto se abre e Camden entra, se deita ao lado de Jules e lambe seu rosto. Ela também lambe a mão de Arsinoe e grunhe para ela, como se estivesse envergonhada.

— Tudo bem, gata — ela responde. — Funcionou — ela diz para Billy, parado na porta entre Emilia e Mathilde.

— Nós sabemos. Camden parou de brigar. Do nada, ela parou de brigar contra a corda.

Emilia abre caminho para entrar no quarto, secando lágrimas do rosto e pescoço. Ela tira Jules de Arsinoe e a aninha em seu colo.

— Não solte as correntes — Arsinoe diz. Ela começa a se levantar e Emilia a agarra pelo pulso.

— Obrigada, Arsinoe.

— De nada.

— Apesar de ela não ter feito isso por você — Billy diz, passando um braço pelos ombros de Arsinoe quando eles saem do cômodo. — Você está bem? Ela machucou você?

— Não. — Arsinoe beija os dedos dele. — Mas preciso achar minha irmã.

— Claro. Eu vou... ficar aqui. Ficar de olho em Jules por você.

Ela encontra Mirabella perto do claustro ao fundo do castelo, sentada em um banco de pedra com um pedaço de queijo e pão nas mãos. As palavras de Daphne ecoam na mente de Arsinoe. *Minha irmã elemental precisou morrer para fazer a névoa. E a sua precisa morrer para desfazê-la.*

— Arsinoe! — Mirabella a avista e se aproxima rapidamente. — Você está bem! E Billy?

— Ele está bem. Braddock também. Nós o trouxemos junto.

— Para Sunpool?

— Não. Para a montanha. — Ela pressiona a mão contra a têmpora. Arsinoe está exausta e ainda há mais a fazer. Encontrar uma forma de aliviar a maldição da legião de Jules. Informar às pessoas de Sunpool para não caçarem o urso na floresta ali perto. E matar sua irmã. — Não — ela sussurra. — Nunca. Nem por toda a ilha.

— O que "nem por toda a ilha"?

Mirabella a leva até o banco e elas se sentam. Ela coloca pão e queijo nas mãos de Arsinoe. Como Arsinoe gostaria de contar à irmã o que Daphne disse, apenas para prometer que elas encontrarão outra solução. Enquanto não encontram, porém, ela acha melhor não dizer nada.

— Você viu Jules? — Mirabella pergunta. — Ela ainda está...?

— Eu fiz um tônico. Um sedativo. Ela está descansando agora.

— Bom — Mirabella diz. — Eu sabia que ela ficaria bem.

— Ela não está bem. Ela não está melhor. — Arsinoe começa a chorar de novo e Mirabella a puxa para si. — Eu não sei o que fazer. — Arsinoe engasga. — Ela sequer é Jules, os olhos dela estão cheios de sangue. Ela nem me reconhece.

Mirabella a balança devagar e Arsinoe se agarra a ela.

— Tudo está dando errado, Mira, e eu não sei o que fazer.

— Não, não, não — Emilia diz para as pessoas reunidas na rua em frente ao castelo. — Nossa Rainha da Legião está bem. Ela se feriu no ataque a Katharine, a Morta-viva, mas não é nada grave. Ela está lá em cima agora, de luto pela mãe, que foi assassinada pela própria Rainha Morta-viva.

— E a elemental? A naturalista?

— Elas são aliadas de Juillenne Milone há muito tempo. Mas abdicaram, e a abdicação permanece. Sejam pacientes, amigos, e estejam prontos. Continuem a trabalhar. Eles nos sangraram primeiro, mas nós retalharemos logo.

Mirabella observa por trás da porta meio aberta. Quando Emilia volta para dentro, leva um susto ao vê-la nas sombras.

— Eles não nos chamam pelo título correto — Mirabella diz. — A elemental? A naturalista? Nós nem temos mais nomes?

— Não nomes que importam. Não títulos que importam. Não era isso que você queria? — Emilia entra mais fundo na fortaleza, andando rápida e agilmente, mas nada que seja difícil para Mirabella acompanhar.

— É. Só é estranho ouvir. Você é uma ótima oradora. Sem dúvida deve ter praticado bastante espalhando a lenda da Rainha da Legião nos últimos meses.

— Você quer alguma coisa, Mirabella? Estou muito ocupada, como pode ver. Muralhas para fortificar. Grãos para descarregar. E, nesta tarde em particular, a mãe da rainha para cremar.

— Mas Jules ainda não saiu do quarto. Você vai cremar Madrigal antes de Jules estar bem o suficiente para se despedir direito?

Emilia para. Ela então se vira, fazendo Mirabella recuar por um corredor escuro até que suas costas estejam contra as pedras, a mão quente de Emilia em seu ombro.

— Desembuche, então — Emilia dispara.

— Eu quero saber quais são seus planos agora.

— Agora o quê?

— Agora que tudo mudou. Jules está... mal. Eu não consigo falar com minha irmã há dias porque tudo que ela faz é misturar mais poções e fabricar tônico para ajudá-la. E ainda assim você diz para essas pessoas, que arriscaram suas vidas e deixaram suas casas, que Jules está ilesa e apenas de luto?

— Jules vai ficar bem. Ela será nossa rainha.

— Talvez antes — Mirabella sibila. — Mas eu e você vimos o que vimos em Innisfuil. Você não pode pôr aquilo no trono. Deixe que a gente a leve para o continente. A maldição pode ser aliviada, se Jules estiver longe da ilha.

— Não. — Emilia pressiona um dedo contra o peito de Mirabella. — Sua irmã nunca permitiria.

— Arsinoe aceitaria qualquer coisa que pudesse ajudar Jules.

— E a névoa? Desde o dia em que o templo te apoiou, eles disseram que você tinha vindo para a ilha. Sua grande protetora. Você vai nos deixar com ela depois do que nós duas presenciamos?

— Mas quando a névoa começou a se erguer, Emilia? Foi no momento em que Katharine ganhou a coroa? Ou foi semanas depois, quando você passou a elevar Jules a um lugar acima do dela?

Emilia mostra os dentes e Mirabella se prepara para qualquer coisa: um golpe na cabeça ou uma faca invisível enfiada entre as costelas. Mas, por fim, a guerreira apenas cospe no chão e se afasta, e Mirabella solta a respiração.

Ela precisa de alguns minutos para se recompor antes de subir para o quarto que designaram como dela. O cômodo deveria ser dividido com Arsinoe, mas desde que voltou da montanha, a irmã não dormiu lá. Se é que ela tem dormido.

Ela se vira quando ouve uma batida, então Billy enfia a cabeça para dentro.

— Você viu Arsinoe? Ela não está com Jules.

— Não. E mesmo quando eu a procuro, ela não quer me ver. Ela... Ela está brava comigo pelo que deixei acontecer com Jules?

— Claro que não. O que aconteceu com Jules não foi sua culpa. Ela está aliviada por você estar segura. Tudo vai melhorar quando Jules melhorar. — Ele sorri, tentando disfarçar as palavras que ecoam na cabeça de ambos.

Nós não vamos embora tão cedo.

— Você precisa de alguma coisa? — ele pergunta.

— Não. Obrigada.

Ele fecha a porta e Mirabella ouve uma batida familiar vinda da janela.

— Pepper.

O pequeno pica-pau voa do batente para o ombro dela, bicando um pouco de seu cabelo. Então ele estica a perna. Outra mensagem foi amarrada a ele, desta vez assinada com um M de uma caligrafia familiar. Ela o desenrola e começa a ler:

Nós falamos com a rainha e também acreditamos que ela está sendo sincera. Partimos para Indrid Down. A decisão é sua, estaremos aqui se precisar de nós.
- B&E

Mirabella respira fundo. Ela acaricia as penas do peito do pica-pau, então ela baixa a mensagem, desenrolada, sobre a mesa.

Greavesdrake Manor

Pietyr coloca as pedras que tirou da Fenda de Mármore no chão do antigo quarto de Katharine, dentro de um círculo de corda fina que ele umedeceu com o próprio sangue.

— A corda parece tão frágil — diz Katharine quando outra pedra bate contra a parede, produzindo um barulho oco.

— Isso não importa. O que importa é que esteja unida de ponta a ponta. — Ele tem molhado e manchado a corda com sangue aos poucos, dia após dia, até ela ficar toda vermelha e marrom. Dura ao toque. Ele não tem muito mais para sangrar, mas ainda deve quando reabrir a runa que Madrigal entalhou na palma sua mão.

Katharine anda na direção da janela. Suas mãos deslizam pelo encosto do sofá e pela escrivaninha. Suas antigas coisas de infância.

— Você acha que Mirabella está vindo? — ela pergunta suavemente.

— Eu não sei, Kat.

— Você acha que se ela vier, Arsinoe viria também? Que elas poderiam me apoiar, juntas?

— Eu não sei, Kat.

Pietyr se afasta, observando seu trabalho. Ele deseja amargamente que Madrigal não estivesse morta. Ele não sabe o que está fazendo. Talvez a naturalista tenha mentido para ele e ele não esteja fazendo nada de mais. Katharine inclina a cabeça para o círculo rústico, as pontas da corda ainda separadas para permitir que eles entrem.

— É isso?

— Parece ser. Você sente alguma coisa?

Katharine esfrega os braços e faz uma careta.

— Só por causa das pedras. Elas não gostam delas. Elas não as querem aqui.

Ele olha para ela. Bonita e régia em calças pretas de montaria, com uma elegante jaqueta preta, pronta para fazer o que ele disser.

— Você confia em mim, Kat?

Ela olha para ele surpresa.

— Claro que sim.

— Mesmo depois... — ele começa e olha para baixo, envergonhado.

— Mesmo depois — ela diz, sorrindo. O sorriso dela, não o das rainhas mortas. Elas foram culpa dele (foi ele quem empurrou Katharine e as deixou entrar), mas agora ele vai consertar tudo. Ele estende a mão para ela e a guia para o centro do círculo. Ao unir as pontas da corda, ele pensa sentir algo se romper no quarto. Alguma leve mudança no ar. Então a sensação desaparece e ele já não tem mais certeza.

Talvez ele devesse ter escolhido outro lugar para realizar o ritual. O templo, quem sabe, diante da Pedra da Deusa. Ou algum lugar do Volroy. Lugares sagrados. Mas Madrigal nunca mencionou nenhuma localização em particular, e Greavesdrake é um local privado, onde não seriam interrompidos. O local em que se conheceram. E, para Katharine, um lar. Greavesdrake é a sede do poder dos Arron há uma centena de anos. Deve bastar.

— Vai doer, Pietyr? — ela sussurra.

— Eu acho que sim. — Ele mostra a ela a runa entalhada na palma de sua mão. — Você não está com medo disso?

Ela sacode a cabeça, mas seus olhos estão cheios de pavor, mesmo que sua voz siga determinada.

— Depois daquele menino no porto — ela murmura. — Depois de Madrigal. Não temos escolha.

Ele se inclina para beijá-la e puxa uma faca de seu cinto.

O primeiro corte é o mais difícil. Ver a pele branca de Katharine se abrir e o vermelho correr pelos dedos dela. Mas Pietyr trabalha depressa e ela não emite nenhum som, o quarto tão quieto que ele consegue ouvir as primeiras gotas de sangue caindo no chão.

Com a runa completa, ele solta o pulso dela e se volta para a palma de sua própria mão. Cortar a cicatriz queima, e ele morde o lábio, mas quando o corte é feito, não verte sangue suficiente. A força de sua dádiva de envenenador curou o ferimento bem demais, então ele terá que cortar mais fundo.

— Pietyr — Katharine diz. — Eu me sinto estranha.

— Estranha? — ele pergunta e ela cai de joelhos.

— Katharine!

Ele se abaixa ao lado dela e segura seu braço. Veias escuras surgem por baixo da pele dela e o sangue que escorre é de um tom enegrecido.

— Elas estão com medo. Elas não querem sair de mim.

— Não dê ouvidos a elas. — Ele segura o rosto dela entre as mãos e quase recua quando a podridão cinza se espalha pela face de Katharine. — Elas só estão lutando — ele diz, mas em sua mente ele se lembra do aviso de Madrigal.

Com certeza você deve ter considerado que ela pode não estar viva de verdade, exceto por elas. Que ela pode de fato ser uma morta-viva e, no instante em que for esvaziada das rainhas, seu corpo se quebrará e definhará. Como teria acontecido se elas não tivessem intervindo.

— Eu estou com você, Kat. Você vai ficar bem.

Katharine grita e se dobra ao meio, e ele pressiona sua runa contra a dela, entrelaçando suas mãos. O choque que percorre o corpo dele o faz cair de costas, e uma das pedras rola para fora do círculo.

— Pietyr, dói.

— Aguente firme, Kat. — Ele range os dentes. O sangue escuro dela espirra nas pedras, seus gritos enchendo o quarto. Outro choque percorre Pietyr enquanto as rainhas arranham o interior de Katharine, buscando se segurar nela, e as pernas dele se contraem, fazendo outra pedra rolar. Ele fecha os olhos com força.

— Tão frio — Katharine geme.

— Você não precisa delas. Aguente firme.

— Não consigo.

— Você consegue.

— Não vou.

Ele abre os olhos quando ela solta a mão dele.

— Katharine?

Cada pedaço de pele exposta dela está cinza ou preto: as rainhas mortas subiram para a superfície. Ele se apoia nos cotovelos enquanto Katharine lambe a ferida em sua mão e chuta as pedras para longe, fazendo-as se chocar como bolinhas de gude. Talvez ele não tenha aprendido o suficiente de magia baixa. Talvez tenha sido tolice tentar. Ou talvez não fosse mesmo funcionar, ainda que a própria Madrigal tivesse feito.

— Eu precisava — ele sussurra enquanto as rainhas mortas avançam na direção dele, usando o corpo de Katharine como um fantoche. — Eu precisava, por ela.

— Você precisava — elas dizem, erguendo Pietyr. Ele olha nos olhos de Katharine, buscando por ela, e o que vê o faz querer gritar. Mas o grito morre em sua garganta quando elas pressionam os lábios contra os dele, enchendo-o de sombra e frio, enchendo-o delas, até que seu sangue não tenha mais para onde correr, exceto para fora de seus ouvidos e olhos.

Montanhas Seawatch

Ao lado de uma estrada que se curva para leste nas montanhas, Mirabella levanta o braço e para uma carruagem que passa.

— Você tem lugar para mais um passageiro? — ela pergunta. — Eu tenho dinheiro o suficiente. — Ela estende as moedas em uma pequena bolsa e a condutora a pesa em uma das mãos antes de concordar.

— Você é uma naturalista? — ela pergunta, apontando para o capuz de Mirabella.

Mirabella sorri e enfia o pica-pau mais para o fundo.

— Não. Só peguei ele emprestado.

— É. Bem, entre, então. Vamos direto para a capital, se serve para você.

— Me serve perfeitamente — ela diz e abre a porta. — Sou esperada lá.

CONTINUA...

Agradecimentos

E aqui estamos nós, no fim do terceiro livro. Agora só falta mais um, e aquele sentimento agridoce se aproxima. De cara, quero agradecer aos leitores desta série, além da equipe da HarperTeen, por me darem a chance de escrever o último capítulo da história das rainhas (embora eu possa me arrepender de descobrir o que acontece com elas!). Sem vocês, a história de Mirabella, Arsinoe e Katharine teria acabado no fim de *Um trono negro*, seus destinos selados, mas o futuro desconhecido. Agora, para o bem ou para o mal, eu vou descobrir. Então obrigada, obrigada pela oportunidade.

Um agradecimento ainda maior do que o normal para minha editora, Alexandra Cooper. A edição foi incrível (dã, sempre é!), mas sou particularmente grata por sua dedicação a esta série e a este livro. Obrigada por fazer tudo e um pouco mais.

Obrigada à minha sempre incrível agente, Adriann Ranta-Zurhellen, que nunca falha em ser maravilhosa e que nunca me direciona para o lado errado. Por favor, nunca me abandone. Eu precisaria de um grupo de apoio. E obrigada a todo o time da Foundry Media, com um aceno de coração para Richie Kern!

Obrigada a Olivia Russo, publicitária prodígio e respondedora de e-mails mais rápida que já vi. Obrigada também a toda a equipe de publicidade da BookSparks: Crystal Patriarche, Liane Worthington e Savannah Harrelson. Vocês são superlegais e maravilhosas.

Obrigada às equipes de marketing e arte da HarperCollins: as incríveis Audrey Diestelkamp, Bess Braswell (mais uma vez, desculpa por ter lançado uma flecha na personagem que tinha seu nome, Bess), Aurora Parlagreco, John

Dismukes e Virginia Allyn. Os livros desta série são lindos e a arte e o marketing que os acompanham... UAU.

Alyssa Miele, obrigada por fazer um pouco de tudo! Obrigada a Jon Howard, pelo apoio e toques finais. Obrigada a Robin Roy, pelo copidesque meticuloso.

Obrigada a Allison Devereux e Kirsten Wolf, da Mackenzie Wolf Agency.

E obrigada, como sempre, aos meus pais, que compram exemplares para todos os parentes, e ao meu irmão, que colou um adesivo do *Três coroas negras* em sua guitarra. Obrigada a Susan Murray, que é completamente Team Camden.

E a Dylan Zoerb, pela boa sorte.

Não perca a conclusão da série *Três coroas negras*, *Cinco destinos sombrios*

Em breve

Este livro, composto na fonte Fairfield,
foi impresso em papel Polen Soft 70 g/m² na BMF.
São Paulo, Brasil, abril de 2021.